Frauen & Literatur

Adah wächst in Nigeria als Tochter einer bedeutenden Familie auf und erhält die Möglichkeit zu einer höheren Schulbildung. Als ihr Vater stirbt und sie in seiner Familie als Dienstmädchen arbeiten soll, sieht sie ihre einzige Chance in der Ehe.
Sie geht mit ihrem Mann Francis nach London, doch ihre Träume von einem schöneren Leben erfüllen sich nicht, denn sie sieht sich in England doppelt diskriminiert: als Frau und als Schwarze...

Buchi Emecheta wurde in Lagos als Angehörige des Ibuza-Stammes geboren. 1962 kam sie nach London, studierte dort an der Universität Soziologie und schreibt heute Fernseh- und Hörspiele. Außer zahlreichen Artikeln für Journale und Zeitschriften hat sie sechs Romane und zwei Kinderbücher veröffentlicht.

Deutsche Erstausgabe 1987

Titel der Originalausgabe »Adah's Story«
Ursprünglich erschienen in 2 Bänden:
Band 1 »Second-Class Citizen«
Band 2 »In the Ditch«

Umschlaggestaltung Adolf Bachmann, Reischach
Umschlagillustration Brigitte Schneider, Lüftelberg
Satz IBV Satz- und Datentechnik GmbH, Berlin
Druck und Bindung Clausen & Bosse, Leck
Printed in Germany 5 4 3 2 1
ISBN 3-426-08025-7

Buchi Emecheta:
Die Geschichte der Adah

Roman

Aus dem Englischen von Christine Steffen

Knaur

Meinen lieben Kindern,
Florence, Sylvester, Jake, Christy und Alice,
ohne deren süße Hintergrundgeräusche dieses
Buch nicht hätte geschrieben werden können!

ISBN 3-426-08025-7 1280

Inhalt

Teil I
Bürger zweiter Klasse

Teil II
Im Sumpf

Teil I

Bürger zweiter Klasse

1 Kindheit

Es hatte alles angefangen wie ein Traum. Sie wissen schon, so ein Traum, der aus dem Nichts kommt, von dem man jedoch immer wußte, daß er da war. Man konnte ihn spüren, man konnte sich von ihm leiten lassen; zunächst unbewußt, bis er schließlich Wirklichkeit, ein ständiger Begleiter wurde.

Adah wußte nicht genau, woher ihr Traum kam, wann alles angefangen hatte, doch als frühesten Punkt im dahintreibenden Nichts konnte sie die Zeit festmachen, als sie ungefähr acht war. Sie war sich nicht einmal sicher, ob sie genau acht war, denn, wissen Sie, sie war ein Mädchen. Sie war ein Mädchen geworden, obwohl alle einen Jungen erwartet und vorausgesagt hatten. Da dies so eine Enttäuschung für ihre Eltern, ihre unmittelbare Verwandtschaft und ihren Stamm darstellte, dachte niemand daran, ihre Geburt festzuhalten. Sie war zu unbedeutend. Eins war jedoch sicher: Sie wurde während des Zweiten Weltkriegs geboren. Sie meinte, acht gewesen zu sein, als ihr Traum sie zu leiten begann, da ein kleineres Kind zu so viel Bösem nicht fähig gewesen wäre. Wenn sie heute, da sie erwachsen war, an alles zurückdachte, taten ihr ihre Eltern leid. Doch sie waren selber schuld; sie hätten als erstes Kind nicht sie bekommen sollen, dann wären einigen Leuten eine Menge Kopfschmerzen erspart geblieben.

Nun, Adah meinte, sie war acht, als ihre Mutter und alle anderen Frauen der Gemeinschaft damit beschäftigt waren, den allerersten Rechtsanwalt ihrer Stadt Ibuza willkommen zu heißen. Jedesmal, wenn Adah hörte, daß Ibuza ihre Stadt sein sollte, konnte sie das kaum verstehen. Man sagte ihr, daß ihre Eltern und viele ihrer Tanten und Onkel aus Ibuza kämen. Man sagte ihr, daß Ibuza eine schöne Stadt sei. Schon früh hatte man ihr beigebracht, daß die Leute in Ibuza freundlich wären, daß das Essen dort frisch, das Quellwasser rein und die Luft sauber wäre. Die Tugenden von Ibuza wurden so hoch gepriesen, daß Adah zu dem Schluß kam, die Tatsache, daß sie an einem gottverlassenen Ort wie Lagos geboren war, sei ein Unglück. Ihre Eltern sagten, Lagos sei ein schlechter Ort für Kinder, da sie hier den Yoruba-Ngbati-Akzent aufschnappten. Dieser Ort war schlecht, weil er eine Stadt mit Gesetzen war, eine Stadt, wo das Gesetz alles beherrschte. In Ibuza, sagten sie, nahmst du das Gesetz selbst in die Hand. Wenn eine Frau dein Kind mißhandelte, gingst du geradewegs in ihre Hütte, zerrtest sie heraus und schlugst sie oder wurdest – je nachdem – selber geschlagen. Wenn du also nicht herausgezerrt und geschlagen werden wolltest, würdest du auch nicht das Kind einer anderen Frau mißhandeln. Lagos war schlecht, weil diese Art von Verhalten nicht erlaubt war. Man mußte lernen, sein Temperament zu zügeln, und das, so hatte man Adah beigebracht, war gegen die Natur.

Die Frauen aus Ibuza, die in Lagos lebten, bereiteten

sich auf die Ankunft des ersten Anwalts der Stadt aus dem Vereinigten Königreich vor. Der Titel »Vereinigtes Königreich« klang, wenn Adahs Vater ihn aussprach, so gewaltig wie die Art von Lärm, die man mit Bomben assoziierte. Er war so geheimnisvoll, daß Adahs Vater ihn immer nur flüsterte und einen so respektvollen Gesichtsausdruck hatte, als spräche er von Gottes Allerheiligstem. In das Vereinigte Königreich zu reisen mußte das gleiche sein, wie Gott einen Besuch abzustatten. Im Vereinigten Königreich mußte es demnach sein wie im Himmel.

Die Frauen von Ibuza kauften alle den gleichen Baumwollstoff aus dem UAC-Kaufhaus und ließen daraus *Lappas* und Blumen im selben Stil machen. Sie färbten ihr Haar und glätteten es mit heißen Kämmen, damit es europäisch aussah. Niemand, der bei Sinnen war, hätte es sich im Traum einfallen lassen, einen Anwalt, der im Vereinigten Königreich gewesen war, mit natürlichem Kraushaar zu empfangen. Sie komponierten Lieder und bauten den Namen des neuen Anwalts darin ein. Auf diesen neuen Anwalt waren die Frauen so stolz, weil er für sie die Ankunft ihres ureigenen Messias bedeutete. Ein Messias, der nur für das Volk von Ibuza geschaffen war. Ein Messias, der Politik machen und für die Rechte der Menschen von Ibuza kämpfen würde. Ein Messias, der dafür sorgen würde, daß Ibuza Elektrizität bekam, daß Ibuza eine Teerstraße hatte (die Adahs Mutter »Kol tar« nannte). O ja, Anwalt Nweze würde alles Mögliche für das Volk von Ibuza tun.

Adahs Mutter war Näherin und machte deshalb die meisten Blusen. Adah war sehr glücklich, weil sie aus den Stoffresten ein Kleid bekommen hatte. Sie erinnerte sich noch an das Kleid; es war ihr zu groß, und sie schwamm mehr oder weniger darin. Ihre Mutter dachte nicht im Traum daran, ihr ein Kleid zu machen, das ihr genau paßte, da sie ja schließlich bald herauswachsen würde. Deshalb hatte sie, obwohl sie ein kleines Mädchen war und zu mager für ihr Alter – welches, das sei dahingestellt –, immer Kleider, die drei oder vier Nummern zu groß waren. Das war einer der Gründe, weshalb sie alte Kleider mochte, denn wenn die Kleider erst einmal alt waren, paßten sie ihr. Sie war so glücklich über dieses neue »Anwaltskleid«, daß sie ihre Mutter bettelte, sie mit den Frauen an dem großen Tag nach Apapa Wharf gehen zu lassen. Es tat ihr sehr weh, als sie feststellte, daß das Fest auf einen Schultag fiel und sie deshalb nicht würde gehen dürfen.
Schule – damit scherzten die Ibos einfach nicht! Sie erkannten schnell, daß Bildung die Rettung aus Armut und Leiden war. Jede Ibo-Familie achtete darauf, daß die Kinder die Schule besuchten. Den Jungen wurde dabei jedoch normalerweise der Vorzug gegeben. Deshalb gab es, obwohl Adah acht war, immer noch Diskussionen darüber, ob es klug wäre, sie zur Schule zu schicken. Selbst falls man sie zur Schule schickte, war es sehr zweifelhaft, ob es klug wäre, sie lange hingehen zu lassen. »Ein oder zwei Jahre werden reichen, bis sie ihren Namen schreiben und zählen kann. Dann wird sie nähen lernen.« Adah

hatte gehört, wie ihre Mutter dies viele, viele Male zu ihren Bekannten gesagt hatte. Bald darauf fing Boy, Adahs kleinerer Bruder, mit der Schule an.

Zu dieser Zeit setzte Adahs Traum ein. Immer wenn sie Boy zum Ladi-Lak-Institut brachte, wie die Schule hieß, stand sie am Tor und sah zu, wie sich alle ihre Freundinnen an der Schultür aufstellten; sie sahen in ihren adretten marineblauen Schürzen sauber und ordentlich aus. Ladi-Lak war damals wie auch heute noch eine sehr kleine Grundschule. Den Kindern wurde dort nicht Yoruba oder eine afrikanische Sprache beigebracht. Deshalb war die Schule so teuer. Die Besitzerin war im Vereinigten Königreich ausgebildet worden. Zu der Zeit waren mehr als die Hälfte der Kinder Ibos und daher stark von den Werten der Mittelschicht beeinflußt. Adah stand immer neiderfüllt daneben. Dieser Neid machte später einer Enttäuschung Platz, die sie auf vielfältige Weise zum Ausdruck brachte. Sie log aus reiner Freude am Lügen; sie fand heimliche Freude daran, ihrer Mutter nicht zu gehorchen. Denn sie dachte bei sich: *Wenn Ma nicht gewesen wäre, hätte Pa schon dafür gesorgt, daß ich mit Boy zur Schule komme.*

Eines Nachmittags saß Ma auf der Veranda ihres Hauses in der Akinwunmi-Straße. Mit Adahs Hilfe hatte sie das Mittagessen gekocht, und beide hatten gegessen. Ma fing an, ihr Haar zu lösen, um es neu zu flechten. Adah hatte das schon Tausende Male gesehen, und es langweilte sie, ihr zuzuschauen. Sie hatte nichts zu tun, es war niemand da, mit dem sie spielen konnte; nicht einmal einen Streich gab es auszuhekken. Da plötzlich kam ihr der Gedanke. Ja, sie würde in die Schule gehen. Nicht nach Ladi-Lak, denn dort war Boy, und sie könnten Geld von ihr verlangen, da es so eine teure Schule war. In die Methodisten-Schule würde sie gehen, gleich um die Ecke. Die war billiger, und ihre Ma hatte gesagt, daß ihr die Uniform gefiel, die meisten ihrer Freundinnen gingen dorthin, und Mr. Cole, ihr Nachbar aus Sierra Leone, unterrichtete dort. Ja, da würde sie hingehen.

Ihr Kleid war sauber genug, aber zu groß, und sie überlegte, wie sie es verschönern könnte. Sie ging in ihr Zimmer, holte einen alten Schal, drehte ihn fest ein, so daß er aussah wie die Seile, mit deren Hilfe man auf Palmen klettert, band ihn dann um ihre schmale Taille und zog ihr sackartiges Kleid ein wenig hoch. Andere Schüler gingen mit Schiefertafel und Stift zur Schule. Sie hatte keins von beiden. Es würde lächerlich aussehen, wenn sie ohne Tafel und Stift in ein Klassenzimmer ginge. Da kam ihr noch eine Idee. Sie hatte Pa immer beim Rasieren zugesehen: Pa hatte eine zerbrochene Tafel, auf der er normalerweise ein komisches, gebogenes Messer schärfte. Adah sah ihm oft fasziniert dabei zu. Nachdem er das Messer geschärft hatte, rieb Pa etwas Karbolseifenschaum auf sein Kinn und rasierte den dann ab. Adah dachte an diese Tafel. Das Dumme war nur, daß sie so klein war. Nur ein kleines Stück. Es würden nicht viele Buchstaben daraufpassen, aber eine kleine Schiefertafel war besser als gar keine. Also ließ sie sie oben in ihr Kleid gleiten, denn sie wußte, daß ihr Schalgürtel die Tafel halten würde. Sie hatte

Glück. Bevor sie das Zimmer verließ, kam eine von Mas unzähligen Freundinnen zu Besuch, und die zwei Frauen waren so in ihr Geplauder vertieft, daß sie nicht bemerkten, wie Adah hinter ihnen vorbeischlüpfte.

Adah ging also zur Schule. Sie lief, so schnell sie konnte, bevor sie jemand aufzuhalten vermochte. Sie sah keine von Mas Freundinnen, denn es war kurz nach Mittag und sehr heiß; die meisten Leute waren zu müde, um zu dieser Zeit auf der Straße spazierenzugehen. Das Laufen ermüdete sie, und sie begann, wie ein lahmes Pferd zu traben; als sie vom Traben müde war, ging sie. Bald war sie an der Schule. Auf dem Schulgelände gab es zwei Gebäude. Eines war die Kirche, und sie hatte von ihren Freundinnen gehört, daß die Kirche nie als Klassenraum benutzt wurde. Sie wußte, welches die Kirche war, denn obwohl sie nicht zur Schule ging, besuchte sie doch die Sonntagsschule in der Kirche. Entschlossen, mit hoch erhobenem Kopf, schritt sie mitten hinein und suchte nach Mr. Coles Klasse. Das war einfach für sie, denn alle Klassen waren voneinander durch niedrige Pappwände abgetrennt. Man konnte leicht alle Klassen überblicken, indem man einfach den Mittelgang entlangschlenderte.

Als sie Mr. Cole sah, ging sie in seine Klasse und stellte sich hinter ihn. Die anderen Kinder sahen von ihrer Arbeit auf und starrten Adah verwundert an. Zunächst trat Schweigen ein, ein so greifbares Schweigen, daß man es fast halten und spüren konnte. Dann begann ein dummes Kind zu kichern, und die anderen stimmten ein, bis fast jedes Kind in der Klasse so unbeherrscht kicherte, daß Mr. Cole die Kinder, die seiner Ansicht nach alle verrückt geworden sein mußten, wütend anblickte. Dann passierte es. Das Kind, das mit dem Kichern angefangen hatte, hielt sich eine Hand vor den Mund und zeigte mit der anderen auf Adah.

Mr. Cole war ein großer Afrikaner, sehr jung und sehr gutaussehend. Er war richtig schwarz. Seine schwarze Haut glänzte wie poliertes schwarzes Leder. Er war ein sehr ruhiger Mann, aber er lächelte Adah jedesmal an, wenn er auf seinem Weg zur Schule an ihr vorbeikam. Adah war sicher, daß Mr. Cole ihr dieses beruhigende Lächeln auch jetzt vor all den kichernden Idioten schenken würde. Mr. Cole wirbelte so schnell herum, daß Adah einen Schritt zurückwich. Sie hatte keine Angst vor Mr. Cole, die Bewegung war für Mr. Coles große Gestalt nur so schnell und unerwartet. Nur der liebe Gott weiß, was er hinter sich zu finden erwartete. Einen großen Gorilla vielleicht oder einen Wanderzauberer. Doch er sah nur Adah, die ihn anstarrte.

Gott segne Mr. Cole. Er lachte nicht, er begriff die Situation sofort, schenkte Adah sein ihm eigenes Lächeln, streckte die Hand aus und führte sie zu einem Jungen, der Kreidestaub auf seinem Kopf hatte, und bedeutete ihr, sich zu setzen. Adah wußte nicht, was sie mit dieser Geste anfangen sollte. Sie fand, Mr. Cole hätte sie fragen sollen, warum sie gekommen war, doch da sein Lächeln sie beruhigte, sagte sie mit ihrer kleinen, lauten Stimme:

»Ich bin in die Schule gekommen – meine Eltern wollten mich nicht lassen!«
Die Klasse wurde wieder still, der Junge mit dem Kreidestaub auf dem Kopf (er wurde später Dozent im städtischen Krankenhaus von Lagos) gab ihr einen Stift ab, und Adah kritzelte und genoß den Geruch von Kreide und getrocknetem Schweiß. Nie vergaß sie diesen Schulgeruch.
Für Adahs Geschmack ging der Tag zu schnell vorüber. Aber sie mußten heimgehen, versicherte Mr. Cole. Ja, natürlich konnte sie wiederkommen, wenn sie wollte, aber wenn ihre Eltern ihr nicht erlaubten zu kommen, würde er es auf sich nehmen, ihr auf eigene Faust das Alphabet beizubringen. Wenn Mr. Cole nur ihre Eltern nicht ins Spiel brächte. Mit Papa wäre alles in Ordnung: er verprügelte sie wahrscheinlich. Sie wissen schon, nur ein paar Schläge – sechs oder so, nicht viele –, aber Ma würde nicht schlagen, sie würde hin und her überlegen und dann den ganzen Tag lang herumnörgeln.
Sie dachte, daß diese frühen Erfahrungen mit Ma ihr so eine niedrige Meinung von ihrem eigenen Geschlecht vermittelt hatten. Irgend jemand hat mal irgendwo gesagt, daß unser Charakter normalerweise sehr früh geformt wird. Ja, dieser Jemand hatte recht. Frauen machten Adah immer noch nervös. Sie hatten eine Art, die ihr Selbstvertrauen schwächte. Sie hatte eine oder zwei Freundinnen, mit denen sie über das Wetter und die Mode redete. Aber wenn sie wirklich in Schwierigkeiten war, suchte sie sich lieber einen Mann. Männer waren so stark, so sicher.

Mr. Cole führte sie zu einem Stand, wo eine Frau *Boli* verkaufte, der Yoruba-Name für geröstete Bananen. Diese Frauen benutzten gewöhnlich offene Töpfe, in denen sie eine Art Kohlenfeuer machten. Das Feuer war mit einem Drahtgeflecht bedeckt, und auf dem Gitter lagen geschälte Bananen, fertig zum Rösten. Mr. Cole gab ihr eine große *Boli* zu essen und sagte ihr, sie solle sich keine Sorgen machen. Anders war es, als sie nach Hause kamen; zu Hause waren die Dinge außer Rand und Band geraten.
Es herrschte wirklich ein großes Tohuwabohu. Pa war von der Arbeit gerufen worden, Ma war bei der Polizei gewesen und der Verletzung der Aufsichtspflicht beschuldigt worden, und das Kind, das das ganze Durcheinander verursacht hatte, war die kleine Adah, die sie nun alle erschreckt, aber auch triumphierend anstarrte. Sie brachten Ma zum Polizeirevier und zwangen sie, eine große Schale *Gari* mit Wasser zu trinken. *Gari* ist eine fade Art Weizen, der aus Maniok gemacht wird. Gekocht und mit Suppe zusammen gegessen schmeckt er köstlich. Aber ungekocht und mit Wasser versetzt, wie sie Ma ihn zu trinken zwangen, wurde er zur Qual, zu einem wahren Fegefeuer!
Diese Polizisten! Adah wunderte sich immer wieder, woher sie all ihre ungeschriebenen Gesetze hatten. Das alles geschah im Polizeirevier in der Nähe des Sabo-Marktes. Ma sagte den Polizisten mit Tränen in den Augen, daß sie keinen *Gari* mehr herunterbrächte. Sie solle alles austrinken, befahlen sie ihr, und zwar in einer Ausdrucksweise, daß Adah sich

hinter Mr. Cole versteckte. Wenn Ma den *Gari* nicht austrinken würde, fuhren die Polizisten fort, brächten sie sie vor Gericht. Wie diese schrecklichen Männer über ihre eigenen Witze lachten; und wie sie Adah ängstigten! Ma würgte weiter, ihre Augen weiteten sich. Adah war entsetzt; sie begann zu weinen, und Pa, der bisher sehr wenig gesagt hatte, bat die Polizisten aufzuhören. Sie sollten Ma jetzt gehen lassen, erklärte er, denn sie hatte ihre Lektion gelernt. Sie war eine große Schwätzerin und sehr sorglos, anders hätte Adah sich nicht so einfach davonschleichen können. Frauen waren nun mal so. Sie saßen im Haus, aßen, tratschten und schliefen. Sie paßten nicht einmal richtig auf ihre Kinder auf. Aber die Polizisten sollten ihr nun vergeben, denn Pa meinte, daß sie genug *Gari* getrunken hatte.

Der Polizeichef dachte über diese Bitte nach, sah dann noch einmal Ma an, die den *Gari* mit der hohlen Hand zum Mund führte, und lächelte. Er hatte Mitleid mit Ma, aber er warnte sie, daß, wenn so etwas noch einmal passierte, er sie persönlich vor Gericht bringen würde.

»Du weißt, was das heißt?« fragte er mit donnernder Stimme.

Ma nickte. Sie wußte, daß Gericht zweierlei hieß: eine hohe Geldstrafe, die sie nie aufbringen konnte, oder Gefängnis, das sie »Befängnis« nannte. Sie rieten ihr, einen ihrer farbenfrohen *Lappas* zu verkaufen und Adah zur Schule zu schicken, da sie wie ein Kind aussähe, das lernbegierig sei. An diesem Punkt warf Ma Adah einen seltsamen Blick zu – eine Mischung aus Furcht, Liebe und Verwunderung. Adah wich zurück, immer noch an Mr. Cole geklammert.

Als sie vom Revier nach Hause kamen, hatten sich die Neuigkeiten schon verbreitet. Adah hatte ihre Mutter fast ins »Befängnis« gebracht. So häufig wurde dieser Satz wiederholt, daß Adah begann, ganz stolz auf ihre impulsive Tat zu sein. Sie fühlte sich als Sieger, vor allem, als sie hörte, wie Pas Freunde ihm rieten, er solle Adah unbedingt erlauben, bald mit der Schule anzufangen. Dieses Gespräch fand auf der Veranda statt, wo die Besucher zwei kleine Fässer Palmwein in sich hineinschütteten, um ihre ausgedörrten Kehlen zu befeuchten. Als sie gingen, blieb Adah allein mit ihren Eltern zurück.

Es war alles nicht so schlimm, wie sie gedacht hatte, Pa kramte den Stock hervor und verabreichte ihr ein paar Schläge, um Ma zufriedenzustellen. Adah machte das nichts aus, da es keine starken Schläge waren. Vielleicht war Pa durch das Gespräch mit seinen Freunden besänftigt, denn als Adah nach den Schlägen weinte, kam er und redete ernsthaft mit ihr, als wäre sie eine Erwachsene! Er nannte sie bei ihrem Kosenamen, »Nne nna«, was »Vaters Mutter« hieß und der Bedeutung von Adahs richtigem Namen sehr nahe kam. Wie sie zu diesem Namen gekommen war, war eine Geschichte für sich.

Als Pas Mutter starb, hatte sie Pa versprochen, daß sie wiederkommen würde, diesmal als seine Tochter. Es tat ihr leid, daß sie ihn nicht mehr aufziehen konnte. Er war erst fünf, als sie starb. Sie würde wiederkommen, hatte sie versprochen, um ihn dafür zu entschädigen, daß sie ihn so früh verlassen mußte. Nun, Pa wurde erwachsen und heiratete Ma in der Christuskirche in Lagos, einer christlichen Kirche. Aber Pa vergaß das Versprechen seiner Mutter nicht. Sein einziger Vorbehalt war nur, daß er nicht als erstes Kind ein Mädchen wollte. Nun, seine Mutter war ungeduldig! Ma bekam ein Mädchen. Papa meinte, daß Adah das genaue Ebenbild seiner Mutter war, obwohl Adah zwei Monate zu früh auf die Welt gekommen war. Er war ganz sicher, daß das kleine, feuchte, affenähnliche Ding mit dem unförmigen Gesicht seine wiedergekehrte Mutter war. Deshalb wurde sie mit allen möglichen Namenskombinationen bedacht: »Nne nna«, »Adah nna«, »Adah Eze«! Adah Eze bedeutet Prinzessin, Tochter eines Königs. Manchmal nannte man sie Adah Eze, manchmal Ada nna und manchmal Nne nna. Aber diese zusammengesetzten Namen waren zu lang und zu verwirrend für Adahs Yoruba-Freunde und Spielkameraden und besonders für die ungeduldige Ma. So wurde aus ihr einfach »Adah«. Es machte ihr nichts aus. Der Name war kurz. Jeder konnte ihn aussprechen. Als sie größer wurde und die methodistische Mädchenoberschule in Lagos besuchte, wo sie Kontakt zu europäischen Missionaren bekam, war ihr Name einer der ersten, den diese behielten und korrekt aussprachen. Das gab ihr immer einen Vorsprung vor den anderen Mädchen mit langen Namen wie Adebisi Gbamgbose oder Oluwafunmilayo Olorunshogo!

So kam Adah also zur Schule. Pa wollte nichts davon hören, daß sie in die Methodisten-Grundschule ging; sie sollte in die feinere Schule gehen, ins Ladi-Lak. Sicher hätte sich der Erfolg im Leben bei ihr früher eingestellt, wenn Pa am Leben geblieben wäre. Aber er starb bald danach, und Adah und ihr Bruder Boy kamen in eine niedrigere Schule. Trotz alledem verließ der Traum Adah nie.

Es war verständlich, daß Ma sich weigerte, sie mitzunehmen, um den neuen Anwalt zu sehen, da Adah erst einige Wochen vor den Vorbereitungen für die Ankunft des großen Mannes mit der Schule begonnen hatte. Ma ärgerte sich richtiggehend darüber, daß Adah so etwas fragte.

»Erst letzten Monat mußte ich deinetwegen *Gari* trinken, bis mein Magen fast platzte, alles nur, weil du zur Schule gehen wolltest. Jetzt, wo du in die Schule gehst, willst du zum Kai. Nein, du wirst nicht gehen. Du hast die Schule gewählt. Von nun an mußt du zur Schule gehen, bis du grau geworden bist.«

Wie recht Ma hatte! Adah würde nie aufhören zu lernen. Seit jener Zeit war sie immer eine Schülerin geblieben. Adahs Gesicht wurde ganz lang bei diesen Worten. Wenn sie es nur schon vorher gewußt hätte, dann hätte sie ihr Schuldrama nach der Ankunft des Anwalts Nweze aufgeführt. Doch wie sich herausstellte, versäumte sie wenig. Die Frauen übten ihre Lieder mehrere Male und führten ihre Trachten vor, denen sie den Namen *Ezidiji ji de ogoli ome oba* gegeben hatten, was bedeutete: »Wenn ein guter Mann eine Frau hat, ist sie eine Königin.« Sie flochten den

Namen der Tracht in das Lied ein, und es war eine Freude, diese Frauen zu hören und zu sehen, die glücklich waren wie Kinder in ihrer Unschuld. Ihre Wünsche waren einfach und leicht zu erfüllen. Nicht wie die ihrer Kinder, die sich später in dem verwikkelten Netz der Industrialisierung verfingen. Adahs Ma hatte keine Erfahrung mit dem Abzahlen von Hypotheken; sie erfuhr nie, was es bedeutete, ein eigenes Auto zu haben und sich mit seinen Innenteilen herumzuärgern; sie machte sich keine Sorgen um Umweltverschmutzung, Bevölkerungsexplosion oder Rassenprobleme. War es deshalb überraschend, daß sie glücklich war, wo sie doch nichts von den sogenannten Freuden der Zivilisation und auch nichts von ihren Fallen wußte?

An diesem Tag gingen sie zum Kai, diese glücklichen Frauen, um jemanden willkommen zu heißen, der diese Zivilisation erlebt hatte; die Zivilisation, die sie bald danach alle einfangen sollte wie Opium. An diesem Tag waren sie glücklich, ihren Helden willkommen zu heißen.

Sie gingen in ihrer neuen Tracht. Adah erinnerte sich noch an deren Farbe. Ein dunkler samtener Hintergrund, auf den blaßblaue Federn gezeichnet waren. Das Kopftuch war rot, und es war so gebunden, daß das geglättete Haar hervorschaute. Die Schuhe, die sie trugen, waren aus schwarzem Lackleder, das sie »nine-nine« nannten. Niemand wußte wirklich, warum, vielleicht war es der Rhythmus der Wiederholung. Auf jeden Fall trugen sie diese »nine-nine«-Schuhe mit ihren *»Ezidiji ji de ogoli ome oba«*, und

sie kauften neue Kürbisflaschen, die sie mit farbigen Perlenschnüren umwickelten. Wenn diese Flaschen geschüttelt wurden, brachten sie Klänge wie die spanische Samba hervor, mit einer Art wildem, tierischem Unterton.
Es gefiel ihnen gut, erzählten sie Adah später. Sie tanzten glücklich am Kai und schüttelten ihre farbigen Flaschen in der Luft. Die Ankömmlinge aus Europa starrten sie staunend an. Sie hatten nie zuvor so etwas gesehen. Der Höhepunkt kam, als ein Engländer sie fotografierte. Er suchte sich sogar einzelne Frauen mit Babys auf ihrem Rücken aus und machte mehrere Aufnahmen von ihnen. Ma und ihre Freundinnen waren wirklich glücklich, daß sie von Europäern fotografiert wurden! Es war die Zeit vor der Unabhängigkeit Nigerias, als fast jedes Schiff aus England Hunderte von englischen Hochschulabsolventen und Doktoren brachte, die in den Schulen und Krankenhäusern von Lagos arbeiten wollten.
Die wenigen Lücken in der wunderbaren Geschichte von Nwezes Ankunft wurden von Pa geschlossen. Alle Männer aus Ibuza hießen ihn am folgenden Sonntag willkommen. Während der Woche konnten sie ihre Arbeitsplätze nicht verlassen. Papa erzählte, daß der Anwalt kein zerstampftes Yam mehr herunterschlucken konnte; nicht einmal ein Stück Knochen konnte er essen. Das Essen, das sie für ihn zubereiteten, mußte tagelang gekocht werden, bis es fast ein Brei war. »Mir ist beinahe schlecht geworden«, sagte Papa, während er auf den Boden spuckte. »Es erinnerte mich an das ekelerregend wäßrige Essen,

das wir beim Militär kriegten. Da ist aber noch etwas«, fuhr Pa fort, »er hat keine weiße Frau mitgebracht.« Alle Freunde von Pa waren sich einig, daß das gut war. Wenn Nweze eine weiße Frau nach Ibuza mitgebracht hätte, hätte ihr Oboshi die Lepra geschickt! Wenn sie an diese ganzen Tabus und den Aberglauben der West-Ibos von Nigeria dachte, konnte Adah nur innerlich lachen. Sie war damit groß geworden, sie waren ein Teil von ihr, doch nun, in den siebziger Jahren, amüsierte es sie, wenn sie daran dachte. Das Komischste an dem ganzen Aberglauben war, daß er noch immer eine so traurige Gewalt über ihr Volk hatte. Niemand wagte es, ihn zu ignorieren. Lepra war eine Krankheit, mit der die Göttin des größten Flusses in Ibuza jeden strafte, der es wagte, eine der Traditionen der Stadt zu mißachten.
Nun, Pa und seine Freunde tranken auf die Göttin des Oboshi-Flusses, weil sie es nicht zugelassen hatte, daß der Anwalt Nweze vom rechten Weg abgekommen war. Daß Oboshi stark genug war, die Gedanken von Nweze zu leiten, bewies ihre Macht. Noch einmal tranken sie auf die Göttin.
Später jedoch fragte sich Adah, was mit dieser Flußgöttin Oboshi auf einmal los war. Man entdeckte ganz in ihrer Nähe Öl, und sie erlaubte es den Ölleuten, in ihr zu graben, ohne sie mit Lepra zu bestrafen. Die Ölleute waren überraschenderweise in der Hauptsache Weiße. Vielleicht hatten die mächtigeren Götter Oboshi schon lange für überflüssig erklärt. Gewundert hätte es Adah nicht, denn jeder konnte heutzutage für überflüssig erklärt werden,

sogar Göttinnen. Wenn das jedoch nicht der Fall war, so mußte sie sich zumindest in einem Rip-van-Winkle-Schlaf befunden haben, denn sie gestattete es den Hausa-Soldaten, zu kommen und ihre Söhne zu massakrieren, und einige Männer aus Ibuza hatten weiße Frauen geheiratet, ohne die Lepra zu bekommen. Erst letztes Jahr hatte eine Studentin aus Ibuza einen weißen Amerikaner geheiratet! Also war Oboshi schneller als die meisten ihrer Söhne und Töchter bereit, mit der Zeit zu gehen.

Auf jeden Fall ging das Gerede über Nwezes Ankunft monatelang weiter. Adah redete über ihn mit all ihren Freunden in der Schule und erzählte ihnen, er wäre ihr Cousin. Nun, alle anderen redeten großspurig daher, also konnte sie es auch tun. Doch insgeheim schwor sie sich, daß sie eines Tages in das Vereinigte Königreich gehen würde. Ihre Ankunft dort wäre der Gipfel ihres Ehrgeizes. Sie wagte nicht, es jemandem zu erzählen; möglicherweise hätten sie ihren Kopf untersuchen lassen oder so etwas. Ein kleines Mädchen wie sie, mit einem Vater, der nur Eisenbahner war, und einer Mutter, die nur die Ibo-Bibel und das Ibo-anglikanische Liederbuch kannte, und zwar von der Einleitung bis zum Inhaltsverzeichnis, und die immer noch dachte, daß Jerusalem zur Rechten Gottes läge! Daß sie eines Tages ins Vereinigte Königreich gehen wollte, war ein Traum, den sie für sich behielt, aber Träume nahmen schnell Gestalt an. Er lebte mit ihr wie ein unsichtbarer Begleiter.

2 Flucht ins Elitäre

Für die meisten Träume gibt es, wie alle Träumer sehr wohl wissen, Hindernisse. Adahs Traum war da keine Ausnahme, denn er hatte eine ganze Menge davon.

Der erste Schlag kam ganz unverhofft. Ein paar Monate nachdem sie zur Schule gekommen war, mußte Pa ins Krankenhaus. Dann sagte ihr jemand – sie war nicht ganz sicher, wer es war –, daß er einige Tage dort bleiben würde. Ein oder zwei Wochen später wurde Pa nach Hause gebracht, als Leiche. Danach entwickelte sich alles so schnell, daß sie die Ereignisse manchmal durcheinanderbrachte. Adah sollte, wie die meisten Waisenmädchen, bei dem älteren Bruder ihrer Mutter als Dienstmädchen leben. Ma wurde von Pas Bruder geerbt, und Boy würde bei einem von Pas Cousins leben. Man beschloß, das Geld der Familie, ein- oder zweihundert Pfund, für Boys Ausbildung zu verwenden. Für Boy wurde also eine helle Zukunft ersonnen, mit höherer Schulbildung und allem. Adah wollte man nichts mehr lernen lassen, aber jemand wies darauf hin, daß der Brautpreis, den ihr zukünftiger Ehemann für sie zahlen müßte, um so höher wäre, je länger sie zur Schule ginge. Schließlich war sie mit ungefähr neun Jahren noch zu jung für die Ehe, und außerdem würde das Extrageld, das sie einbrächte,

Boy über Wasser halten. Also blieb Adah vorerst in der Schule.

Adah vermißte ihre alte Schule, die Sauberkeit, die Ordnung und die Helligkeit, aber sie konnte dort nicht bleiben. Die Kosten waren fast sechsmal so hoch wie die für andere Schulen, und sie mußte sich an eine ältere und lautere Schule gewöhnen, sonst hätte sie überhaupt nicht mehr zum Unterricht gehen dürfen. Doch der kurze Aufenthalt in Ladi-Lak hatte ihr etwas gebracht: eine sehr gute und solide Basis, die sie in ihrer neuen Klasse zur Besten machte. Ihre Cousins amüsierten sich königlich über ihre Anstrengungen – sie betrachteten sie als ein komisches kleines Mädchen. Sie war jedoch froh, daß sie sie gnädigerweise ihren Träumen überließen, wenn sie ihr Tagwerk vollbracht hatte.

Ihr Tagwerk! Mein Gott, ihr Tag begann morgens um halb fünf. Auf der Veranda ihres neuen Heims in der Pike Street stand eine riesige Trommel, die als Wasserbehälter benutzt wurde, und Adah mußte sie vor der Schule mit Wasser füllen. Das bedeutete normalerweise, daß sie zehn- bis zwölfmal zur Gemeinschaftspumpe – wie diese öffentlichen Scheußlichkeiten damals genannt wurden – laufen mußte.

Adahs neue Familie bestand aus Mas Bruder, der auf der Werft arbeitete, seiner alten Frau, eine ruhige, zurückhaltende Frau, die nur ein Schatten ihres selbstherrlichen Mannes war, und ihren vier kräftigen, erwachsenen Söhnen. Einer war mit einer jüngeren Tochter verheiratet, einer arbeitete als Finanzbeamter, einer war Künstler, blieb zu Hause und sang den ganzen Tag lang, und der Jüngste beendete gerade die Schule. Für sie war Pas Tod ein Segen, da sie Adah nun als unbezahltes Dienstmädchen in diesem aufgeblähten Haushalt einsetzen konnten. All diese Menschen wohnten in nur einem Zimmer und auf der Veranda, dabei hatte das Haus zehn Zimmer! Man konnte sich die Zahl der Haushalte vorstellen, die von der Pumpe in der Pike Street abhingen, denn sie diente außerdem noch für acht weitere Straßen. Es ging immer darum, als erster dort zu sein, um als erster dranzukommen. Um sieben, acht Uhr morgens gab es regelrechte Kämpfe; Metalleimer flogen durch die Luft, Fäuste wurden geschüttelt und Kleider zerrissen. Um dieses Gedränge zu vermeiden, wurde Adah meistens um halb fünf geweckt. Daß sie so früh aufstand, war außerdem eine große Hilfe für ihren neuen Pa und Meister. Er ging morgens gegen halb sieben zur Arbeit, und Adah mußte dasein, um ihm seine Siebensachen zu bringen.

Nun mag man denken, daß die Afrikaner ihre Kinder schlecht behandelten. Doch Adah und ihren Leuten kam es nicht so vor; es war Brauch. Kindern, besonders Mädchen, wurde sehr früh beigebracht, sich nützlich zu machen, und das hatte seine Vorteile. Zum Beispiel lernte Adah zeitig, für sich selbst verantwortlich zu sein. Niemand war an ihrem eigenen Wohlergehen interessiert, nur an dem Geld, das sie einmal einbringen würde, und an der Hausarbeit, die sie verrichten konnte, und Adah, glücklich über diese Möglichkeit zu überleben, ver-

schwendete ihre Zeit nicht darauf, nachzudenken, ob es richtig oder falsch war. Sie mußte überleben.
Die Zeit verging schnell, und als sie elf wurde, fragten sie die Leute, wann sie endlich mit der Schule aufhören würde. Das war eine wichtige Frage, denn die Geldreserve für Boys Ausbildung erschöpfte sich langsam; Ma war mit ihrem neuen Mann nicht glücklich, und man dachte, es wäre Zeit, daß Adah einen finanziellen Beitrag für die Familie leistete. Adah erschreckte das. Eine Zeitlang schien es, als müßte sie nachgeben, um Ma aus der demütigenden Lage zu retten, in der sie sich befand. Sie haßte Ma, weil sie wieder geheiratet hatte, und dachte, es wäre ein Betrug an Pa. Manchmal träumte sie davon, früh zu heiraten, einen reichen Mann, der es Ma und Boy erlauben würde, bei ihr zu leben. Das hätte eine Menge Probleme gelöst, doch die Männer, zu denen ihre schlauen Cousins und Mas taktvolle Hinweise sie drängten, waren kahl und dick, fast so groß wie ihr toter Pa. Ma sagte ihr, daß ältere Männer sich besser um ihre Frauen kümmerten als die jungen und allzu gebildeten, aber Adah gefielen sie nicht. Sie wollte nie, nie in ihrem Leben einen Mann, ob reich oder arm, heiraten, für dessen Güte sie auf Knien danken müßte; sie würde nicht einwilligen, mit einem Ehemann zu leben, den sie als ihren Herrn behandeln und sogar in seiner Abwesenheit mit »Sir« betiteln mußte. Sie wußte, daß alle Ibo-Frauen es taten, aber sie nicht!
Unglücklicherweise verschaffte ihre Halsstarrigkeit ihr einen sehr schlechten Ruf. Was ihr damals nie-

mand sagte, war, daß man die älteren Männer dazu ermunterte, zu kommen und mit ihr zu »reden«, weil nur diese den hohen »Brautpreis« aufbringen konnten, den Ma verlangte. Da Adah das jedoch nicht wußte, brach sie, sobald sie einen dieser Kahlköpfe in seinen weißen, gestärkten Hosen sah, in Eingeborenengesänge über böse alte Kahlköpfe aus. Wenn das nicht wirkte, ging sie in den Hinterhof und ließ die Luft aus den Fahrradreifen ihrer Freier. Sie fand später heraus, daß das wirklich sehr böse war, denn sie hatte inzwischen erfahren, daß die Regierung von Nigeria den Beamtenanwärtern einen Vorschuß für diese Fahrräder gewährte. Die Freier baten also um einen Vorschuß für ihre neuen Raleigh-Räder mit glänzenden Lichtern, nur um Adah zu beeindrukken. Aber das dumme Mädchen weigerte sich einfach, sich beeindrucken zu lassen.

Die Zahl der Freier nahm jedoch ab. Vielleicht machte es die Runde, daß sie ein eigentümliches Mädchen war, denn sie sah zu der Zeit komisch aus: ganz Kopf, mit merkwürdig gefärbtem Haar und einem Bäuchlein, das einem Oxfam-Poster alle Ehre gemacht hätte. Später sagte man ihr, daß niemand mehr käme, weil sie verschroben und häßlich sei. Sie bestritt das nicht; sie war damals wirklich häßlich, nur Haut und Knochen.

Der Gedanke, daß sie am Ende des Jahres die Schule verlassen mußte, beunruhigte sie so sehr, daß sie an Gewicht verlor. Sie bekam einen trübsinnig-ängstlichen Blick, wie ihn manche Geisteskranke haben, mit Augen, so ausdruckslos wie Kontaktlinsen.

Ungefähr um diese Zeit passierte etwas, das ihr zeigte, daß ihr Traum nur einen kleinen Fehler hatte, nur einen ganz kleinen, nichts, was bedeutend genug war, um ihn in den Grundzügen zu zerstören. Der Traum hatte inzwischen in ihrem Geist Gestalt angenommen, er schien Leben zu entwickeln, zu atmen und ihr freundlich zuzulächeln. Das Lächeln des unsichtbaren Begleiters wurde breit, als der Direktor von Adahs Schule die Liste der höheren Schulen verlas, für die die Kinder sich bewerben konnten. »Du wirst hingehen, du mußt hingehen, und zwar in die allerbeste Schule; du wirst nicht nur hingehen, sondern dort Erfolg haben«, hörte sie ihren Begleiter sagen. Sie hörte es so deutlich, daß sie anfing zu lächeln. Die Stimme des Direktors holte sie in die Wirklichkeit zurück. »Was ist denn an mir so komisch, Adah Ofili?«
»Ich, Sir? O nein, Sir, ich habe nicht gelacht, ich meine, nicht gelächelt, Sir.«
»Du hast was nicht? Willst du damit sagen, ich lüge? Los, hebt sie hoch!«
Sofort kam aus der hinteren Reihe eine Gruppe von drei oder vier kräftig aussehenden Jungen; der größte von allen schwang Adah auf seinen Rücken, und zwei andere hielten ihre Füße, während der Direktor seinen Rohrstock auf ihrem Hintern tanzen ließ. Die Schläge brannten so sehr, daß Adah fast die Tränen kamen. Um den Schmerz zu lindern, hieb sie ihre scharfen Zähne in den Rücken des armen Jungen, der sie huckepack hielt. Er begann, laut zu schreien, aber Adah ließ ihn nicht los, nicht einmal,

als die Schläge aufhörten. Der Junge wand sich vor Schmerzen und Adah ebenso. Alle Lehrer kamen zu Hilfe. Adahs Zähne hatten sich so tief in ihn eingegraben, daß Teile seines Fleisches zwischen ihren Zähnen hingen. Sie spuckte sie schnell aus und wischte sich den Mund ab, sah alle mit weit aufgerissenen Augen an.

»Dafür kommst du ins Gefängnis«, brüllte der Direktor, und er brachte den Jungen zur Ersten Hilfe in sein Büro. Von diesem Tag an meldete sich kein Junge mehr, um Adah auf den Rücken zu nehmen, aber der Vorfall gab ihr einen Spitznamen, den sie nie los wurde: die Ibo-Tigerin. Einige ihrer Yoruba-Klassenkameraden fragten sie oft, wie Menschenfleisch schmecke, denn »ihr Ibos habt doch Menschen gegessen, oder?« Nun, Adah wußte nichts über die kannibalistischen Neigungen ihres Stammes; sie wußte nur, daß der Rohrstock des Direktors so brannte, daß sie das unwiderstehliche Bedürfnis verspürte, den Schmerz an jemand anderen weiterzugeben. Latifu, der Junge, der sie hielt, war zufällig das Opfer, das am nächsten war, also mußte er es ertragen. Adah hatte auch das Gefühl, daß sie ungerechterweise bestraft worden war. Sie hatte ihrem inneren Begleiter zugelächelt, nicht dem Direktor, und sie vermutete, der Direktor wußte auch, daß sie die Wahrheit sagte; er hatte sie einfach schlagen wollen, das war alles.

Adah wartete tagelang auf das Gesetz, von dem der Direktor gesagt hatte, daß es kommen und sie ins Gefängnis bringen würde. Kein Polizist kam, also meinte sie, daß sie entweder vergessen worden war oder daß der Biß nicht so tief war, daß man dafür Gefängnis verdiente. Der Gedanke beschäftigte sie jedoch. Er beschäftigte sie so sehr, daß sie versucht war, noch eine Grausamkeit zu begehen, dieses Mal eine wirklich schreckliche, die sie nicht ins Gefängnis, aber um ein Haar zu ihrem Schöpfer brachte.

Adah bekam zwei Shilling, um ein Pfund Steak auf einem Markt zu kaufen, der Sand Ground hieß. Sie schaute das Zwei-Shilling-Stück sehr, sehr lange an. Alles, was sie brauchte, um die Aufnahmeprüfung für die Schule ihrer Träume zu machen, waren zwei Shilling. Sagte Jesus nicht, man sollte nicht stehlen? Aber sie war sicher, daß es in der Bibel eine Stelle gab, wo es hieß, man könne so schlau wie eine Schlange und so unschuldig wie eine Taube sein. Schadete sie irgend jemandem, wenn sie mit diesen zwei Shilling die Gebühren für ihre Aufnahmeprüfung zahlte? Würde Jesus sie dafür verurteilen: wegen Diebstahls? Schließlich konnte ihr Cousin es sich leisten, das Geld zu bezahlen, obwohl er es ihr nicht geben würde, wenn sie ihn wirklich darum bat. Was sollte sie tun? Das war das Dumme mit Jesus, ER antwortete einem nie; ER gab einem nie ein Zeichen, was man in so einer verführerischen Situation tun sollte. Jeder konnte, was ER sagte, so verdrehen, daß es in seine eigene Auslegung paßte. Dann sah sie wieder ihren Begleiter. Alles würde sich finden, ihr Begleiter lächelte, also steckte Adah das Geld ein und kam in Tränen aufgelöst und ohne Fleisch nach Hause.

Sie war wirklich keine gute Lügnerin. Die Wildheit in ihren Augen verriet sie irgendwie. Wenn sie nur ihre großen Augen hätte gesenkt lassen können, wäre es in Ordnung gewesen: Man hätte ihr ihre Geschichte geglaubt. Aber sie starrte ihnen fortwährend in die Augen, und in ihrem Gesicht stand alles wie in einem Spiegel geschrieben.

»Du lügst, Adah«, sagte die Frau ihres Cousins scharf.

Adah öffnete den Mund, mußte ihn jedoch schnell wieder schließen, da kein Ton herauskam. Sie wußte, was ihr bevorstand: der Rohrstock. Sie hatte nichts gegen diese Schläge, da sie wußte, daß jeder, der sündigte, bestraft werden mußte. Sie rechnete nur nicht mit dem Ausmaß der Bestrafung. Ihr Cousin schickte sie mit einer Drei-Penny-Münze los, einen Rohrstock zu kaufen, der *Koboko* hieß. So einen benutzten die Hausas für ihre Pferde. Adah konnte nichts anderes tun, als ihn zu kaufen. Ihr Cousin warnte sie, daß er nicht aufhören würde, den Rohrstock tanzen zu lassen, bis sie die Wahrheit gesagt hätte. Das war schlimm, dachte Adah. Sie würde in die methodistische Mädchenoberschule gehen oder sterben. Sie konzentrierte sich auf etwas anderes. Nach dem Brennen der ersten paar Schläge wurde ihre Haut hart, ebenso wie ihr Herz. Sie begann zu zählen. Als Cousin Vincent bei fünfzig angekommen war, appellierte er an Adah, doch ein bißchen zu weinen. Wenn sie nur weinte und um Gnade bettelte, würde er sie in Ruhe lassen. Aber Adah schluckte den Köder nicht. Sie begann sich als Märtyrerin zu sehen; sie wurde für das bestraft, an das sie glaubte. Unterdessen wuchs Cousin Vincents Wut; er schlug sie wie wild am ganzen Körper. Nach hundertdrei Schlägen sagte er zu Adah, er würde nie mehr mit ihr reden; nicht in dieser Welt und auch nicht in der zukünftigen. Adah hatte nichts dagegen. Sie war in Wirklichkeit sehr glücklich. Sie hatte sich die zwei Shilling verdient.

Der Direktor ihrer Schule traute seinen Ohren nicht, als Adah ihm sagte, daß sie die allgemeine Aufnahmeprüfung machen würde. Er sah ihren von Striemen bedeckten Körper sehr lange an und zuckte dann die Schultern. »Bei euch Ibos kann man nie wissen. Ihr seid das größte Geheimnis, das Gott geschaffen hat.« Er schrieb ihren Namen auf.

Mitunter kam ihr der Gedanke, daß sie vielleicht das Schulgeld nicht würde zahlen können. Doch sie ließ sich nicht beunruhigen. Sie hatte irgendwo gelesen, daß es eine Art Stipendium für die fünf oder so besten Schüler in der Prüfung gäbe. Sie würde um einen dieser Plätze kämpfen. Sie war so fest entschlossen, daß sogar die Tatsache, daß sie die Nummer 975 hatte, sie nicht schreckte. Sie würde in diese Schule gehen, und dabei blieb es!

Aber wie sollte sie es den Ihren zu Hause sagen? Sie mochte ihren Cousin Vincent nicht mehr. Jedesmal, wenn sie niederkniete, um zu beten, bat sie Gott, ihn zur Hölle zu schicken. Sie glaubte nicht an den Unsinn, daß man seine Feinde lieben sollte. Schließlich mochte Gott den Teufel auch nicht, warum sollte sie also für einen Mann beten, der die Stirn hatte, sie gut zwei Stunden lang mit einem *Koboko* zu schlagen? Als Cousin Vincent bei seinen Abschlußprüfungen in der Cambridge School durchfiel, brach Adah in Gelächter aus. Gott hatte ihre Gebete erhört.

Die Aufnahmeprüfung sollte an einem Samstag stattfinden. Das würde schwierig werden. Wie sollte sie von zu Hause wegkommen? Noch einmal lügen? Sie konnte es nicht wieder tun. Man würde alles herausfinden und sie davon abhalten, die Prüfung zu machen; also sagte sie ihrem Onkel, Mas Bruder, daß sie zu der Prüfung ginge. Das Komischste war, daß niemand sie fragte, woher sie das Geld dafür hatte. Niemand wollte es wissen. Solange sie niemanden um Geld bat und solange sie ihre Samstagsarbeit erledigte, konnte sie ihretwegen ruhig zum Teufel gehen!

Von Zeit zu Zeit fragte sie die Mutter des Hauses, Mas Schwägerin, wie sie sich vorstellte, das Schulgeld zu beschaffen, und sie erinnerte sie daran, daß ihr Vater tot war. Jedesmal zitterte Adah dann vor Angst, aber sie erzählte nie jemandem, daß sie davon träumte, ein Stipendium zu gewinnen. Ein Mädchen wie sie durfte so etwas nicht äußern, durfte nicht so ehrgeizig sein.

Sie war sich darüber im klaren, daß seit Pas Tod niemand mehr an ihr interessiert war. Selbst wenn sie durchgefallen wäre, hätte sie es als eine der Hürden des Lebens akzeptiert. Aber sie fiel nicht durch. Sie bestand nicht nur die Aufnahmeprüfung. Sie bekam auch ein Stipendium bei voller Verpflegung. Sie erfuhr nie, ob sie die erste, zweite oder dritte war, aber sie war eine der besten dieses Jahres.

Von da an wich der Begleiter nicht mehr von ihrer Seite. Er lebte neben ihr, wie ein Gefährte. Er tröstete sie während der langen Schulferien, wenn sie nicht heimgehen konnte, da sie kein Heim hatte.

Sie war sehr glücklich in der methodistischen Mädchenoberschule, vor allem die ersten vier Jahre. Als sich ihre Schulzeit dem Ende zuneigte, stieg jedoch drohend eine Wolke der Unsicherheit auf. Es war unglaublich, wie schnell fünf Jahre vergehen konnten! Sie wäre gern in dem Internat geblieben, hätte am liebsten jeden Tag zu einem Jahr und jedes Jahr zu einem Jahrhundert ausgedehnt. Aber das war unmöglich.

Der letzte Tag kam, und sie war für das Leben draußen gänzlich unvorbereitet. Sie hatte einige vage Pläne, was sie tun sollte: ihre Ausbildung fortsetzen, auf die Universität von Ibadan gehen, um klassische Literatur zu studieren und schließlich selbst zu unterrichten.

Eines hatte sie aber nicht bedacht. Um auf einen akademischen Grad hin zu studieren, für die Aufnahmeprüfung zu lernen oder sogar für höhere Prüfungen, brauchte sie ein Zuhause. Nicht nur irgendein Zuhause, wo es heute Ärger und morgen Kämpfe gab, sondern eine gute, ruhige Atmosphäre, wo sie in Frieden studieren konnte.

So ein Zuhause konnte Adah nicht finden. In Lagos durften Teenager zu jener Zeit nicht allein leben, und wenn der Teenager außerdem noch zufällig ein

Mädchen war, hätte das Alleinleben bedeutet, daß man es auf Ärger anlegte. Kurzum, Adah mußte heiraten.

Francis war ein sehr stiller junger Mann, der Buchhalter werden wollte. Adah beglückwünschte sich zu der Ehe. Zumindest war er kein alter Kahlkopf und auch kein »gemachter Mann«, obwohl kein Zweifel bestand, daß er sich eines Tages etablieren würde. Der größte Vorteil für Adah bestand darin, daß sie in ihrem eigenen Tempo weiterstudieren konnte. Große Befriedigung verschaffte ihr auch die Tatsache, daß Francis zu arm war, um die fünfhundert Pfund Brautpreis zu zahlen, den Ma und die anderen Mitglieder der Familie verlangten. Sie war deshalb so eine teure Braut, weil sie eine Collegeausbildung hatte, obwohl keiner von ihren Verwandten zu ihrer Ausbildung beigetragen hatte. Die Wut ihrer Familie war so groß, daß niemand zu ihrer Hochzeit kam.
Die Hochzeit selber war eine lustige Angelegenheit. Francis und Adah waren beide minderjährig, und die einzige Trauzeugin, Francis' Mutter, mußte mit ihrem Daumen unterzeichnen. Die ganze Sache war von Anfang an schiefgelaufen. Sie hatten vergessen, einen Ring zu kaufen, und der magere Mann mit dem Binder weigerte sich, sie zu trauen, sogar als Adah ihm versicherte, daß ein Stück Band es auch tun würde, bis sie zu Hause wären.
»Ich habe noch nie von so einer Hochzeit gehört«, erklärte der Mann, der in seinem engen Kragen schwitzte.

»Bitte, trauen Sie uns ohne Ring, denn, sehen Sie, bevor wir nach Ebute-Metta kommen und wieder zurück, haben Sie schon Feierabend!« bettelte Adah.
»Lassen Sie es gut sein. Kommen Sie einfach morgen mit dem Ring wieder, und ich werde Sie trauen!«
Am nächsten Tag wurden sie getraut. Es war der traurigste Tag in Adahs Leben. Sie hatte nichts dagegen, mit dem Bus nach Hause zu fahren, es machte ihr auch nichts aus, nicht in Weiß zu heiraten, was sie ohnehin haßte, aber trotzdem war sie traurig, noch Monate nach der standesamtlichen Heirat war sie sehr traurig. Bald jedoch begann sich alles zu bessern. Adah brachte eine Tochter zur Welt, und sie und Francis waren beide entzückt von dem Baby. Dann, nach endlosen Gesprächen und auszufüllenden Formularen, wurde Adah ausgewählt, als Bibliothekarin in der Bibliothek des amerikanischen Konsulats in der Campbell Street zu arbeiten. Die Höhe ihres Gehalts beunruhigte Francis ein wenig, und er mußte seinen Pa um Rat fragen.
»Glaubst du, daß unsere Ehe gutgehen wird, wenn ich Adah für die Amerikaner arbeiten lasse? Ihr Gehalt wird dreimal so hoch sein wie meins. Meine Arbeitskollegen werden mich auslachen. Was meinst du, soll ich es tun?«
»Du bist wirklich ein Dummkopf. Wohin wird sie das Geld wohl bringen? Zu ihrer Familie? Ihre Familie, die nicht mal gekommen ist, um ihr zur Geburt von Klein Titi zu gratulieren? Ihre Verwandten, denen es egal war, ob sie lebendig oder tot war? Das Geld gehört dir, siehst du das denn nicht? Laß sie für

eine Million Amerikaner arbeiten und das Geld hierher bringen, in dieses Haus. Es ist dein Glück. Du hast mit deiner Ehe eine gute Wahl getroffen, mein Sohn.«

Francis freute sich wie ein Schuljunge. Adah würde Schutz brauchen, vor allem an Zahltagen. Am ersten Zahltag sollte Adah ungefähr sechzig Pfund bekommen. Weder Adah noch Francis hatten jemals so eine phantastische Summe gesehen. Es war beschlossene Sache, daß Francis nur den halben Tag in seinem Büro arbeiten und dann den Bus nehmen sollte, um Adah abzuholen und so seine Frau und ihr Geld zu beschützen. Beide, Mann und Frau, trugen das Geld in Adahs Arbeitstasche zum Tinubu Square, als wäre es ein zartes Baby. Sie machten Pläne für ihren plötzlichen Wohlstand.

»Wir liegen an der Spitze all unserer Kollegen, weißt du das?« bemerkte Francis.

»Gott ist wunderbar! Stell dir vor, ich verdiene so eine phantastische Summe. Unser neues Baby wird sehr glücklich sein.«

»Wenn es ein Junge wird, nennen wir ihn Kennedy.«

»Und wenn es ein Mädchen wird, nennen wir es Jacqueline.«

Es entstand eine lange Pause, in der das junge Paar argwöhnisch einen Mann in einem *Agbada*-Gewand beäugte.

»Manche dieser Schurken können Geld riechen, weißt du«, flüsterte Francis.

»Ja, ich weiß«, Adah nickte.

Francis preßte die Basttasche fest an seine Brust und blickte düster zu dem Mann hinüber, der nichts Böses ahnte.
»Ich habe nachgedacht«, sagte Adah ganz plötzlich. »Ich habe immer davon geträumt, eines Tages ins Vereinigte Königreich zu gehen. Warum sparen wir nicht und gehen dorthin, jetzt, wo wir es uns leisten können? Wir können die Kinder mitnehmen. Alle gehen jetzt ins Vereinigte Königreich. Ich wäre froh, wenn wir auch dorthin gingen.«
Das Lächeln auf Francis' Gesicht war wie warmer Sonnenschein nach einem heftigen Regen. Es breitete sich von einem Ohr zum anderen auf seinem bartlosen Gesicht aus. Zuerst wollte er fahren, und Adah sollte ihm jeden Monat zwanzig Pfund schikken; sie sollte das Geld für ihre Überfahrt und die der Kinder sparen, sie hätte sich selbst und die Kinder zu versorgen, während sie noch in Lagos waren, die Miete zu zahlen und außerdem einen Teil der Schulgelder für einige von Francis' sieben Schwestern.
Adah sträubte sich nicht im geringsten, all diese Pflichten aufgeladen zu bekommen, auch wenn ihr Brautpreis nicht bezahlt worden war. Nie kam es ihr in den Sinn, ihr hohes Gehalt für ihren Brautpreis zu sparen. Sie wußte, daß alles, was sie tat, ihre junge Familie zu einer Familie der Ibo-Elite machen würde, genauso wie die des Anwalts Nweze aus Ibuza, der inzwischen Minister in Nord-Nigeria geworden war. Dieser Anwalt war ein komischer Mann, dachte Adah. Er kam nicht nach dem Süden, nach Ibuza, um den Menschen der Stadt Elektrizität

zu bringen, er kam auch nicht, um die Fluß-Oboshi zu ehren. Er blieb einfach im Norden und machte dort einen Haufen Geld. Als Adah noch im amerikanischen Konsulat war, waren in den nigerianischen Zeitungen Nachrichten aufgetaucht, daß Anwalt Nweze einen Multimillionär der Hausa verteidigte. Man sagte, daß der Millionär so reich war, daß er eine Eisenbahnlinie direkt bis zu seiner Palasttür hatte bauen lassen. Der Mann hatte acht Rolls-Royce. Nach diesem Fall war Nweze selbst Millionär. Adah fragte sich, wie das zuging, denn der Millionär war im Gefängnis, da er in seinem großen Palast Banknoten gefälscht hatte. Francis und Adah überlegten sich manchmal, womit er Nweze bezahlt hatte.
Auf jeden Fall war das Nwezes Sorge und nicht Adah Obis! Was sie anging, so wurden alle ihre Träume wahr. Ihre Ehe bestand noch nicht einmal achtzehn Monate, und sie hatte bereits vier Dienstmädchen, zwei davon bekamen je drei Pfund, die anderen bekamen die Kosten für ihre Schule bezahlt. Diese zwei waren Cecilia und Angelina, Francis' Schwestern. Die vier Mädchen machten im Haus alle Arbeit. Adah mußte nur in die amerikanische Bibliothek gehen, bis halb drei arbeiten, nach Hause kommen, sich rundherum bedienen und am Abend lieben lassen. In dieser Hinsicht enttäuschte sie ihre Schwiegereltern nicht. Denn abgesehen davon, daß sie genug verdiente, um sie alle zu unterhalten, war sie auch noch sehr fruchtbar, was bei den Ibos immer noch der größte Vorzug ist, den eine Frau haben kann. Einer Frau verzieh man alles, solange sie nur

Kinder gebar. Adah war in dieser Hinsicht so schnell, daß sie unter den Frauen ihrer Altersgruppe den Spitznamen »Nicht berühren« bekam. »Sobald ihr Mann sie berührt, schwillt ihr Bäuchlein an«, lachten sie.

Später, als sie in England über diese Zeit ihres Lebens fast mit Nostalgie schrieb, fragte sie sich immer, warum sie mit dieser Art Leben nicht zufrieden gewesen war, wo sie doch von der Liebe ihrer Schwiegereltern aufgefangen, von ihren Bediensteten verwöhnt und von Francis' jüngeren Schwestern geachtet wurde. Ihre Schwiegermutter war all das, was ihre Ma nicht war: ruhig, schön und mütterlich. Manche von Adahs Freundinnen dachten, sie wäre Adahs richtige Mutter, weil sie sich so gut verstanden. Aber irgendwo in ihrem Herzen argwöhnte sie, daß ihre Zufriedenheit nur oberflächlich war. Sie kannte ihren Mann nicht sehr gut, da wie bei den meisten jungen afrikanischen Frauen Entscheidungen über ihrer beider Leben zuerst an Big Pa, Francis' Vater, gingen, dann an seine Mutter und dann unter den Brüdern der Familie diskutiert wurden, bevor man Adah mit einbezog. Sie fand das lächerlich, um so mehr wenn es bei diesen Diskussionen um finanzielle Dinge ging. Schließlich mußte in den meisten Fällen sie die Idee bezahlen, aber trotzdem wurde die Entscheidung hinter ihrem Rücken getroffen. Natürlich war Francis, genau wie sie, nur eine Marionette. Sie konnten sich nicht weigern. Sie hatten sich den Älteren zu beugen.

Ältere oder nicht, sie würden ihr eigenes Leben leben. Es wäre fairer gewesen, wenn einige der Älteren aus ihrer eigenen Familie gestammt hätten. Aber Adahs Eltern waren inzwischen beide tot. Ma war im Alter von achtunddreißig Jahren gestorben, als Adah im Krankenhaus lag und Titi bekam, deshalb fühlte sie sich in gewisser Weise betrogen.
Betrogen dürch die Tatsache, daß weder ihr Pa noch ihre Ma eines ihrer Kinder hatte sehen können; betrogen durch die Tatsache, daß sie soviel Freude in das Heim ihres Mannes brachte und keine in ihr eigenes. Boy besuchte sie nie, genausowenig wie einer ihrer Cousins oder Onkel. Sie fanden, daß Adah sie im Stich gelassen hatte. Sie sagten, Adah hätte ihre Ausbildung fortsetzen und Ärztin werden sollen, wo sie es doch geschafft hatte, sich durch die höhere Schule zu kämpfen. Aber keiner redete davon, wer sie hätte unterstützen sollen, keiner redete davon, wo sie hätte leben können. Also war sie wieder einmal allein, in eine Situation gezwungen, die ihr von der Gesellschaft diktiert wurde, in der sie als Individuum kaum eine Wahl hatte. Lieber wäre sie mit ihrem Mann, den sie gerade anfing zu lieben, in eine neue Umgebung, ein neues Land und zu anderen Menschen gezogen. So sandte sie Gebete zu Gott, bat IHN um Pas Einwilligung zu der Reise in das Land ihrer Träume, in das Vereinigte Königreich! Genau wie ihr Pa sprach sie den Namen Vereinigtes Königreich immer noch im Flüsterton aus, sogar wenn sie mit Gott darüber redete, doch nun spürte sie, daß es näher rückte. Sie

begann zu glauben, daß sie wirklich nach England fahren würde.

Francis eröffnete ihr die guten Nachrichten eines Tages nach dem Abendessen. Pa habe zugestimmt, sagte er. Adah war so glücklich, daß sie begann, einen afrikanischen Calypso zu tanzen. Endlich war es soweit! Man würde sie bald als »Dagewesene« bezeichnen – in Lagos ein Ausdruck für die, die in England gewesen waren. Francis wartete, bis sie zu Ende getanzt hatte, bevor er die Bombe platzen ließ.

»Du weißt, wie altmodisch Vater ist.«

Adah wußte es und nickte, erschreckt durch den ernsten Ton ihres Mannes.

»Vater hält nichts davon, wenn Frauen ins Vereinigte Königreich fahren. Aber schau, du wirst für mich zahlen und für dich selbst sorgen können, und nach drei Jahren werde ich zurück sein. Vater hat gesagt, daß du mehr verdienst als die meisten Leute, die in England gewesen sind. Warum solltest du deinen guten Job verlieren, nur um London zu sehen? Es soll genau wie Lagos sein.«

Francis war durch und durch Afrikaner. Ein zivilisierterer Mann hätte wahrscheinlich einen besseren Weg gefunden, seiner Frau so etwas zu sagen. Aber er war der Mann und hatte daher das Recht, ihr zu sagen, was sie zu tun hatte. Vom ersten Tag ihrer standesamtlichen Heirat an hatte Adah zugesehen, wie die romantische Seite ihres Lebens wie Glas in Scherben fiel. Francis hatte eine sehr teure Ausbildung am Hussey College in Warri genossen, aber seine Lebensauffassung war rein afrikanisch. Er hatte im Gegensatz zu Adah wenig Möglichkeiten gehabt, mit Europäern in Kontakt zu kommen. Diese verdammten Missionare! Sie hatten Adah alle Annehmlichkeiten des Lebens gezeigt, hatten ihr mit Hilfe der Bibel beigebracht, daß eine Frau jederzeit bereit sein mußte, ihrem Mann nachzugeben, und daß sie für ihren Mann wertvoller sein mußte als Rubine. Das mochte stimmen bei einem Mann, der schon einmal Rubine gesehen hatte und ihren Wert kannte. Was aber war mit einem Mann, der die Rubine wegwerfen würde, weil er sie für wertlose Steine hielt? Was sollte sie nun tun? Weinen? Es war zu spät. Wer waren denn diese Leute überhaupt? Ungebildete Eltern, die glaubten, sie wüßten eine Menge über eine merkwürdige Art von Philosophie, mit der jedenfalls sie ihre Kinder nicht aufziehen wollte. Es hatte keinen Sinn, mit Francis zu streiten, es nützte nichts, ihn zu fragen, wofür er sich denn eigentlich hielt. Er würde es einfach nicht begreifen. »Sei so listig wie eine Schlange, aber so harmlos wie eine Taube«, zitierte sie in Gedanken. Sie sollte also in Nigeria bleiben, ihren Mann finanzieren, von Zeit zu Zeit seinen Eltern teure Geschenke machen, dabei helfen, das Schulgeld für die Mädchen zu zahlen, auf ihre kleinen Kinder aufpassen und was dann, verrekken? Dahin hatte ihr großer Traum sie also geführt. Sie hätte einen der Kahlköpfe heiraten sollen. Jetzt war es zu spät, nicht einmal ein Kahlkopf würde sie noch nehmen. Alles, was sie tun konnte, war, die Lage zu ändern, und dazu war sie entschlossen. Sie tat so, als sei sie vollkommen einverstanden mit dem

Plan. Natürlich blieb sie in Lagos und sorgte für die Familie; natürlich schickte sie ihm regelmäßig Geld und zog, wenn möglich, bei ihrer Schwiegermutter ein. Francis sollte sich nicht um sie sorgen, alles würde wunderbar klappen.

»Mein Vater hat mir gesagt, daß ich eine richtige Entscheidung getroffen habe an dem Tag, an dem ich sagte, ich würde dich heiraten. Weißt du, was er gesagt hat? Nein? Ich erzähle es dir. Er hat gesagt: ›Adah hat sich selbst erzogen. Sie hat sehr früh gelernt, sich von ihrem gesunden Menschenverstand leiten zu lassen. Sie ist eine Frau, die denkt, bevor sie handelt. Ich sage dir, sehr wenige Frauen tun das.‹«

Beide brachen in Lachen aus.

»Vater hatte recht, oder?« Francis wollte sichergehen.

Ja, dein Vater wußte gar nicht, wie recht er damit hatte, dachte Adah bei sich. Zuerst mußte Francis fahren, dann würde sie ihre Schwiegereltern bearbeiten und ihnen so sehr zusetzen, bis sie sie gehen ließen.

Bald wurden Pläne für Francis' Abreise gemacht. In ganz kurzer Zeit bekam er alles, was er brauchte, zusammen. Adah kostete es jedoch ein kleines Vermögen, denn es war Bestechung auf der ganzen Linie. Um zu jener Zeit einen Paß zu bekommen, mußte man sogar den Beamten beim Paßamt bestechen. Merkwürdigerweise war das Amt mit Polizisten besetzt. Selbst der Mann an der Spitze, dessen Gebühr bei zwanzig Pfund lag, war ein Polizist. Jeder seiner Untergebenen bekam fünf Pfund. Francis und Adah

lebten von Francis' Einkommen und gaben Adahs Gehalt für die Vorbereitung seiner Reise aus.
In der Nacht, bevor er Nigeria verließ, machte Francis ein Gruppenfoto von seiner Familie und Adahs kleinem Mädchen. Adah weigerte sich, sich dazuzustellen. Sie wußte nicht, warum, aber sie wollte einfach nicht auf dem Foto erscheinen. Vielleicht, weil sie mit dem neuen Kind zu dick war, doch sie wußte, daß der Fotograf das gut hätte vertuschen können! Ein Verwandter von ihnen kam und sprach ein besonderes Gebet zum Oboshi-Fluß. Francis' Mutter brachte ein paar Kolanüsse, der Verwandte zerbrach sie und warf sie in einen Kreis, der mit Kreide auf den Boden gezeichnet war. Der Göttin, die vierhundert Meilen weit weg in Ibuza war, sang man ein langes Gebet. Sie wurde angefleht, Francis zu leiten, ihn vom bösen Blick weißer Mädchen fernzuhalten, ihn bald seine Prüfungen bestehen zu lassen, ihn in England mit viel Geld zu segnen und mit allem, was gut war. Oboshi wurde angefleht, ihn vor allem dann zu vergessen, wenn sie Krankheiten oder irgendwelche Plagen austeilte. Dies verwirrte Adah. War Oboshi auch für das Leben der Menschen in England verantwortlich? fragte sie sich. Auf jeden Fall mußten sie am Ende alle die Kolanuß-Stücke essen, an denen sie mit großer Befriedigung herumkauten.
Das war das Beunruhigende, wenn man an all diese überirdischen Wesen glaubte. Man wußte nicht, wann man den Ärger des einen oder anderen heraufbeschwor. Machte zum Beispiel die Tatsache,

daß sie die Kolanüsse kauten, die sie Oboshi dargebracht hatten, sie automatisch zu Feinden Jehovas?
Nun, meinte Adah bei sich, wenn Oboshi schon so eine mächtige Göttin war, dann könnte sie sie wohl auch vor dem Zorn anderer Götter schützen. Doch Adahs Christentum komplizierte diese Lösung noch mehr. Sagte der Gott der Christen, an den Adah glaubte, nicht irgendwo zu Moses, daß er ein eifernder Gott war, »der die Sünden der Väter in den Kindern derer, die mich hassen, heimsuchte bis ins dritte und vierte Glied«? Dieser Gott würde sie hassen, da sie Kolanuß kauten, dessen war sich Adah sicher. Nichts würde ihr schuldbeladenes Gewissen zum Schweigen bringen; nicht einmal die Tatsache, daß ihre Schwiegermutter, die eine ergebene Katholikin war, die Kolanüsse gekauft hatte und sie gerade fröhlich kaute. Adah schaute zu Francis, der jedes Wochenende die Bibel anschleppte und den Leuten die »guten Nachrichten aus dem Königreich« erzählte, die er aus einem Zwei-Penny-Magazin namens *Wachtturm* hatte. Gut, für ihre Schwiegermutter war das kein Problem – sie würde schnell zum Pfarrer gehen, der um die Ecke an der Paulskirche wohnte, und ihm alles beichten. Der Pfarrer würde ihr dann die Absolution erteilen. Das reinigte ihr Gewissen, um, wenn sie wollte, wieder sündigen zu können. Was Francis anging, so wurde er Zeuge Jehovas, wann immer ihm danach war, oder wenn er es als Entschuldigung dafür anführen konnte, egoistisch zu sein. Als Adah während ihrer ersten

Schwangerschaft krank gewesen war, hatte Francis Blut gespendet, um ihr Leben zu retten; er hatte vergessen, daß die Zeugen das nicht durften. Als er mit seinen Vorbereitungen für England beschäftigt war, vergaß er den *Wachtturm* und *Erwachet!* Er vergaß auch, daß seine Reise nach England das Streben nach materiellen Gütern bedeutete, das, wie er Adah immer predigte, nicht nur böse, sondern unnötig sei, da Armageddon kurz bevorstand. Für alle war es in Ordnung, nur sie wußte nicht, an wen sie sich wenden sollte. In der Kirche, die sie besuchte, gab es keinen Priester, bei dem sie beichten konnte. Sie gehörte zur Kirche von England. Die hatten weder einen *Wachtturm* oder ein *Erwachet* noch ein Absolutionssystem; die ließen einen Menschen, der sich schuldig fühlte, mit seinem beladenen Gewissen allein. Aber halt, dachte Adah, sagte Jesus nicht den Pharisäern, daß man dem Kaiser geben sollte, was des Kaisers, und Gott, was Gottes war? Nun, genau das taten sie gerade. Sie konnte die Heilige Schrift zitieren, um es zu verteidigen. Es gab keinen Grund zur Sorge.

Die ganze Familie zog aus, um Francis am Flughafen von Ikeja eine gute Reise zu wünschen. Wenn Ehemänner ihre Frauen verließen und in das Vereinigte Königreich gingen, erwartete man von allen Frauen, aus Liebe zu weinen. In der Nacht betete Adah zu Gott, er möge ihr genug Tränen schicken, um ihre Schwiegereltern zu beeindrucken. Ihre Tränen hatten die Angewohnheit, immer zur falschen Zeit zu kommen. Sie wollte, daß sie am Flughafen flossen, so daß Francis, wenn er ein Mitglied der Elite wurde, sich daran erinnerte, daß die arme Adah sogar um ihn geweint hatte, als er noch ein Niemand war. Die Tränen kamen zwar, aber wieder zur falschen Zeit. Sie sah mit trockenen Augen zu, wie Francis sich von allen verabschiedete. Seine Schwestern waren wie Alice in Lewis Carrolls Geschichte, sie weinten wie von Sinnen. Er würde sich an sie erinnern, wenn er als ein Mitglied der Elite mit Unmengen von Auszeichnungen zurückkam. Er wird mich und mein Kind vergessen, genauso wie das andere, das ich in drei Wochen bekommen werde, dachte Adah, während sie dastand, abseits von der Familie, wie eine Ausgestoßene. Francis war enttäuscht und zeigte es, aber er gab ihr doch einen Klaps auf die Schulter. Arme Adah, ihr Herz tat ihr weh, weil der einzige Mensch, den sie gerade zu verstehen begann, um den sie sich sorgte, abreiste. Vielleicht erfolgte die Trennung zu früh für ihre Ehe, sie wußte es nicht. Doch was sie wußte, war, daß da dieser Schmerz in ihrem Herzen war, zu schwer für Tränen und zu schwer für Worte. Sie sah alle einfach nur an.

Jeder Name wurde aufgerufen, und alle Passagiere standen, einer nach dem andern, an der Flugzeugtür, winkten ihren Leuten zum Abschied zu und verschwanden dann im Inneren des walähnlichen Monsters, das Flugzeug hieß. Adah hatte noch nie ein Flugzeug aus dieser Nähe gesehen. Die waren ja größer als Busse! Die Stewardeß lächelte gekünstelt und winkte mit zwei Händen statt mit einer, wie alle an-

deren es taten. Warum das? wunderte sich Adah. Dann wurde die Tür unbarmherzig zugeschlagen. Das Zuschlagen der Tür, die Endgültigkeit des ganzen erinnerte sie an etwas, was sie schon einmal gesehen hatte. Sie hatte das alles schon einmal gesehen, diese grausame Endgültigkeit. Der andere Mensch, der genauso von ihr getrennt worden war, kam nie wieder zurück. Wo war das schon einmal geschehen? Sie kramte in ihrem Gedächtnis, während sie in der sengenden nigerianischen Sonne stand. Dann kam ihre Schwiegermutter auf sie zu. Adah wußte nicht, was diese Frau in der brennenden Sonne zu ihr trieb. Sie berührte Adahs fühllosen Arm und sagte mit erstickter Stimme: »Es sieht aus wie ein Sarg.« Adah drehte sich um, sah sie an und begann zu weinen. Alles kam ihr jetzt wieder in den Sinn. Pa war es, der tief unten im Inneren eines kleineren Wales lag; kleiner, weil er als einziger darin wohnte. Dieser hier war größer, strahlte aber dieselbe Endgültigkeit aus. »Bitte, Gott, laß es nicht wieder geschehen. Er wird sicher ankommen. Bitte, Gott, laß ihm nichts Schlimmes zustoßen«, weinte sie.
Die Verwandten wischten sich die Augen und starrten Adah an. Was war los mit ihr? Frauen weinten in Gegenwart ihrer scheidenden Ehemänner, nicht, wenn sie fort waren und die Tränen nicht mehr sehen konnten! Keiner sagte etwas. Immerhin lieferte sie das Geld und durfte sich daher ein bißchen Verschrobenheit leisten. Wenn jemand so jung war wie Adah und gleichzeitig so viel verdiente, konnte ihn das leicht zum Äußersten treiben, sagten sie.

Francis schrieb aus Barcelona und dann aus London. »Du hast nicht um mich geweint«, klagte er Adah in seinen Briefen an. »Du warst sehr glücklich, mich gehen zu sehen, oder? Wolltest du deshalb nicht mit auf mein Abschiedsfoto? Du hast dich nicht um mich gesorgt.«

Mit welcher Seife sollte sich Adah von so einer schmutzigen Anklage reinwaschen? Wie sollte sie Francis schreiben und sagen: »Ich habe um dich geweint. Nein, ich habe am Flughafen sogar geheult wie eine verrückte Zulu-Frau, weil das Flugzeug mich an Pas Sarg erinnert hat«? Er würde sie für verrückt halten. Also beschloß Adah, es nicht zu tun. Sie ließ die schlafenden Hunde ruhen. Sie schickte ihm regelmäßig Geld, brachte ihm noch ein Kind auf die Welt, dieses Mal einen Sohn, und ging zwölf Tage danach wieder zur Arbeit, da sie nur drei Wochen Jahresurlaub hatte. Im Amerikanischen Konsulat gab es damals keinen Mutterschaftsurlaub. Doch das Personal veranstaltete eine große Party für sie, alles Amerikaner, alle sehr reich und sehr nett. Sie wußten, was Adah durchmachte, aber sie waren Diplomaten, keine Missionare oder Sozialarbeiter.

Ein paar Monate danach teilte Francis seiner Frau und seinen Eltern die Ergebnisse des ersten Teils seiner Prüfung mit. Er hatte bestanden. Nun war es also Zeit für Adah, zu handeln, oder sie würde niemals in das Land ihrer Träume kommen.

Sie war so glücklich über Francis' Erfolg, daß sie mit jedem darüber schwatzte. Sie war nicht allzu überrascht über diesen frühen Erfolg. Wenn sie bedachte, daß er dasselbe Examen viermal in Lagos gemacht hatte, bevor er ins Vereinigte Königreich ging. Es blieben noch der zweite und dritte Teil, und nach Adahs Berechnungen würde Francis weitere vier oder auch fünf Jahre bleiben. In einem seiner Briefe erwähnte er sogar den Wunsch, sich vertraglich zu binden. Dies würde mindestens fünf Jahre dauern. Was sollte sie in der Zwischenzeit tun? Sie schrieb und fragte Francis und war schockiert, als sie las, daß er es gerne hätte, wenn sie käme, aber aus ihrem Verhalten am Flughafen schloß, daß es ihr egal wäre. Nun, das war es, was sie brauchte.

Sie ging zu Francis' Mutter, appellierte an sie, all die Frauen anzuschauen, die in England gewesen waren, und unterstrich die Tatsache, daß sie alle ihre eigenen Autos fuhren.

»Denk doch daran, Ma – Francis in seinem großen amerikanischen Auto und ich in meinem kleinen werden dich und Pa besuchen, wenn ihr in Rente seid. All eure Freunde werden euch beneiden. Keine Angst, ich werde in England arbeiten und euch weiterhin Geld schicken. Du brauchst nur zu fragen, und dann wirst du bekommen, was immer du willst. Alle Mädchen werden die höhere Schule besuchen. Ich bin fast mit meinem Bibliothekarsstudium fertig. Ich brauche nur zu arbeiten, mich um Francis kümmern und Abendkurse besuchen. Und wenn ich zurückkomme, werde ich mehr als doppelt soviel wie jetzt verdienen.«

Adah trug den Sieg über ihre Schwiegermutter davon. Wenn die Reise nach England bedeutete, mehr zu verdienen als jetzt und außerdem ein Auto zu fahren, dann war sie ganz dafür. Pa hatte noch Zweifel. Er war arbeitslos gewesen, als er jung war, und wußte, daß die Art von Arbeit, wie Adah sie hatte, nicht auf Bäumen wuchs.

»Wenn ich nach England gehe, gilt das als unbezahlter Urlaub.«

Dies stimmte Pa mild.

Das nächste Problem waren die Kinder. Ihre Schwiegermutter hatte das Gefühl, daß, wenn Adah ihre zwei Babys mitnahm, sie ihr nie das versprochene Geld schicken würde. Adah wußte eine gute Lösung. Sie mochte Schmuck sehr und hatte hierin einen kleinen Teil ihres Einkommens investiert. Sie besaß verschiedene Ketten für ihr kleines Mädchen und für sich. Diese Ketten gab sie ihrer Schwiegermutter.

»Nimm sie; in England werden wir sie nicht brauchen. Und wenn ich zurückkomme, werde ich kein Gold mehr tragen«, prahlte Adah mit einem falschen Lächeln im Gesicht, während sie innerlich ihre Schwiegermutter zum Teufel wünschte. Diese fragte Adah nie, was sie tragen würde, wenn sie aus England zurückkam. Vielleicht Diamanten. Die Schwiegermutter war tüchtig schockiert, und bevor sie sich noch erholt hatte, hatte Adah ihre Kinder impfen lassen und für sie drei eine Schiffsreise erster Klasse gebucht. Sie war vollkommen taub für die Mahnung, nicht über zweihundert Pfund mehr als notwendig für ihre Passage nach England zu zahlen. Man sagte ihr, sie solle noch sechs Monate warten, dann würde sie in der zweiten Klasse billiger hinüberkommen.

Sechs Monate waren eine zu lange Wartezeit. Die Schwiegermutter würde ihre Meinung bis dahin ändern.
Sie war sich immer noch nicht völlig sicher, daß ihr Traum nun in Erfüllung ging, bis sie endlich an Deck der *Oriel* war, Vicky im Arm und Titi, die sich an ihren Rockzipfel klammerte.
Da sah sie ihren Bruder Boy in einem braunen afrikanischen Gewand, das ihm zu groß war; er weinte und rieb sich die Augen mit einem Samthut. Adah weinte nicht um Francis' Familie, und merkwürdigerweise weinte die nicht um sie. Doch es reichte ihr zu wissen, daß ein Mitglied ihrer eigenen Familie hier war und sie vermißte. Wie Boy da stand, wirkte er wie Pa und Ma in einem. Auch sie weinte, kein Heulen diesmal, keine leere Show, sondern Tränen echter Trauer bei dem Gedanken, das Land ihrer Geburt zu verlassen. Das Land, in dem Pa begraben war und in dem Ma für immer ruhte. Nur sie und Boy blieben noch von dem Leben, das sie gekannt hatte. Nie wieder würde es dasselbe sein. Die Dinge mußten sich ändern, zum Besseren oder zum Schlechteren, aber sie würden nie mehr dieselben sein.
Boy war jetzt allein. Er mußte sehr schwer arbeiten, um den Familiennamen zu erhalten. Adah war dem entkommen. Sie war keine Ofili mehr, sondern eine Obi. Boy hatte das abgelehnt, aber seine Anwesenheit am Kai zeigte, daß er die Tatsache akzeptiert hatte, daß in Afrika und besonders bei den Ibos ein Mädchen kaum mehr war als ein Besitz. Adah war, wenn auch auf Kredit, gekauft worden, und sie

würde nie wieder eine Ofili werden. Die kleinen Hände, die sich an ihre Bluse klammerten, waren die Hände eines zukünftigen großen Mannes. Ihre Pflicht war es nun, bei ihren Kindern zu sein. Von nun an kamen sie zuerst. Alles, was sie für Boy tun konnte, war, ihm bewußt zu machen, daß er eine Schwester hatte, auf die er stolz sein durfte. Sie würde vielleicht nicht als Millionärin zurückkommen, aber doch mit Stolz.

Adah wischte sich die Augen und winkte ihrem Bruder zu, der Abstand zwischen ihnen wurde so groß, daß er bald nur noch ein kleiner schwarzer Strich war, und dann war er fort.

Sie hatte keine Zeit, sich in Selbstmitleid zu ergehen. Um sie herum waren Diplomatenfrauen und blendend weiße Staatsbeamte, die auf Urlaub nach Hause fuhren. Das Leben änderte sich schnell. Daß sie hier in der ersten Klasse war, schien ihr einen Vorgeschmack von dem zu geben, was kommen sollte. Gott würde Boy helfen, wie ER ihr geholfen hatte. Sie gab die Kinder einer Schwester und entspannte sich. Es ist schön, behandelt zu werden wie jemand, der zur Elite gehört, ein Status, den sie bald anstrebten. Hatte Francis nicht seine erste Prüfung in Betriebsbuchhaltung bestanden, waren sie und ihre Kinder nicht auf dem Weg nach England? Sie wußte, sie war dazu entschlossen, die Kinder auf englische Schulen und, wenn möglich, englische Universitäten zu schicken.

Adah erinnerte sich an das, was sie ihrer Schwiegermutter in der vorigen Nacht gesagt hatte. »Wir werden nur eineinhalb Jahre bleiben.« Die arme Frau hatte ihr geglaubt. So war das Leben, sagte sie zu sich. Sei so listig wie eine Schlange und so harmlos wie eine Taube.

3 Ein kühler Empfang

An Deck des Schiffes brach plötzlich Aufregung aus. Adah konnte es hören, als sie in ihrer Kabine Vickys Windeln wechselte. Einen Augenblick hielt sie in ihrem Tun inne, spitzte die Ohren, um herauszubekommen, was los war, doch sie konnte nichts Zusammenhängendes hören. Stimmen plapperten laut, jemand lachte hysterisch, und man hörte jemanden rennen, als würde er von Dämonen gejagt.

Was konnte das sein? fragte sich Adah, während sie eilig die Windeln wechselte. Vielleicht ein Feuer oder ein Unfall, oder konnte es etwa sein, daß sie untergingen? Sie wußte, daß sie in ein, zwei Tagen in Liverpool wären, doch wozu die ganze Hast? Sie konnte die Spannung nicht länger aushalten, so daß sie schnell in ein Kleid schlüpfte und an Deck lief.

Sie hatte vergessen, daß sie die Bucht von Biskaya hinter sich hatten, sie hatte vergessen, daß sie nun in Europa waren und daß März war. Der kalte Wind, der ihr ins Gesicht blies, als sie an Deck auftauchte, war so gewaltig und schmerzlich wie der Schlag eines Boxers. Die Arme übereinandergeschlagen, rannte sie zurück, um sich wärmer anzuziehen. Vorher lief sie noch zu der Kinderschwester des Schiffes. Die Schwester hatte ein dickes Gesicht, kleine Augen und einen fetten Körper. Sie lächelte

übers ganze Gesicht, als sie Adah erblickte, und ihre Augen verschwanden in lauter Fältchen.
»Haben Sie es gesehen?« sprudelte es aus ihr heraus. »Haben Sie Liverpool gesehen? Es ist noch zu früh und ein bißchen dunkel, aber wir sind in Liverpool. Wir sind in England angekommen!«
Adah riß die Augen auf und schloß sie wieder, sie zitterte noch immer. Sie waren also angekommen. Sie war im Vereinigten Königreich angekommen. *Pa, ich bin im Vereinigten Königreich,* sang ihr Herz für ihren toten Vater.
Die Schwester starrte sie eine Sekunde lang an und huschte dann an ihr vorbei, um eilig die gute Nachricht zu verbreiten.
Ada zog die Wollsachen an, die sie in Las Palmas gekauft hatte. Dann lief sie hinaus an Deck.
England bereitete Adah einen kühlen Empfang. Das war besonders zu spüren, da sie erst vor ein paar Tagen helle und fröhliche Empfänge in Häfen wie Takoradi, Freetown und Las Palmas genossen hatten. Wäre Adah Jesus gewesen, sie wäre an England vorbeigefahren. Liverpool war grau, rauchig und sah menschenverlassen aus. Es erinnerte Adah an den Rangierbahnhof, auf dem Pa, wie man ihr erzählte, einst als Gießer gearbeitet hatte. Tatsächlich war die Architektur dieselbe. Aber wenn es, wie die Leute sagten, in England soviel Geld gab, warum bereiteten die Einwohner ihren Besuchern so einen kühlen Empfang? Nun, es war zu spät, zu stöhnen, es war zu spät, ihre Meinung zu ändern. Sie hätte sie nicht ändern können, selbst wenn sie es gewollt hätte. Ihre

Kinder mußten eine englische Erziehung haben, und aus diesem Grund war sie bereit, den kältesten Empfang zu ertragen, selbst vom Land ihrer Träume. Sie war ein bißchen enttäuscht, doch sie redete sich zu, sich nicht zu beunruhigen. Wenn Leute wie Anwalt Nweze und andere es überleben konnten, konnte sie es auch.

Der Francis, der sie abholte, war ein ganz neuer Francis. Etwas ganz, ganz Neues war an ihm. Adah war verblüfft, als er sie in der Öffentlichkeit küßte, wo jeder zuschauen konnte. Oh, mein Gott, dachte sie; wenn ihre Schwiegermutter sie sehen könnte, würde sie Oboshi opfern, damit sie ihnen vergeben möge. Francis war entzückt von Vicky.

»Ganz mein Ebenbild, jetzt kann ich in Frieden sterben.«

»Was meinst du damit, in Frieden sterben?« fragte Adah.

Francis lachte. »In England machen die Leute über alles Scherze, sogar über so etwas Ernstes wie den Tod. Man lacht sogar darüber.«

»Ja?« Adah bekam einen Schreck. Sie sah sich gehetzt um.

Hunderte von Menschen rannten herum, umklammerten ihr Gepäck und zogen Kinder hinter sich her, aber es war nicht so laut wie in Lagos. Die Weißen hier sahen nicht aus wie Leute, die Scherze über etwas wie den Tod machen konnten. Sie wirkten distanziert, glücklich auf eine zurückhaltende Weise, aber darauf bedacht, Abstand zu bewahren.

»Diese Leute sehen nicht aus, als ob sie Scherze ma-

chen könnten. Du lügst, Francis. Das erfindest du alles. Engländer scherzen nicht über den Tod.«
»Unsere Trennung hat dich respektlos gemacht. Noch nie hast du mir gesagt, daß ich lüge«, beklagte sich Francis.
Die Schärfe in seiner Stimme brachte Adah zum Schweigen. Diese Schärfe schien ihr zu sagen: »Afrikanische Männer dürfen nach England kommen und zivilisiert werden. Aber dieses Privileg erstreckt sich noch nicht auf die Frauen.«
Sie hätte gerne von Anfang an dagegen protestiert, aber was brachte es, wenn sie sich am allerersten Tag ihres Wiedersehens nach so einer langen Trennung stritten? Es war ein trauriges Anzeichen für das, was kommen sollte, aber sie betete dafür, daß sie beide stark genug waren, die Zivilisation mit ihrer Beziehung zu vereinbaren. Denn wenn sie das nicht konnten, wäre es ein sehr großer Fehler gewesen, überhaupt hierherzukommen.
Nach der langwierigen Durchsuchung bei der Einwanderungsbehörde schoben sie sich in den Zug. Er raste stundenlang dahin. Zum erstenmal sah Adah richtigen Schnee. Nach dem grauen Liverpool sah alles so schön aus. Es war, als lägen herrliche weiße Wolken am Boden. Sie sah die Fabrik, in der Ovomaltine hergestellt wurde. Irgendwie hob die Fabrik, wie sie sich dort einsam, sauber und rot gegen den verschneiten Hintergrund abhob, ihre Stimmung. Sie war endlich in England. Sie begann, sich wie Dick Whittington zu fühlen!
Francis hatte ihr in seinem Brief mitgeteilt, daß er in

London eine Unterkunft für sie hatte. Er hatte Adah nicht vorgewarnt. Der Schock machte sie beinahe verrückt.
Das Haus war grau mit grünen Fenstern. Sie konnte nicht erkennen, wo das Haus anfing und wo es aufhörte, da es mit anderen Häusern in der Straße zusammenhing. Sie hatte noch nie zuvor solche Häuser gesehen, die so zusammenhingen. In Lagos standen Häuser normalerweise einzeln für sich, hatten Höfe an beiden Seiten, ein Grundstück hinten und Verandas vorn. Diese hier hatten nichts dergleichen. Sie waren lange, feste Blöcke, mit Türen, die zur Straße gingen. Die Fenster zogen sich in geraden Reihen die Straße entlang. Während sie sich umsah, bemerkte Adah, daß man an der Farbe, in der die Rahmen gestrichen waren, erkennen konnte, welches Fenster zu welcher Tür gehörte. Die meisten Häuser schienen die gleichen Vorhänge an den Fenstern zu haben.
»Die sehen ja alle wie Kirchen aus, wie Klöster«, bemerkte Adah.
»Sie bauen ihre Häuser hier so, weil es nicht soviel Land wie in Lagos gibt. Ich bin sicher, daß die Erbauer der Zukunft unsere Häuser genauso bauen werden, wenn Nigeria vollkommen industrialisiert ist. Im Augenblick können wir es uns leisten, Land zu verschwenden, indem wir geräumige Verandas und Hinterhöfe bauen.«
»So schlecht werden wir es nie haben. Aneinander gequetscht.«
Francis gab keinen Kommentar ab. Es war nicht nö-

tig. Er öffnete die Tür zu etwas, was für Adah wie ein Tunnel aussah. Doch es war ein Flur, ein Flur mit geblümten Wänden! Er war schmal, und es sah zunächst so aus, als wären keine Fenster da. Adah preßte Titi an sich, und die wiederum hielt sich furchtsam an ihrer Mutter fest. Sie stiegen Treppe um Treppe hinauf, bis sie das Dach des Hauses zu erreichen schienen. Dann öffnete Francis eine Tür, führte sie in ein Zimmer oder besser, ein halbes Zimmer. Es war sehr klein, mit einem Einzelbett an einem Ende und einem neuen Sofa; das hatte Francis mit Adahs Geld bezahlt, von dem er ihr einen Mantel hatte kaufen sollen. Der Platz zwischen Bett und Sofa reichte gerade für einen Plastiktisch, wie sie ihn in der Küche in Lagos gehabt hatte.

»Werden wir hier wohnen?« brachte sie hervor.

»Ja, ich weiß, dir wird es nicht gefallen, aber es ist das Beste, was ich kriegen konnte. Siehst du, es gibt in London nicht genug Unterkünfte, vor allem für Schwarze mit Kindern. Alle Welt kommt nach London. Westinder, Pakistani und sogar Inder, so daß die afrikanischen Studenten mit ihnen in einen Topf geworfen werden. Wir sind alle Schwarze, alle farbig, und die einzigen Häuser, die wir kriegen können, sind so scheußlich wie das hier.«

Was sollte sie dazu sagen? Sie starrte ihn nur an. Sie sagte selbst dann nichts, als sie erfuhr, daß die Toilette draußen war, vier Treppen weiter unten im Hof, auch nicht, als sie erfuhr, daß es kein Bad und keine Küche gab. Sie schluckte alles wie eine bittere Pille.

Am Abend kamen die anderen Mieter aus den Fabriken nach Hause. Sie kamen alle, um sie zu begrüßen. Zu ihrem Entsetzen mußte sie erkennen, daß sie das Haus mit solchen Nigerianern teilen mußte, die sie zu Hause Madam nannten; einige hatten das gleiche Bildungsniveau wie ihre Bediensteten. Sie wußte zwar, daß sie eine harte Kindheit gehabt hatte, doch auch in Nigeria begannen sich Klassenunterschiede zu festigen. *O Francis,* jammerte sie innerlich, *wie hast du uns das antun können? Schließlich haben wir Freunde, die, selbst wenn sie in solchen Slums lebten, sich zumindest von dieser Art Leute fernhalten würden.*

»Du hättest es versuchen können, Francis. Schau deinen Freund an, Mr. Eke – als er erfuhr, daß seine Frau mit ihrer Tochter kommt, hat er es auch geschafft, von diesem Gesindel wegzuziehen«, sagte sie laut.

»Entschuldigung, aber ich war zu beschäftigt. Es ist nicht so schlimm, du kannst für dich bleiben, brauchst nicht mit ihnen zu verkehren. Du hast deine Kinder, auf die du aufpassen mußt, du brauchst sie nicht zu sehen!«

»Bei dir klingt alles so leicht – ›Ich brauche sie nicht zu sehen‹. Du vergißt, daß ich kleine Kinder habe, und die werden mich in Kontakt mit den Nachbarn bringen. Du hättest vorher daran denken sollen. Schämst du dich nicht, oder hast du dein ganzes Schamgefühl in diesem gottverlassenen Land verloren? Oh, ich wünschte, ich wäre nie gekommen. Ich wünschte, man hätte mich gewarnt. Ich wünschte...«

»Warum hörst du nicht auf mit wünschen und siehst der Wirklichkeit ins Gesicht? Jetzt ist es zu spät. Wir müssen einfach das Beste aus der Situation machen. Wenn ich du wäre, würde ich nicht anfangen zu stöhnen.«

»Sag nichts mehr. Ich will es nicht hören. Du hättest eine bessere Unterkunft kriegen können, wenn du es wirklich versucht hättest. Aber du hast dich nicht bemüht«, schrie Adah.

Francis verlor die Geduld. Er hob die Hand, als wollte er sie schlagen, besann sich jedoch dann eines Besseren. Dafür war noch genug Zeit, falls Adah damit anfing, ihm zu sagen, was er zu tun hatte. Es erschreckte Adah ein bißchen. Zu Hause hätte er nicht im Traum daran gedacht, sie zu schlagen, weil sein Vater und seine Mutter es nicht zugelassen hätten. Für sie war Adah die Gans, die goldene Eier legte. Es schien, als wäre es Francis in England egal, ob Adah ein goldenes Ei legte oder nicht. Endlich war er frei von seinen Eltern, frei, zu tun, was er wollte, und selbst hundert Adahs würden diese neue Freiheit nicht beschneiden. Der böse Blick, den er Adah zuwarf, sprach Bände.

Dann spie er voller Wut aus: »Eins mußt du wissen, meine liebe junge *Dame:* In Lagos magst du tausendmal eine Beamte für die Amerikaner sein; du magst eine Million Pfund am Tag verdienen, du kannst hundert Dienstboten haben, du magst so leben, als gehörtest du zur Elite; an dem Tag aber, an dem du in England landest, bist du ein Bürger zweiter Klasse. Du kannst nicht deine eigenen

Leute diskriminieren, denn wir sind alle zweiter Klasse.«

Er hielt inne, um die Wirkung seiner Worte abzuschätzen. Als er sah, daß sie einen Eindruck hinterlassen hatten, war er glücklich. Adah saß zusammengesunken auf dem Rand des neuen Sofas, genauso wie die sterbende Ayesha in Rider Haggards *She*.

Francis fuhr fort; er genoß den Rhythmus seiner Stimme. Der Mann hätte Schauspieler werden sollen, dachte Adah.

Er lachte. Ein freudloses, trockenes und leeres Lachen. »Ich erinnere mich an eines eurer Absolvententreffen, wo diese weiße Dame... ja, ich erinnere mich, sie war aus Oxford, oder? – ich weiß noch, daß sie euch sagte, junge Frauen von eurem Niveau sollten nie im Leben mit Busfahrern reden. Nun, mein Liebling, in England hat der Schwarze aus der Mittelschicht enormes Glück, wenn er einen Job als Busfahrer bekommt. Deshalb solltest du besser anfangen, sie zu achten.«

Zuerst dachte Adah, daß Francis sie haßte. Dies war seine erste Möglichkeit, ihr zu zeigen, wie er wirklich war. Hatte sie einen Fehler gemacht, als sie sich in diese Ehe gestürzt hatte? Aber sie hatte ein Heim gebraucht. Und die Einwanderungsbehörden machten es alleinstehenden Mädchen sehr schwer, nach England zu kommen. Man erhielt die Erlaubnis nur, wenn man einem Ehemann folgte, der bereits hier lebte. Es war sehr schlimm, ja traurig. Doch selbst wenn sie Francis für nichts zu danken hatte, so konnte sie immerhin noch froh sein, daß er es ihr er-

möglichte, nach England zu kommen, daß er ihr Kinder machte, denn sie hatte vorher nichts für sich allein gehabt.
Sie machten es in dieser Nacht wieder wett, vergaßen in ihrer ungeheuren Enttäuschung und Einsamkeit, die sich schnell wie eine düstere Wolke auf sie herabsenkte, daß sie in nächster Zeit besser keine Kinder mehr haben sollten. Adah erinnerte sich in ihrer Verwirrung daran, daß ihr Spitzname zu Hause »Nicht berühren« war. Aber wie konnte sie gegen einen Mann protestieren, der sich jenseits aller Vernunft befand? Das Ganze war ein Angriff, so wild wie der eines Tieres.
Am Ende keuchte Francis und sagte: »Morgen gehst du zum Arzt. Ich will, daß sie sich um deine Frigidität kümmern. Ich bin nicht bereit, das hinzunehmen.«
Als Adah Tage später entdeckte, was Frigidität bedeutete, erkannte sie, daß Francis auf vielen Gebieten raffinierter geworden war. Sie behielt das alles jedoch für sich. Es hatte keinen Sinn, mit Francis zu streiten; er war so unnahbar wie die Engländer, die Adah in Liverpool gesehen hatte. Und das Haus, in dem sie nun lebten, war nicht der Ort, an dem man in Ruhe einen ordentlichen Familienkrach haben konnte.
Am meisten beunruhigte sie die Bezeichnung »zweiter Klasse«. Francis war so beeinflußt von diesem Ausdruck, daß er nicht nur dementsprechend lebte, sondern es auch noch genoß. Er drängte Adah, in einer Hemdenfabrik zu arbeiten. Adah weigerte sich.

In einer Fabrik zu arbeiten war das letzte, was sie tun würde. Schließlich hatte sie verschiedene Abschlüsse und besaß das Berufszeugnis der Britischen Buchhändler-Gemeinschaft, von ihrer Erfahrung ganz zu schweigen. Warum sollte sie jetzt mit ihren Nachbarn zusammenarbeiten, die gerade erst lernten, Buchstaben aneinanderzureihen, anstatt sie zu drukken? Manche konnten nicht einmal Englisch sprechen, obwohl es für die meisten Ibos zur Umgangssprache geworden war. Um dem Ganzen die Krone aufzusetzen, waren diese Leute Yorubas, der Typ ungebildeter Yorubas, die Freude daran fanden, alles, was Ibo war, herabzusetzen. Doch Francis stand mit ihnen auf sehr gutem Fuß, sie drängten ihn, Adah dazu zu zwingen, die Art von Job anzunehmen, die für Hausfrauen, vor allem für schwarze Hausfrauen, angemessen schien.

All dies war zuviel für Adah, und sie zog sich in ihr Schneckenhaus zurück, erzählte alles, wie es im protestantischen Liederbuch heißt, »Gott in Gebeten«.

Doch wie immer hatte Gott eine seltsame Art, auf die Gebete der Leute zu antworten. Eines Morgens kam ein Brief, der ihr mitteilte, daß sie unter bestimmten Bedingungen als höhere Angestellte in der North-Finchley-Bücherei angenommen war. Sie war so glücklich darüber, daß sie in den Hinterhof rannte, wo sie die Windeln aufhängte, und anfing, in einer Art Ibo-Tanz herumzuwirbeln. Sie mußte plötzlich aufhören, da ihr schwindlig wurde. Ihr war nicht gut. Ihr war sogar richtig schlecht.

Dann erinnerte sie sich an jene erste Nacht. Oh, Gott

möge ihr helfen, was sollte sie tun? Es Francis in seiner jetzigen Verfassung erzählen? Er würde sie umbringen. Er hatte begonnen, ihr alle möglichen Vorwürfe zu machen. Er hatte ihr gesagt, daß er sie in erster Linie geheiratet hätte, weil sie schwerer arbeiten konnte als die meisten Mädchen ihres Alters und weil sie sehr früh im Leben Waise geworden war. Doch seit sie in England lebte, war sie zu stolz zum Arbeiten geworden.

Die Nachricht von der neuen Arbeit hätte ihn aufgeheitert, aber nicht, wenn diese mit dem Wissen verbunden war, daß noch ein Kind unterwegs war, obwohl Titi kaum zwei Jahre und Vicky erst neun Monate alt war, obwohl die beiden Kinder noch nicht aus den Windeln heraus waren. O Gott, was sollte sie tun? Francis würde sagen, sie habe die Schwangerschaft erfunden, um nicht arbeiten zu müssen. Hatte er sie nicht am nächsten Tag gleich zu einer Frauenärztin gebracht, weil, wie er sagte, eine Ehe ohne ein gutes Sexualleben nicht gutginge? Was ihn betraf, bedeutete Ehe einen Haufen Sex und nichts anderes. Die Ärztin war sehr mitfühlend gegenüber Adah und erriet, daß sie Angst vor einem weiteren Kind hatte. Sie wurde nach Hause geschickt, ausgestattet mit allen möglichen Dingern, die ein Kind verhindern sollten, das bereits gemütlich in ihr saß. O ja, Bubu war entschlossen, zur Welt zu kommen, und niemand konnte ihn abhalten, obwohl er neun Monate später einen sehr unorthodoxen Weg dorthin wählte. Inzwischen ging seine Mutter durch die Hölle.

Adah fühlte sich sehr krank, behielt es aber für sich.

Francis war unzufrieden und begann, draußen nach willigen Frauen Ausschau zu halten. Adah war ziemlich froh darüber, sie ermutigte ihn sogar. Zumindest würde sie ein paar friedliche Nächte haben.
Wie sie erwartet hatte, machte Francis sie für das Baby verantwortlich und war sicher, daß sie den Job verlieren würde, da eine medizinische Untersuchung vorgesehen war. Adah hatte Angst davor, war aber entschlossen, den Job zu kriegen.
Sie zog ihren besten Rock und ihre beste Bluse an, die Kombination, die sie in St. Michael in Lagos gekauft hatte. Seit sie in England war, hatte sie keine neuen Kleider kaufen können, da alles Geld, das sie mitgebracht hatte, für das Essen wegging. Francis arbeitete nicht, da er studierte, und er sagte, es würde ihn in seinen Fortschritten beeinträchtigen. Adah fühlte sich großartig in dieser Aufmachung. Schon lange hatte sie sich nicht mehr richtig zurechtgemacht. Die Kombination – davon abgesehen, daß sie sich darin einfach wohl fühlte – verdeckte auch die leichte Wölbung, die sich schon abzeichnete. Da es das dritte Kind war, sah man es frühzeitig.
Ihre Panik ließ nach, als sie sah, daß der Arzt ein Mann war und dazu noch ein älterer. Neben ihm saß jedoch eine Frau, eine Schreiberin oder so, denn sie hatte Kugelschreiber und Papier in der Hand und saß steif wie ein Brett auf einem Stuhl. Adah beachtete sie nicht und begann den alten Arzt zu bearbeiten. Sie strahlte ihn an, bezauberte ihn und

flirtete sogar mit ihm. Kurz, der Arzt ließ sich hinreißen und vergaß, auf Adahs Bauchnabel zu schauen, obwohl sie bis zur Taille nackt war.

Sie bekam den Job. Nur Gott der Allmächtige wußte, was mit dem armen Doktor geschah, vor allem, da vom ersten Monat an klar war, daß sie schwanger war, und sie Mutterschaftsurlaub beantragte. Der Arzt tat Adah leid, aber was hätte sie tun sollen? Wenn sie den Job nicht bekommen hätte, wäre ihre Ehe zerbrochen, und das wäre schlimm gewesen, da sie ihren eigenen Weg noch nicht kannte. Die Tatsache, daß sie noch die goldenen Eier legte, hielt Francis davon ab, sie zu verlassen. Wie vorher band ihr Gehalt ihn an sie, doch mit dem Unterschied, daß sie es nun wußte.

Sie hatte die ganze Reise von Lagos nach London machen müssen, um das herauszufinden und außerdem noch einen schwachen Punkt zu entdecken. Sie sorgte sich um Francis, sie wollte, daß es ihm gutging, sie haßte es, ihn zu enttäuschen. Obwohl es ihr leid tat, einen alten Arzt zum Narren zu halten, war dies nun einmal einer der Fälle, in denen Ehrlichkeit nicht die beste Taktik gewesen wäre.

4 Tagesmütter

Am ersten Juni fing Adah mit ihrer Arbeit an. Seit fast drei Monaten war sie nun im Vereinigten Königreich. An diesem Junimorgen war sie so stolz auf ihre Arbeit und so glücklich, daß sie alles schön fand. Sie erblickte Schönheit in den Gesichtern ihrer Mitreisenden und fand das heftige Ächzen der dahinsausenden U-Bahn wunderbar.

Der Frühling war in diesem Jahr spät gekommen, sie hatten einen langen und bitterkalten Winter gehabt, und jetzt, im Juni, war es kühl wie am ersten April.

An der Finchley Central Station tauchte der Zug aus dem Untergrund auf wie eine Schlange aus ihrem Loch. Adah ließ das Fenster herunter und atmete die frische, reine, feuchte Luft ein. Es hatte in der letzten Nacht geregnet, und überall war es naß.

Sie sah in die Gärten der Häuser, Gärten, in denen alle möglichen Blumen in Hülle und Fülle blühten: Lupinen und Pfingstrosen, Rittersporn, Gartenwikken und Akelei. Das wundervolle Leuchten des Steinkrauts an den Rändern vieler Gartenwege bildete einen sauberen Rand zu dem grünen Rasen, der den Boden ganz zu bedecken schien. Die Bäume waren plötzlich grün geworden und sahen nicht mehr aus wie nackte, kraftlose, vertrocknete alte Frauen, an die sie Adah erinnert hatten, als sie zum erstenmal englischen Boden betreten hatte.

Jetzt war alles jung, sauber, feucht und voller Saft.
In der Bibliothek nahm die Chefbibliothekarin sie schnell unter ihre Fittiche. Sie war Tschechin, überschäumend bei ihrer Begrüßung und sehr, sehr freundlich. Mrs. Konrad war eine ausladende Dame mit breiten Hüften, einer breiten Taille und einem Gesicht wie ein flaches O. Um die Augen hatte sie feine Linien, die sich vertieften, wenn sie lächelte, und sie lächelte meistens. Auch ihr Lächeln war breit und entblößte ihre cremeweißen ebenmäßigen Zähne.
Sie hatte scheinbar wenig Zeit, sich zurechtzumachen. Ihr Haar war kurz geschnitten wie das eines Mannes, bevor die Jesus-Mode aufkam. An ihrem Hinterkopf und vorn hatte sie ein paar Lockenbüschel stehenlassen; die vorderen hatten die lustige Angewohnheit, ihr in die Stirn zu fallen, und sie schob sie ständig wieder an ihren Platz zurück. Die Locken am Hinterkopf rührten sich nicht, selbst wenn Mrs. Konrad sich vor Lachen schüttelte.
Sie trug immer selbstgemachte Faltenröcke. Im Winter waren es Faltenröcke aus Wolle und im Sommer Faltenröcke aus Baumwolle. Die Mode ließ sie kalt. Ob nun enge Röcke, weite Röcke, Midi, Mini oder Maxi im Kommen waren, Mrs. Konrad trug immer Faltenröcke. Dies gab ihr, zusammen mit ungewöhnlich engen Blusen, das Aussehen einer verblühten Ballettänzerin.
Die anderen Mädchen waren Hilfskräfte, sehr jung, mit langen, dünnen Beinen; die meisten schienen für Adah nur aus Beinen zu bestehen. Im Gegensatz zu

ihrer Vorgesetzten waren sie alle sehr modebewußt. Sie gaben Adah das Gefühl, fehl am Platz zu sein, deshalb wurde sie nie allzu vertraut mit ihnen. Sie fühlte sich ihnen irgendwie unterlegen, da sie ständig von ihren Freunden und Kleidern sprachen. Adah hätte sich ihnen gerne angeschlossen, denn sie waren in ihrem Alter, doch sie wußte, daß sie, wenn sie den Mund aufmachte, bitter klingen würde. Sie hätte ihnen erzählt, daß eine Ehe kein Bett aus Rosen war, sondern ein Tunnel aus Dornen, Feuer und heißen Nägeln. O ja, sie hätte ihnen eine Menge erzählt. Aber warum, fragte sie sich, sollte sie die Träume anderer Leute verderben? Also zog sie es vor, zuzuhören und unverbindlich zu lächeln.

Bald gewöhnte sie sich an die Arbeit. Sie saß kaum, und das war eine Strafe für ihre Füße. Gott allein wußte, was die Leute aus North Finchley mit all den Büchern machten, die sie ausliehen. Die Schlange war mitunter so lang, daß manche draußen stehen und warten mußten, nur um Bücher auszuleihen. Das war ein großer Gegensatz zu der Bücherei, in der sie vorher gearbeitet hatte. Im Konsulat hatte sie die Leute locken müssen, damit sie Literatur lasen. Sie waren nur auf Fachbücher erpicht, um ihren wirtschaftlichen Status zu verbessern. Keiner kümmerte sich um Literatur. Aber in North Finchley war die Zahl der Literaturleser so verblüffend, daß Adah beschloß, es ihnen gleichzutun. Auch sie begann die Werke vieler zeitgenössischer Romanschriftsteller zu lesen, und das half ihr bei ihrer kulturellen Bildung eine ganze Menge.

In ihrer neuen Arbeit mußte sie sehr schnell sein, wenn sie Bücher und Karten einordnete, Benutzerkarten heraussuchte oder verlorenen nachspürte. Und ständig sagte sie »danke«; »danke«, wenn sie die zurückgegebenen Bücher annahm, »danke«, wenn sie neue Bücher überreichte, »danke«, wenn sie die Karten zurückgab. Tatsächlich war das Arbeiten in der Bücherei von North Finchley eher ein »danke, danke«-Job als irgend etwas anderes. Alles in allem war Adah jedoch glücklich, daß sie einen Job erster Klasse bekommen hatte; sie war glücklich, daß ihre Arbeitskollegen sie mochten, sie war glücklich, daß ihr die Arbeit gefiel. Für sie war es angenehm, während der Zeit des Tages, da sie in einer sauberen, zentralgeheizten Bücherei arbeitete, ein Bürger erster Klasse zu sein, aber was war mit ihren Kindern? Wer kümmerte sich um sie? Da das Sommersemester sich dem Ende zuneigte, erklärte Francis sich einverstanden, vorübergehend auf sie aufzupassen. Solange es noch neu war, daß sie in einer Bücherei angestellt war und die Arbeit eines Bürgers erster Klasse verrichtete, war Francis bereit, auf die Kinder aufzupassen, doch bald war ihre Arbeit nichts Neues mehr. Alle akzeptierten sie mit einem Naserümpfen.

»Wer wird für dich auf deine Kinder aufpassen?« fragte Francis eines Tages, als sie die Babys in ihr Bett auf dem Sofa steckte. »Ich kann es nicht mehr machen; du wirst jemanden suchen müssen. Ich kann nicht weiter für dich deine Kinder hüten.«

Adah fuhr entgeistert herum. Sie war nicht wirklich überrascht, daß Francis das sagte, sie hatte es kommen sehen; aber was sie nicht erkannt hatte, war die Abneigung gegenüber den Kindern, die sich in Francis anstaute. Sie konnte die unterdrückte Wut spüren, als er von ihnen als von »ihren« und nicht von ihren gemeinsamen Kindern sprach. In Nigeria war es so, daß die Kinder, wenn sie gut waren, dem Vater gehörten, nach ihm kamen, wenn sie aber schlecht waren, gehörten sie der Mutter und kamen nach ihr und deren Mutter. Adah erschrak.

Sie konnte spüren, wie die Nachbarn aus Francis sprachen. Ihre Vermieter waren Ende Dreißig. Sie waren zehn Jahre oder länger verheiratet, doch die Frau hatte keine Kinder. Von Anfang an hatten sie Francis' Idee, seine Kinder nach England zu holen, abgelehnt. Sie hatten ihn gewarnt, daß es schwierig für sie würde, ließen ihn dann aber in Ruhe, als er erzählte, daß Adah die Überfahrt schon bezahlt hatte. Sie trösteten sich mit der Tatsache, daß die Kinder schließlich nicht bei ihren Eltern in der Ashdown Street blieben. Man würde sie in Pflege geben müssen. Die meisten Nigerianer gaben ihre Kinder zu Pflegeeltern. Kein vernünftiges Paar dachte im Traum daran, die Kinder bei sich zu behalten. Die Idee mit den Pflegeeltern griff so um sich, daß die afrikanischen Hausfrauen in England schließlich die Pflegemutter als die Mutter ihrer Kinder ansahen.

Man sagt, daß nigerianische Kinder in England zwei Arten von Müttern haben – die leibliche Mutter und die Ziehmutter. Sobald in England eine nigerianische Frau merkte, daß sie ein Kind erwartete, setzte sie, anstatt einen Kinderwagen zu kaufen und kleine

Schühchen zu stricken, Anzeigen für eine Pflegemutter in die Zeitung. Niemand kümmerte sich darum, ob die Frau die richtige war oder nicht, niemand wollte wissen, ob das Haus sauber war oder nicht; sie wollten nur sichergehen, daß die Pflegemutter weiß war. Der Begriff der »Weißheit« konnte alle möglichen Sünden verdecken.
Das war gut für eine nigerianische Frau, die zum erstenmal von der Freiheit, eine Frau zu sein, kostete. Sie war frei von den hinderlichen Einflüssen ihrer Verwandtschaft und Sippe, sie war frei, zu arbeiten und Geld zu verdienen. Jede Arbeit war willkommen: putzen, in einer Fabrik Waren einpacken, Busschaffnerin sein, alles mögliche. Das Geld, das sie dabei verdiente, ging zum größten Teil an die Pflegemutter, und der Rest wurde für bunte Kleider aus irgendeinem Kaufhaus ausgegeben.
Die meisten nigerianischen Frauen sagten, daß sie ihre Kinder wegschicken müßten, da sie keine passende Unterkunft für sie hätten, und daran war viel Wahres. Doch was sie nicht zugeben wollten, war, daß die meisten von ihnen in einer Situation aufgewachsen waren, die völlig verschieden war von der, in der sie sich in England befanden. Zu Hause in Nigeria brauchte eine Mutter ein Baby nur zu waschen und zu füttern und, wenn es unruhig wurde, auf ihren Rücken zu binden und ihre Arbeit weiterzumachen, während das Baby schlief. Doch in England mußte sie Berge von Windeln waschen, tagsüber das Baby in der Sonne spazierenfahren, es so regelmäßig füttern, als ob man einem Herrn diente, mit dem

Kind reden, selbst wenn es erst einen Tag alt war! O ja, in England war man rund um die Uhr mit dem Baby beschäftigt. Da konnte eine nigerianische Frau nur schwer mithalten, vor allem wenn sie erkannte, daß sie nicht mehr auf die Hilfe zählen konnte, die ihr die Großfamilie in solchen Situationen normalerweise zukommen ließ. Deshalb waren die meisten nigerianischen Kinder, der sogenannten »Studenten«, dazu verdammt, zu Pflegeeltern gegeben zu werden.
Alle erwarteten, daß Adah dasselbe tat. Deshalb war es eine große Überraschung, als sie erkannten, daß sie keinen Versuch machte, nach einer Pflegemutter zu suchen. Und nun erzählte ihr Francis, daß er nicht mehr auf ihre Kinder aufpassen würde.
Auch für Francis war die Sache schwierig. Er hatte noch nie in seinem Leben selbst Fehler machen dürfen, da er nie selbst Entscheidungen getroffen hatte. Er hatte immer seine Mutter, seinen Vater und seine Brüder befragt. In England mußte er es mit seinen Nachbarn aufnehmen. Adah ahnte, daß sie ihn hinter ihrem Rücken auslachten, wenn sie zur Arbeit war. Also atmete sie tief durch, bevor sie antwortete.
»Ich dachte, wir haben beschlossen, daß du auf sie aufpaßt, bis wir einen Krippenplatz gefunden haben... ich dachte...«
»Du meinst, du hast beschlossen; du hast dir alles ausgedacht, und dann sagst du mir, was ich tun soll. Hier lachen uns alle aus. Kein afrikanisches Kind lebt bei seinen Eltern. Es gehört sich nicht; es ist nicht möglich. Außerdem werden sie kein gutes Englisch

lernen. Sie sind mit einer englischen Frau viel, viel besser dran.«

»Aber du vergißt, Francis, daß wir, als wir jung waren, fehlerfrei Yoruba gesprochen haben, obwohl wir Ibos sind. Wir haben die Sprache in der Schule und beim Spielen aufgeschnappt. Das dürfte doch nicht schwierig sein. Unser Englisch, deins und meins, ist gar nicht so schlecht«, erklärte Adah mit ihrer sanftesten Stimme und war sich die ganze Zeit bewußt, daß sie nicht nur mit Francis, sondern auch mit allen anderen Mietern in der Ashdown Street stritt.

Er dachte darüber eine Weile nach und erwiderte dann: »Aber sie haben keine Freunde, mit denen sie spielen können.«

»Sie werden welche haben, wenn sie erst in die Krippe gehen. Da bin ich ganz sicher.«

Adah erwartete Unmögliches. Eher ging ein Kamel durch ein Nadelöhr, als daß ein Kind, das beide Elternteile hatte, einen Krippenplatz bekam. Die Warteliste war ellenlang.

Dann fing der Vermieter an, sie einzuschüchtern. Die Kinder mußten aus dem Haus. Er nahm es sogar auf sich, eine Anzeige für eine Pflegemutter aufzugeben. Glücklicherweise bot sich niemand an, »zwei schwarze Kinder, ein Junge und ein Mädchen, neun Monate beziehungsweise zwei Jahre alt« aufzunehmen. Die Vermieterin spürte, daß es Adah nicht recht war, und ließ sie in Ruhe.

Doch die Männer beharrten darauf. Ein anderes Paar, die Ojos, die ihre vier Kinder zu Hause gelassen hatten, rieten Adah, ihre Kleinen nach Nigeria zurückzuschicken. Alle redeten und spekulierten. Das Dumme war, daß Adah, stolz wie ein Pfau, darauf beharrte, recht zu haben. Nur Bürger erster Klasse lebten mit ihren Kindern, nicht die Schwarzen.

In gewisser Weise hatten sie recht. Die Wohnbedingungen waren so schlecht, daß sie Francis tagelang nicht sah. Sobald sie von der Arbeit nach Hause kam, verschwand Francis, um Luft zu schnappen. Die Kinder hatten keine Zerstreuung, und ihre Eltern wollten sie nicht hinauslassen aus Angst, daß sie sich auf den steilen Treppen den Hals brechen könnten. Sie wurden mit Beschwichtigungen und Drohungen zum Stillsein angehalten, um das Vermieterehepaar nicht zu stören. Wenn es regnete, was oft der Fall war, trocknete man die Windeln im selben Zimmer. Das gebraucht gekaufte Heizgerät, das sie benutzten, rauchte ständig. Die Obis lebten absolut nicht wie Menschen, eher wie Tiere.

Zu allem Überfluß hatte Adah nach der Arbeit des Tages nicht genug Platz zum Schlafen. Francis war sehr fett geworden, und ihr Einzelbett war nicht groß genug für ihn, geschweige denn für die schwangere Adah. Deshalb quetschte sie sich normalerweise, wenn ihr Mann nichts von ihr wollte, auf das Sofa zu den Babys.

Ungefähr um diese Zeit lernte sie ein Mädchen aus Cockney namens Janet kennen und freundete sich mit ihr an.

Janet war die Frau von Mr. Babalola. Ihre Geschichte war nicht nur bemerkenswert, sondern auch erschreckend.
Mr. Babalola war wie Francis und Adah zum Studieren nach England gekommen. Aber anders als Francis und Adah war er allein gewesen und hatte ein Stipendium von Nordnigeria. Das bedeutete, daß er viel Geld ausgeben konnte, da die Nordnigerianer, anders als die im Durchschnitt überqualifizierten Südnigerianer, alles taten, um ihre Leute bei der Ausbildung wirklich zu unterstützen, so daß sie heimkommen und die Jobs im Norden haben konnten, die im Augenblick noch an die Bewerber aus dem Süden gingen. Deshalb war Mr. Babalola ein sehr reicher Student.
Es ging das Gerücht um, daß er eine tolle Wohnung und ständig Gäste hatte. Das war für niemanden, der die Leute aus dem Norden kannte, eine Überraschung. Sie gaben gerne Geld aus, genossen gern, was sie besaßen, und zwar heute, nicht morgen oder übermorgen. Allah würde schon für die Zukunft sorgen. Das war sicher auch Babalolas Lebensphilosophie.
Aus irgendeinem Grund jedoch kam kein Geld mehr für Mr. Babalola, niemand wußte, warum. Eines war sicher, er ging keinen Studien nach, obwohl er ursprünglich gekommen war, um Journalistik zu studieren. Man munkelte, er würde arm. Er konnte seinen früheren Standard als Gastgeber nicht mehr aufrechterhalten, deshalb suchten seine Freunde aus glücklicheren Tagen das Weite. Sie kamen nicht

mehr und Babalola zog in einen viel bescheideneren Bezirk – Ashdown Street in Kentish Town.
Zu dieser Zeit, als seine Mittel schrumpften und er verzweifelt versuchte, seine Regierung zu überzeugen, daß er es schaffen würde, wenn man ihm noch eine Chance gäbe, zu dieser Zeit traf er Janet.
Er wartete ungeduldig vor der Telefonzelle, um einen seiner ihm nun ausweichenden Freunde anzurufen. Er wartete wohl schon eine Ewigkeit, und die junge Frau, die in der Zelle war, schien stundenlang am Hörer zu hängen. Viele andere kamen, wurden des Wartens überdrüssig und gingen schimpfend davon. Babalola aber blieb. Er würde anrufen, und wenn er den ganzen Tag warten sollte. Es begann zu nieseln, und er war durchnäßt bis auf die Haut, deshalb schlug er gegen die Zellentür und drohte dem Mädchen mit der Faust, um sie zu erschrecken. Dann sah er genauer hin und erkannte, daß das Mädchen mit niemandem sprach, sondern im Stehen schlief.
Babalolas erste Reaktion war Angst. War sie tot? fragte er sich. Dann schlug er fester gegen das Glas, und das Mädchen wachte auf. Sie tat ihm so leid, daß er sie mit nach Hause nahm.
Janet war schwanger. Der Vater des Babys war ein namenloser Westinder. Ihr Stiefvater wollte sie nicht aufnehmen, wenn sie nicht versprach, das Kind wegzugeben. Ihre Mutter war vor einem Jahr gestorben und hatte ihrem Stiefvater sieben kleine Kinder hinterlassen. Janet war die älteste, deshalb war sie aus dem Haus geschickt worden. Sie wollte zu keinem Sozialarbeiter gehen; er würde sie nur davon über-

zeugen wollen, daß sie mit sechzehn zu jung war, um ihr Baby zu behalten. Doch Janet wollte ihr Baby.
Diese Geschichte weckte den afrikanischen Gemeinschaftsgeist in Babalola. Es kam ihm nie in den Sinn, daß er etwas Illegales tat, wenn er ein sechzehnjähriges Mädchen bei sich aufnahm. Im Gegenteil: Er begann seine wenigen noch verbleibenden Freunde mit Janet zu unterhalten. Er machte sich nie Gedanken darüber, daß er sich in sie verlieben könnte, daß er sie beschützen und zu seiner Frau machen könnte; zu dieser Zeit wurde Janet jedem schwarzen Mann angeboten, der wissen wollte, wie eine weiße Frau nackt aussah. Die meisten von Adahs Nachbarn hatten ihre sexuellen Abenteuer mit Janet gehabt. Doch bald änderte sich alles.
Babalola erkannte, daß Janet Unterstützung für sich und ihr Kind bekommen konnte, genug, um die Miete zu zahlen. Janet, die nicht wußte, wo sie sonst hingehen sollte und die sich mit Babalolas Schwächen abfand, willigte ein. Bald begann Babalola, Janet für sich allein zu beanspruchen.
»Du denkst doch nicht etwa daran, das Ding ernst zu nehmen, das du an der Telefonzelle aufgegabelt hast?« fragten seine Freunde erstaunt.
Babalola sagte nichts, sondern befahl Janet, nicht mehr mit seinen Freunden freizügig umzugehen. Janet, die sich endlich erwünscht fühlte, strahlte. Bald nach ihrem ersten Baby wurde sie schwanger mit dem nächsten, Babalolas.
Um diese Zeit kam Adah an. Sie wurden sofort Freundinnen. Adah fand Janet sehr intelligent und

bemerkte, daß die Gerüchte über ihr Herumschlafen nicht der Wahrheit entsprachen. Sie wollte nur ein Dach über dem Kopf, damit sie ihren kleinen Jungen Tony großziehen konnte. Zu der Zeit war er ein lärmendes achtzehn Monate altes Baby und ein guter Spielkamerad für Titi.

Adah erzählte Janet von ihren Sorgen, und Janet vertraute sich Adah an. Sie machte den Vorschlag, Adah solle sich nach einer Tagesmutter für ihre Kinder umschauen, bis in der Krippe Plätze für sie frei wären. Selbst Babalola war willens zu helfen – inzwischen war er bei seinen Freunden unbeliebt geworden, da er sich weigerte, seine »fish and chips«-Mädchen herumzureichen. Die Suche war deprimierend und erreichte einen Punkt, an dem Adah anfangen mußte, von Tür zu Tür zu laufen. Als Francis bei seinen Sommerprüfungen durchfiel, wurde es sogar noch schlimmer. Er schob alles auf sie. Wenn sie nicht ihre Kinder mitgebracht und ihn damit belastet hätte, wenn sie eingewilligt hätte, sie in Pflege zu geben, wenn sie nicht so bald nach ihrer Ankunft schwanger geworden wäre, dann hätte er bestanden.

Francis vergaß, daß er fünf Anläufe gebraucht hatte, um den ersten Teil zu bestehen, daß er keine Vorlesungen besuchte, da er das Gefühl hatte, er könnte allein besser arbeiten, daß er frühmorgens nie rechtzeitig aus dem Bett kam. Adah hatte Glück, daß Babalola von Trudy hörte. Sie hatte selbst zwei Kinder und willigte ein, auch für die beiden von Adah zu sorgen. Francis lobte Trudy in den Himmel. Sie war

sauber, gutangezogen und sehr freundlich. Adah hatte sie noch nicht gesehen, da sie normalerweise sehr lange in der Bücherei arbeitete und meistens erst um acht Uhr abends heimkam.
Sie zog die Kinder an, und Francis fuhr sie in Trudys Wohnung, die einen Block weiter weg lag, holte sie um sechs Uhr ab, nachdem Trudy sie gewaschen und ihnen Tee gegeben hatte. So war zumindest die Abmachung.
Nach ein paar Wochen bemerkte Adah, daß Titi einfach aufhörte zu reden. Das überraschte Adah, weil Titi eine richtige Quasselstrippe war. Sie fragte sich, was los war, und beschloß, die Kinder selbst zu Trudy zu bringen. Schließlich hatte sie sie neun Monate ausgetragen und nicht Francis. Francis war froh darüber, da er behauptete, daß seine Freunde über ihn lachten, wenn sie ihn mit dem Kinderwagen sahen.
Was Adah als erstes auffiel, war die Tatsache, daß Trudys Milchmann ihr nur zwei halbe Liter jeden Morgen lieferte, obwohl sie die Milchmarken von Adahs Kindern bekommen hatte. Aber Trudy sagte ihr, daß Adahs Kinder drei halbe Liter am Tag tranken und daß ihr Milchmann ihr nicht nur die zwei, die Adah sah, lieferte, sondern fünf halbe Liter pro Tag.
Adah sagte nichts, sondern gab ihren Kindern nun, bevor sie zur Arbeit ging, Haferflocken. Das bedeutete Extraarbeit, doch sie wollte alles tun, was sie konnte, damit Titi wieder die wurde, die sie gewesen war.

Da sie sich noch immer unbehaglich fühlte, begann sie, Trudy zu besuchen, wenn sie halbtags arbeitete. Das, was sie sah, gefiel ihr gar nicht. Trudys Haus war, wie alle Häuser in dem Bezirk, ein Elendsquartier. Ein Haus, das schon vor Jahren für unbewohnbar erklärt worden war. Der Hinterhof war angefüllt mit Müll, kaputten Möbeln, und ganz in der Nähe eines unbedeckten Müllkübels befand sich die Toilette, eine alte Toilette mit schadhaften Rohren, stinkend und feucht.

Als sie das erste Mal hinging, sah Adah die zwei kleinen Mädchen von Trudy im Vorgarten spielen. Sie trugen beide rote Freizeithosen und blaue Pullover. Ihr langes braunes Haar war mit gebügelten roten Bändern zusammengebunden. Sie lachten und sahen sehr glücklich aus. Sie schwenkten etwas durch die Luft, und Adah erkannte, daß Trudys Mädchen mit den Schaufeln und Eimern spielten, die sie für ihre eigenen Kinder gekauft hatte. Ihr Herz brannte vor Wut, doch sie sagte sich, daß sie aufhören sollte, sich zu benehmen wie die kleine Ibo-Tigerin. Schließlich hatte sie nicht umsonst fünf lange Jahre in der methodistischen Mädchenoberschule zugebracht. Zumindest hatte sie gelernt, ihre Gefühle zu zügeln. Vielleicht machten ihre Kinder ein Schläfchen oder so.

Sie ging in das Haus und trat ins Wohnzimmer. Sie sah Trudy, eine plumpe Frau mit zuviel Make-up. Ihre Lippen waren blutrot, ebenso die Nägel. Die Farbe ihrer Haare war zu schwarz, um echt zu sein. Vielleicht waren sie ursprünglich braun wie die ihrer kleinen Mädchen; doch die lackschwarze Färbung verlieh ihrer ganzen Person ein vulgäres Aussehen. Sie lachte laut über einen Scherz, gemeinsam mit einem Mann, der sie in einer komischen Stellung hielt. Adah schloß die Augen. Das Lachen verstummte abrupt, als sie sie bemerkten.

»Warum sind Sie nicht bei der Arbeit?« japste Trudy.

»Ich wollte in die Klinik in der Malden Road, deshalb dachte ich, ich schaue mal herein und sehe nach, wie Sie mit Titi und Vicky zurechtkommen.«

Eine Pause entstand, und Adah konnte hören, wie ihr Herz hämmerte. Sie fand es immer schwieriger, sich zu beherrschen. Sie erinnerte sich an ihre Mutter. Ma hätte den fetten Körper dieser Frau in Fetzen gerissen, wenn sie an Adahs Stelle gewesen wäre. Nun, sie war nicht Ma, aber sie war Mas Tochter, und, komme, was da wolle, sie war immer noch eine Ibo. Sie schrie.

»Wo sind meine Kinder? Sie Pro-« Sie hielt inne. Sie hätte Trudy beinahe eine Prostituierte genannt, war aber nicht sicher, ob der Mann mit dem offenen Hosenschlitz, der sie beobachtete, Trudys Mann war oder nicht. Der Mann entschuldigte sich jedoch eilig, und Adah warf sich vor, ihren Satz nicht zu Ende gesprochen zu haben. Der Mann war nicht Trudys Ehemann. Er war ein Liebhaber; ein Kunde oder ein Freund oder vielleicht eine Mischung aus beiden. Adah kümmerte es nicht. Sie wollte ihre Kinder sehen.

Trudy wies zur Tür. Adahs Augen folgten dem zeigenden Finger zum Hinterhof. Ja, Adah konnte schwach Vickys Stimme hören, der etwas in seiner ihm eigenen Sprache brabbelte.

Sie lief hinaus und sah ihre Kinder. Sie stand da, ihre Knie zitterten, und sie brach in Tränen aus.

Vicky war damit beschäftigt, Müll aus dem Eimer zu ziehen, und Titi wusch sich Gesicht und Hände in dem Wasser, das aus der Toilette tropfte. Als sie ihre Mutter erblickten, rannten sie zu ihr, und Adah merkte, daß Vicky keine Windeln um hatte.

»Sie wollen nicht mit uns reden. Neulich habe ich Titi ein Eis gegeben, und sie wußte nicht, was sie damit machen sollte. Sie machen sich dauernd naß.« Trudy redete immer weiter, wie besessen, redete ununterbrochen.

Adah verfrachtete die Kinder in den Kinderwagen und brachte sie zu der Kinderfürsorgerin in der Malden Road. Schließlich war Trudy eine eingetragene Tagesmutter, was auch immer das bedeuten mochte.

Die Kinderfürsorgerin tat übertrieben freundlich. Sie gab Adah eine Tasse Tee und sagte ihr, sie solle sich nicht zu sehr beunruhigen. Immerhin waren die Kinder doch in Ordnung, oder?

Während sie noch redeten, traf Trudy ein, tränenüberströmt. Sie protestierte und sagte, sie habe ihnen an diesem Tag nur erlaubt, auf den Hinterhof zu gehen, da sie einen widerlichen Besucher hatte, der nicht gehen wollte. Hatte Adah ihn nicht gesehen? Er wollte sie nicht in Ruhe lassen. Natürlich waren die Kinder von sich aus auf den Hinterhof gegangen.

Sie hätte nicht einmal das Herz, einen Hund dorthin zu stecken, geschweige denn kleine »Engel« wie Adahs Kinder. Sie war eine eingetragene Tagesmutter. Eingetragen durch die Gemeinde von Camden. Wenn ihr Lebensstandard zu niedrig gewesen wäre, hätte man sie überhaupt nicht eingetragen. Adah sollte nur Miss Stirling fragen.

Miss Stirling war die Kinderfürsorgerin. Sie trug ein rotes Kleid und eine randlose Brille in der Art, wie sie Intellektuelle auf alten Fotos gewöhnlich tragen. Sie blinzelte jetzt, als ihr Name erwähnt wurde. Doch es gelang ihr nicht, ein Wort einzuwerfen, da Trudy kein Pause machte.

Was Adah anging, so hörte sie zu, wie Trudy für immer einen der Mythen zerstörte, mit denen sie aufgewachsen war: daß ein Weißer niemals lügt. Sie war unter weißen Missionaren aufgewachsen, die ihrer Arbeit ergeben waren, sie hatte unter amerikanischen Diplomaten gearbeitet, die in Nigeria für ihr Land arbeiteten, und seit sie nach England gekommen war, waren die einzigen Weißen, mit denen sie bisher zusammengekommen war, die Mädchen in der Bücherei und Janet. Solche wie Trudy hatte sie nie zuvor getroffen. In der Tat traute sie ihren Ohren nicht; sie riß nur verblüfft den Mund auf.

Trudy ging sogar so weit, der Fürsorgerin zu erzählen, Adahs Kinder bekämen fünf halbe Liter Milch am Tag. Sie liebte die Kinder, sagte sie, und um es zu beweisen, griff sie nach Titi, doch das Kind entzog sich ihr und protestierte heftig.

Trudy wurde ermahnt und versprach, sich zu bessern. Sie würde die Kinder nie aus den Augen lassen. Sechs Pfund in der Woche waren nicht leicht zu bekommen, vor allem für eine Frau, die den ganzen Tag zu Hause war.

Sie brabbelte ununterbrochen auf dem Nachhauseweg und erzählte Adah ihre Lebensgeschichte und die ihrer Eltern und Großeltern. Aber Adah mußte immer an ihre Entdeckung denken, daß Weiße genauso fehlbar waren wie alle anderen Menschen. Es gab schlechte Weiße und gute Weiße, genauso wie es schlechte Schwarze und gute Schwarze gab! Warum also behaupteten sie, sie seien etwas Besseres?

Von diesem Tag an nahm sie alles, was Trudy sagte, mit Vorbehalt auf. Francis riet ihr, sie solle sich keine Sorgen machen. Selbst wenn Trudy die Kinder im Hinterhof gelassen hatte, so war er sicher, daß der sauber gewesen sein mußte, bevor ihn die Kinder durcheinandergebracht hatten. Statt dessen sagte er Titi und Vicky, sie sollten brave Kinder sein und nie, nie wieder in die Nähe des Müllplatzes gehen, da Mülleimer dreckig seien. Die Kleinen starrten ihn nur an. Dann sagte er zu Titi, er würde sie mit seinem Gürtel schlagen, wenn sie nicht trocken bliebe.

Aber wie sollte Titi einem Befehl gehorchen, den sie nicht verstand? In Nigeria und auf dem Schiff war sie ein lärmendes Kleinkind gewesen, das in Yoruba sprach und sang wie alle ihre kleinen Freunde. Adah brachte ihr englische Sätze bei, und las ihr manchmal Kinderreime vor, von denen »Baa baa, schwarzes Schaf« ihr Favorit war. Doch nun weigerte sie sich einfach zu sprechen. Adah machte sich große Sorgen und redete in ihren Gebeten mit Gott darüber.

Da besuchte sie eines Tages eine Freundin und Klassenkameradin. Da Adah ihr nichts anbieten konnte, beschloß sie, eine Schale Eierkrem zu machen. Sobald sie ihr den Rücken zugekehrt hatte, begann ihre Freundin, Titi in Yoruba zu necken, und wollte sie zum Sprechen bringen. Genervt von Titis Schweigen fuhr Adahs Freundin Titi an: »Hast du deine Zunge verloren oder verkauft? Du hast doch in Nigeria mit mir gesprochen. Warum redest du jetzt nicht mit mir?«

Da gab Titi, das arme Ding, bissig in Yoruba zurück: »Rede nicht mit mir. Dad wird mich mit dem Gürtel prügeln, wenn ich Yoruba spreche. Und ich kann nicht viel Englisch. Rede nicht mit mir.«

Adah war so erschrocken, daß sie die heiße Eierkrem verschüttete, die sie gerade zubereitete. So war das also! Francis wollte, daß ihre Tochter nur Englisch sprechen lernte.

Das kam daher, daß Nigeria schon so lange von den Engländern regiert wurde. Ein intelligenter Mann wurde danach beurteilt, wie er Englisch sprach. Hingegen spielte es keine Rolle, ob die Engländer die Sprachen der Leute sprachen, die sie regierten. Diese Konvention hatte auf Titi eine schreckliche Wirkung. Später überwand sie ihre Sprechschwierigkeiten, doch sie wurde gut sechs Jahre alt, bevor sie eine der Sprachen so beherrschte, daß sie sich gewandt

und klug darin unterhalten konnte. Diese frühe Verwirrung verzögerte ihre Sprachentwicklung sehr. Aber Gott sei Dank landete sie deshalb nicht in einer dieser Sonderschulen für zurückgebliebene Kinder!
Diese Entdeckung veranlaßte Adah, Miss Stirling damit zu piesacken, einen Krippenplatz für ihre Kinder zu besorgen. Aber wie jede junge Mutter, die versucht, ihr Kind in eine Krippe zu geben, bestätigen konnte, gab es keinen Platz für die Kinder.
Adah mußte sich mit Trudy abfinden, obwohl sie sich die ganze Zeit bewußt war, daß die Kinder immer noch im Hinterhof spielten und daß Vickys Windeln niemals benutzt, sondern in Wasser getaucht wurden, damit sie gebraucht aussahen.
Sie betete zu Gott und hoffte, daß ihren Kindern nichts Schreckliches zustoßen mochte. Gott war es entweder leid, auf ihre Gebete zu antworten, oder aber er wollte Adah eine Lektion erteilen. Denn etwas Schreckliches stieß zwar nicht Titi, aber Vicky zu.

5 Eine teure Lektion

An einem schönen Julimorgen wachte Adah voller Müdigkeit auf. Viele Gründe hätte sie für diese ihre Müdigkeit anführen können: ihre Lebensbedingungen, die sie zusammengepfercht in einem halben Zimmer zu hausen zwangen; ihre ständige Sorge darüber, wie Vicky und Titi behandelt wurden; ihre Schwangerschaft. Zu allem Überfluß redeten sie und Francis nur noch wenig miteinander und auch nur dann, wenn es absolut notwendig war.

Sie begann, den Glauben an sich selbst zu verlieren. War ihr Traum, ins Vereinigte Königreich zu kommen, wirklich richtig gewesen, oder war sie einfach eine hoffnungslose Träumerin? Aber Francis war doch einverstanden gewesen. Was hatte sie nur falsch gemacht? Sie wünschte, daß ihr heimlicher Begleiter noch bei ihr wäre, um ihr einen Hinweis zu geben, aber er schien sie verlassen zu haben, seit sie in England angekommen war. War dieser Begleiter ihr Instinkt? In Nigeria war er sehr rührig gewesen. Kam das daher, daß sie in Nigeria Mutter Natur näher gewesen war? Sie wünschte nur, daß ihr jemand sagen könnte, wo sie unrecht gehabt hatte.

Mit dieser Schwere, die ähnlich der schweren Last des Christian in *The Pilgrim's Progress* war, stand sie widerstrebend auf. Sie blickte kurz auf ihren schnarchenden Ehemann, dessen behaarte Brust sich hob und senkte wie bewegte Wellen. Sie wollte ihn schütteln und ihm sagen, wie müde sie war und wie es ihr widerstrebte, das Haus und die Kinder an diesem Tag zu verlassen, aber sie wußte, daß er ihr erstens nicht zuhören würde und daß, selbst wenn er ihr zuhörte, er ihre Gefühle als puren Aberglauben abtun würde, genauso wie Cäsar den Traum seiner Frau über die Iden des März abgetan hatte.

Sie zog sich an, wusch die Kinder und machte ihnen das Frühstück. Das Klappern der Teller und Vickys Geschrei weckte Francis schließlich.

»Was soll der Lärm so früh am Morgen? Kann ich nicht einmal acht Stunden in Ruhe schlafen?« fragte Francis wütend.

»Vicky will seine Reisflocken nicht. Ich weiß nicht, was heute morgen mit ihm los ist. Er hat kein Fieber und nichts, regt sich nur über jede Kleinigkeit furchtbar auf«, erklärte Adah.

Francis sah seinen Sohn eine Weile an. Vicky stand in der Mitte des Zimmers; er machte vor Wut einen Schmollmund, und von seinem Lätzchen tropfte Milch. Francis seufzte und war kurz davor, sich auf die andere Seite zu drehen, als Adah sagte:

»Ich fühle mich heute morgen so schwer und habe auch keinen Appetit. Könntest du nicht die Kinder zu Trudy bringen? Ich bin sowieso schon zu spät dran.«

»O Gott«, grummelte ihr Mann.

»Bringst du sie für mich hin?« bettelte Adah.

»Hab' ich eine andere Wahl?« wollte Francis wissen.

Auf solche Fragen brauchte sie nicht zu antworten, entschied Adah, aber trotzdem war sie verärgert. Hätte Francis sie nicht mal fragen können, wie sie sich fühlte? War das zuviel verlangt? Sie befahl sich, nicht mehr so übertrieben romantisch zu sein und sich zu beruhigen. Kein Mann hätte Zeit, seine schwangere Frau so früh am Morgen zu fragen, wie sie sich fühlte. Das passierte nur in *Wahre Geschichten* und in *Wahre Romanzen*, nicht im wirklichen Leben, vor allem nicht mit Francis. Doch obwohl sie sich das einredete, wollte sie immer noch geliebt werden, sich verheiratet fühlen, das Gefühl haben, daß man sich um sie sorgte. Sie begann zu verstehen, warum manche junge Frauen schließlich untreu wurden, nur damit sie sich wie Menschen fühlten, nur um einen anderen Menschen zu finden, der ihrer Stimme zuhörte, der ihnen sagte, daß alles wieder gut würde.

Francis war nur zum Kindermachen zu gebrauchen, zu nichts anderem. Sie hatte Rachegefühle. Sie räumte den Frühstückstisch nicht ab, wechselte nicht Vickys tropfnasses Lätzchen, wischte ihm nicht den milchverschmierten Mund ab; sie zog nur ihre Tasche aus dem Berg Kinderkleider hervor und ging zur Tür, wollte gehen.

Da begann Vicky zu weinen, weil er sah, daß seine Mutter ihn verließ. Als er eilig nach ihrem Rockzipfel greifen wollte, verschüttete er noch mehr Milch auf den teppichlosen Boden. Adah lächelte innerlich. Francis stand ein arbeitsreicher Tag bevor.

Sie hob Vicky hoch, gurrte ihm beruhigend etwas zu

und küßte ihn. Aber Vicky wollte sie nicht gehen lassen. Er hielt sich an ihr fest. Das war merkwürdig, dachte Adah. Vicky war ein zufriedenes, rundes Baby, das meistens zu Adah am Morgen nur »iedersen« sagte. Doch heute nicht. Adah setzte sich wieder und drückte ihn an sich, sang ihm etwas vor, und da kam das »iedersen«. Allerdings nur ein tränenreiches und widerwilliges. Er ging zur Tür, diesmal hielt er einen Teelöffel umklammert; immer noch hatte er sein tropfendes Lätzchen um. Um Titi dagegen brauchte sie sich keine Sorgen zu machen. Sie schien kaum zu bemerken, was um sie herum vorging. Sie schien sich völlig in die Unvermeidlichkeit des Ganzen gefügt zu haben. Sie schien sich zu sagen, daß Weinen nichts änderte und daß sie die Dinge so akzeptieren mußte, wie sie waren.
Adahs Gehalt reichte gerade, um die Miete, Francis' Kurs, seine Prüfungsgebühren, seine Bücher und Trudy zu bezahlen. Sonst blieb ihnen wenig, und deshalb war es für Adah unmöglich, auf der Arbeit Mittag zu essen. Normalerweise nahm sie ein gekochtes Ei mit, anstatt es morgens zum Frühstück zu essen. Doch manchmal war sie es leid, nur ein gekochtes Ei zu essen und den Kaffee zu trinken, den es in der Bücherei gab, und dann aß sie nichts. Bei diesen Gelegenheiten spürte sie dann jene Art von Hunger, von dem sie gedacht hatte, sie hätte ihn hinter sich. Jenen Hunger, der beide Seiten des Magens festhielt und ihn so zusammenpreßte, daß man das Gefühl hatte, ohnmächtig zu werden. Manchmal greinte und rumorte ihr Magen vor Schmerz. Dieses

Gemurmel in Adahs Magen störte sie jedesmal unendlich. So etwas ging in Nigeria an, als sie Dienstbotin und Waise gewesen war, doch für eine selbständige Frau und Mutter zweier Kinder war das unangenehm.

Während ihrer Mittagspause spürte sie, daß das Hungergefühl wieder anfangen wollte, so daß sie beschloß spazierenzugehen. Draußen war es naß; der Personalraum war warm und gemütlich. Die Mädchen hatten sich schon hingesetzt und sprachen über ihre Eroberungen und wie immer über die Ehe. Sie stimmte ihnen zu, daß manche Ehen zum Glück führen konnten, da die Mädchen ohnehin nur von den glücklichen sprachen. Nun, ihre war nicht glücklich, obwohl sie immer noch glaubte, daß eine glückliche Ehe das ideale Leben für ein Mädchen war. Eines der Mädchen, Cynthia, war verlobt und ganz sicher, daß ihre Ehe klappen würde. Adah hatte ihr so oft beigepflichtet, daß sie an diesem Tag ihrem fröhlichen Geschnatter nicht länger zuhören konnte. Cynthia würde ihren knurrenden Magen bemerken und ihr etwas zu essen anbieten, sie würde sie fragen, ob sie o. k. war und so weiter, also ging sie lieber spazieren.

Normalerweise ging sie die Finchley Road entlang und schaute in die Restaurantfenster, an denen sie vorbeikam. Wenn Francis seinen Abschluß hatte und sie Bibliothekarin war, so sagte sie sich, würde er sie sicher in so ein Lokal zum Essen ausführen. Sie ahnte, daß dies in ihrem Fall nur ein Traum war. Selbst wenn Francis fertig werden sollte, brächte er nie den Mut auf, sie in ein Restaurant einzuladen, jedenfalls nicht in London, da er fest daran glaubte, daß solche Orte nicht für Schwarze gedacht waren. Adah wußte, daß seine Hautfarbe, das Gefühl, schwarz zu sein, sich fest in seinem Kopf eingenistet hatte. Sie wußte, daß es überall Diskriminierung gab, aber Francis' Kopf war auch ein fruchtbarer Boden, auf dem eine solche Haltung wachsen und gedeihen konnte. Sie persönlich wäre, wenn sie das Geld gehabt hätte, schnurstracks in so ein Restaurant gegangen, und sie war sicher, daß man sie bedient hätte. Doch was nützte es, wenn sie davon träumte, sie hatte das Geld nicht! Also weidete sie sich an dem ausgestellten Essen. Ein Gericht zog sie an diesem Nachmittag besonders an. Es war eine Fischfrikadelle in einem Fischgeschäft. Die Frikadelle war rundherum gelblich braun und sah sehr appetitlich aus. Ihr lief das Wasser im Mund zusammen wie bei einem hungrigen Hund, und so wandte sie sich ab. Das Unwohlsein, das sie schon in der Frühe empfunden hatte, schien sich mit einer solchen Kraft wieder auf sie zu senken, daß sie glaubte, sich erbrechen zu müssen. Ohne besonderen Grund eilte sie in die Bücherei zurück. Wenn sie dort ankam, würde sie etwas trinken und sich ausruhen, bevor sie wieder anfing zu arbeiten. Gott sei Dank war es einer der Tage, an denen sie früher nach Hause gehen konnte. Sie würde um fünf fertig sein.

Sie traf Cynthia am Eingang der Bücherei, als diese sich eiligst bemühte, in ihren leichten Sommermantel zu kommen.

»Gott sei Dank, da bist du ja. Ich wollte dich gerade suchen.«
»Meine Kinder. Was ist mit ihnen? Geht es ihnen gut?«
»Woher weißt du das?« fragte Cynthia bestürzt. »Wer hat es dir gesagt?« fragte sie weiter, während sie hinter Adah in die Bücherei trabte.
Ja, woher hatte sie es gewußt? Wie konnte eine Mutter einer anderen Frau, die nie ein Baby geboren hatte, erklären, daß sie manchmal in ihren Kindern lebte? Wie konnte sie erklären, daß, wenn ihr Sohn operiert wurde, ihr eigener Körper weh tat, wie konnte Adah Cynthia sagen, daß sie beim Betrachten dieser Fischfrikadelle Vickys nasses schmerzverzerrtes Gesicht erblickt hatte, das sich im Fenster spiegelte? Sie müßte zuviel erklären, das sie nicht wußte. Zuviel über sich selbst, über ihr Wesen. Sie fühlte diese Dinge einfach.
Adah weinte nicht. Victor war in Gefahr, aber nicht tot, und solange er lebte, würde Gott ihm helfen.
Dann erfuhr Adah, was sie bereits gefühlt hatte. Trudy hatte angerufen, sagten sie; Vicky war sehr krank, und Trudy konnte ihn nicht ins Krankenhaus schicken und wartete darauf, daß Adah heimkam.
Mrs. Konrad, Gott segne sie, fuhr sie zum Bahnhof. Adah rannte von der Kentish Town Station bis zu Trudys Haus. Vor der Tür wartete ein Krankenwagen. Eine kleine Menschenmenge hatte sich bereits angesammelt, die redete, diskutierte und Mutmaßungen anstellte. Sie alle kannten Adah, da sie viele Male gesehen hatten, wie sie die Kinder zu Trudy

brachte. Titi sah sie mitleiderregend an, als sie nach hinten in Trudys Wohnzimmer lief.

Trudy hielt Vicky fest, wischte sein Gesicht mit einem Lumpen ab, der so dreckig war wie ein alter Putzlappen. Sie tauchte den Lumpen in ebenso schmutziges Wasser und rieb damit Vickys Gesicht ab. So wollte sie seine Temperatur senken. Ein großer, kahlköpfiger Arzt stand mit der Tasche in der Hand da. Der indische Arzt, bei dem sich Francis und Adah angemeldet hatten, war zu beschäftigt gewesen, und der große, kahlköpfige Mann in dem schwarzen Dreiteiler war seine Vertretung. Ungerührt sah dieser Arzt Trudy bei ihren Bemühungen zu, als ginge ihn das nichts an.

Als Adah hereinkam, hob Vicky die Hand und rief nach seiner Mutter. Er erkennt mich noch, dachte Adah, als sie ihn Trudy entriß. Sie hielt ihn fest, als könne sie so Gesundheit in den kranken Jungen einhauchen.

»Was ist mit ihm?« fragte sie, zuerst den Arzt und dann Trudy. Als sie keine Antwort bekam, wandte sie sich an Miss Stirling, die nur dastand und die Hände rang. Wenn sie wußten, was los war, so wollten sie es nicht sagen.

»Der Krankenwagen wartet. Sie werden es bald wissen. Jetzt müssen wir ihn so schnell wie möglich ins Krankenhaus bringen«, ordnete der Arzt an.

Obwohl die Stimme des Arztes dringlich klang, war Vicky in Adahs Augen nicht sehr krank. Er war heiß, hatte fast 40° Fieber, doch Adah hatte nicht das Gefühl, daß Grund zur Panik bestand. Sie dachte, daß

Vicky wahrscheinlich einen Malariaanfall hatte, was für sie soviel war wie eine gewöhnliche Erkältung. Malaria ließ das Fieber bei einem Kind steigen, und es sank wieder, sobald das Kind Nivaquine bekam. Das hätte sie ihm jedenfalls gegeben, wenn Vicky den Anfall zu Hause gehabt hätte. Soweit sie wußte und nach der Erfahrung, die sie mit Titi hatte, litten Kinder nur an Malaria. Warum also die ganze Panik? fragte sie sich. Jede Mutter konnte ein Kind von Malaria heilen, ohne den Krankenwagen zu rufen oder den Doktor zu holen, der nur dastand und zu nichts anderem fähig zu sein schien, als den Totenschein auszustellen.

»Vicky, sag ›Wiedersehn‹ zu Trudy«, sagte sie, als sie zur Tür gingen. Vicky winkte schwach und sang in seiner typischen Art ein »iedersen«.

Alle – Trudy, Miss Stirling und der Arzt – öffneten den Mund, als wollten sie ihr sagen, daß das Baby zu schwach sei, um zu reden. Doch sie verstummten, als Vicky sprach. Adah triumphierte. Ihr Sohn hatte nur hohes Fieber, das war alles. Er würde nicht sterben, daran mußten sie sich eben gewöhnen. Sie kam sich vor wie Jesus, der seine sprachlosen Jünger damit verblüffte, daß er sagte: »Lazarus ist nicht tot, er schlief nur.«

Der große Arzt erkannte ihren Schmerz, ihre Furcht und berührte leicht ihre Schulter, als sie auf die Straße gehen wollte. »Ihr kleiner Sohn ist sehr krank. Ich weiß nicht, was es ist, aber ich bin sicher, daß sie im Royal-Free-Krankenhaus für ihn das Beste tun werden.«

Adah dankte ihm, doch sie war entschlossen, sich nicht unglücklich machen, sich nicht einreden zu lassen, sie hätte das Schlimmste zu erwarten. »Ich glaube, ich weiß, was es ist«, brüstete sie sich. »Ich glaube, es ist Malaria. Zu Hause in Nigeria bekommen die Kinder es so, wie Sie hier eine normale Erkältung haben.«

»Es kann auch etwas anderes sein«, warnte der Arzt, während er und die Sanitäter ihr in den Krankenwagen halfen.

Im Krankenwagen verwirrten sich ihre Gedanken. Ihr Gehirn machte ticktack, wie man in Yoruba sagt. Wenn jemand fieberhaft nachdachte, so sagte er, sein Hirn arbeite wie eine tickende Uhr. Sie fragte sich, was einem Kind fehlen konnte, das noch am Morgen »Wiedersehn« zu ihr gesagt hatte. Was konnte los sein, daß ein Krankenwagen und ein Arzt nötig waren? In Lagos mußte man entweder ein Millionär oder der Verwandte eines Arztes sein, um seinen Besuch zu rechtfertigen. Er konnte nicht kommen, nur weil ein Kind Fieber hatte. Jetzt aber raste ein Krankenwagen mit ihr einfach so ins Royal-Free-Krankenhaus. Warum hieß es Royal Free? War es ein Krankenhaus für arme Leute, für Leute zweiter Klasse? Warum hatten sie das Wort »free« dazugesetzt? Furcht umhüllte sie. Schickten sie ihren Vicky in ein Krankenhaus zweiter Klasse, in eines, das kostenlos war, nur weil sie Schwarze waren? O Gott, worauf hatte sie sich eingelassen? Vielleicht benutzten sie sogar ein Organ ihres Kindes, um das Leben eines anderen Kindes zu retten, das wahrscheinlich weiß war und reich und das man sicherlich in ein Krankenhaus ließ, in dessen Name kein »free« vorkam. Ein Krankenhaus, für das man zahlen mußte. Adah glaubte nicht daran, daß etwas Gutes von etwas kommen konnte, für das man nicht zahlen mußte. Sie betrachtete alles, was umsonst war, mit Argwohn und Zurückhaltung. In Nigeria mußte man für die Behandlung zahlen. Je dicker der Geldbeutel, desto intensiver die Behandlung. Sie hatte nie von einem Ort gehört oder einen solchen gesehen, wo man einem Kind kostenlos soviel Aufmerksamkeit von seiten der Erwachsenen zuteil werden ließ. Irgendwo mußte da ein Haken sein. Als sie schließlich im Krankenhaus ankamen, war sie überzeugt, daß man Vicky seine inneren Organe nehmen würde.

Dieser Gedanke hatte sich so in ihr festgesetzt, daß sie sich zuerst weigerte, ihn loszulassen. Zwei Schwestern hielten sie und führten sie in einen kleinen Raum, in dem weiche Stühle an der Wand standen. Sie machten ihr Tee mit viel Zucker. Sie trank ihn dankbar und gierig und genoß sogar den Zuckergeschmack, den sie sonst haßte. Sie nahm kaum jemals Zucker, da afrikanische Mütter dachten, daß Zucker und Fleisch Würmer verursachten. Fleisch aß sie inzwischen ganz gern, aber an den Geschmack von Zucker konnte sie sich nie richtig gewöhnen. Doch an diesem Tag im Royal Free war sie zu hungrig, um sich darüber Gedanken zu machen. Der Tee schmeckte ihr, und man sagte ihr, sie solle warten, während Vicky untersucht würde. Sie wartete und wartete, bis sie fast einschlief. Dann begann sie sich um Titi zu sorgen. Sie hoffte, daß sich Francis daran erinnerte, sie abzuholen. Es war wirklich komisch, sie hatte nicht daran gedacht, nach Francis zu suchen. Sie wollte ihn nicht aufregen; es war nichts Ernstes. Francis glaubte immer noch, daß sie bei der Arbeit und Vicky bei Trudy war.

Etwas sagte ihr jedoch, daß sie ihren Mann verständigen mußte. Aber wie konnte sie das, wenn sie nicht wußte, wo er um diese Tageszeit war? Er besuchte nicht mehr regelmäßig die Vorlesungen und studierte ganz für sich. Das bedeutete, daß er in jeder Bibliothek Londons sein konnte, oder er war bei einer seiner Freundinnen. Adah wäre die letzte, die ihn bei einer dieser Beschäftigungen stören würde. Sie würde ihm alles erzählen, wenn sie heimkam.

Die Schwester und zwei junge Ärzte kamen auf sie zu. Sie sagten ihr, daß Vicky sehr krank sei. Sie hatten ihm alle möglichen Proben entnommen, und bevor sie die Ergebnisse nicht bekamen, konnten sie ihn nicht behandeln. Sie wollten ihn zur Beobachtung im Krankenhaus behalten.

Für Adah bedeutete Krankenhaus normalerweise zweierlei. Man ging dorthin, wenn man ein Kind bekam oder wenn man sterben mußte. Das erste Mal, als sie hinein durfte, war, als sie Titi bekam. Die einzige andere Person in ihrer Familie, von der sie wußte, daß sie im Krankenhaus gewesen war, war Pa. Er war für eine Untersuchung hineingegangen und nie wieder zurückgekommen. Diese Gedanken schossen ihr durch den Kopf, während sie zu überlegen versuchte, welche Entscheidung wohl die richtige war. Sie spürte irgendwie, daß sie keine Wahl hatte. Vicky hatte bereits ein Zimmer zugewiesen bekommen, für den Fall, daß seine Krankheit ansteckend war.

Sie durfte ihn sehen. Man hatte ihn in ein blaues Kinderbettchen gesteckt und sorgsam in flauschige blaue Decken gehüllt. Er schlief nicht, sondern starrte seine Mutter an wie jemand, der einen schlimmen Migräneanfall hatte. Es sah aus, als wäre es schwierig für ihn, die Augen zu bewegen. Hatten sie vielleicht doch recht? War Vicky sehr krank? Sie klammerte sich an das Gitter des Kinderbettes.

Durch die Glastür sah man ihr zu. Eine Schwester kam zu ihr und sagte ihr, es wäre Zeit zu gehen; Vicky brauchte Ruhe und Schlaf. Adah nickte und verabschiedete sich von ihm, doch Vicky antwortete nicht; seine müden Augen schienen auf etwas gerichtet, was nur er erkennen konnte. Adah durfte nicht bleiben, sie mußte gehen.

Warum, dachte sie bei sich, erlaubten die Behörden den Müttern von Kleinkindern nicht, bei ihrem kranken Nachwuchs im Krankenhaus zu bleiben? In Nigeria, wo das Wetter warm genug war, hätte sie vor dem Krankenhaus bleiben können, auf dem Gelände unter einem großen Baum. Nun wußte sie nicht, was sie tun sollte. Im Gang warten? Sie würden sie hinausscheuchen. Doch bis dahin würde sie es tun. Komisch, daß sie ein nicht einmal einjähriges Baby ins Krankenhaus holten und es dann nicht behandelten, da sie noch die Symptome diagnostizierten. Angenommen, das Kind bekam Krämpfe, wie sie ihre Kinder bei hohem Fieber immer hatten? Die Schwestern würden nur Spritzen in ihn hineinpumpen, doch sie hatte ihr Leben lang Babys an diesen Malaria-Anfällen leiden sehen und kannte die Erste-Hilfe-Maßnahmen. Das Krankenhaus vielleicht nicht, also würde sie bleiben.

Adah dämmerte auf einer Holzbank ein. Als sie die Augen aufmachte, war sie überrascht, die schöne Schwester mit der sanften Stimme zu sehen, die ihr vorher gesagt hatte, daß es Zeit zum Gehen sei.

Sie sah Adah lange an und lächelte.

»Ist Victor Ihr einziges Kind?«

Adah schüttelte den Kopf, nein, sie hätte noch eins, doch das sei nur ein Mädchen.

»Nur ein Mädchen? Was meinen Sie mit ›nur ein Mädchen‹? Sie ist schließlich auch ein Mensch, genau wie Ihr Sohn.«

Adah wußte das alles. Doch wie sollte sie diesem schönen Wesen erklären, daß sie der Liebe ihres Mannes und der Anerkennung ihrer Schwiegereltern in ihrer Gesellschaft nur sicher sein konnte, wenn sie so viele Kinder wie möglich am Leben erhielt, und daß, obwohl ein Mädchen auch als ein Kind zählte, ein Junge für ihre Leute soviel bedeutete wie vier Kinder zusammen? Und wenn die Familie dem Jungen eine gute Universitätsausbildung geben konnte, erhielt seine Mutter innerhalb des Stammes den Status eines Mannes. Wie sollte sie das alles erklären? Daß ihr Glück so sehr vom Leben ihres Sohnes abhing.

»Wissen Sie, ich werde noch ein Kind kriegen!« erbot sie sich, um der Schwester zu zeigen, was für eine gute Frau sie war.
Die Schwester, die entweder nicht verstand oder die eine andere Vorstellung von einer guten und wertvollen Frau hatte als Adah, nickte, sagte aber nichts.
Wenn Adah nicht ginge, würde man nach ihrem Mann schicken, sagte sie. Sie mußte gehen.
Adah entgegnete, sie ginge nur, wenn sie Gewalt anwendeten, und solange sie das nicht taten, blieb sie. Doch sie ging in den Flur im unteren Stockwerk, wo sie westindische Frauen zum Putzen eintreffen sah.
Später kam dann Francis. Titi verbrachte die Nacht bei Trudy, deshalb war er gekommen, um nach ihr zu sehen. Eine Zeitlang sah es aus, als ob Vickys Krankheit die Eltern wieder zusammenbringen könnte. Francis sagte ihr nicht, sie solle sich keine Sorgen machen, denn er wußte nicht, wie man sich als Mann in einer solchen Situation verhielt. Statt dessen weinte er wie eine Frau mit Adah.

Drei Tage später entdeckte man, daß Vicky den Meningitis-Virus hatte. Also las Adah in der Bücherei alles über dieses schreckliche Ding mit seinem schrecklichen, unaussprechlichen Namen; sie studierte die Ursachen und die Wirkungen.
»Aber woher hat er das? In meiner Familie haben wir nie von so etwas gehört, und Ma hat auch nie erwähnt, daß es in deiner Familie vorgekommen ist.

Woher hat er es also? Ich will es wissen, denn ich will es in Zukunft verhindern, wenn er überhaupt eine Zukunft hat.«

»Sie heilen hier alles«, erwiderte Francis und blickte ins Leere.

»Nach den Statistiken, die ich in einer medizinischen Enzyklopädie durchgesehen habe, sind seine Überlebenschancen sehr gering. Ich will wissen, woher mein Sohn diesen Virus hat. Die Medizinbücher sagen, daß er ihn durch den Mund aufgenommen haben muß. Ich bin sehr vorsichtig mit Vicky und habe nicht so viele Fehler wie bei Titi gemacht. Ich will wissen, woher er ihn hat, und, Francis, es ist mir egal, was du denkst, ich werde es herausfinden. Von Trudy.«

»Was ist bloß über dich gekommen?« fragte er und traute seinen Ohren nicht. »Was ist mit dir los?«

»Du willst wissen, was mit mir los ist? Ich werde es dir sagen. Du wirst es früher oder später sowieso wissen müssen. Wenn meinem Sohn etwas passiert, werde ich dich und diese Hure umbringen. Du schläfst mit ihr, oder? Du kaufst ihr Unterwäsche von dem Geld, für das ich arbeite, und wenn ich zur Arbeit gehe, gebt ihr beide das Geld aus, das ich ihr zahle. Mir ist es egal, was du tust, doch meine Kinder müssen heil und vollkommen sein. Das einzige, was ich von dieser Sklavenehe habe, sind die Kinder. Und, Francis, ich warne dich, sie müssen vollkommen sein.«

Francis schaute sie an, als sähe er sie mit anderen Augen. Jemand hatte ihn gewarnt, daß der größte Fehler, den ein Afrikaner machen konnte, der war, ein gebildetes Mädchen nach London zu holen und es zuzulassen, daß sie sich mit den englischen Frauen der Mittelschicht anfreundete. Sie würde bald ihre Rechte kennenlernen. Was dachte sie sich eigentlich? fragte sich Francis. In ihrem Land durften Männer herumschlafen, wenn sie es wollten. Das gab der stillenden Mutter eine Pause, um ihr Kind zu stillen, bis die nächste Schwangerschaft eintrat. Aber hier in London mit der Geburtenkontrolle und alldem konnte man die ganze Zeit mit seiner Frau schlafen. Doch er war nicht so erzogen worden. Er war zur Abwechslung erzogen worden. Die Frauen zu Hause protestierten nie, und Adah hatte gesagt, es mache ihr nichts aus. Kein Mann mochte es, wenn man seine Freiheit beschnitt, und schon gar nicht, wenn eine Frau dies tat, seine Frau. Er würde nicht streiten, er würde sie nicht schlagen, bis sie sich unterwarf, wegen dem Baby, aber er würde sich auch nicht an Adah binden. Wieso auch, im Bett war sie so kalt wie eine Leiche!

Adah redete noch immer. Sie würde zu Trudy gehen. Sie würde die Wahrheit aus ihr herausbringen, und wenn es sie umbrachte.

»Der Himmel stehe dir bei«, sagte Francis. »Du bist nicht zu Hause. Wenn du sie zu Unrecht beschuldigst, kannst du ins Gefängnis kommen. Du wirst Ärger kriegen, wenn du hingehst und eine Frau in ihrem eigenen Haus angreifst. Schließlich paßt sie für uns auf Titi auf.«

»Ja, ich weiß, sie paßt auf Titi auf, damit du behaup-

ten kannst, du müßtest jeden Abend um elf Uhr zu ihr gehen. Gestern nacht bist du um elf gegangen und erst zurückgekommen, als ich zur Arbeit wollte. Um nach Titi zu sehen!«
Es folgte ein unbehagliches Schweigen, währenddessen Adah ihre neue Freiheit abzuschätzen schien. Schließlich verdiente sie das Geld in der Familie.
Sie fuhr fort, mit einem ungewohnten, drohenden Unterton. »Wenn sie mir keine befriedigende Antwort gibt, werde ich Titi mit nach Hause nehmen, und ich werde das Haus nicht verlassen, um für dich zu arbeiten, bis die Kinder in die Krippe können oder bis du endlich auf sie aufpaßt. Es ist mir egal, was deine Freunde sagen. Ich gehe zu Trudy. Sie wird mir einiges erklären müssen.«
»Du bist eben doch ganz wie deine Mutter. Diese streitsüchtige Unruhestifterin! Man sagt, Frauen werden mit zunehmendem Alter ihren Müttern immer ähnlicher. Doch du hast Pech, du bist nicht so groß und furchteinflößend wie sie. Du bist klein, und ich bin sicher, Trudy wird dir ein paar Lehren erteilen.«
»Wir werden sehen«, antwortete Adah, während sie wütend aus dem Haus schoß.

»Im Krankenhaus haben sie gesagt, daß Vicky den Meningitis-Virus hat. Und er ist immer noch in Gefahr. Ich will...« legte Adah los.
Aber Trudy fiel ihr ins Wort.
»Ja, ich habe im Krankenhaus angerufen, und sie haben es mir gesagt. Deshalb habe ich ihnen erzählt,

daß du ihn erst vor ein paar Monaten nach London gebracht hast. Er hat es vielleicht von dem Wasser aufgefangen, das ihr bei euch getrunken habt, bevor ihr hierhergekommen seid…«
Adah starrte sie an, sie traute ihren Ohren nicht. Träumte sie? Was sagte Trudy da über das Kind, das sie im besten Krankenhaus von Nigeria zur Welt gebracht hatte, auf der besten Station, bei dem fähigsten Schweizer Gynäkologen, den die Amerikaner für sie als ein Mitglied ihres Botschaftspersonals bekommen konnten – eine der vielen zusätzlichen Sozialleistungen, wenn man für die Amerikaner arbeitete? Sie wollte Trudy das alles erklären, aber in dem Moment sah sie, wie Titi aus dem Hinterhof kam, genauso dreckig wie das letzte Mal. Adah wußte nicht, was in ihr vorging. Sie wußte nur, daß sie die Kontrolle über die Situation verlor. Ihr inneres Auge sah kaleidoskopartig Vicky und Titi auf dem Müllplatz in Trudys Hinterhof. Sie konnte dieses Bild nicht ausradieren, und sie tat das einzige, was ihr Instinkt ihr riet. Vor ihr stand ein Feind, der ihr Land beleidigte, ihre Familie, sie selber und, was das Schlimmste war, ihr Kind.
Jemand hatte einen Teppichklopfer in der Nähe der Tür liegenlassen. (Adah fragte sich später, warum, denn in Trudys beiden Zimmern gab es keinen Teppich.) Ohne nachzudenken, nahm sie ihn, schwer, wie er war, und warf damit blindlings in Trudys Richtung! Trudy sah ihn kommen und duckte sich. Ein Nachbar von Trudy, der im Gang stand, hielt Adah von hinten fest.

»Tun Sie das nicht, nein, nein.« Die Stimme des Nachbarn hinter ihr war kühl, beruhigend und nüchtern.
Adah schäumte vor Wut. Sie spuckte aus, wie es ihre Stammesleute getan hätten. Bei ihrem Volk hätte sie Trudy töten können, und andere Mütter hätten fest zu ihr gestanden. Jetzt ließ man ihr nicht einmal die Freude, sinnlos auf diese fette, schlampige Frau mit den gefärbten Haaren und den Katzenaugen einzuschlagen. Sie gehörte zu jener Nation, die »Recht und Gesetz« eingeführt hatte.
Adahs Bauch begann zu schmerzen, genauso als ob eine Verdauungsstörung sich ankündigte. Adah war nicht daran gewöhnt, ihre Wut zu bezähmen. Warum auch, hatte Pa ihr nicht gesagt, daß es schlecht für den Organismus wäre? Um also Dampf abzulassen, drohte sie:
»Ich werde dich töten. Verstehst du? Ich werde dich töten, wenn meinem Kind etwas zustößt. Ich werde mich hereinschleichen und dich im Schlaf umbringen. Oder ich werde Leute dafür bezahlen, daß sie es für mich tun, aber glaube mir, ich werde dich umbringen und dabei noch lächeln. Ich habe Vicky mit eigenen Augen auf dem Müllplatz gesehen. An meinem Mann habe ich dich gerochen. Ich bezahle dich mit dem Geld, das ich verdiene, lasse meinen Mann mit dir schlafen, und dann willst du meinen Sohn töten?«
Danach brach Adah zusammen und begann zu weinen; ihre Stimme klang wie die einer Gefolterten, erstickt und rauh. Die anderen weißen Frauen standen

da und starrten sie erschreckt an. Sie hatten wahrscheinlich noch nie eine wütende Ibo-Frau gesehen.
Wenn sie überrascht waren, so war Adah mehr als das; sie war entsetzt über ihr eigenes Benehmen. Sie konnte sich nicht mehr beherrschen. Sie hatte zu viel in sich aufstauen müssen.
In England konnte sie nicht zu ihrer Nachbarin gehen und ihren Ärger heraussprudeln lassen, wie es in Lagos üblich war; sie hatte gelernt, über ihr Unglück nicht mit den Leuten zu reden, mit denen sie zusammenarbeitete, denn dies war eine Gesellschaft, in der sich niemand für die Probleme der anderen interessierte. Wenn man seine Probleme nicht mehr ertragen konnte, blieb einem immer noch, sich umzubringen, denn das war erlaubt. Ein Selbstmordversuch galt nicht als Sünde. Es war eine Möglichkeit, die Aufmerksamkeit auf seine unglückliche Lage zu lenken. Und wessen Aufmerksamkeit lenkte man auf sich? Die Aufmerksamkeit bezahlter Zuhörer. Zuhörer, die einem das Gefühl gaben, daß man ein Studienobjekt ist, das zu diagnostizieren, analysieren und einzuordnen ist. Zuhörer, die von einem als einem »Fall« sprachen. Da gibt es nicht die alte Frau von nebenan, die, wenn sie einen Streit zwischen Mann und Frau hörte, hereinkam, um ihm eine Ohrfeige zu geben, ihn anzuschnauzen und so weiter, da sie wußte, man würde ihre Worte achten, weil sie alt und erfahren war. Statt dessen gibt es Miss Stirling und Konsorten, deren Büro sich in der Malden Road vor Trudys Haus befand.

Glücklicherweise hatte jemand sie gerufen, und sie kam schweratmend und mit wütendem Augenfunkeln an.
Sie lauschte Adahs Geschichte geduldig und schien ihr zuzustimmen, sagte aber nichts. Statt dessen schwieg sie eine Weile, während Adah all diese merkwürdigen Leute ansah. Niemand tadelte sie oder Trudy. Niemand redete. Adah kam sich vor wie eine Närrin. Sie lernte. Die Leute hier sagen nicht alles; sie sagen nicht etwas wie: »Ich habe sogar meinem Mann erlaubt, als Teil der Bezahlung mit ihr zu schlafen.« Sie bemerkte jedoch eines: Trudy sah aus, als ob jemand sie zwang, Scheiße zu essen. Ihr Mund wurde häßlich, und ihr Augen-Make-up lief ihr in Streifen übers Gesicht. Sogar ihr schwarzes Haar wies plötzlich braune Strähnen auf.
Dann sprach Miss Stirling. »Wir haben Krippenplätze für die Kinder. Ihr kleines Mädchen kann ab Montag hingehen, und wenn das Baby aus dem Krankenhaus ist, bekommt es auch einen Platz.«
Adah hatte einen weiteren Mythos gesprengt. Bürgerinnen zweiter Klasse konnten ihre Kinder behalten, doch wie hoch war der Preis, den sie zahlen mußten! Vicky war immer noch in Gefahr, ihre Ehe stand auf dem Spiel, und jetzt auch noch dieser Krach.
Sie wußte nicht, ob sie Scham oder Dankbarkeit empfinden sollte. Auf gewisse Art fühlte sie beides, vor allem, da es nun so aussah, als ob sie nur leere Drohungen ausgestoßen hatte. Sie waren unnötig.
Sie würde sich bei Trudy nicht entschuldigen; die

Frau war auf alle Fälle eine niederträchtige Lügnerin. Man nahm ihren Namen von der Bezirksliste der anerkannten Tagesmütter, und sie verließ Malden Road, vielleicht, weil sie immer noch erschrocken über Adahs Drohungen war; sie zog irgendwo nach Camden Town, so daß, selbst wenn Vicky gestorben wäre, Adah ihre Drohungen nicht hätte wahr machen können.

Adah verließ die Gruppe und ging nach Hause, weinte dabei leise vor sich hin. Es war ein erleichtertes Weinen.

6 »Leider keine Farbigen«

Eines Morgens, als Adah in aller Eile ihren farbenfrohen *Lappa* um ihre schon dicker werdende Taille schlang, um ihren Zug zur Arbeit noch zu erreichen, kam ihr Mann, der aus dem Zimmer gegangen war, herein, als wäre er in Trance. Er sah niedergeschlagen und enttäuscht aus, und Adah meinte zu sehen, daß seine Hände zitterten. Sie sah auf, das Band ihres *Lappa* noch zwischen den Lippen, und bat mit den Augen um eine Erklärung. Francis merkte es, doch er hatte sich wohl entschlossen, ihr nichts zu sagen. Statt dessen ließ er sich auf den einzigen verfügbaren Sitzplatz im Zimmer fallen – das ungemachte Bett.

»Traurige Nachrichten«, brachte er schließlich hervor, als hätte er Gift im Mund. Er erinnerte Adah an eine Schlange. Francis hatte einen kleinen Mund und dünne Lippen, zu dünn für einen typischen Afrikaner; wenn er seine Lippen so schmollend verzog wie jetzt, sah er so verändert aus, daß er den Betrachter an ein Tier und nicht an einen Menschen erinnerte. Adah, die ihn kannte, drängte ihn nicht. Er könnte sich sonst dazu entschließen, ihr überhaupt nichts zu erzählen, und dann wäre ihr der ganze Tag verdorben, weil sie sich dann ständig fragte, was nur los sein könnte. Also ließ sie sich Zeit.

»Was für traurige Nachrichten?« fragte sie, und ihr Herz pochte. Sie strengte sich krampfhaft an, ihre

Stimme ruhig und normal klingen zu lassen. Was tat man nicht alles für ein ruhiges Leben.
Francis hielt einen Umschlag hoch, einen von der unpersönlichen Art, in jener schrecklichen Khaki-Farbe, mit der normalerweise die Gasrechnung oder die rosarote Stromrechnung angekündigt wurde. Auf jeden Fall bedeuteten solche Umschläge nie etwas Gutes.
»Es sind sehr, sehr schlechte Nachrichten. Und, glaube mir, ich verliere langsam den Glauben an die Menschheit«, fuhr er fort und genoß dabei Adahs Spannung. Sie war nicht überrascht, so eine Feststellung von Francis zu hören. Er war immer enttäuscht über die Menschheit, wenn andere Leute sich weigerten, sich seinen Wünschen zu beugen. Da saß er nun und kaute unentwegt an seinen kleinen feuchten Lippen.
Adah konnte die Spannung nicht mehr aushalten. Sie war ungeduldig und haßte das alles. Sie haßte es, behandelt zu werden wie eine Eingeborene, die die bedeutenden Ereignisse in ihrer Familie nicht erfahren durfte, bis sie von den Männern diskutiert und analysiert worden waren. Nun, Francis konnte das nicht tun, jedenfalls nicht in ihrer Einzimmerwohnung. Deshalb wollte Adah es sofort wissen. Sie schlug alle Vorsicht in den Wind, ging drohend auf ihren Mann zu, riß ihm zu seinem größten Erstaunen den Umschlag aus der Hand, öffnete ihn und las sich den Inhalt durch.
Die Nachricht war kurz und ohne Umschweife.
Ein gewisser Anwalt, Vertreter ihres Vermieters,

forderte sie auf, aus ihrer Einzimmerwohnung in der Ashdown Street auszuziehen und auf ihre Mietrechte vollständig zu verzichten. Und das innerhalb eines Monats!

Diese Nachricht hinterließ eine schreckliche Leere in ihr.

Adah fegte den Brief auf den Tisch und zog sich weiter an. Es nützte nichts, sich zu fragen, was sie tun sollten, denn sie konnten nichts tun. Adah hatte gewußt, daß die Nachricht kommen würde. Sie hatte nicht gerade eine offene Auseinandersetzung mit den Mietern gehabt, sie hatte sich auch nicht mit der Vermieterin gestritten, denn sie tat alles, um solche Zusammenstöße zu vermeiden, aber zu viele Faktoren sprachen gegen sie. Die meisten ihrer nigerianischen Nachbarn fanden, sie hatte ihr Stück vom großen Kuchen abbekommen. Sie machte die Arbeit von Weißen, obwohl alle sie davor gewarnt hatten, und es sah so aus, als sollte sie sie behalten. Sie schickte ihre Kinder nicht zu Pflegeeltern wie alle anderen; statt dessen lebten sie bei ihnen, gerade so, als wären sie und Francis Bürger erster Klasse und in ihrem eigenen Land. Zu allem Überfluß waren sie Ibos, das verhaßte Volk, das blind an seine Theorien glaubte. Nun, wenn sie anders sein wollten als alle anderen, mußten sie eben von ihnen fortgehen.

Als bekannt wurde, daß Vicky im Krankenhaus war, sahen alle Adah mitleidig an, als wollten sie sagen: »Ich habe es ja gleich gewußt.« Sogar die kinderlose Vermieterin konnte die Nachricht, daß Adah ihr drittes Kind erwartete, mit Gleichmut entgegenneh-

men, da sie zu der Zeit sicher war, daß Vicky sterben würde. Statt dessen war Vicky drei Wochen später aus dem Krankenhaus gekommen, zwar schwach, aber lebendig, und ein Krippenplatz stand auch in Aussicht. Das war mehr, als sie ertragen konnten. Adah und ihr Mann mußten gehen.
Für Francis kam das alles überraschend, denn er dachte, daß sie ihn akzeptieren würden, wenn er ihnen vertraute und sich ihren Standards anpaßte. Doch er vergaß das Yoruba-Sprichwort, daß »ein hungriger Hund sich nicht mit einem abgibt, dessen Magen gefüllt ist«. Francis vergaß, daß er in den Augen der meisten Nachbarn etwas besaß, was sie nicht hatten. Er konnte den ganzen Tag seinen Studien nachgehen und brauchte sich nicht ums Geld zu sorgen, da seine Frau genug verdiente, um sie am Leben zu erhalten. Er konnte seine Kinder jeden Tag sehen und besaß sogar die Kühnheit, seiner Frau noch eins zu machen. Man konnte ja nie wissen, vielleicht würden Adah und Francis sogar noch einen Jungen bekommen. Sie sollten so weit wie möglich von der Ashdown Street wegziehen. Sie wußten, wie schwierig es für sie sein würde, doch das wollten sie ja gerade.
Wenn sie über ihr erstes Jahr in England nachdachte, mußte sich Adah einfach fragen, ob die wirkliche Diskriminierung – wenn man es so nennen konnte –, die sie erfuhr, nicht eher das Werk ihrer Landsleute als das der Weißen war. Vielleicht, wenn die Schwarzen lernen konnten, harmonisch miteinander zu leben, vielleicht, wenn ein westindischer Vermieter

lernen konnte, nicht auf den Afrikaner herabzusehen, und der Afrikaner lernen konnte, mit dem natürlichen Reichtum seines Landes nicht zu protzen, vielleicht gäbe es dann weniger Minderwertigkeitsgefühle bei den Schwarzen.

Auf jeden Fall mußten Adah und Francis nach einem anderen Ort suchen, wo sie leben konnten. Wenn es möglich gewesen wäre, so einen Ort zu finden, wären sie schon einige Wochen nach ihrer Ankunft in London umgezogen. Doch das war es nicht. Während der darauffolgenden Tage und Wochen hatte sie die Leute auf der Arbeit gefragt, ob sie etwas wüßten. Sie las, was in Ladenfenstern angeboten wurde. Bei fast allen Anzeigen stand »Leider keine Farbigen« dabei. Ihre Jagd nach einer Wohnung wurde noch schwieriger, da sie schwarz war; schwarz mit zwei kleinen Kindern und mit einem dritten schwanger. Allmählich lernte sie, daß ihre Hautfarbe etwas war, für das sie sich schämen mußte. Zu Hause in Nigeria war ihr das nicht bewußt gewesen, selbst unter Weißen nicht. Diese Weißen mußten wohl ein paar Lektionen über Hautfarbe bekommen haben, bevor sie in die Tropen ausschwärmten, denn sie ließen aus ihren vorsichtigen Mündern nie ein Wort über die Tatsache fallen, daß Schwarz in ihren Ländern etwas Minderwertiges war.

Jetzt aber begann Adah zu erkennen und verschwendete deshalb ihre Zeit nicht damit, nach einer Unterkunft in einer sauberen, angenehmen Nachbarschaft zu suchen. Sie, die einige Monate vorher nur das Allerbeste akzeptiert hätte, erwartete inzwischen aus Erfahrung stets das Schlechtere. Sie lernte nun, allem Schönen und Reinen zu mißtrauen. Diese Dinge waren für die Weißen da, nicht für die Schwarzen.

Das hatte eine merkwürdige psychologische Wirkung auf sie. Wenn sie in große Kaufhäuser ging, steuerte sie automatisch auf die Ladentische mit schmutzigen und ausrangierten Waren zu, da sie Angst davor hatte, was die Verkäufer sagen könnten. Selbst wenn sie genug Geld für die besten Waren hatte, begann sie zuerst die unter ihrem Standard liegenden anzusehen und sich dann hochzuarbeiten. Hierin unterschied sie sich von Francis und den anderen. Die glaubten, daß man mit dem Minderwertigen anfangen und auch dabei bleiben müßte, da schwarz gleichbedeutend war mit minderwertig. Nun, Adah glaubte das nicht ganz, doch sie wußte, daß die Tatsache, daß sie als minderwertig angesehen wurde, auf ihre Psyche wirkte. Das Ergebnis war, daß sie nach und nach so handelte, wie es von ihr erwartet wurde, denn sie war immer noch neu in England, doch wenn eine Zeit verstrichen war, würde sie es nicht mehr akzeptieren. Sie würde sich jedem Weißen gegenüber als Gleichgestellte betrachten. Doch zuerst mußte sie eine Wohnung suchen.

Jede Tür schien ihnen verschlossen zu sein; keiner dachte daran, ihnen Wohnraum zu geben, selbst wenn sie gewillt waren, das Doppelte der normalen Miete zu zahlen.

Sie suchte, wann immer sie konnte, in ihrer Mittags-

pause und auf ihrem Nachhauseweg. Dann war Francis an der Reihe. Sie machten ein, zwei hoffnungsvolle Erfahrungen, doch man wies sie ab, sobald man erfuhr, daß sie Kinder hatten.
Der Vermieter und die Vermieterin gingen auf Wolken. Endlich hatten sie das stolze Paar ganz unten. Sie fingen an, sich über alles zu beschweren. Wenn die Kinder schrien, stampfte der Vermieter über ihnen, um ihnen zu verstehen zu geben, daß sie die anderen Mieter damit störten. Die Vermieterin, die immer noch kinderlos war, behauptete, Adah wolle mit den Kindern angeben. Warum erlaubte Adah ihnen, mitzutapsen, wenn sie zum Wasserholen ging? Sie hätte sie in ihr Zimmer einsperren müssen. Die Vermieterin beklagte sich bei ihrem Mann, daß Adah die Kinder nach unten mitnahm, um sie zu ärgern.
Adah wußte nicht, was sie tun sollte. Wenn es wie Angeberei aussah, so tat ihr das leid, weil sie wußte, was ihre Ma durchgemacht hatte, als sie nach Boy kein Kind mehr bekam. Aufgrund dieser Kindheitserfahrung lernte Adah ihren Stolz auf die Kinder für sich zu behalten. Sie hütete sich davor, einer kinderlosen Frau zu erzählen, was Vicky oder Titi sagten, obwohl sie endlos mit anderen jungen Müttern plaudern konnte. Doch was sollte sie tun? Sie sagte den Kleinen, sie sollten ihr nicht folgen. Aber, einmal ehrlich, wie konnte eine Mutter ihren kleinen Kindern verbieten, ihr zu folgen, wenn diese Kinder den ganzen Tag in der Krippe gewesen waren? Die einzige Möglichkeit, wie die Kinder ihre Mutter im Auge behalten konnten, war, ihr zu folgen.

Das war um so schwieriger, als der einzige Wasserhahn für die Mieter im Erdgeschoß war. Kochen mußte Adah jedoch in ihrem kleinen Zimmer. Das bedeutete, daß Adah oft hinauf- und hinuntergehen mußte. Und wenn sie unten war, riefen die Kinder ihr nach, wollten zur Beruhigung ihre Stimme hören. Nun, Sie wissen, wie die Stimmen von Kindern in dem Alter sind, vor allem für Leute, die nie Kinder gehabt haben und die davon träumen, ihre Kinder, wenn sie welche hätten, so aufzuziehen, daß sie sich von frühester Kindheit an »anständig« benehmen.
Eine der Besonderheiten der meisten nigerianischen Sprachen ist die Tatsache, daß man aus allem ein Lied machen kann. Die eingeborenen Frauen benutzten diese Methode oft. Wenn eine ältere Frau in einer polygamen Ehe mit einer jüngeren Rivalin, die die Favoritin ihres Mannes war, gleichziehen wollte, so erfand sie alle möglichen Lieder über die jüngere Frau. Viele Frauen gingen so weit, daß sie ihren Kindern diese Lieder beibrachten, die eine Art psychologischen Druck auf die junge Frau ausüben sollten.
Natürlich begannen die Nachbarn in der Ashdown Street zu singen, sobald sie Adah kommen sahen. Die meisten Lieder handelten davon, daß sie und ihr Mann bald auf der Straße wohnen würden. Was nutzte ihnen dann ihre Bildung? fragten sie in den Liedern. Vor wem konnte sie dann mit ihren Kindern angeben? Es war alles so nigerianisch. So typisch.
Die Dinge spitzten sich erneut zu, als der Vermieter die Nase so voll von ihnen hatte, daß er beschloß,

ihre Miete nicht anzunehmen. Nur jemand, der je in einer ähnlichen Lage gewesen ist, weiß, was für eine seelische Tortur das sein kann. Bei Adah und Francis trafen jede Woche die Briefe des Anwalts ein, die ihnen vor Augen führten, daß ihre Tage gezählt waren, genauso wie bei einem Countdown für Astronauten. Sie wußten, daß sie nicht erwünscht waren, weil ihre Kinder bei ihnen lebten, weil Adah in einer Bücherei arbeitete und weil sie es schwierig fanden, sich an den Standard anzupassen, nach dem sie leben sollten, und letztlich, weil sie Ibos waren.

Inzwischen nahmen die Lieder und das Lachen eine direktere Form an. »Ich kann es nicht erwarten, daß sie ihre Gören schnappen und unser Haus verlassen«, sagte die Vermieterin laut und deutlich im Flur, ohne daß jemand da war, wie eine Verrückte, die in einer Irrenanstalt herumwandert. Danach stimmte sie dann eines ihrer improvisierten Lieder an und tanzte manchmal in einer irren Weise dazu. All das kratzte an Adahs Bewußtsein und machte sie fast wahnsinnig. Sie mußte es ertragen, ohne zu reagieren, denn da sie die meisten der entscheidenden Jahre in einer gebührenpflichtigen Missionsschule zugebracht hatte, hatte sie lange vergessen, wie man jemandem beleidigende Lieder ins Gesicht schleuderte. Manchmal jedoch sang sie *The Bells of Aberdovey* oder *The Ash Grove* ganz laut, doch ihre Zuhörer verstanden nicht, was sie sang. Und selbst wenn sie es taten, so waren diese Lieder doch so unangebracht, als wenn man an einem sonnigen Nachmittag in Lagos einen dreiteiligen Anzug trug. Das wurde so schlimm, daß Adah begann, an ihrem Verstand zu zweifeln. Sie lachte laut ohne Grund, nur um ihren Nachbarn zu zeigen, wie glücklich sie war. Das Komische an der ganzen Situation war, daß sie sehr wohl merkte, daß ihr demonstratives Verhalten wirklich unangemessen war. Doch es sah so aus, als habe sie wie Francis die Kontrolle über die Situation verloren. Genauso wie jemand, der mit einem Verrückten zusammenlebt. Wenn man von Verrückten umgeben ist, benimmt man sich irgendwann genauso wie sie. War es das, was die Leute Anpassung nannten? fragte sie sich.

Zwei Wochen später las sie auf einem Anschlagbrett vor dem Postamt in Queen's Crescent auf einem blauen Stück Pappe von einem freien Zimmer. »Leider keine Farbigen« stand nicht dabei. Adah traute ihren Augen nicht. Außerdem war das freie Zimmer nicht sehr weit weg von dem Ort, wo sie jetzt wohnten: nur um die Ecke, in der Hawley Street. Um sicherzugehen, daß das Zimmer für sie freigehalten würde, beschloß sie, mit der Vermieterin zu telefonieren, sobald sie in der Bücherei war. Sie würde sich vergewissern, daß alle anderen Assistenten außer Hörweite waren, wenn sie telefonierte, sonst hielten sie sie für verrückt oder sonstwas in der Art. Im Geiste hatte sie sich bereits alles zurechtgelegt. Sie hatte jetzt fast sechs Monate in London gearbeitet und geredet, so daß sie anfing, die Akzente zu unterscheiden. Sie wußte, daß jeder Weiße die Stimme einer Afrikanerin am Telefon erkennen würde. Um dies auszuschalten, hielt sie sich ihre weiten Nasenlöcher zu, als wollte sie sie vor einem ekelhaften Gestank schützen. Immer wieder übte sie ihre Stimme auf dem Klo und war mit dem Ergebnis zufrieden. Die Vermieterin würde sie zwar ganz sicher nicht für eine Frau aus Birmingham oder London halten, doch sie konnte ja Irin sein, Schottin oder eine Englisch sprechende Italienerin. Zumindest waren das alles Weiße.

Es war zwar dumm von ihr, denn die Vermieterin würde es schließlich doch herausfinden. Adah zählte einfach auf menschliches Mitgefühl. Wenn die Vermieterin herausfand, daß sie Schwarze waren, würde sie sie bitten, sie anflehen, ihnen das Zimmer zu geben, zumindest bis ihr Baby geboren war. Adah war sicher, daß ihr Flehen jeden rühren konnte, und vergaß dabei, daß es nicht einmal ihre Landsleute gerührt hatte.

Die Stimme, die am Telefon antwortete, war die einer Frau mittleren Alters. Sie klang beschäftigt und atemlos. Keine sehr gebildete Stimme, eher die Stimme einer der kreischenden Frauen, die Tand auf dem Queen's-Crescent-Markt verkauften.

Ja, die zwei Zimmer waren noch frei. Die Miete war genauso hoch wie die, die Adah und Francis in der Ashdown Street zahlten. Ja, sie würde die Zimmer für sie freihalten. Nein, sie hatte nichts gegen Kinder. Sie war selber Großmutter, doch ihre Enkel waren irgendwo in Amerika. War Adah Amerikanerin? wollte die Stimme wissen. Sie klänge so, fuhr die Stimme fort. Sie wäre sehr froh, sie dazuhaben, um Leben ins Haus zu bekommen.

Es war alles so freundlich, so menschlich. Doch was würde passieren, wenn die Vermieterin zwei schwarzen Gesichtern gegenüberstand? Adah sagte sich, daß es besser sei, diese Entdeckung bis zur letzten Minute hinauszuschieben. Man konnte nie wissen, tröstete sie sich, vielleicht hatte die Frau ja nichts gegen Schwarze. Hatte sie nicht gedacht, sie wäre Amerikanerin? Adah erkannte, daß sie da vielleicht einen kleinen Fehler gemacht hatte. Sie hätte auf die Frage der Frau anspringen und behaupten sollen, sie sei Amerikanerin. Schließlich gab es schwarze und weiße Amerikaner!

In der Zwischenzeit jedoch ging sie auf Wolken. Die Frau hatte sie und Francis gebeten zu kommen, und das war das einzig wichtige. Warum Ablehnung erwarten, wo die Frau doch so fröhlich geklungen hatte? Auf ihrem Nachhauseweg auf dem Bahnsteig des Finchley-Bahnhofs klang es in ihren Ohren, als ob der Zug, der sich würdevoll ins Blickfeld schlängelte, mit ihr sänge. Ihr Glück und ihren Optimismus teilte. Alles würde gutgehen, schienen ihr die Passagiere mit den Augen zu sagen, wenn auch nicht mit den Lippen. Tatsächlich schien alles überall vor Glück überzuströmen.

Es war fast Sommerende. Der Wind brachte schneidende herbstliche Kälte mit sich. Noch waren die Blätter an den Bäumen, doch sie wurden trocken, hockten dort wie Vögel, die bereit waren, davonzufliegen. Ihre Farbe war gelb, fast braun. Ein, zwei voreilige Blätter waren schon abgefallen, doch sie waren noch vereinzelt, sie zählten nicht. In Adahs

Augen war noch Sommer. Die Bäume hatten noch ihre Blätter. Und nur das war wichtig für sie.
Ungeduldig hämmerte sie an die Vordertür. Francis kam heraus in seiner losen, offenen blaßgrünen Jacke; sein Bauch wölbte sich wie der seiner schwangeren Frau. Die Zipfel seines Hemdes hingen aus seinen grauen Hosen. Er sah Adah über seine randlose Brille an und blinzelte ärgerlich, fragte sich, was wohl in sie gefahren war, daß sie sich in einem Haus, in dem sie nur noch wie Bettler lebten, so kühn benahm.
»Schau mich nicht so an«, rief sie freudestrahlend. »Wir haben ein Zimmer – nein, zwei Zimmer. Sie hat für ein Zimmer inseriert, doch als ich angerufen habe, hat sie gesagt, daß sie zwei frei hat. Und rate mal, wir müssen nur vier Pfund zahlen, genau wie hier. Zwei Zimmer für uns in London!«
Das war alles zuviel für Francis. Er hatte entweder gelesen und sich stark konzentriert oder aber geschlafen, bevor Adah an die Tür gehämmert und ihn geweckt hatte. Auf jeden Fall wirkte er wie in Trance, und er brauchte einige Zeit, um da herauszukommen. Es gelang ihm schließlich, hellwach zu werden.
»Wer, eh... was, eh...? Warte eine Minute. Wer ist das, der uns ein Zimmer, eh, eh... zwei Zimmer anbietet? Ist sie okay? Diese Frau. Ich meine... sie ist okay, oder?«
»Natürlich ist sie okay. Wir werden uns die Zimmer heute abend ansehen. Ich habe ihr gesagt, wir würden um neun kommen. Janet wird auf die Kinder

aufpassen. Wir müssen die Zimmer nehmen«, erklärte Adah, und ihre Stimme sang.

Doch Francis beharrte darauf, daß es da irgendwo einen Haken geben müsse. Er stellte Adah weiter auf die Probe. »Du hast gesagt, du hast mit ihr gesprochen. Dann hat sie also deine Stimme gehört? Das ist erstaunlich, ich muß schon sagen.«

Adah hoffte sehr, daß die Frau sie nehmen würde. Die Freude in Francis' Gesicht war die eines kleinen Jungen. Wenn er sich freute, erinnerte er sie immer an den kleinen Vicky. Sie verstieg sich nicht dazu, zu erwarten, daß Francis sie liebte. Er hatte nie gelernt zu lieben, doch er hatte eine bezwingende Art, seine Freude über Adahs Leistungen zu zeigen. Adah hoffte, daß sie nie aufhören würde, Erfolg zu haben. Vielleicht könnte das die Ehe zusammenhalten, bis sie nach Nigeria zurückgingen.

Eine der großen Leistungen, die Francis schätzte, waren normalerweise Kinder, doch in London hatten die Kosten, die Unbequemlichkeit, sogar die Schande, sie zu haben, allen elterlichen Stolz in ihm ausgelöscht. Solange Adah kleine Triumphe wie diesen mit nach Hause bringen konnte, würde er weiter so zufrieden aussehen.

Adah sagte ihm nicht, daß sie sich die Nase zugehalten hatte, als sie mit der Frau sprach, sie erzählte ihm auch nicht, daß sie sich für neun Uhr entschieden hatte, weil es dann dunkel war und die Frau vielleicht nicht rechtzeitig erkannte, daß sie Schwarze waren. Wenn sie sich doch nur das Gesicht anmalen könnten; nur bis die erste Miete bezahlt war. Sie verwarf die Idee, vor allem weil sie wußte, daß Francis nicht mitspielen würde. Sie konnte nur noch das Beste hoffen. Selbst wenn am Ende alles schiefging, war sie dankbar für das vorläufige Glück, das sie erlebten. Francis nannte sie »Liebling« und sprach mit ihr genauso, wie es normale Männer mit ihren Frauen taten. Er bot sich sogar an, die Kinder von der Krippe abzuholen, so daß Adah kochen konnte. Es war wie eine gestohlene Stunde. Es kam ihr sogar der Gedanke, daß Francis sie schließlich doch liebte. Sie mußte nur von Zeit zu Zeit für solche Überraschungen sorgen. Sie erlaubte sich nicht, daran zu denken, daß sie die Zimmer vielleicht nicht bekämen. Die Enttäuschung wäre unerträglich.

Janet, die Adah inzwischen sehr gern mochte, ließ sich nicht lange überreden, zu kommen und den Babysitter für sie zu machen. Sie war genauso aufgeregt wie Adah, und sie verbrachten die Zeit, bevor sie losgingen, damit, sich auszumalen, wie schön Adahs Wohnung aussehen würde. Denn, wie Janet sagte, zwei Zimmer waren eine Wohnung. Wußte Adah das nicht?

Die Nachtluft war schneidend, doch die Hawley Street war zu Fuß nur zehn Minuten von der Ashdown Street entfernt. Zuerst gingen sie schnell und voller Hoffnung. Doch als sie sich der Hawley Street näherten, blieb Francis zurück, als stünde seine Kastration bevor.

Er sah sich um, immer noch aufgeregt, und rief aus: »Guter Gott, das sieht ja aus wie auf einem Friedhof.«

Adah mußte lachen. Es war ein erleichtertes Lachen. Ja, das Haus befand sich auf einem heruntergekommenen Gelände; die meisten Häuser in der Umgebung waren verfallen und andere im Abriß. Das Gelände sah wirklich so trostlos aus wie ein ungepflegter Friedhof. Einige der Häuser hatten keine Dächer mehr, ihre Wände standen so bloß da wie Eva ohne ihr Feigenblatt. Die nackten Wände konnten Grabsteine sein oder Ruinen von Häusern, die von Hitler bombardiert worden waren.

Adah machten die Ruinen und die Zerstörung nichts aus, denn je schäbiger der Ort war, desto wahrscheinlicher war es, daß die Vermieterin Schwarze nahm.

Sie klopften an die Tür. Der kleine Kopf einer Frau schaute aus dem Fenster wie der einer Schildkröte, die in der Sonne lag. Der Kopf wirkte wie ein Staubwedel, der in ihrer Richtung geschüttelt wurde. Die Stimme der Frau war hoch und klang angestrengt, genauso wie am Morgen, als Adah angerufen hatte. An dem kleinen Kopf mit den herunterhängenden Locken konnte sie das Alter der Frau nicht erkennen. Doch etwas konnte sie erkennen: Die Besitzerin des Kopfes sah entweder nicht gut, oder aber sie war farbenblind. Oder vielleicht hatte sie auch tatsächlich nichts gegen ihre Hautfarbe, Adah begann zu zittern, nicht wegen der frostigen Luft, sondern wegen einer Kälte, die tief aus ihrem Inneren kam.

»Die Zimmer – die Anzeige auf dem Anschlagbrett«, schrie Francis dem wackelnden Kopf zu.

»Ja, sofort. Bin gleich unten, um sie Ihnen zu zeigen. Warten Sie eine Minute.«

Dann verschwand der Kopf. Es sah so aus, als ob sie die Zimmer bekämen. *Lieber Gott, laß es so sein*, betete Adah. Sie waren beide zu verblüfft, um zu reden. Adah steckte beide Hände in ihre Manteltaschen, um ihren sich wölbenden Bauch zu verbergen. Sie dachte daran, daß sie der Frau nicht gesagt hatte, daß es in weniger als vier Monaten noch einen kleinen Obi geben würde. Das war ein Problem für die Zukunft. Im Moment mußte sie das Baby verstecken.

Sie konnten leichte Schritte die Treppe heruntereilen hören. Sogar Francis wurde zuversichtlich. Die Frau hatte nichts gegen Schwarze in ihrem Haus. Die Schritte tappten den Flur entlang, und die Lichter gingen an. Jetzt war der Tag der Abrechnung gekommen, dachte Adah. Die Lichter würden enthüllen, was sie waren. Neger.

Die Tür ging auf...

Zuerst dachte Adah, die Frau bekäme einen epileptischen Anfall. Als sie die Tür öffnete, griff sie sich mit einer Hand an die Kehle, ihr kleiner Mund ging auf und zu, als schnappte sie nach Luft, und sie riß ihre hellen, katzenartigen Augen weit auf. Sie machte mehrere Versuche zu sprechen, doch es kam kein Ton heraus. Ihr Mund war offensichtlich ausgetrocknet.

Doch schließlich gelang es ihr. O ja, sie fand ihre Stimme wieder. Diese Stimme erzählte ihnen nun, daß es ihr sehr leid täte, aber die Zimmer seien gerade weg. Ja, beide Zimmer. Es war sehr dumm von ihr, geruhte sie zu sagen, denn sie hätte es ihnen auch vom oberen Fenster aus sagen können. Sie würde aber gern ihren Namen notieren, weil sie sicher war, daß bald ein anderes Zimmer in der Straße frei würde. Sie zeigte auf die verwüstete Gegend weiter hinten. Falls es irgendwelche Häuser gab in der Richtung, in die ihr Finger zeigte, so konnte nur sie sie sehen. Alles, was Adah und Francis erkannten, waren verfallene Ruinen. Sie hoffte, sie würden verstehen. Das Zimmer sei gerade weg. Die Frau war atemlos, nervös und sogar angsterfüllt, als sie das erklärte.

Francis und Adah sagten nichts, während sich die Wortflut über sie ergoß. Adah hatte noch nie so eine Zurückweisung erlebt. Keine so direkte. Zurückweisung durch dieses verschrumpelte Menschlein mit dem zitternden Körper und dem struppigen Haar, das so schmutzig und ungekämmt war; und das erzählte ihnen, daß sie nicht in ein halb verfallenes und wahrscheinlich abbruchreifes Haus mit knarrenden Stiegen paßten. Nur weil sie Schwarze waren?

Sie standen wie angewurzelt da. Die erschrockene Frau hoffte, sie würden gehen. Sie bat sie noch einmal zu begreifen, daß die Zimmer weg waren. Ihre kleinen Augen zielten in Francis' Richtung, und Adah war sicher, daß sie schreien würde, denn der Anblick seines Gesichts war häßlich. Auf ihm schienen sich die Buchstaben, die das Wort »Haß« bildeten, unauslöschlich, wie in Stein eingraviert, zu formen. Er starrte diese Frau an und schien durch sie hindurchzusehen. Sie sperrte schließlich fest die Tür zu. Sie erwartete Widerstand, doch es kam keiner. Adah konnte nicht einmal die Bitte hervorbringen, die sie geprobt hatte. Diesen Schock würde sie nie vergessen.

»Gehen wir«, sagte Francis.

Sie gingen schweigend davon. Adah konnte es nicht ertragen. Sie mußte entweder schreien oder reden, was ihr gerade in den Sinn kam. Sie begann Francis die Jesusgeschichte zu erzählen. Sie machte immer weiter, erzählte, wie sie aus allen anständigen Häusern vertrieben worden waren und wie Maria das Kind in eine Krippe gelegt hatte.

Francis sah aus, als wäre er in einer anderen Welt, er sah sie nicht an. Adah konnte nichts anderes tun, als weiterzureden und zu versuchen, mit Francis Schritt zu halten, obwohl er jetzt schnell ging, als wäre er von Dämonen gejagt. Dann plötzlich blieb er stehen. Adah erschrak. Würde er sie nun töten? fragte sie sich.

Doch er rührte sie nicht an. Er sagte nur: »Bald wirst du der Welt erzählen, daß du einen neuen Jesus in deinem Leib trägst. Doch wenn das so ist, wirst du bald gezwungen sein, dir einen Joseph zu suchen.«

»Aber Jesus war Araber, oder? Also ist Jesus für die Engländer auch ein Farbiger. Alle Bilder zeigen ihn mit jener blassen Farbe, wie du sie auch hast. Kannst du denn nicht sehen, daß diese Menschen einen Farbigen verehren und es doch ablehnen, eine farbige Familie in ihr Heim aufzunehmen?«

Wenn Francis ihr zuhörte, so zeigte er es nicht. Er erkannte wahrscheinlich, daß Adah reden mußte, denn er versuchte nicht, sie zum Schweigen zu bringen. Er schien ihre Stimme zu genießen, doch sein Geist registrierte nicht, was sie sagte.

Erschöpft hörte Adah auf zu reden. Sie waren in der Nähe ihres Hauses in der Ashdown Street. Es dämmerte ihnen, daß nur noch ein Wunder sie jetzt retten konnte.

Und was sie dann rettete, war wirklich wie ein Wunder.

7 Das Ghetto

Es gab noch eine weitere Gruppe von Nigerianern, die nach England gekommen waren. Diese Gruppe kam in den späten vierziger Jahren, als Nigeria noch Kolonie war. Selbst unter der Kolonialherrschaft gab es in der nigerianischen Gesellschaft eine Mittelschicht. Diese Männer waren gebildet, hatten eine gute höhere Schulbildung und waren qualifiziert genug, um Bürojobs im Staatsdienst auszuüben. Es waren Männer, die sich in der Welt der Politik auskannten, die wußten, daß Kolonialismus wie Sklavenhandel bald zu teuer für die Kolonialherren wurde, daß Unabhängigkeit die Folge war, genauso wie man die Sklaven freiließ, als es zu teuer wurde, sie zu halten. Der endgültige Nagel zum Sarg war die Unabhängigkeit Indiens. Bald waren sie an der Reihe. Nigeria würde bald unabhängig sein.

Diese Männer rechneten damit, daß die Unabhängigkeit Wohlstand, die Möglichkeit, sich selbst zu regieren, noble freie Stellen und einen Haufen Geld mit sich brächte. Man mußte qualifiziert sein für diese Stellen. Der einzige Ort, sich diese Qualifikation, diesen Paß zum Wohlstand, zu sichern, war England. Sie mußten nach England gehen, schnell einen juristischen Grad erwerben und dann zurückkehren, um ihr Land zu regieren. Was war naheliegender?

Die Reaktion, die dieser Erkenntnis folgte, breitete sich aus wie ein Lauffeuer. Verantwortungsbewußte Männer im Staatsdienst warfen ihre Jobs hin, baten um ihre Gratifikationen und um ihre Pensionen, verließen ihre Kinder, gaben ihren ungebildeten Frauen ungefähr zwanzig Pfund und packten ihre Siebensachen für die Reise ins Vereinigte Königreich auf der Suche nach Ausbildung, nach Qualifikation. Die Qualifikation, die sie frei machte, frei, ihr Land zu regieren, frei, zu vornehmen Jobs zu kommen und an lange, glänzende amerikanische Autos mit Heckflossen. Die Qualifikation, die es rechtfertigte, daß sie ihre ungebildeten Frauen für überflüssig erklärten, und zu der es paßte, daß sie sich eine der neu aufgetauchten Hochschulabsolventinnen in Nigeria zur Frau nahmen. O ja, das Vereinigte Königreich konnte eine ganze Menge für diese Männer tun.

Auf der Suche nach diesem Traum oder der Wahrheit oder wie immer man es nennen wollte verkauften sie alles, verließen alles, was ihnen lieb gewesen war. Sie ähnelten den Männern in der Bibel, denen Jesus gesagt hatte, sie sollten alles, was sie besaßen, verkaufen, und ihm folgen. Die Männer in der Bibel hatten wenig zu verlieren. Nur ihre Netze. Doch die Nigerianer hatten viel: Frauen, einen gesellschaftlichen Status, Jobs und viele, viele Kinder. Die Mütter dieser Kinder trauten sich nichts zu sagen, obwohl sie dem Plan mißtrauisch gegenüberstanden und obwohl sie sich vielleicht fragten, was aus ihnen und ihrer Nachkommenschaft werden sollte; man hätte sie sonst als böse Frauen gebrandmarkt, die ihren ehrgeizigen Männern im Weg standen. Natürlich versprachen die Männer, ihren Frauen bessere Ehemänner, ihren Kindern gute und reiche Väter zu sein, Männer, auf die sie alle stolz sein würden, wenn und falls sie aus England zurückkamen. Die Kinder, die armen Dinger, waren meistens überglücklich, einen Vater im Vereinigten Königreich zu haben. Aber ob sie ihren Vater je wiedersahen oder ob er ein besserer Vater war, weil er nach England ging, wußte niemand.

Wie so oft in solchen Fällen, fühlten sich viele berufen, doch nur wenige waren auserwählt. Der Großteil der ersten Generation nigerianischer Politiker, die nach der Unabhängigkeit aus dem Boden schossen wie Pilze, gehörte zu diesen Männern. Einige schafften es tatsächlich; sie kamen nach Nigeria zurück, hatten Abschlüsse in Jura und verfügten über große Zungenfertigkeit. Sie hatten sich genug politisches Vokabular angeeignet, um aus der Grundaussage – genug zu essen für alle – einen wunderschönen Sermon zu drechseln, und ihre Zuhörer kamen sich zwischen den langen, zungenbrecherischen Worten ganz verloren vor. Manche dieser Zuhörer fragten sich bisweilen, ob sie mit den weißen Herren nicht besser dran waren, die sich zumindest die Mühe machten, das Pidgin-Englisch zu lernen, das die Nigerianer verstanden. Dennoch kein Grund zur Aufregung: Unabhängig und ein angehender Staatsmann zu sein verlangte eben gewisse Dinge. Man mußte sich in Rhetorik auskennen, ob das nun sinnvoll war oder nicht!

Die meisten Männer aber, die das Königreich der Auserwählten suchten, schafften es nicht. Wie die Samen des Sämannes in der Bibel blieben sie auf dem Weg liegen, und die Vorübergehenden traten auf sie. Sie kamen, konnten in England nicht Fuß fassen, suchten Trost in Pubs, schlossen sich den Frauen an, die in Pubs verkehrten – denn es war kurz nach dem Krieg, als es viele solcher ungebundenen Frauen gab –, und das bedeutete natürlich den Abschied von den Jurastudien und ein glückliches Willkommen in einem Haus voller Mischlingskinder! Fast alle, die es nicht schafften, heirateten weiße Frauen. Vielleicht war es der einzige Weg, ihr Ego aufzubessern, oder war es für sie eine Möglichkeit, mit ihren Kolonialherren gleichzuziehen? Jede Frau war ihnen recht, solange sie nur weiß war. Die afrikanischen Männer, die zwischen gebildeten und ungebildeten weißen Frauen unterschieden, kamen erst später.

Doch für diese Männer, die es nicht schafften, spielte es keine Rolle, ob gebildet oder ungebildet; ob irisch, englisch oder griechisch, es war egal. Sie war weiß. Das genügte. Wenn sie sich an ihre Familien erinnerten oder Schuldgefühle ihretwegen hatten, so erstickten sie diese mit dem Trost, daß sie ja immerhin mit weißen Frauen verheiratet waren. Das wäre zumindest zu Hause nicht möglich gewesen. Wenn sie an ihren ursprünglichen Traum dachten, den Traum, Jura zu studieren und zur Elite in ihrem nun unabhängigen Land zu gehören, so vergruben sie ihn tief in ihren bitteren Herzen. Es war so eine Enttäuschung, zu bitter, um sie in Worte zu fassen. Als diese Männer so verhängnisvoll scheiterten, stürzten ihre Traumgebilde in ihnen zusammen. Der Traum, einmal der Aristokratie anzugehören, wich der Realität, ein Schwarzer, ein Niemand, ein Bürger zweiter Klasse zu sein.

Es gab da einen alten Nigerianer, Mr. Noble hieß er – zumindest nannte man ihn zu der Zeit so, doch Adah sollte später herausbekommen, daß dies nicht der Name war, den sein Vater und seine Mutter ihm gegeben hatten. Er gab sich diesen Namen, als er nach England kam, als er ein Mensch zweiter Ordnung, zweiter Klasse wurde. In den frühen Sechzigern, als Adah diesen Mann kennenlernte, gingen allerhand Gerüchte über ihn um. Es gab so viele verwirrende und widersprüchliche Geschichten über ihn, daß er zur lebenden Legende wurde. Die Version, die man Adah erzählte, war, daß er ein pensionierter Staatsbeamter war, der einzige Sohn eines Häuptlings in Benin-Stadt, daß er sechs Frauen und ungefähr zwanzig Kinder hatte und sie alle verließ und nach England kam, um Jura zu studieren. Langer Rede kurzer Sinn: Er hatte es nicht geschafft.
Sein Versagen war einer großen Fehlkalkulation zuzuschreiben. Die Pension und die Gratifikation, die er mitgebracht hatte, reichten nicht einmal, um ihn durch das Immatrikulationsexamen oder wie man solche Prüfungen damals nannte, zu bringen. Er fiel immer wieder durch, und sein Geld schwand dahin, als hätte er es verspielt. Doch Mr. Noble war unverzagt. Er wollte arbeiten und studieren. Er suchte in

allen Büros, die er sich in seiner Enttäuschung nur ausdenken konnte, nach Arbeit, doch ohne Erfolg. Statt dessen wurde er Fahrstuhlführer in einer U-Bahn-Station. Seine Arbeit bestand darin, den ganzen Tag »Aufpassen an den Türen!« zu schreien und Fahrkarten und manchmal Geld von den Schwarzfahrern einzusammeln. Wenn er enttäuscht war über die Arbeit und über seine Situation, so ertränkte er dieses Gefühl in Alkohol, besuchte Pubs und Nachtclubs. Seine Arbeitskollegen waren nicht übel. Sie mochten ihn, weil sie einen Spaßmacher, einen Clown aus ihm machten. Ständig forderten sie ihn auf, afrikanische Kunststücke vorzuführen, nur um darüber zu lachen, und Mr. Noble willigte ein. Niemand wußte, was wirklich los war, aber Mr. Noble begann, sich wie ein Kind aufzuführen. Wer sagte noch, daß die Gesellschaft uns formt? War es Durkheim? Nun, wenn er es gesagt hat oder etwas Ähnliches, so hatte er in Mr. Nobles Fall recht. Er war kein Mann mehr, den man um seiner selbst willen respektierte, sondern wurde ein Clown für Männer, die jung genug waren, um seine Söhne zu sein. Einmal forderte man ihn auf, seine Hosen auszuziehen; seine Kollegen wollten wissen, ob Afrikaner Schwänze hatten oder nicht, denn diese Geschichte hatte man ihnen während des Krieges erzählt. Adah erinnerte sich, daß ihr Vater einmal mit einem Freund über so etwas gesprochen hatte, doch sie war zu jung gewesen, um es zu verstehen. Als sie von Mr. Nobles Fall hörte, wußte sie, daß man solche Geschichten wirklich erzählte. Mr. Noble zog also tatsächlich seine Hosen aus, für ein Bier. Damals wurde er so populär, populär und selbstlos genug, um den Namen »Noble« zu verdienen. Er war so ein nobler Mann, daß er alles für seine Kollegen tun würde, sogar seine Hosen ausziehen!

Deshalb mochte Mr. Noble seinen Namen. Er hing an ihm wie eine Klette. Er fand, daß dadurch, daß er behauptete, Mr. Noble zu sein, alles etwas leichter für ihn wurde. Zumindest hatte er einen englischen Namen. Doch seine Clownereien kosteten ihn an einem ruhigen Nachmittag fast das Leben. Adah wußte nicht genau, was passiert war. Die Geschichte war selbst für einen Roman zu unlogisch. Doch die Leute glaubten, daß es wirklich passiert war. Mr. Noble konnte seine Schultern als Beweis herzeigen, also mußte etwas Wahres dran sein.

An einem Nachmittag, als im Fahrstuhl nicht viel los war, sagte einer der Kollegen zu Mr. Noble, er solle den Lift mit der Hand bedienen, ohne den Strom einzuschalten. Mr. Noble hatte ihnen immer erzählt, Afrikaner seien stark. An diesem Nachmittag sollte er das für ein Bier beweisen. Mr. Noble buckelte wie ein Irrer, um den Lift zu schultern. Nur Gott konnte wissen, wie es seinem verwirrten Hirn einfallen konnte, so etwas zu tun, aber nun gut, er versuchte es, um für ein Bier zu zeigen, wie stark er war. Etwas in dem Lift ächzte, drehte sich und krachte auf ihn herab, klemmte dabei seine Schultern ein. Seine Kollegen erschraken. Ein paar wollten weglaufen, doch zwei oder drei konnten ihre Ohren nicht vor dem herzzerreißenden Jammern von Mr. Noble verschließen. Es klang entsetzlich. Wie der Schrei, den Menschen, die bei lebendigem Leib in Stücke gerissen werden, ausstoßen, kurz bevor sie ohnmächtig werden. Seine Kollegen versuchten ihm zu helfen. Sie zerrten und stießen gegen die Lifttür, doch Mr. Nobles Schulter war zwischen dem verbogenen Metall eingezwängt. Endlich kam Hilfe, und er wurde eilends ins Krankenhaus gebracht. Er wurde nicht operiert, aber seine rechte Schulter würde er nie mehr gebrauchen können. Später ging das auf den ganzen Arm über, so daß man, wenn man ihn sah, zuerst den Eindruck bekam, er habe nur einen Arm. Die Schulter war für immer ausgerenkt.

Die Eisenbahnbehörde war sehr großzügig. Sie zahlte ihm einen Batzen Geld als Entschädigung für seine Verletzung. Das Ganze wurde wie ein Arbeitsunfall behandelt. Alle seine Kollegen kamen zu der Gerichtsverhandlung, um zu seinen Gunsten auszusagen. So wurde Papa Noble ein zweites Mal pensioniert.

Diesmal beschloß er, der Wirklichkeit ins Auge zu sehen. Die Hoffnung, jemals ein ausgebildeter Anwalt zu werden, war schnell dahin, deshalb investierte er sein Geld in den Kauf eines alten Hauses in der Willes Road, nahe bei der Station Kentish Town. Er konnte sich nur das billigste leisten, denn er wollte sich nicht mit einer endlosen Hypothek belasten. Das heißt, eine Hypothek konnte er gar nicht aufnehmen, sondern mußte gleich bar bezahlen. Hypotheken gab es nur für fest Angestellte, die Jungen und, zu der Zeit, hauptsächlich für die Weißen.

Bei diesem Hauskauf gab es eine große Falle. Mr. Noble aber wurde von einer Welle des Optimismus getragen, und so tappte er in diese Falle. Das Haus hatte drei Stockwerke, und die zwei oberen bewohnten zwei Schwestern, die in dem Haus geboren waren. Als Papa Noble davon hörte, sagte er sich, daß die zwei Frauen wohl ausziehen würden, sobald sie erfuhren, daß ihr neuer Vermieter ein Schwarzer war. Er irrte sich. Mr. Noble wußte nicht, was Mietbindung bedeutete. Er dachte, ein Haus in England zu haben wäre das gleiche wie in Nigeria, wo man freier über sein Eigentum entscheiden konnte. Er hatte niemals gehört, daß ein Vermieter ärmer sein konnte als die Mieter. Er wußte nicht, daß das Gesetz so sehr auf seiten des Mieters sein konnte. Er kaufte das Haus und träumte davon, welche Verbesserungen er vornähme mit der dicken Miete, die er einstreichen würde, wenn die weißen Schwestern ausgezogen waren.

Doch die beiden Frauen weigerten sich nicht nur auszuziehen, sie weigerten sich auch, eine höhere Miete zu zahlen; ihre betrug weniger als ein Pfund die Woche für beide Stockwerke. Mr. Noble ging mehrere Male ins Rathaus nach Euston, um sein Schicksal zu beklagen, doch die Beamten konnten nichts tun. Es war das Gesetz. Man konnte einen Mieter mit Mietbindung nicht hinauswerfen, man konnte seine Miete nicht erhöhen, nicht einmal, wenn man das Geld für Verbesserungen benutzen wollte. Mr. Noble hatte das Gefühl, den Verstand zu verlieren.

Damit war sein Ärger aber noch nicht zu Ende. Er ging nicht mehr in Pubs, jedoch nicht ohne sich vorher eine der Frauen genommen zu haben, die dort verkehrten. Diese Frau – sie hieß Sue – begann nun ihre Pflicht zu tun und segnete Mr. Noble mit immer mehr Kindern. Es kam soweit, daß es bald keinen Platz mehr zum Schlafen für diese Kinder gab. Mr. Noble ging wieder vor Gericht, doch er verlor. Die alten Damen hatten Mietbindung. Er durfte sie nicht vertreiben, obwohl der vierzigjährige Sohn einer der Frauen bei seiner Mutter wohnte und zweiter Direktor in einem Büro war. Er weigerte sich, Mr. Noble mehr Miete zu zahlen.

Mr. Noble war am Ende seiner Kräfte. Da er die meiste Zeit seines Lebens in Nigeria verbracht hatte, in einem Dorf, wo die meisten Leute wußten, wie man andere unter psychologischen Druck setzte, beschloß Mr. Noble, diese Art von Druck anzuwenden. Er erzählte den alten Damen, daß seine Mutter die größte Hexe in ganz Schwarzafrika sei. Er erzählte ihnen, daß er seiner großen Mutter von ihnen berichtet habe und daß sie sie töten würde. Diese Information verpackte er in ein Lied und tanzte dazu, sogar wenn er die alten Damen auf der Straße traf. Falls sie Angst hatten, so zeigten sie es nicht. Doch Mr. Noble wußte, daß sie anfingen, sich vor ihm zu fürchten. Er befand sich auf sicherem Boden, denn die armen Alten, die sich nun in derselben Situation befanden wie er, konnten vor Gericht seine psychische Grausamkeit nicht nachweisen. Sie taten so, als sähen sie ihn nicht. Inzwischen erzählte Mr. Noble allen, die es hören wollten, daß er die alten Damen bei seiner toten Mutter angezeigt habe. Viele Afrikaner glaubten ihm, denn so etwas war zu Hause durchaus möglich. Doch die Europäer, die ihn hörten, taten es als die Phantastereien eines Verrückten ab. Seine Frau Sue fand alles sehr lustig.

Dann kam der strenge Winter 1962/1963. Es war so kalt, daß viele alte Leute nicht einmal vors Haus gehen konnten, um ihre leeren Flaschen für den Milchmann hinauszustellen. Die Wände von Mr. Nobles Haus begannen, die Belastung durch die Witterung zu spüren. Er konnte es nicht reparieren lassen, da die alten Damen nicht genug Miete zahlten. Eine der alten Damen starb. Mr. Noble rief, daß seine tote Mutter endlich zu seinen Gunsten gehandelt habe. Das kalte Wetter ließ nicht nach. Es dauerte an. Es schneite wochenlang, ohne aufzuhören. In einer der folgenden kalten Wochen starb die andere Schwester. Der Sohn floh schreckenserfüllt.

Mr. Noble prahlte: »Ich habe es ihnen gesagt. Meine alte Mutter hat sie aus ihrem Grab heraus getötet.« Doch was Mr. Noble seinen Freunden nicht erzählte, war, daß das Dach des Hauses durchlässig war, das Treppenhaus kalt und daß die Treppen knarrten, daß die Wände feucht waren und die Fenster Risse hatten. Also blieb die Geschichte an ihm hängen. Man begann im Flüsterton von seiner Macht zu reden. Alle wußten, daß Mr. Noble töten konnte.

Er genoß die Popularität, die ihm die Geschichte eine Zeitlang verschaffte, doch er genoß sie nicht mehr, als er sah, daß niemand in seinem Haus wohnen wollte. Das Haus war zu alt und zu schäbig für eine weiße Familie. Also rechnete er damit, daß seine nigerianischen Landsleute sich die leeren Zimmer nehmen würden. Er kannte ja die Wohnungsknappheit. Doch die Leute zögerten immer noch, dort zu wohnen. Die wenigen, die es taten, blieben nur, bis sie etwas anderes gefunden hatten. Niemand wollte lange bleiben. Deshalb waren Papa Nobles Zimmer fast ständig leer.

Francis und Adah hörten, daß Papa Noble ein freies Zimmer hatte. Sie wußten von den toten Schwestern; sie hörten von seiner großen Macht über andere; sie wußten auch, daß seine Frau Sue eine unanständige Frau war, die ihre Mieter bestahl. Doch was sollten sie tun? Adahs Baby sollte in ein paar Monaten kommen, schnell würde der Winter dasein, und ihr jetziger Vermieter änderte seine Meinung nicht. Adah wollte zuerst nicht auf Janets Hinweise reagieren und mit Francis darüber reden, zu den Nobles zu ziehen. Sie hoffte weiter, daß es nie dazu kommen würde.

Doch es kam dazu; als ihnen nur noch zwei Tage blieben von dem Aufschub, den ihnen der Rechtsanwalt des Vermieters gegeben hatte, beschloß Adah, mit Francis zu reden. Sie vergewisserte sich, daß sie den richtigen Augenblick wählte. Normalerweise waren das die Augenblicke, wenn Francis sie begehrte. Sie ermutigte ihn dann stets, damit er noch mehr erregt wurde, und brachte daraufhin wichtige Themen zur Sprache, wie das der Wohnungssuche. Diesmal reagierte Francis wie ein wütender Stier.

»Warum mußt du darüber ausgerechnet jetzt um drei Uhr morgens reden? Warum, du bösartige Hexe? Ist es zuviel für einen Mann, seine Frau zu begehren?« dröhnte er und schüttelte brutal Adahs Schultern.

Sie wimmerte vor Schmerz, doch sie wollte nicht nachgeben. Nicht bis sie über die Nobles geredet und entschieden hatten, wo ihr Baby zur Welt kommen sollte. Es ging für Maria an, ihres in einem Stall in Bethlehem zu bekommen, doch das war eine Ewigkeit her und in einer Wüste, wo es immer heiß war. Nicht in England, wo es im Winter eisig kalt werden konnte, wie Adah gehört hatte. Francis mußte einfach darüber reden, und dies war die einzige Möglichkeit. Drei Uhr morgens war der einzige angemessene Zeitpunkt. Es war eine Zeit, da es für Francis zu spät war, um sich zu einer seiner Freundinnen zu flüchten; es war eine Zeit, da nur Adah ihm seine Wünsche erfüllen konnte; es war die einzige Zeit, da sie und nur sie, von allen Frauen auf der Welt, ihn befriedigen konnte. Adah wußte, wie verwundbar Francis zu dieser Zeit sein konnte, also setzte sie sich auf den Bettrand, nur spärlich bekleidet, bedeckte ihren Kopf mit den Händen und sah hinunter auf ihren sich wölbenden Bauch. Auch ihre Stimme war ein Teil ihres Plans, ruhig und flüsternd, doch sie bestand auf ihrer Forderung. »Werden wir zu den Nobles gehen oder nicht?«

»Ja, ja«, antwortete Francis und wollte sich auf sie stürzen. Sie wehrte ab, was ihren Mann verärgerte, und er fragte: »Was, verdammt noch mal, willst du?

Ich habe gesagt, daß wir hingehen und mit ihnen reden, was willst du denn noch?«
Adah stand jetzt am Spülbecken und hatte das Bedürfnis, Francis auszulachen, der ganz rot angelaufen war. Wie wir doch alle wie Tiere aussehen, wenn wir von unseren Begierden verzehrt werden, dachte Adah, als sie so beim Spülbecken stand, wie eine boshafte Verführerin, die den Mann anlockte, um ihn zu zerstören. Francis mußte nur noch in die Knie gehen, dann konnte man ihn für einen Gorilla halten.
»Ja, ich habe dich gehört, aber ich will, daß wir morgen gehen, damit wir möglichst am Wochenende umziehen können«, sagte sie, die großen, müden Augen gesenkt – und behauptete so ihren Standpunkt. Wenn sie aufblickte, würde der Zauber nicht mehr wirken.
Daraufhin fuhr Francis fort, wobei er bettelte wie ein Irrer: »O ja, wir gehen morgen. Ist das alles, was du willst? Habe ich dir je etwas abgeschlagen? Bist du für mich nicht wie meine Mutter in diesem Land? Habe ich je deine Befehle verweigert?«
Hier mußte Adah lachen. Ihre Befehle, wirklich! Wie komisch Männer sein konnten! Es war ein höhnisches Lachen, doch Francis hielt es für Zustimmung. Sie konnte genausogut jetzt nachgeben, sonst würde es noch mit Schlägen enden. Sie akzeptierte, was danach und für den Rest der Nacht kam, hoffte und betete, daß ihr Baby nicht drei Monate zu früh geboren wurde. Sie hörte die Kirchenglocken sieben Uhr schlagen, als Francis sich umdrehte wie ein er-

schöpfter Betrunkener. Alles war vorbei, doch sie würden zu den Nobles gehen.

Es war ein feuchter, windiger Tag im September. Der Herbst kündigte sich schon an. Er blies ihnen kalten Regen ins Gesicht, dennoch gingen sie nervös und mit unsicheren Schritten weiter. Sie gingen zu den Nobles. Francis hatte sein Versprechen der letzten Nacht nicht vergessen.

Die Willes Road war eng und mündete in die Prince of Wales Road. Wenn man sich der Straße vom Queen's Crescent her näherte, sah sie düster und unfreundlich aus, doch der Teil, der sich der Prince of Wales Road anschloß, weitete sich zu einer Reihe lichter und guterhaltener Häuser in edwardianischem Stil mit schön gepflegten Vorgärten. Diese sauberen und schönen Häuser schienen in eine andere Umgebung zu gehören; in eine andere Welt.

Wie erwartet, befand sich Mr. Nobles bescheidener Wohnsitz mitten in dem düsteren Teil. Ein riesiges Gebäude zog sich bis in die Mitte der Straße und trennte so die lichte Seite von der düsteren, als wäre es entschlossen, die Reichen von den Armen fernzuhalten, die Häuser vom Ghetto und die Weißen von den Schwarzen. Das vorspringende Ende des Gebäudes war wie eine gesellschaftliche Scheidewand: fest, sichtbar und unverrückbar. Dieses Gebäude aus roten Ziegeln war eine Schule oder etwas Ähnliches und lag genau vor Mr. Nobles Haus, so daß eine Seite davon dem guten Teil der Straße gegenüberlag und die andere dem abstoßenden. Sein Haus brauchte nicht beschrieben zu werden. »Geht einfach in die Willes Road, fragt nach dem Haus des Schwarzen, und man wird es euch zeigen«, hatte Janet gesagt, und sie hatte recht. Francis und Adah hatten wenig Schwierigkeiten, das Haus zu finden. Es war unverwechselbar.

Es lag eingezwängt zwischen zwei Häusern, die Griechen gehörten, und sah aus wie das älteste Haus in der Straße. Auch jene Häuser waren alt, doch sie waren frisch gestrichen, und in den Vorgärten blühten noch Blumen. Die Fenster hatten weiße, ordentliche Vorhänge und ihre Türen Messingklopfer. Mr. Nobles Haus sah aus wie ein Zwerg zwischen zwei Riesen. Es war vernachlässigt. Der Vorgarten war voll von Haufen liegengelassenen Abfalls, und der Zaun mußte repariert werden. Das ganze Haus brauchte einen Anstrich.

Francis hämmerte mit dem verbogenen, geschwärzten Klopfer an die Tür. Das Klopfen war schwach und unsicher und wurde von der Musik verschluckt, die aus dem Fernseher dröhnte. Es war die Zeit, als die Beatles noch nette junge Männer waren, die ihr »She loves you, yeah, yeah« sangen. Das »yeah, yeah« hallte aus dem Haus wider. Francis hätte stärker klopfen müssen. Adah wollte ihn darauf hinweisen, beschloß dann aber, ruhig zu sein, da sie sich sonst noch beim Eintreten in das Haus der Nobles darüber streiten würden, wer recht hatte und wer nicht.

Das Klopfen verstärkte sich schließlich vom ersten schwachen Versuch bis zu einem Donnern. Das ganze Haus wackelte, und hinter zwei Fenstern, die sich zu beiden Seiten der Tür befanden, bewegten sich die Vorhänge seltsam, so als ob sich Neugierige dahinter verbargen. Francis sah verzweifelt nach rechts und links, als wolle er fortlaufen. Adah sah ihn an, und ihr ruhiges, trauriges Gesicht schien zu fragen, was er vorhatte. Francis besann sich eines Besseren. Vielleicht erinnerte er sich an den Preis, den er hatte zahlen müssen, um so weit zu kommen, und beschloß zu warten.

Dann hörten sie Füße auf einem Linoleumboden schlurfen. Der Besitzer der Füße schien es nicht gerade eilig zu haben, er ließ sich Zeit. Die Tür wurde ein wenig geöffnet, und jemand blickte sie durch den schmalen Spalt an.

Der Mensch schien eine Ewigkeit dort zu stehen, überlegte vielleicht, ob er Adah und Francis hereinlassen sollte oder nicht.

Dann plötzlich ertönte ein lustiges Lachen. Ein Lachen, das man normalerweise mit Geistern an Orten wie Tut-ench-Amuns Grab in Verbindung bringt. Es klang, als würde ein alter Frosch dieses Geräusch von sich geben. Mr. Noble sah wie ein schwarzer Geist aus, denn er hatte keine Haare mehr, und er schien sich seine Kopfhaut schwarz gefärbt zu haben. Es dauerte eine Weile, bis Francis und seine Frau erkannten, daß das krächzende Geräusch Papa Nobles Art war, sie willkommen zu heißen.

Langsam verebbte das Geräusch und machte einem Lächeln Platz, einem Lächeln im Gesicht eines alten Mannes. Ein Gesicht, zerfurcht von afrikanischem

Regen, fast versengt durch jahrelange nigerianische Sonne und später verwüstet durch unzählige beißende Winterwinde in England, ein Gesicht, das durch aufgestaute Sorgen, Enttäuschungen und vielleicht auch gelegentliche Freuden von Linien durchzogen war wie eine Jutematte. Alles stand dort in Papa Nobles Gesicht wie eine unauslöschliche Legende, die Mutter Natur einem ihrer Söhne eingeschrieben hatte. In der Mitte seines Halses war eine Vertiefung. Zwei vorstehende Knochen bildeten ein Dreieck, das diese Vertiefung einrahmte, und wenn Papa Noble sprach, hüpfte etwas, das aussah wie ein Klumpen Fleisch, erschreckend in seiner Gurgel auf und ab, und jeder, der das sah, hätte ihn am liebsten gebeten, mit dem Reden aufzuhören. Doch das war das letzte, was Papa Noble tun konnte; er hörte nie auf zu reden. Er erinnerte an einen alten sterbenden Mann, der begierig war, den Lebenden alles mitzuteilen, bevor er sie verließ und seine Stimme für immer schwieg. Um seine Aussagen zu unterstreichen, was er oft tat, schluckte Papa Noble.

Er öffnete die Tür weit und hieß sie willkommen. Er streckte seine Hände aus. Sie sahen aus wie Klauen; sie waren verschrumpelt und schwärzer als das normale Schwarz, sie sahen wirklich wie verbrannte Klumpen aus, mit kleinen, ebenfalls schwarzen Fingern daran. Der verrenkte Arm erinnerte jeden an diese armen Contergan-Kinder. Um seine Besucher besser sehen zu können, trat er näher an sie heran. Dann nahm er seine riesige, eckige Brille ab und blickte sie wieder und wieder an wie eine blinde Fledermaus. Seine Augen lagen tief in ihren Höhlen. Adah konnte das Weiße der Augen nicht richtig erkennen, dennoch bekam sie den Eindruck, daß ein Paar sehr weiser und sehr alter boshafter Augen sie ansah. Sie waren scharf, durchdringend, obwohl sie so tief lagen. Adah wich vor Mr. Nobles überschwenglicher Begrüßung zurück. Die Worte, die er hervorbrachte, waren herzlich, aber diese Augen, dieses Lachen, dieses Gesicht! Adah betete zu Gott, er möge Mr. Noble wieder seine Brille aufsetzen lassen. Trug er in erster Linie deshalb eine Brille, und die skelettartigen Höhlen zu verdecken? Er schien besser ohne sie sehen zu können.

Gott erhörte Adahs stille Gebete, und Mr. Noble setzte seine Brille wieder auf. Er trug mehrere Kleidungsstücke übereinander, Westen, Hemden und alte Jacken und zu guter Letzt noch einen alten Großvatermantel mit ausgebeulten Taschen. Die Hosen sahen aus, als ob sie ursprünglich jemandem gehört hätten, der größer war als er; sie hingen lose an ihm herunter wie die Kleider einer Marionette. An den Füßen trug er Wollsocken, die ihm über die Knöchel rutschten, da der Gummi schon lange ausgeleiert war. Beides, die Füße und die verrutschten Socken, steckte in zwei großen, schlecht sitzenden Hausschuhen. Einer der Pantoffeln war aus braunem Leder, der andere aus blauem Leinen. Der Mann sah genauso aus, wie die Leute ihn beschrieben – wie ein Hexendoktor.

»Komm herein, komm herein, *Iyawo.*« *Iyawo* ist ein Yoruba-Wort für eine junge Frau, nicht unbedingt eine Braut. Adah mußte auf Mr. Noble sehr jung wirken. »Kommt herein, willkommen«, sagte er und zeigte seine leuchtenden Zähne. Gott war gnädig. Einem so häßlichen Mann ein so vollkommenes Gebiß zu schenken. Diese Zähne gaben dem Gesicht Leben, verliehen ihm Spuren von Menschlichkeit.

Adah und Francis traten in den Flur und warteten darauf, daß Papa Noble die Tür schloß.

Plötzlich erhob sich eine andere Stimme über dem Lärm des Fernsehers, die lauter war als die Beatles. Die Stimme gehörte einer Frau, sie war laut, befehlend und unüberhörbar. »Papa! Papa! Papa! Wer ist es? Wer ist es? Papa… Papa…«

»Besuch!« krächzte Mr. Noble, seine alte Stimme brach fast dabei. Der Klumpen in seiner Kehle hüpfte wie verrückt. »Besuch«, wiederholte er, diesmal leiser, als er die beiden zitternden Gestalten in das Wohnzimmer schob.

Der überheizte Raum, der dröhnende Fernscher, die stickige Luft, alles vermengte sich zur Begrüßung in einer einzigen großen Wolke, als sie eintraten. Das Zimmer war klein. Ein großes Doppelbett nahm einen beachtlichen Teil davon ein. Gegenüber dem Bett stand ein Tisch, auf dem allerlei Kindersachen angehäuft waren: Fläschchen, ein Plastikteller, Kleider. Inmitten dieses Durcheinanders stand majestätisch der Fernseher und trompetete, als wäre er entschlossen, sich inmitten des himmelschreienden Wirrwarrs Gehör zu verschaffen. Überall waren Kindersachen verstreut, auf dem Boden und auf den Stühlen; die Wände waren leicht beschmiert. Haufen von mehr oder weniger sauberen Kleidern lagen an den unmöglichsten Stellen. Ein Kind schlief auf dem Bett und war offensichtlich zu müde, um sich von dem Lärm stören zu lassen. Neben dem Kind saß mit von sich gestreckten Beinen eine Frau. Mrs. Noble.

Mrs. Noble war eine grobknochige Frau aus Birmingham, noch jung und hübsch, mit dickem kastanienbraunem Haar, das ihr offen über die Schulter fiel. Ihre blauen Augen waren direkt und aufrichtig und schienen entschlossen, gleich herauszufinden, was Francis und Adah wollten. Solche Augen zeugten immer von Mißtrauen. Ihr Haar, das lang und dick herabhing und sich teilweise lockte, ließ sie wie eine wilde Zigeunerschönheit aussehen. Hätte sie Ohrringe getragen, so hätte Adah geschworen, daß Mrs. Noble dieselbe Frau war, die sich ihr vor Wochen am Queen's Crescent genähert und ihr erzählt hatte, daß sie Glück mit Männern und viele Freunde haben würde. Mrs. Nobles Augen blickten Adah nun aus dem breiten Gesicht an, offensichtlich unsicher, wie sie sie empfangen sollte. Adah mußte unfreiwillig »Hallo« sagen. Sie artikulierte ganz deutlich, denn der Fernseher plärrte immer noch. Auch sie lächelte unsicher.

Mrs. Nobles Augen wurden lebendig. Sie tanzten heiter, in der Mitte blitzten sie wie entfernte blaue Wellen an einem sonnigen Tag; sie rief ihnen ein Willkommen zu, als hätte sie ihr ganzes Leben auf sie gewartet. Sie sprang flink auf und war dabei überraschend behende für ihren dicken Bauch; sie machte viel Aufhebens um die Besucher, und ihre Augen leuchteten und lachten die ganze Zeit. Sie hatte ein warmes Herz, war nett, freundlich und laut und ohne Zurückhaltung; die Art Frau, die nicht zögerte, einem das zu erzählen, was ihr gerade in den Sinn kam.

Ihre Besucher entspannten sich allmählich. Mrs. Noble wurde geschäftig. Sie warf zwei, drei Kleiderhaufen zusammen, manche feucht, manche trocken, um Adah und Francis Platz zu machen. Sie griff blind hinein in einen der feuchten Haufen, fischte ein Handtuch heraus und rieb damit energisch auf zwei Stühlen mit geraden Rückenlehnen herum; dann bat sie die Gäste, sich zu setzen.

Papa Noble nahm Adahs weißen Mantel und hängte ihn an einen Nagel hinter der Tür. Wegen seiner schäbigen Hosen weigerte sich Francis, den Mantel auszuziehen und schwitzte deshalb bei der Hitze. In dem Moment erkannte Adah, daß es ein Fehler gewesen war, zu erlauben, daß man ihr den Mantel abnahm. Was würden diese Leute sagen, wenn sie erkannten, daß sie nicht nur Besucher, sondern zukünftige Mieter waren? Sie konnten sehen, daß sie schwanger war, sie würden bald wissen, daß sie schon zwei Kinder hatten. All das würde nicht leicht zu leugnen sein. Vielleicht hatten sie es nicht bemerkt. So bemühte sich Adah verzweifelt, ihre Atemübungen zu machen. Sie zog den Bauch ein und spürte einen Schmerz. Wenn sie ihre Nachforschungen angestellt hatten, würde sie sich wieder entspannen.

Mrs. Noble war entschlossen, die Rolle der perfek-

ten Gastgeberin voll auszuspielen, wußte nichts von Adahs Gedanken.
»Oh!« rief sie aus, als sich Adah auf den bereitgestellten Stuhl setzte. »Oh, dieser Stuhl ist zu hart für Sie.« Adah sprang auf. Den Augen der Frau entging nichts. Wollte Adah nicht auf dem Bett sitzen, es war viel bequemer und weicher? »Sie wissen, was ich meine.« Sie blinzelte Adah zu in einer Art, die verschwörerisch gemeint war. Doch Adahs Augen blieben ausdruckslos. Mrs. Noble lachte dröhnend. Ob sie sie anlachte oder über sie lachte, konnte Adah nicht sagen. Doch sie erfuhr später, daß Mrs. Noble immer, wenn sie meinte, einen Witz losgelassen zu haben, auf diese Art lachte und so ihre Zuhörer zwang, mit ihr zu lachen, ob sie den Witz verstanden oder nicht. Sie lachte immer weiter, so daß sogar Francis, der selten lächelte, mit einfallen mußte. Diese Frau war wirklich ansteckend.
Der Tee wurde in angeschlagenen Tassen und Bechern serviert. Adahs Tee war zu süß und mit zuviel Milch. »Sie müssen für zwei trinken«, erklärte Mrs. Noble freundlich. Adah fuhr angsterfüllt zurück und mied Francis' Augen. Adah dankte Mrs. Noble laut, doch in ihrem Herzen verwünschte sie diese Frau. Wenn sie doch nur mit ihrem Geschnatter aufhören würde, so daß sie die Gelegenheit ergreifen und ihr Anliegen vorbringen könnten.
Aber Mrs. Noble hörte nicht auf, sie redete über alles und nichts. Sie schien das Gefühl zu haben, als Gastgeberin zu versagen, sobald Schweigen eintrat. Sie bezog Adah in ihren Themenkreis mit ein, indem sie

sie fragte, ob ihre Kinder schon englisches Essen zu sich nahmen. Die Nobles wußten also von ihren Kindern. Sie wußten wahrscheinlich auch, warum sie gekommen waren. Ihre nigerianischen Nachbarn hatten anscheinend tüchtig getratscht.

»Nein, sie haben sich noch nicht ganz mit dem englischen Essen angefreundet, doch sie lieben Frites«, erwiderte Adah.

»Alle Kinder mögen Pommes frites. Unsere essen weder gekochte noch gebratene Kartoffeln, aber kaum fritiert man sie, schon sind sie weg, einfach so! Ich glaube, die Kinder auf der ganzen Welt mögen Pommes frites. Es ist ein internationales Essen, nicht nur ein englisches«, sagte Papa Noble geistesabwesend, während seine Augen auf den Fernseher gerichtet blieben.

Seine Frau sah ihn neugierig an und fragte: »Papa, hast du Pommes frites gegessen, als du klein warst?«

Papa, der bis dahin ihre Existenz vergessen zu haben schien, wurde wieder lebhaft. Er nahm eine kleine Schnupftabaksdose heraus und führte den Tabak zu seinen weiten Nasenlöchern, dann schniefte und nieste er, fuhr hoch und steckte die Schnupftabaksdose zurück in eine seiner durchhängenden Manteltaschen, klatschte auf eine unnatürliche Art in seine klauenartigen Hände, krümmte seine steife Schulter und rieb sich den haarlosen Kopf. Seine Frau setzte sich zurück und machte es sich zwischen den Kleiderhaufen bequem, entspannt und bereit, sich zu amüsieren.

Papa Noble erzählte ihnen, daß er in einem Baum geboren wurde. Seine Mutter gab ihm die Brust, bis er fast zwölf war. Er mußte entwöhnt werden, weil er inzwischen alt genug geworden war, den Männern bei der Arbeit auf dem Land zu helfen. Er hatte nie irgendwelche Kleidungsstücke, bis er zur Armee kam. Ja, sagte er, alle Kinder in Nigeria wurden so aufgezogen. Es gab keine Nahrung, jeden Tag starben Menschen an der Ruhr. Er aß nur zweimal im Jahr Fleisch, einmal beim Yam-Fest und einmal bei dem Fest zu Ehren der Götter seines Vaters. Er begann erst zu leben, als er nach England kam. Und natürlich begann er das Leben erst zu genießen, als er seine Sue kennenlernte.

»Warum haben Sie Ihrer Frau nicht erzählt, daß Ihr Vater Schwänze hatte?« stieß Adah hervor. Sie fühlte sich elend. Warum mußte Papa Noble sich so erniedrigen? Nur um diese Frau zu halten?

Mr. Noble lachte nur, oder vielmehr krächzte er: »*Iyawo,* Sie sind sehr, sehr jung und unerfahren. Ich hoffe, Sie werden es bald lernen.«

»Sie ist nur eine Frau«, sagte Francis als Entschuldigung.

Mrs. Noble hatte sich so gut amüsiert, daß sie für sich zu lachen anfing. Francis, der wie Papa Noble immer eine gewisse Zärtlichkeit gegenüber jeder weißen Frau empfunden hatte, lächelte sie an. Es war, als ob ihre Freundschaft mit diesem Lächeln begann. Adah fühlte sich betrogen, doch sie wußte eines: Sie würden das Zimmer bekommen, das sie wollten. Papa Noble war zu alt für Sue.

8 Die Rolle akzeptieren

Wochen später, als Adah, Francis und ihre zwei kleinen Kinder sich bei den Nobles eingewöhnt hatten, wollte Adah eines Tages nicht zur Arbeit gehen. Sie fühlte sich unwohl und kam sich ungewöhnlich schwer vor. Sie hätte länger im Bett bleiben können, mußte jedoch um halb zehn in der Bücherei sein. Sie war mißmutig und bedauerte sich selbst wie immer an solchen Tagen. Schließlich raffte sie sich auf, wobei sie ihren Mann beneidete, der noch friedlich schnarchte. Am liebsten hätte sie ihn, einfach zum Spaß, aufgeweckt. Sie streckte gerade ihre Hand nach ihm aus, war schon nahe daran, ihn hochzuziehen, als ein Rest von Mitgefühl sich in ihr regte. Er schien ihr zu sagen: *Was glaubst du wohl, was du da tust, hm?* Diesem sanften Anstoß folgten pfeilähnliche Hiebe. Einer dieser Schläge war so stark, daß sie in die Wirklichkeit zurückgeschleudert wurde.

Nach ihren Berechnungen sollte sie das Baby Anfang Dezember bekommen. Es war schon Dezember, der zweite Tag des Monats. Das Baby würde nicht am zweiten kommen, sagte sie sich. Der neunte war das eigentliche Datum. Deshalb war sie sicher, daß das Kind in ihr sich nur ausstreckte. Machten Babies Morgengymnastik im Bauch ihrer Mutter? Sie mußte es irgendwann einmal nachprüfen.

Eines jedoch begann sie zu beunruhigen: ihr Umfang. Ihre Chefin sah sie dauernd nachdenklich an, wenn sie meinte, daß Adah nicht hinschaute. Adah hatte sie angelogen, hatte den Arzt angelogen, als sie gesagt hatte, daß ihr Baby Anfang Februar kommen würde. Adah wollte so lange wie möglich arbeiten. Dann würden sie genug Geld haben, um die Zeit überbrücken zu können, bis sie wieder arbeitete. Adah hatte Francis davon überzeugt, daß es gut wäre, wenn er während der Weihnachtszeit bei der Post arbeitete. Wenn Adah also so lange wie möglich arbeitete, könnten sie ihre Miete und die Krippengebühr für die Kinder zahlen und etwas Geld beiseite legen, bis sie kräftig genug war, um wieder zur Arbeit zu gehen.

Wenn sie an die Zeit zurückdachte, wunderte sie sich immer noch, warum es ihr nie seltsam vorkam, daß nur sie sich darum sorgte, wovon sie leben sollten, warum sie, und nur sie meinte, die, die sie liebte, im Stich zu lassen, wenn sie nicht arbeitete, selbst wenn der Grund dafür war, daß sie ein Baby bekam. Das Komischste war, daß sie das Gefühl hatte, es *sei ihre* Pflicht zu arbeiten, nicht die ihres Mannes. Er sollte ein leichtes Leben haben, das Leben eines reifen Studenten, der nach seinem eigenen Ermessen studierte.

An diesem Morgen machte sie sich fertig und eilte zur Kentish Town Station. Als sie dorthin kam, stellte sie fest, daß die Eisenbahner wieder einmal einen Bummelstreik machten. Sie hatte keine Ahnung davon, da sie so vollkommen von anderen Leuten isoliert war, daß sie, ginge sie nicht zur Arbeit, nichts von dem wüßte, was außerhalb ihres Hauses passierte. Francis glaubte nicht an Freundschaft. Die einzigen Freunde, denen er sich mittlerweile etwas anschloß, waren ein oder zwei Zeugen Jehovas, die ein paarmal zu ihnen nach Hause kamen. Ihre Taschen waren so groß, daß sie Adah immer nur an die Hausa-Fleischhändler in Lagos erinnerten. Adah hatte nichts gegen sie, sie machten vielleicht sogar einen treuen Ehemann aus Francis. Doch die Zeugen Jehovas konnten ihr nicht sagen, daß es einen Eisenbahnerstreik geben würde. Sie lasen keine Zeitungen, es war Geldverschwendung, hatte Francis erklärt. Sie hatten weder Radio noch Fernsehen. Sie waren vollkommen von jeglichen Massenmedien abgeschnitten. Obwohl Francis von Zeit zu Zeit hinunterging zu Mrs. Noble, um bei ihr fernzusehen, war es Adah verboten, dorthin zu gehen, weil die Frau einen schlechten Einfluß auf sie haben könnte. Adah mochte Mrs. Noble nicht besonders und hatte genug mit sich selber zu tun, also protestierte sie nicht. Sie akzeptierte einfach die Rolle, die ihr Mann ihr vorschrieb.

Eine Menge von betroffenen Leuten war auf dem Bahnsteig. Vielleicht waren auch sie wie Adah vollkommen isoliert von dem, was in der Gesellschaft vorging, oder vielleicht dachten sie auch, daß die Eisenbahner es sich über Nacht anders überlegt hatten. Die Menge wartete geduldig, wenn auch alle wie ärgerliche Bienen murrten.

Die Hiebe und Stöße in ihr wurden entschlossener. Sie fragte sich, was der kleine Teufel wohl von ihr

wollte. Sollte sie mitten auf dem Bahnsteig zu schreien anfangen? Ein freundlicher, großer Herr mit einer Melone, einem schwarzen Anzug, Aktentasche und fest zusammengerolltem Schirm machte ihr eine der Holzbänke frei und bedeutete ihr, sich zu setzen. »Wir werden vielleicht noch lange warten müssen«, sagte er lächelnd. Sein großes, rundes Gesicht sah wie das eines kleinen Jungen aus. Adah dankte ihm. Sie war sicher, daß er der Direktor einer Jungenschule war. Sie machte sich nicht die Mühe herauszufinden, wie sie auf diese Idee kam.
Sie setzte sich. Kein Zug, aber dafür noch mehr Stöße. Die Menge begann abzuwandern. Einer von zwei besonders Eifrigen spähte wieder und wieder in den dunklen Tunnel, als wollte er den Zug heranbeschwören. Aber kein Zug kam.
Adah wußte inzwischen, daß die Eisenbahner an diesem Tag um ihretwillen streikten. Die Stöße waren zu entschieden, als daß sie sie hätte ignorieren können, auch wenn sie nicht regelmäßig kamen. Was würde Francis sagen? fragte sie sich furchtsam. Er würde sie als faul beschimpfen und sie erinnern, daß sie ihr Geld brauchten. *O Gott,* betete sie stumm, *bitte, gib Francis ein Zeichen, einen Beweis, damit er mir glaubt. Wie du siehst, Gott, habe ich Schmerzen. Bin nicht einfach arbeitsscheu, sondern habe wirkliche Schmerzen.* Dann dachte sie wieder nach. Angenommen, sie übertrieb es. Schrie, als wenn der Teufel sie innerlich verbrennen würde. Das wäre gut. Sie bekäme die Sympathie, die sie wollte. Sie beschloß, genau das zu tun. Francis würde den

schrecklichsten Beweis bekommen, den er je gesehen hatte. Nun, er wollte es so, und sie gab es ihm. Sie war glücklich. Gott hatte ihre Gebete erhört. Bei diesem Gedanken war sie glücklich. Der kleine Mensch in ihr schien auch glücklich zu sein. Er schien vergessen zu haben, wie man stößt. Er schien Frühstückspause zu machen oder so etwas Ähnliches.

Doch wie sollte sie zu schreien anfangen, wenn das Baby gerade Pause machte und sie überhaupt keine Schmerzen hatte? Sollte sie sich Schmerzen verschaffen, nur damit sie einen Grund zum Schreien hatte? Wieder packte sie die Furcht. Sie erinnerte sich plötzlich daran, daß, als sie die anderen Kinder bekommen hatte, das Schreien so anstrengend gewesen war wie das Kinderkriegen selber. Sie hörte die Stimme ihrer Schwiegermutter, die, als Adah bei Titi Wehen bekommen hatte, ihr immer wieder sagte, daß Frauen, die schrien, Feiglinge waren. Je mehr sie schrien, desto weniger Kraft hätten sie am Ende. Wenn sie dann endlich ihre Babys bekommen sollten, waren sie völlig kraftlos, da sie ihre ganze Energie damit verschwendet hatten, wie verrückt zu schreien. Adah wußte, daß das in gewisser Weise stimmte. Als sie mit Titi schwanger war, hatte sie gerade die Schule beendet, und obwohl man ihr etwas medizinisches Wissen beigebracht hatte, hatte ihr niemand vorher gesagt, daß Erstgeburten so lange dauerten. Damals hatte sie geschrien, nicht vor Schmerz, sondern vor Angst, weil es so lange dauerte. Und als das Baby dann tatsächlich da war, war sie bewußtlos. Doch bei Vicky wußte sie besser Bescheid. Sie las und las, als wollte sie Medizin studieren. Deshalb wußte sie, was in jedem Stadium passieren würde. Dieses ganze Wissen schien sich nun irgendwie aufgelöst zu haben, da es keine Schwiegermutter gab, die ihr sagte, was sie tun sollte. Und nach dem, was sie gehört hatte, gaben die Hebammen in London den Müttern Drogen und Gas. Die Sache mit dem Gas beunruhigte sie etwas. Es konnte doch wohl nicht dasselbe Gas sein, das man benutzte, wenn man sich umbringen wollte? Wenn doch, wie wußten sie, wann sie genug hatte? Es würde sie zweifellos umbringen. Dann würde sie den kleinen Menschen in sich nie sehen, auch nicht, wie Titi und Vicky wuchsen und zur Schule gingen. O nein, es war alles so unfair. Wann geben sie einem Gas? fragte sie sich. Sie dachte wieder nach. Wahrscheinlich, wenn man zuviel schrie. England ist ein ruhiges Land; die Leute lernen, ihre Gefühle zu verbergen und sie fest zu verschließen, genauso wie den verbotenen Gin, den ihre Eltern zu Hause tranken. Wenn man einen Fehler machte und die Flasche entkorkte, floß der Gin heraus. Sie hatte ein- oder zweimal gesehen, daß sich englische Männer und Frauen wie Menschen benahmen, aber warum benahmen sie sich nur wie Menschen, wenn sie an Samstagabenden aus den Pubs heraustaumelten? Nun, wenn man ihr Gas gab, um sie zum Schweigen zu bringen, würde sie eben nicht schreien. Sie würde Francis gegenübertreten und es mit ihm aushandeln. Sie kannte Francis, sie wollte lieber mit ihm kämpfen als mit einem Gott oder einer Göttin, die sie nicht kannte. Denn wie

sollte sie wissen, wohin die Sache mit dem Gas sie bringen würde?
Sie ging heim. Sie sagte Francis, warum sie nicht zur Arbeit gehen konnte und daß die Eisenbahner streikten, um mehr Lohn zu bekommen. Sie wußte, daß das der Grund war, weil sie das ärgerliche Gemurre der ungeduldigen Menge auf dem Bahnsteig gehört hatte. Sie erzählte ihm, wie der Mann mit dem Schirm die Holzbank für sie frei gemacht hatte und wie die Leisten der Bank ihrem Hintern weh getan hatten. Sie erzählte ihm, wie sie alle gewartet und gehofft hatten, daß sie durch das Warten irgendwie den Zug aus seinem Tunnelloch beschwören könnten; sie erzählte ihm, wie das alles nichts gebracht hatte, denn es kam kein Zug, und alle, zuletzt auch sie, waren heimgegangen. Sie hatte heimgehen müssen.
Francis war noch im Schlafanzug. Er hörte ihr zu, seine Augenbrauen waren hochgezogen wie bei einem bösen Spion in einem James-Bond-Film. Dann fragte er Adah, woher sie wußte, daß alle heimgegangen waren. Hatten die Fahrgäste es ihr gesagt, oder erfand sie vielleicht alles? Hatte sie sich diese Streikgeschichte heute morgen ausgedacht, als sie auf ihn herabsah und dachte, er schliefe noch? Er hatte sie beobachtet. Er hatte zuerst gedacht, sie wolle ihm das Gehirn zu Brei schlagen, so haßerfüllt habe sie ihn angesehen. Sie hätte sich eine bessere Geschichte ausdenken sollen. Sie sollte zumindest daran denken, daß sie alle ins Unglück stürzen würde, sich selbst und das kleine Wesen in ihrem Bauch eingeschlossen.

Adah konnte nichts sagen. Sie wußte nicht, ob es weise gewesen war, die andere Alternative wieder zu verwerfen. Sie hätte sich fürs Schreien entscheiden und dem Gas oder auch Jupiter, Luzifer oder sogar den Engeln entgegentreten sollen. Die Engel hätten sie vielleicht sogar willkommen geheißen und die Halleluja-Hymne gesungen, die ihr so gefiel. Dann nagte wieder ihr Pflichtgefühl an ihr. Was war mit Titi und Vicky? Die Engel konnten warten. Einstweilen war sie sich sicher, daß sie irgendwann zu den Engeln kommen würde; hatte Jesus nicht gesagt, daß die, die auf Erden litten, das himmlische Königreich erbten? Irgendwann ginge sie gern dorthin, mit ihren Kindern. Francis konnte gehen, wohin er wollte. Er konnte sich um sich selber kümmern.
Das Puffen kam wieder, gefolgt von Stößen, und sie hatte das Gefühl, sie müßte schreien, doch sie befahl sich, es nicht zu tun, weil die englische Hebamme ihr Gas geben würde, und damit könnte sie nicht zu den schönen Engeln, die Halleluja sangen, gelangen, sondern zu Luzifer mit seinen feurigen Hörnern. Wenn Vicky wütend wurde und seine Rice Krispies ausspuckte und wenn Titi so still wurde wie ein Grab und sich weigerte zu sprechen, wer sagte ihnen dann, daß sie schöne Kinder waren? Wer kitzelte sie, bis sie lachten und Vicky einem noch mehr Rice Krispies ins Gesicht spuckte und Titi anfing zu reden und nicht mehr aufhörte wie ein kaputtes Radio, dem der Schalter abhanden gekommen war? Die Engel konnten ihren Himmel behalten, sie, Adah, würde hier bei ihren Kindern bleiben. Denn selbst wenn das Baby

merkwürdig lag, würde sie leben und nicht nur ihre Enkel, sondern auch ihre Urenkel sehen. Zumindest, wenn sie nicht alle von der Bombe in die Luft gesprengt wurden!

Dann kam die Predigt. Francis war gut im Predigen. Es hieß immer, Gott Jehova hat dies gesagt, Gott Jehova hat das gesagt. Adah hatte gerade eine Ruhepause nach dem letzten Angriff ihres Babys, deshalb sah sie ihn an mit glasigen Augen wie die eines Schweinekopfes beim Metzger und hörte ihrem Mann zu, der ihr eine Predigt hielt über den Fleiß der tugendhaften Frau, die mehr wert war als Rubine. Die tugendhafte Frau, über die Francis quasselte, wachte morgens mit dem ersten Hahnenschrei auf. Adah fragte sich, wo sie den Hahn finden sollte, der sie weckte. Doch Francis fuhr fort, an diesem Morgen des zweiten Dezember. Gott Jehova segnete eine solche Frau. Außerhalb der Tore sei ihr Ehemann geachtet. Adah wollte fragen, welche Tore, doch sie war zu benommen von diesem ganzen Theater. Man stelle sich nur vor, sagte sie bei sich, Francis hielt ihr um halb elf vormittags eine Predigt über den Fleiß und war selbst noch im Schlafanzug. Sie begann, ihre Schwiegermutter zu verwünschen, weil sie alle ihre Söhne so verwöhnt hatte. Es waren so viele Mädchen in der Familie, daß die Jungen in dem Glauben aufwuchsen, sie seien etwas Besonderes, übermenschliche Wesen. Adah hörte weiter von der tugendhaften Frau, die mehr wert war als Rubine, doch die Predigt ging zum einen Ohr hinein und zum anderen wieder heraus.

Zumindest freute Francis sich, seine eigene Stimme zu hören, und sie konnte inzwischen in Ruhe überlegen, was sie mit diesem Baby machen sollte, dessen Beine sie nicht wie bei anderen Babies vorne traten, sondern in die Rippen. Das bereitete ihr Atemschwierigkeiten. Sie stellte sich vor, daß das Baby in dem kleinen, aus Rippen gebildeten Käfig quer lag und mit sorgloser Unbeherrschtheit trat. Francis hatte erst vor zwei Tagen gesagt, daß er mehr Rippen hätte als sie, da Gott Jehova eine seiner eigenen Rippen genommen, sie entzweigebrochen und daraus ihren Brustkorb gemacht habe. Deshalb hieße sie »woman«, da sie aus den Rippen eines Mannes wie er selber gemacht sei. Das, was er sagte, ergab Sinn, da man das englische Wort »woman« als eine Zusammensetzung aus »wo« und aus »man« ansehen könnte. Was wäre wohl Francis' Interpretation des West-Ibo-Wortes für Frau, *Opoho,* das keinen Bezug hatte zu dem Wort für Mann, *Okei?* Francis müßte dafür eine neue Geschichte erfinden, denn die Erklärung mit dem Rippenbau paßte hier absolut nicht. Doch er redete und redete, darüber, wie Jehova die tugendhafte Frau segnen würde.

Adah hatte wahrscheinlich einen Fehler gemacht und ein ungläubiges Gesicht gezogen, denn Francis beschuldigte sie, ihm nicht zu glauben. Dachte sie, daß er log? Warum sah sie ihn so an? Er wurde ganz aufgeregt vor religiösem Eifer. Er würde Adah zeigen, daß das alles im *Wort Gottes* stand. Das *Wort Gottes* war ein Buch, dessen Einband aus dem billigen Stoff war, wie ihn Buchbinder in Lagos benutzten, um die Erstkläßlerbücher der Kinder zu binden. Die Seiten des Buches waren aus dem Papier, das man für Löschpapier benutzte. Der Unterschied zum Löschpapier war, daß Löschpapier weiß gebleicht war, die Seiten des Buches aber durchzogen mit bräunlichen Fasern wie die Adern einer Hand. In dem Buch waren Bilder von Adam, wie er den Apfel aß, und Eva, wie sie mit der Schlange redete. Sie hatten beide Feigenblätter vor ihrem Geschlecht. Sie sahen nicht allzu unglücklich aus, nachdem sie den Apfel gegessen hatten, obwohl Francis sagte, daß sie es seien, sonst würden sie nicht die Feigenblätter tragen. Daß sie sich so bedeckten, bewies, daß sie gut und böse nun kannten. Adah wußte nicht, was sie tun sollte. Sich ausziehen? Sich weigern, weiter Äpfel vom Crescent zu essen? Francis selber trug seinen Schlafanzug, der gewaschen werden mußte. Die Hosen waren so groß wie die sackartigen Hosen von nigerianischen Trommlern, und sein Geschlecht hing in diesen sackartigen Hosen und baumelte hin und her wie das Pendel von Big Ben. Sie hatte Big Ben noch nie gesehen, war aber sicher, daß eine so große Uhr ein Pendel haben mußte. Francis' Geschlecht pendelte jetzt noch wilder, hin und her und wieder zurück, weil er aufgeregt war. Er würde Adah alles beweisen, was er über die tugendhafte Frau gesagt hatte. Er würde das Buch holen, das *Die Wahrheit soll euch frei machen* hieß. Er konnte es nicht so schnell finden. Adah wußte, er würde noch eine Predigt über das Paradies anfangen, dann würde er sie bitten, einen Abschnitt zu lesen, dann würde er sie

fragen, ob sie alles verstand, und sie müßte sagen, ja, ja, sie verstand es sehr wohl. Dann würde er sie »Schwester« nennen, nicht Frau, da Gott Jehova es so befahl. Alle weiblichen Gläubigen sollten Schwestern und alle männlichen Brüder heißen. Es war egal, ob die Frau die Ehefrau oder die Mutter desjenigen war. Es war egal, ob der Mann der Ehemann oder der Vater derjenigen war. Alle Gläubigen waren Brüder und Schwestern. Manchmal fragte sich Adah, ob Gott das wirklich alles sagte. Was sie jedoch ganz sicher wußte, war, daß die Bibel das größte Buch über die menschliche Psyche ist. Wenn man faul war und nicht arbeiten wollte oder wenn man in der Gesellschaft versagte, konnte man immer sagen: »Mein Reich ist nicht von dieser Welt.« Wenn man eine Jet-set-Frau war, die mit jedem schlief, ob er nun geschlechtskrank war oder nicht, konnte man immer noch sagen, daß auch Maria Magdalena keinen Ehemann hatte, doch durfte sie nicht unserem Herrn die Füße waschen? Hat sie nicht als erste unseren auferstandenen Retter gesehen? Wenn man andererseits an die Minderwertigkeit der Schwarzen glaubte, konnte man immer sagen: »Sklaven, gehorcht euren Herren.« Es ist ein geheimnisvolles Buch, eines der größten Bücher, wenn nicht das größte. Stehen nicht alle Antworten darin?
Doch das einzige, was Adah nicht ertragen konnte, war, wenn Leute einen Teil der Bibel nahmen, ihn so interpretierten, wie er ihnen paßte, und dann von ihr verlangten, daß sie es schluckte. Sie wurde mißtrauisch. Sie hatte nichts dagegen, daß Francis daran

glaubte, außer wenn es seine Studien störte oder wenn eines der Kinder eine Bluttransfusion brauchte und er sie ablehnte. Bei dem Gedanken daran mußte sie lächeln, denn als sie bei Titis Geburt Blut gebraucht hatte, hatte Francis die Heilige Schrift vergessen und es ihr gegeben. Francis war kein schlechter Mann, nur ein Mann, der nicht mehr mit der überanspruchsvollen Gesellschaft mithalten konnte, in der er lebte.

Er bückte sich nun, suchte wütend nach *Die Wahrheit soll euch frei machen* und warf die Kleider der Kinder durcheinander. Adah sah ihren Schal, griff danach und ging schnell zur Tür. Sie hörte Francis schreien und sie zurückrufen, weil er das Buch gefunden hatte. Sie müsse zurückkommen, befahl er, da er noch nicht fertig sei. Für Adah klang er wie Nero in *Quo vadis?*, der seine Höflinge beschuldigte, ohne seine Erlaubnis zu sterben.

Adah eilte schlotternd zu Dr. Hudsons Praxis am Crescent. Es war ein furchtbarer Tag; grau mit dem kläglichen Schnee der vorigen Nacht, der am Boden klebte. Er konnte nicht schmelzen, da die geisterhafte Sonne, die durch die schweren Wolken schien, diesig war; zu diesig, um eine Wirkung auf den hartnäckigen Schnee zu haben. Das machte das Gehen für Adah sehr gefährlich. Doch irgendwie watschelte sie wie eine Ente hindurch, verlagerte ihr Gewicht jeweils nach rechts und dann nach links.

Es war möglich, daß die Vorübergehenden sich wunderten. Vielleicht fragten sie sich, was wohl mit ihr los war, daß sie so ging wie eine Ente. Vielleicht hätten ein oder zwei Leute gerne gefragt, ob sie Hilfe brauchte, doch erschraken sie über den entschlossenen Eindruck, den Adah machte. Sie ging weiter, ohne jemanden wahrzunehmen.

In der Praxis fand sie eine Ecke und setzte sich. Wenn ihr wirklich nach Schreien zumute sein sollte – hier konnte sie es tun, und niemand würde es komisch finden. Was sie beunruhigte, war, daß sie diesen Schmerz hatte, der, wenn auch störend, doch nicht so schlimm war wie die wirklichen Wehen – diese glühenden Wehen, die aus jeder Frau eine Verrückte machen. Sie verstand es nicht. Das kleine Wesen in ihr stieß sie mal in diese, mal in jene Seite, so daß es ihr Beschwerden bereitete, zu sitzen, aber noch mehr zu gehen. Deshalb saß sie auf dem Metallstuhl im Sprechzimmer und schob ihren Hintern über den Sitz, als säße sie auf Dornen. Sie richtete den Blick auf das Plakat an der Wand, auf dem »Nicht rauchen« stand und das darüber aufklärte, daß Rauchen Lungenkrebs verursachte. Eine Zeichnung der Rippen zeigte die vollgesogene Lunge dazwischen. Adah fragte sich, ob es die Rippen eines Mannes oder einer Frau waren. Wie konnte man es erkennen? Francis hatte gesagt, daß Männer mehr Rippen hätten als Frauen. Und sie hatten nicht nur mehr Rippen, sondern eine Männerrippe würde alle Rippen einer Frau ausmachen. Adah blickte wieder auf die Zeichnung von den Rippen und schloß, daß es die einer Frau sein mußten. Die Rippen waren zu dünn, zu regelmäßig, als daß sie einem Mann gehören konnten. Man stelle sich nur vor, eine Frau muß arbeiten, muß Babys austragen, die ihre Mütter dauernd treten, muß zu guter Letzt auch noch Krebs bekommen. Hatte Eva als einzige vom Apfel gegessen? Hatte Adam nicht auch davon gegessen? Warum mußten die Frauen die meisten Strafen dulden? Es war alles absolut unfair.

Die Patienten gingen langsam einer nach dem anderen hinaus. Sie hatte es nicht eilig zu gehen. Zu Hause würde sie doch nur Francis und seine Predigten hören. Hier war sie besser dran. Eine Frau, die nach ihr mit einem Baby kam, das so rot war wie eine Karotte, drängte sie hineinzugehen. Adah antwortete der Frau, sie solle vor ihr gehen. Die Frau war nahe daran, eine Predigt darüber zu halten, daß Adah den Arzt dringend brauchte. Adah achtete nicht auf sie und rätselte wieder darüber, ob die Rippen ihr gegenüber zu einem Mann oder einer Frau gehörten. Die Frau starrte Adah an, als sei sie eine Verrückte und gerade aus dem Irrenhaus entlassen. Sie besann sich jedoch eines Besseren und beschloß, ihr rotes Baby zu Dr. Hudson zu bringen. Das Wartezimmer war nun leer bis auf die Putzfrau. Auch sie hatte ein rotes Gesicht und einen großen Bauch. Sie war nicht schwanger, ihr Haar war bereits weiß, aber flauschig wie Baumwolle, die man zum Spinnen nimmt. Sie lächelte Adah an. Die Zähne waren zu dicht und zu regelmäßig, um echt zu sein, doch immerhin war das Lächeln nett. Die Putzfrau wollte reden. Adah hätte gern mit ihr geredet, doch wie sollte sie wissen, ob die Frau schon einmal von einem Baby gehört hatte, das quer im Bauch der Mutter lag? Sie beschloß,

nichts zu erzählen. Doch die Frau redete über alles mögliche. Wie Francis' Predigt ging es bei Adah zum einen Ohr hinein und zum anderen wieder hinaus. Die Putzfrau hörte auf zu reden, da sie von der Treppe her Stimmen vernahmen, die Stimmen der Ärztin und der Frau mit dem Karottenbaby. Die Frau mit dem Baby mußte die Ärztin alarmiert haben, denn diese schoß auf Adah zu, nannte sie »Meine Liebe« und führte sie nach oben wie ein großes Ei, das zerbrechen und die Treppen besudeln könnte. Sie schob Adah ins Sprechzimmer und bedeutete ihr, auf das Bett zu steigen. Adah kam nicht hinauf, also wurde sie auf einem Stuhl untersucht.
»Kein Wunder, daß Sie Schmerzen haben, es ist bald soweit. Sie hätten sofort nach dem Rettungswagen telephonieren sollen. Sie müssen sich jetzt ins Bett legen. Ich bin sicher, daß Sie Ihr Baby in weniger als vierundzwanzig Stunden haben werden, wenn alles gutgeht.«
Adah sah sie erschreckt an. Warum sollte sie in einen Rettungswagen, wo sie der Ärztin doch gesagt hatte, daß sie und Francis beschlossen hatten, das Baby zu Hause zu bekommen? Hatte das Krankenhaus ihnen nicht eine Liste von allem gegeben, was sie für die Niederkunft kaufen sollte, und hatte Francis nicht ärgerlich gefragt, ob sie sich mit diesem ganzen Kram etwa für eine Hochzeit vorbereiten wolle? Hatte Francis nicht entschieden, daß sie die sechs Pfund, die man ihr geben würde, wenn sie das Kind zu Hause bekam, brauchen könnten? Adah hatte ihm zugestimmt. Sie würde das Kind zu Hause bekom-

men und sechs Pfund verdienen. Dann bräuchte sie auch keine zwei oder drei Nachthemden zu kaufen, keinen Morgenmantel oder Hausschuhe und auch keinen Toilettenbeutel. Ja, die sechs Pfund würden sie eine Woche lang ernähren.

Sie sagte der Ärztin, daß sie das Baby nicht in der Universitätsklinik bekommen wollte, sondern zu Hause in ihrem Zimmer in der Willes Road. Die Ärztin fragte sie, warum sie ihre Meinung geändert habe, nachdem sie doch mitbekommen hatte, wie schwierig es war, sie trotz der langen Warteliste in dieser besonderen Klinik anzumelden. Wußte Adah nicht, daß das Essen dort sehr gut war und daß sie eine kleine Erholung von ihrer Familie gut gebrauchen konnte? Wie sollte es Adah sonst schaffen? Sie hatte doch nur ein Zimmer, oder? Was sei denn in sie gefahren, daß sie sich weigerte, ins Krankenhaus zu gehen? Wußte Adah nicht, daß viele Frauen über diese Chance einen Luftsprung machen würden?

Die Ärztin redete weiter. Sie war groß im Reden, diese Ärztin. Sie war jetzt wütend, wusch sich dauernd ihre kleinen Hände, wisch-wasch, wisch-wasch, preßte eine Hand gegen die andere, wisch-wasch. Adah folgte ihren Bewegungen mit den Augen. Was für ein Predigttag, dachte sie. Doch die Predigt der Ärztin ging nicht zum einen Ohr hinein und zum anderen wieder hinaus. Adah hörte zu und ließ die Worte auf sich wirken. Wie sollte sie Dr. Hudson erzählen, daß sie das Baby in ihrem einzigen Zimmer bekommen und diese sechs Pfund verdienen mußte, weil die sechs Pfund sie alle eine Woche lang, vielleicht sogar acht oder neun Tage lang ernähren konnten? Die Ärztin würde sie nur fragen, warum ihr Mann nicht zur Arbeit ging und die sechs Pfund verdiente. Und als Antwort müßte Adah der Ärztin erzählen, daß ihr Mann ans Armageddon glaubte. Deshalb durfte er sich nicht allzusehr in dieser Welt anstrengen, sonst würde er seinen Anteil am Königreich verlieren. Die Geschichte war zu lang, und sie zu erzählen würde sie zum Weinen bringen. Also ließ sie die Geschichte sein. Sie erzählte der Ärztin nur, daß sie jetzt lieber gehen wollte, daß sie Francis dazu bringen mußte, die Hebamme anzurufen. Die Ärztin seufzte. Sie befahl ihr, heimzueilen. Sie würde den Anruf erledigen.

Irgendwie schaffte es Adah, nach Hause zu kommen. Der Weg hatte sie viel Zeit gekostet, da sie sich zwischendurch immer wieder ausruhen und hinsetzen mußte. Sie klingelte, weil sie in ihrer Eile, Francis zu verlassen, den Schlüssel vergessen hatte. Sie vergaß in England dauernd ihren Schlüssel. In Nigeria hatte sie selten einen bei sich: Die Tür war dort immer offen. Am Nachmittag waren die Leute alle draußen auf ihrer Veranda, redeten und aßen Zukkerrohr, Kokosnuß oder Bananen. In England schlossen sich die Menschen ein; sie machten aus ihren Wohnzimmern ein Paradies, da sie nicht viel draußen waren, nicht so wie in Afrika. Francis erinnerte sie immer daran, ihren Schlüssel mitzunehmen, wenn sie ausging; eines Tages wäre Mrs. Noble vielleicht mal schlechter Laune und öffnete ihr die Haustür nicht. Was tat sie dann? Sie müßte draußen bleiben und erfrieren. Genauso wie Lots dummes Weib, die nicht tat, was man ihr sagte, sondern ständig zurückschaute und in einen großen Salzklumpen verwandelt wurde. Dieser Klumpen mußte groß gewesen sein. Benutzten die Leute dieses Salz für die Suppe, Salz, das aus einer Frau gemacht war? Igitt, das wäre sicherlich ekelhaftes Salz. Sie war froh, daß sie nicht in Sodom und Gomorrah geboren war. Sie klingelte noch einmal und drückte diesmal den Klingelknopf lange und fest. Es war ihr egal, ob es Mrs. Noble oder Mr. Noble oder sogar Francis störte. Es machte ihr nichts mehr aus. Was ihr etwas ausmachte, war, daß der verärgerte Francis in seinem billigen Leinenschlafanzug auftauchen könnte mit den sackartigen Hosen und seinem Ding, das hin- und herpendelte, da er keine Unterhosen anhatte. Adah betete zu Gott, Francis doch einzugeben, seinen wollenen Bademantel überzuziehen. Der Bademantel paßte gut; er war neu, denn er hatte ihn hier in England gekauft. Doch der Schlafanzug war aus Lagos, auch wenn er ein »Made in Great Britain«-Etikett trug. Adah fragte sich, wer den Engländern erzählte, daß die Menschen in Lagos ohne wertvolle Dinge auskommen konnten. Sie erinnerte sich daran, wie sie die Kekse gesehen hatte, die Mrs. Noble Kimmy, ihrem schwarzen Hund, gab. Sie hatte die Kekse berührt und hätte beinahe einen gekostet, wenn nicht Leute zugesehen hätten. Waren das nicht dieselben Kekse, die man den Menschen in Afrika verkaufte, und waren es nicht genau die, die Pa und die Onkel ihr und ihrem Bruder Boy immer aus den

Kasernen mitbrachten, als der Krieg vorbei war? Immerhin waren sie nicht daran gestorben; im Gegenteil, diese trockenen ungezuckerten Kekse waren sogar eine gute Übung für ihre Zähne gewesen, als sie noch Kinder waren. Ob man wohl immer noch solche Kekse in Lagos verkaufte, wo doch jetzt der Teufel in die Japaner gefahren war und sie Luxusartikel und teure Nahrung für wenig Geld nach Lagos pumpten?
Sie betete nun flehender, denn sie sah zwei Frauen auf zwei grauen Fahrrädern die Straße entlangfahren und nach den Hausnummern schauen. Sie sah ihre unförmigen schwarzen Mäntel und ihre schwarzen Hüte. Auch ihre Schuhe waren schwarz und unförmig. Genau wie Männerschuhe. Adah ahnte, daß es die Hebammen waren, die kamen, um ihr bei der Entbindung zu helfen. Aus Versehen fuhren sie an ihr vorbei, aber Adah rief ihnen nicht nach, denn so hatte sie noch fünf Minuten, in denen sie ein weiteres Mal klingeln und Francis sagen konnte, er solle sich seinen wollenen Bademantel anziehen, falls er noch in seinem zerknitterten Schlafanzug war. Ihre Gebete wurden erhört, denn Francis kam eilig und ärgerlich herunter, doch er hatte nicht nur seinen Leinenschlafanzug ausgezogen, sondern trug sogar schon seine grauen Flanellhosen, ein cremefarbenes Hemd und seine blaßgrüne Jacke mit dem Zickzack-Muster. Gerade als er seinen kleinen chinesischen Mund öffnen wollte, um sie zu fragen, was ihr denn einfiele, so zu klingeln, wo sie doch ihren Schlüssel wie einen Talisman immer bei sich tragen sollte, er-

kannten die zwei Hebammen ihren Irrtum und rollten auf ihren Rädern herbei, frohlockten dabei wie zwei Kinder, die einen verborgenen Schatz entdeckt hatten. Sie saßen nicht auf ihren Rädern, sondern schoben sie, die Ketten machten dabei »tak, tak, tak«. Die beiden grinsten von einem Ohr zum anderen, als sie mit ihren Rädern neben sich, wie mit zwei lahmen Pferden, dahergetrottet kamen. Eine der Hebammen war Engländerin; ihr überlegenes Aussehen war unverkennbar. Ihr Haar war weiß, zumindest der Teil, der unter dem Hut hervorschaute. Sie war starkknochig, an die Vierzig und sah sehr entschlossen aus. Die andere Frau war ihre Assistentin, sie war jünger und Ausländerin. Sie konnte Japanerin oder Chinesin sein, denn sie hatte jene typischen Augen, die im Kopf zu versinken schienen. Die junge Frau hatte ein Gesicht, so rund wie ein O. Mund und Nase waren zu klein für ihr Gesicht.

Das Grinsen wich aus den Gesichtern der beiden Frauen, sobald sie erkannten, daß sie Mrs. Obi war.

»Können Sie nicht Englisch lesen?« fragte die ältere Hebamme mit dem weißen Haar. Es dämmerte Adah, daß man in den Augen der großen Hebamme ungebildet war, wenn man nicht Englisch lesen oder sprechen konnte. Adah wollte nicht als ungebildet angesehen werden und sagte ihr deshalb, daß sie es konnte. Darauf fragte die große Hebamme mit dem weißen Haar und dem herrischen Aussehen sie, warum sie sie nicht früher gerufen hätte. Hatte

Adah nicht die Instruktionen gelesen, daß man die Hebamme rufen sollte, sobald die Wehen einsetzten? Wofür hielt sie sich eigentlich?
»Schau, sie brutet«, keuchte die jüngere Schwester mit dem O-Gesicht.
Adah versuchte herauszubekommen, was diese Feststellung bedeuten könnte. Meinte die Schwester, daß sie »brütete«? Sie bekam ihr drittes Kind, doch das wußte ja jeder. Sie hatte es nicht verschwiegen. Warum sollte die Schwester soviel Aufhebens darum machen? Wenn sie nicht gebären würde, hätte sie sie ja überhaupt nicht gerufen.
Die große Hebamme, die wahrscheinlich schon einige Zeit mit ihrer Assistentin zusammenarbeitete, verstand diese vollkommen, denn sie fuhr fort: »Genau das meine ich. Sehen Sie nicht, daß Sie stark bluten? Kommen Sie, ab ins Bett.«
Bedeutete »bruten« für die japanische Schwester demnach »bluten«? Adah lernte.
Sie untersuchten sie, tasteten sie von innen ab. Ein Finger, zwei Finger, drei Finger; sie hörten überhaupt nicht mehr auf, redeten dabei leise in einer besonderen Sprache, wie es Adah schien.
Ihre Schmerzen wurden nicht heftiger, doch ganz plötzlich hielt sie es nicht mehr aus. Francis, der Verursacher von allem, stand da und starrte ausdruckslos wie ein Schweinskopf beim Metzger vor sich hin, stand da am Fuße des Bettes wie ein Schiedsrichter, der ungeduldig auf ein faires Spiel wartet. Adah erinnerte sich daran, daß sie von Ehemännern gehört oder gelesen hatte, die in Panik gerieten und sich Sor-

gen machten für den Fall, daß ihre Frau starb. Nicht so Francis. Er war sicher, daß Adah leben würde. Für ihn war Adah unsterblich. Sie mußte einfach dasein, seine Kinder austragen, für ihn arbeiten, seine Schläge hinnehmen und seinen Predigten zuhören.
Der Raum begann sich in allen Regenbogenfarben zu drehen. Francis war jetzt zu Luzifer geworden. Seine boshaften Augen waren glasig, als trüge er schlechtsitzende Kontaktlinsen, er war in ein Feuergewand gehüllt, hatte Hörner, die größer und gewundener waren als die eines Schafbocks, und seine Schwerter sandten Flammen aus. Er sagte ihr, daß sie bestraft würde, weil sie nicht gewartet hatte, um aus *Die Wahrheit soll euch frei machen* zu lesen. Ihr ganzer Schmerz kam daher, weil sie zum Doktor gelaufen war. Darauf schwebten die Stimmen der zwei Frauen herein... ein Finger, zwei Finger... dann hörte sie das Wort »erweitern« oder »Erweiterung«, das immer wieder fiel. Dann bedeckte jemand ihre Nase und ihren Mund mit etwas Gummiartigem. Sie gaben ihr also Gas... Francis' Stimme fuhr fort, unerbittlich dem Ende entgegen, wie Totenglocken. Das war also der Tod, so fühlte er sich also an...
Sie konnte das Baby nicht bekommen... Zu groß für sie, das arme Ding. Dann kam Francis wieder. Wenn sie nicht seine Freuden mit Trudy gestört hätte, wenn sie eine gute Ehefrau, eine tugendhafte Frau gewesen wäre, mehr wert als Rubine...
Sie hörte die Glocken, die Glocken der Ambulanz. Doch sie klingelten, als wären sie Petri Schlüsselbund zum Himmel, der ihr sagte, daß sie zwar das

Klingeln dieses Schlüsselbundes hören, nie jedoch in den Himmel kommen konnte. Sie käme zu Luzifer, ihrem Mann mit den Feuerhörnern. Jemand, nein, zwei oder sogar drei Männer hoben sie auf etwas hinauf. Sie öffnete die Augen; sie stiegen die knarrenden Treppen bei den Nobles hinab.

Dann sah sie Vicky, der sich an Mrs. Nobles Brust klammerte, sein kleines Gesicht war verstört. Adah sah die dicken Backen, die rührenden Babyaugen und betete zu Gott, er möge sie wieder heil zu ihren Kindern zurückschicken. Sie wollte Mrs. Noble zurufen, sie solle Vickys Nase putzen, ihr sagen, sie solle Titis Hosen hochziehen, da sie rutschten – der Gummi war ausgeleiert, und sie hatte vergessen, einen neuen einzuziehen. Sie konnte nicht. Ihr Geist redete, doch ihr Mund blieb stumm. Die Sanitäter in schwarzen Anzügen hatten sie ganz in flammendrote Decken eingehüllt. Die Stimme der großen Hebamme mahnte zur Eile...

Adah sank zurück in die Welt der Träume.

Die Träume waren die gleichen wie vorher. Sie konnte nicht zu ihrem Mann laufen und ihn um Hilfe bitten, weil er das Feuerschwert trug. Sie konnte Petrus mit den Schlüsseln nicht sehen, aber sie konnte die Glocken klingen hören, immer wieder. Manchmal hörte sie die Stimme der großen Schwester, die sagte: »Beeilen Sie sich, beeilen Sie sich, wir müssen uns beeilen.« Dann sagte die Stimme der kleinen Schwester: »Rieber Gott.«

Sie stürzte mal in diese Richtung, mal in jene, lief

immer im Kreis herum. Schwierig, zu Petrus zu laufen; schwierig, zu Francis zu laufen.
Also lief sie immer im Kreis, bis eine laute, mächtige Stimme zu ihr drang: »Sie wissen, was wir tun werden, Madam; wir werden das Baby herausholen. Es ist nur ein kleiner Stich, Sie werden keine Schmerzen haben.« Die kräftige Stimme redete immer noch, und eine feuchte Hand kratzte mit etwas Nadelähnlichem an ihrem Schenkel. Sie spürte alles, konnte aber nichts sehen. Dann senkte sich wie ein Segen Stille auf sie herab.
Überall war Frieden. Sie hatte das Baby bekommen, und es war jetzt ein Junge von nunmehr fünf Jahren. Francis war nicht mehr Luzifer, sondern ein wohlhabender Bauer. Sie hatten ein eigenes Haus, es war groß, hatte geräumige Zimmer und eine luftige Veranda. Sie saß auf der Veranda und nippte an dem ausgepreßten Saft reifer Mangos. Sie redeten und lachten. Sie und Francis. Francis erinnerte sie an ihre schreckliche Zeit in London. Und sie lachte und lachte... weil es schon so lange her war, als sie sehr jung waren. Doch nun war alles vorbei. Titi war in einer Klosterschule in England, und Vicky war in Eton. Sie hatten noch mehr Kinder, doch die waren noch zu klein, um im Ausland zur Schule zu gehen. Sie lebten bei ihnen, und ständig brauchten sie irgend etwas. Francis war glücklich und kam zu ihrem Rohrstuhl, küßte sie sehr, sehr sanft und sagte ihr, wie tugendhaft sie sei und daß sie mehr wert sei als Rubine. Und daß die Bauern in der ganzen Umgebung ihm ihre Höfe verkauft hätten und daß er nun

Herr und Meister von verschiedenen Höfen sei. Was konnte ein Mann sich mehr wünschen als eine tugendhafte Frau wie sie, die ihm geholfen hatte, all das zu erreichen?

Mit dem Wort »tugendhaft« stellten sich die Beschwerden wieder ein. Das Wort rollte weiter und weiter. Es erschienen wieder die Regenbogenfarben, Rot, Blau, Gelb, Rosa; man konnte sie benennen, sie waren da, alle Regenbogenfarben, und auf jeder stand »tugendhaft«. Tugendhaft und noch mal tugendhaft, so viele Male. So verwirrend. Tugendhaft hier und tugendhaft dort, so verwirrend war die Orgie aus Farben und Tugendhaftigkeit, daß sie das tat, was ihr als einziges einfiel. Sie schrie, hoch und laut. Sie schrie immer weiter. Sie würde nie wieder aufhören.

Dann hörte sie ganz plötzlich auf. Jemand klatschte auf ihren Schenkel. Dieser Jemand nannte sie »Madam«. Er drängte sie jetzt, aufzuwachen, weil sie fertig seien. Sie probierte ihre Augen aus; ja, sie konnte sie öffnen. Sie blickte sich um. Die Männer und Frauen waren wie Engel des Lichtes, ganz in Weiß gekleidet. Sie lächelten auf sie herab, sie lag da und war diesmal nicht in flammendrote Decken gehüllt, sondern in saubere weiße Laken, weich und makellos. Der einzige mit einem Blutspritzer war der große Mann. Es gab keinen Zweifel. Er war es, der sie aufgeschnitten hatte, um das komische Baby herauszuholen, das quer in ihr gelegen hatte, anstatt richtig gerade zu liegen wie alle anderen Kinder. Sie dankte dem großen Mann mit den Augen, denn sie

war zu schwach vom Schreien und vom Aufschneiden. Sie spürten, daß sie nach ihrem Kind fragte. Sie brachten es. Es war so groß und so voller Haare, daß Adah zuerst erschrak. Es war nicht nur groß und haarig wie ein Gorillababy, sondern auch hungrig wie ein Wolf. Es schrie nicht wie andere Babys; es war zu beschäftigt mit seinem Mund, es saugte an seinen großen Fingern, schluckte die Luft. Guter Gott, war das das Kind, das die ganze Zeit in ihr gewesen war? Gott sei Dank hatten sie es rechtzeitig herausgeholt. Es war so hungrig, es hätte sie von innen aufessen können.
»Sie haben einen Jungen«, sagte die Schwester, die ihn hielt, unnötigerweise.
Adah lächelte ihnen allen dankbar zu und fiel in einen friedlichen Schlaf.

9 Die Regeln lernen

Als Adah erwachte, befand sie sich in einer großen, offenen Krankenhausstation. Sie lag in einem Bett am äußersten Ende der Station neben der Tür. Während sie das Ganze mit müden Augen betrachtete, mußte sie an ihren alten Schulschlafsaal denken. Doch anstatt junger, schwarzer, kichernder Mädchen beherbergten diese Betten Frauen. Manche waren nicht mehr jung, doch die meisten waren junge Mütter wie Adah selber. Die meisten redeten; eine oder zwei versuchten, Zeitschriften zu lesen. Die Gespräche um sie herum bildeten ein ununterbrochenes Stimmengewirr. Diese Frauen waren alle glücklich und frei. Sie schienen sich alle schon seit Jahren zu kennen.

Adah schämte sich, weil jemand, sie wußte nicht, wer, beschlossen hatte, einen Narren aus ihr zu machen. Sie lag dort mit Gummibändern ans Bett festgebunden, so wie die Liliputaner Gulliver festgebunden hatten. Ein Gummischlauch führte von ihrem Arm zu einer Flasche, die so etwas wie Wasser enthielt. Diese Flüssigkeit in der Flasche tropfte langsam in den Schlauch, der sie dann zu ihrem Arm brachte. Oder jedenfalls erschien ihr das so. Der Tropf befand sich rechts von ihr.

Zu ihrer Linken stand eine große ballonähnliche, helle und klare Flasche. In dieser ansonsten sauberen

Flasche, die so aussah wie die, in denen man Wein ansetzt, befand sich trübes Wasser. In dem Wasser war Ruß. Das Wasser sah aus wie das rußige fließende Wasser auf den Bahngleisen an einem nassen Tag. Die unsichtbaren Menschen hatten sie an diese rußige Flasche gebunden. Sie ließen es zu, daß ein Gummischlauch, der daran gebunden war, durch ihre Nase bis hinten in ihren Mund lief. Reden war schwierig, sich zu bewegen unmöglich. Sie lag einfach da und versuchte herauszubekommen, warum man ausgerechnet sie für diese Behandlung ausgesucht hatte.

Als ob das noch nicht reichte, kam eine junge Schwester mit einem Gestell herein, das so aussah wie jenes, an dem die Flasche mit dem Tropf hing, und stellte es neben ihren Kopf. Bald darauf kam noch eine Schwester, die eine bis zur Hälfte mit Blut gefüllte Flasche trug.

»Ah, Sie sind also wach!« sagte die erste Schwester zur Begrüßung.

Die andere schaute unter Adahs Bett hervor, wo sie die Schrauben für das neue Gestell festzog, und begrüßte sie mit einem schwachen Lächeln. »Ich glaube nicht, daß wir dies hier brauchen werden, aber nur für alle Fälle«, meinte die zweite Schwester. Beide, Schwester Nummer eins und Schwester Nummer zwei, hatten die Flasche mit Blut umgedreht, sie an den anderen Schlauch angeschlossen, dabei beließen sie es dann aber. »Wir brauchen es vielleicht nicht, aber nur für alle Fälle«, hatte Schwester Nummer zwei gesagt.

Die Schwestern rauschten hinaus, genauso flink, wie sie gekommen waren. Adah richtete die Augen auf die Frau zu ihrer Rechten, und die Frau lächelte und fragte sie, wie sich ihr Bauch anfühlte. Adah versuchte zu antworten, ihr zu sagen, daß ihr soeben von wütenden Göttern eine Art Fleischwolf in ihren Bauch eingepflanzt worden sei; ihr zu sagen, daß dieser Fleischwolf alles in ihr in einen netten, sauberen Brei verwandelte; ihr zu sagen, daß die Schwestern und Ärzte die Wasserflasche nur deshalb an ihren linken Arm gebunden hatten, um dem Fleischwolf zu helfen, sie sehr schnell zu zerstückeln; ihr zu sagen, daß, während all das Zerstückeln und Tröpfeln weiterging, ihr Körper heiß war, ihre Lippen ausgedörrt wie bei einem Wüstenwanderer und ihr Kopf herumwirbelte und rotierte wie das Schiffchen beim Baumwollspinnen. Doch Adah brachte kein Wort heraus. Der Gummischlauch, der durch ihre Nase ging und zu ihrem Mund führte, war schuld daran.

Die Frauen auf der Station waren freundlich. In den ersten paar Tagen, als Adah sich überlegte, ob es sich lohnte, um dieses Leben zu kämpfen, zeigten ihr diese Frauen viele Dinge. Sie schienen ihr zu sagen, sie solle sich doch umsehen, es gebe noch viel Schönes zu sehen, das sie noch nicht gesehen hatte, es gebe noch die verschiedensten Freuden zu erfahren, die sie noch nicht erfahren hatte, sie war noch jung, ihr ganzes Leben lag noch vor ihr.

Eine Frau würde Adah nie vergessen; sie sah genauso alt aus wie Adahs Ma. Diese Frau war seit siebzehn Jahren verheiratet, und sie hatte nie Kinder gehabt.

Nie eine Fehlgeburt. Und dann ganz plötzlich beschloß Gott, sie zu segnen, wie ER Sarah gesegnet hatte, Abrahams Weib, und sie wurde schwanger und bekam auch einen Sohn. Diese Frau zeigte dauernd ihr Kind herum, selbst als sie noch nicht kräftig genug war, um richtig zu gehen. Adah wußte nicht, daß die Frau siebzehn Jahre auf ihren Sohn hatte warten müssen, und sie wurde es müde, das Baby mit den dichten braunen Haaren zu bewundern, die wütend abstanden wie elektrische Drähte. Sie war um so mehr verärgert, als der Schlauch in ihrem Mund ihr keine Freiheit ließ, mit der Frau zu reden, ihr zu sagen, daß alle auf der Station ein Kind bekommen hatten oder eines erwarteten, sie zu fragen, was denn Besonderes an ihrem Sohn sei, daß sie ihn herumzeigte, als sei er das große Los oder so etwas. Aber Gott sei Dank hatte sie nie die Gelegenheit, ihr das zu sagen. Vier Tage später, als der Schlauch entfernt wurde, erzählte ihr die Frau neben ihr, deren Mann ihr Vater hätte sein können, daß die Frau mit dem Baby, das so drahtige Haare hatte, siebzehn Jahre auf diesen Sohn warten mußte. Adah staunte. Siebzehn Jahre! Sie wollte alles mögliche fragen. Was machte ihr Mann zum Beispiel? Sie stellte sich vor, sie selbst wäre in der Lage dieser Frau. Siebzehn Jahre lang auf ein Kind zu warten, das sich Zeit nahm, sich zu entschließen, ob es kommen wollte oder nicht. Sie versuchte sich vorzustellen, wie ihr Leben mit Francis wäre, wenn sie ihm kein Kind geschenkt hätte. Sie erinnerte sich an Titis Geburt. Nach einer langen und schmerzvollen Prozedur war sie zu Francis heimgekommen und hatte ein Mädchen dabeigehabt. Alle hatten sie angesehen, als wollten sie sagen: »Ist das alles?« Sie hatte die Kühnheit besessen, sie neun Monate und vier schlaflose Nächte lang warten zu lassen, um ihnen dann zu sagen, daß sie nur ein Mädchen bekommen hatte. Neun gute Monate waren verschwendet. Sie bezahlte jedoch dafür, indem sie bald darauf Vicky bekam.

Angenommen, sie hätte siebzehn Jahre darauf warten müssen? Sie wäre entweder an dem psychischen Druck gestorben, oder man hätte für Francis eine neue Frau gekauft. Er hätte sich zum Moslem erklärt, denn er war früher einmal Moslem gewesen. Francis war wie der Vikar von Bray. Er wechselte seine Religion je nach Laune. Als er erkannte, daß sich Adah durch empfängnisverhütende Mittel vom Joch des Kinderaustragens befreien könnte, wurde Francis katholisch. Als er bei seinen Prüfungen durchfiel und sich seinen nigerianischen Landsleuten unterlegen fühlte, wurde er Zeuge Jehovas.

Adah sah die Frau mit dem verhätschelten Baby jetzt mit anderen Augen an. Ständig redete und lachte sie. Ihr Lachen war so laut wie das eines Mannes. Sie war derb und nicht so gebildet wie die gepflegte jüngere Frau neben Adah. Die gepflegte junge Frau aus Bett Nummer elf, normalerweise ein sehr ruhiges Mädchen, nahm es auf sich, die ganze Zeit mit Adah zu reden. Das mußte sehr schwierig für sie sein, denn sie hatte ihr Baby noch nicht bekommen. Es war ein komplizierter Fall. Sie war Wochen über der Zeit, erzählte sie Adah. Die Chirurgen und Ärzte wußten nicht, ob sie operieren sollten oder nicht. Sie warteten immer noch, ihr Mann inbegriffen. Dieser Mann war groß, gutaussehend und gut angezogen, er sah aus wie Apollo. Der Mann mußte etwas Besonderes sein, denn er besuchte seine Frau zu jeder Tageszeit. Die Schwestern und Ärzte erlaubten es ihm. Auch der Chirurg, der Adah aufgeschnitten hatte, sah gut aus. Er war zwar weiß, hatte aber diese gebräunte Haut, die Weiße bekommen, wenn sie jahrelang der Sonne ausgesetzt sind. Das Haar des Chirurgen war dicht, schwarz und glatt, seine Nase und sein Mund dick wie bei einem Neger, doch er war Engländer, so sagte man jedenfalls. Und er war ein großartiger Mann. Ein Mann, der mit seinem Messer umgehen konnte, ein Mann, der sich für alle Patienten, die er operiert hatte, interessierte. Er kam auch weiterhin, um zu sehen, wie es Adah ging, während der ersten vier Tage nach der Operation, als Adah sich zwischen dieser Welt und der anderen befand, sogar Tag und Nacht.

Dieser Chirurg hielt Adah keine Reden und Predigten, warum sie zu leben versuchen sollte, und all das, sondern er erzählte seinen Schülern in den weißen Kitteln, daß nur wenige Patienten unter seinem Messer gestorben waren. Und nicht nur das, auch die Narben verheilten immer gut, ohne die Frauen zu verunstalten. Adah mochte diesen Chirurgen und sein Selbstvertrauen, auch wenn es in mancher Nacht allen, sogar ihr selbst, so schien, als würde sie bald zu den wenigen Patienten gehören, die er nicht hatte retten können. Der Mann verlor nie seine Zuversicht. Also glaubte Adah mit ihm, daß sie für diese und nicht für die nächste Welt geschaffen war. Der dunkle, gutaussehende Chirurg gewann. Adah überlebte; sie wurde ein wandelndes Musterexemplar auf dieser Station.

Niemand rief sie bei ihrem richtigen Namen. Sie bekam verschiedene Namen, fast so etwas wie Titel. Einige dieser Titel mußte sie einfach haben, andere waren nicht nötig, wieder andere wurden ihr verliehen wegen des einzigartigen Babys, das sie hatte. Für die anderen Frauen auf der Station war sie »der Kaiser«; für den Schwarm junger Ärzte, die im Schlepptau des Chirurgen kamen, war sie die »Schnurlage«, was immer das bedeuten mochte. Für die Nachtschwester war sie die Mutter von Mohammed Ali, weil ihr Baby ein unruhiger Schreihals war und sich nicht besänftigen ließ. Dafür schlief er den ganzen Nachmittag. Wenn sich andere Babys die Lunge aus dem Hals schrien, schlief Bubu durch. Die Schreie störten ihn nie. Doch sobald es Nacht war und die anderen Babys auf der Kinderstation beschlossen zu schlafen, dann wachte Bubu auf, und zwar stilvoll, laut und fordernd. Natürlich weckte sein Geschrei alle anderen Babys auf. Also war Bubu bei Tag sehr beliebt, doch nachts war er der Schrecken aller. Schließlich stattete man ein spezielles Krankenzimmer am Ende des Ganges für ihn allein aus, und Adah konnte ihn jederzeit dort besuchen. Bubu wurde in diesem Krankenhaus behandelt wie eine bedeutende Persönlichkeit.

Am vierten Tag nun nahmen sie den Schlauch ab, der Adahs Mund verschlossen hatte.
Diese vier Tage waren ihr wie vier Jahrhunderte vorgekommen. Jetzt konnte sie also reden, konnte sich aber nicht bewegen, und ihr Rücken war wund. Das machte ihr jedoch nichts aus, denn war nicht endlich ihr Mund frei?
Sie begann, die gepflegte Frau in Nummer elf mit Fragen zu löchern. Wie hatte sie es geschafft, einen so gutaussehenden Mann zu heiraten? Wie war es, einen Mann zu haben, der vom Alter her ihr Vater hätte sein können? Wie war es, sich so geliebt und geachtet zu fühlen, überschüttet zu werden mit Blumen, lustigen Puppen, die verrückte Musik machten, schönen Schachteln, die mit hellen, hübschen Bändern verschnürt waren und alles mögliche enthielten? Eine oder zwei enthielten einen lustigen Springteufel. Alle waren verschieden, machten etwas anderes. Wie war es, mit so viel Respekt von der großen, männlich aussehenden, aber mütterlichen Stationsschwester behandelt zu werden? Als Antwort lächelte die gepflegte Frau nur. Sie war es gewohnt, verwöhnt und angebetet zu werden, doch trotzdem war sie ein einfacher Mensch. Sie war die Sekretärin des großen Mannes gewesen. Seine Frau war vor Jahren gestorben, hatte ihm zwei Söhne, die Adah schon gesehen hatte, hinterlassen. Ja, Adah hatte sie gesehen, groß wie ihr Vater, aber zu dünn für Adahs Geschmack. Adah fand, daß man ihnen mehr zu essen geben müßte. Einer ging zur Universität und studierte Jura, der andere war Teilhaber einer gewissen

Firma, erzählte die gepflegte Frau Adah. Den Vater dieser Jungen zu heiraten war das Tollste, das ihr je passiert war. Sie war ein Adoptivkind gewesen, hatte nie erfahren, wer ihre wirkliche Mutter oder ihr Vater war. Sie hatte vergeblich versucht herauszufinden, ob ihre richtigen Eltern tot waren oder lebten. Ihre Adoptiveltern waren gut, fügte sie schnell – für Adahs Geschmack etwas zu schnell – hinzu; Adah konnte sich nicht vorstellen, wie es möglich war, daß jemand anders einen so liebte, als wäre man sein eigen Fleisch und Blut. Ihre Adoptiveltern liebten sie, doch sie war entschlossen, sich ein glückliches Heim zu schaffen, wo sie geliebt, wirklich geliebt wurde und wo sie selber lieben konnte. Sie hatte Glück gehabt. Es sah so aus, als ob ihr Traum wahr würde.
»Er wird nicht erst wahr; er ist schon wahr. Sie sind jetzt schon wie eine Prinzessin«, sagte Adah und war den Tränen nahe.
Ihr Gespräch wurde durch die Ankunft des Mannes der gepflegten Frau, der wie ein Filmstar aussah, unterbrochen. Außerdem lenkten der Chirurg und seine sechs Schüler Adahs Aufmerksamkeit ab. Auf einmal wollte Adah all diese Leute nicht mehr sehen. Arzt oder nicht, Chirurg oder nicht, warum konnte der Mann sie nicht alleine untersuchen, ohne all diese Männer mit den hungrigen Augen, die sie wie Geier ansahen?
Sie brachten einen geblümten Wandschirm, um ihr so etwas wie eine Privatsphäre zu geben. Das bedauerte sie, denn sie schaute gern zu, wie der Mann der gepflegten Frau an deren Bett saß, sanft ihre Hand

nahm, wie sie beide leise lachten, wie er ihr über die Stirn strich und nichts sagte, einfach nur dasaß, wie Liebende in den billigen Filmen, die Adah zu Hause gesehen hatte. Man las über so etwas, man sah Schauspielerinnen und Schauspieler, die das für Geld auf der Leinwand spielten. Adah hätte nie gedacht, daß so etwas wirklich passieren könnte.

Sobald der Chirurg begann, sie dem Blick der Assistenzärzte auszusetzen – oder Chirurgen, oder auf welchen Titel sie auch immer hinarbeiten mochten –, brach Adah in Tränen aus. Warum, was war los? fragte der große Mann. Sie vermuteten, daß es sich um eine Schwangerenneurose handelte. Adah hörte nicht auf, sie wollte nicht aufhören, da sie sonst versucht sein könnte, mit der Wahrheit herauszuplatzen. Sie könnte versucht sein, ihnen zu sagen, daß sie zum ersten Mal haßte, das zu sein, was sie war. Warum konnte sie nie als Individuum geliebt werden, so wie die gepflegte Frau geliebt wurde für das, was sie war, und nicht, weil sie arbeitete und ihr Geld ablieferte wie ein gehorsames Kind? Warum war sie nicht mit einem Ehemann gesegnet worden wie diese Frau, die siebzehn Jahre auf einen Sohn hatte warten müssen? Die ganze Welt schien so ungleich, so ungerecht zu sein. Manche Leute wurden geschaffen mit allen möglichen, extra auf sie zugeschnittenen Vorzügen, andere wurden nur als Irrtümer geschaffen. Irrtümer Gottes.

Alles, was Adah in dem Augenblick sehen konnte, war das gepflegte Mädchen, das geküßt und geliebt wurde, und die Frau, die siebzehn Jahre hatte warten

müssen und stolz auf der Station mit ihrem Kind herumging. Sie dachte nicht daran, wie das Leben für ein kleines Mädchen sein mußte, das wußte, daß es adoptiert war; daß sich das kleine Mädchen manchmal fragte, ob ihre Eltern sie jemals wollten? Daß sich das kleine Mädchen sogar manchmal von seinen Adoptiveltern unerwünscht fühlte. Was die Frau mit dem kleinen Sohn anging, so konnte sich Adah nicht das Leid und die Ängste vorstellen, die diese in den siebzehn Jahren durchlebt hatte.
Sie fand es schwierig, ihre Tränen zurückzuhalten, selbst als sie dem Chirurgen und seinen sechs Schülern gegenüber keinen Haß mehr verspürte. Sie warteten, daß sie aufhörte. Die indische Frau, die bei der Gruppe stand, sah aus, als zwänge man sie, Scheiße zu essen. Ihr Gesicht war häßlich. Am liebsten hätte sie mit Adah geweint. Adah wußte, daß sie Inderin war, da ihr Sari unter dem weißen Kittel auf dem Boden schleifte, ihr langes Haar zu einem einzigen langen Zopf geflochten war und auf ihrem Rücken hin- und herschwang wie die Pferdeschwänze, die die afrikanischen Häuptlinge benutzten, um Fliegen zu verscheuchen.
Der Chirurg sagte ein paar tröstende Worte; Adah solle sich keine Sorgen machen. Sie kämen wieder, um mit ihr zu reden. Er flüsterte einer Schwester, die dabeistand, etwas zu. Alle Schüler lächelten Adah dümmlich zu, der Chirurg sagte ihr, daß sie ein gutes Mädchen sei, da sie sehr schnelle Fortschritte machte. Sie gingen fort. Keiner von ihnen drehte sich um, um sie noch einmal anzustarren. Sie verschwan-

den nur sehr schnell, wie eine Gruppe schweigender, stummer Menschen, denen man die Zunge aus dem Mund gerissen hatte.
Die Besuchszeit war gekommen. Adah lag in der Nähe der Tür. So konnte sie die besorgten Angehörigen sehen, die Blumensträuße und Geschenke hielten und ungeduldig darauf warteten, daß die große Schwester ihnen endlich sagte, sie könnten hineingehen. Diese Angehörigen waren wie Kinder und winkten besorgt den Müttern zu, die inzwischen von den flinken Schwestern im Bett aufgesetzt worden waren. Die meisten Mütter hatten sich gekämmt und ihre Nasen gepudert. Sie trugen fröhliche Nachthemden und sahen glücklich und erwartungsvoll aus. Adah freute sich für sie, nicht weil sie zu ihnen gehörte, sondern weil sie eine gute Beobachterin war. Der einzige leere Tisch auf der ganzen Station war ihrer. Sie hatte keine Blumen und Karten. Freunde hatte sie keine, und Francis hielt Blumen für unnötig. Adah fragte ihn nicht, warum er keine Blumen kaufte; vielleicht hatte er nicht bemerkt, daß die anderen Frauen welche bekamen. Sie warf es ihm nicht vor, denn in Lagos kauften wenige Leute Blumen für junge Mütter. Sie würde es ihm jedoch erklären, damit er in Zukunft Bescheid wußte. Vielleicht kaufte er ihr sogar morgen Blumen, dachte sie. Das wäre jedoch ein Wunder. Warum brauchten Männer so lange, um sich zu ändern, sich anzupassen, sich mit neuen Situationen anzufreunden?
Die Frau in Nummer acht war Griechin, sie war dick und redselig. Sie hatte Adah erzählt, daß sie in Cam-

den Town lebte, daß sie zu Hause ein kleines Mädchen habe, im selben Alter wie Adahs Titi. Die Frau war großartig. Sie hatte ungefähr zehn Hausmäntel, alle mit schönen Rüschen und Borten. Sie sei Näherin, sagte sie. Sie nähte für Marks und Spencer's, deshalb hatte sie viele Kleider mit kleinen Mängeln, die ihr die Firma schenkte. An diesem Abend trug sie ein weißes Nylonnachthemd mit einer Satinschleife vorne, die säuberlich zwischen ihren schweren Brüsten lag. Sie hatte ihr Haar heruntergelassen, das mit dem Rest des Satins zusammengehalten wurde. Sie sah aus wie eine Blume, als sie so dasaß, breit, dekorativ, lächelnd, und ihrem Mann zuwinkte, der noch draußen war.

Adah begann sich wegen ihres Nachthemds Sorgen zu machen. Die Schwestern hatten ihr freundlicherweise ein sauberes angezogen, doch es gehörte dem Krankenhaus. Sie waren wie Männerhemden, rot gestreift mit langen, unförmigen Ärmeln und Kragen. Der Untergrund dieser Hemden war rosa, doch die Streifen stachen hervor wie rote Venen. Adah hatte nichts dagegen, die hemdartigen Nachthemden mit den blutroten Streifen zu tragen. Wogegen sie etwas hatte, war, daß sie die einzige Frau war, die so eines trug. Alle anderen hatten ihre eigenen Nachthemden. Sie würde Francis davon erzählen. Sie würde ihn bitten, ihr eines bei Marks und Spencer's zu kaufen. Doch sie würde Francis sagen, daß sie nicht so viele Rüschen und Borten wollte. Damit sähe sie aus wie ein überladener Christbaum, und das wollte sie nicht. Sie wollte nur ein einfaches, glattes Nachthemd aus Nylon oder Trilon oder woraus auch immer, solange es nur weich, durchsichtig und blau war. Sie dachte etwas über die Durchsichtigkeit nach und entschied, daß Francis das bestimmt nicht gefiel. Er würde sie beschuldigen, sich vor den Ärzten mit den neugierigen Augen und dem zynischen Lächeln zur Schau zu stellen. Nein, sie würde Francis nicht bitten, ein durchsichtiges zu kaufen, sie würde ihn bitten, ein doppeltes zu kaufen, das innen so etwas wie ein Unterkleid eingenäht hatte. Die waren sehr schön, da diese Unterkleider immer mit hübscher Spitze besetzt waren. Ja, so eines sollte Francis ihr kaufen. Es machte ihr nichts aus, wenn er nur eines kaufte, da sie sicher war, daß es ihr in ein, zwei Tagen besser ging, und dann konnte sie sich ins Bad schleichen und ihr Nachthemd waschen, so daß es am nächsten Tag wieder sauber und schön war. Aber würde Francis nicht über den Preis für das blaue Nachthemd mit dem Spitzenunterkleid meckern? Würde er sie nicht beschuldigen, ihre Nachbarinnen zu beneiden, mithalten zu wollen mit den Leuten von nebenan? Was sollte sie antworten?

Sie dachte immer wieder nach. Nun, Francis hatte ihr nie etwas geschenkt. Schließlich hatte sie ihm diesen Mohammed Ali von einem Sohn geschenkt. Schließlich trug der Sohn seinen Namen und nicht ihren, obwohl sie die häßlichen Kaiserschnittnarben ihr ganzes Leben lang tragen würde. Und was war mit den Schmerzen, an denen sie immer noch litt? Ja, sie verdiente ein Geschenk von Francis. Sie hatte nichts dagegen, wenn er es von ihrem Geld kaufte, doch sie würde es auf der Station herumzeigen und ihrer gepflegten Nachbarin sagen: »Schauen Sie, mein Mann hat mir ein Nachthemd gebracht mit einem Spitzenunterkleid, genau so eines, wie ich es mir erträumt habe.« Das würde sie tun. Nun, sie lernte. Wenn du in Rom bist, mußt du dich wie eine Römerin benehmen. Wenn du im Universitätskrankenhaus in der Gower Street bist, mußt du dich so benehmen wie die Patienten in dem Universitätskrankenhaus in der Gower Street. Das war es.

Die Glocke läutete. Die Besucher strömten herein, lachten, klammerten sich noch fester an Blumen, Pakete, Geschenke. Adah stellte sich gerade darauf ein, alles zu beobachten, denn Francis kam selten, wegen der Kinder. Ihr machte das nichts aus, denn Francis küßte nicht in der Öffentlichkeit; er war kaum fähig, sie zu fragen, wie sie sich fühlte, weil Adah in seinen Augen für immer ihm gehörte und keine Krankheit, kein Gott ihm Adah wegnehmen konnte – warum also sollte er fragen, wie sie sich fühlte, wo er doch sicher war, daß sie auf jeden Fall wieder gesund wurde? Deshalb hatten sie normalerweise keinen Gesprächsstoff. Adah konnte sich nur besorgt nach Titi und Vicky erkundigen. Vickys Gesicht stand wie eine Anklage vor ihr. Sie sagte sich, daß das ein sicheres Zeichen dafür war, daß es ihr besser ging. Noch vor einigen Tagen hatte sie nicht einmal gewußt, daß es Titi und Vicky gab. Sie wußte nichts, absolut nichts. Wie gesagt, Francis kam nicht so zeitig, und sie fing an,

die Menge der glücklichen Verwandten zu beobachten, die die Frauen verwöhnten.
Eine Schwester eilte hinter den Verwandten herein. Sie kam mit einem unsicheren Lächeln im Gesicht zu Adah. Es war ein verlegenes Lächeln. Sie benahm sich wie jemand, dem man eine unangenehme Aufgabe auferlegt hatte. Sie kam zu Adah, hielt dabei mit einer Hand ihre weiße Haube, die aussah, als wolle sie herunterfallen, und lächelte ihr unsicheres Lächeln. Sie redete zwar mit Adah, doch ihre Augen waren bei den Besuchern.
Sie sagte mit lauter und heiserer Stimme: »Mrs. Obi, wenn Ihr Mann kommt, müssen Sie ihm sagen, er soll Ihnen Ihre Nachthemden bringen, weil, wissen Sie, Sie sollten eigentlich das Krankenhausnachthemd nach der Geburt Ihres Babys nicht mehr tragen. Man trägt es nur im Entbindungssaal. Doch wir dachten, vielleicht wüßten Sie das nicht.« Sie lächelte wieder und verschwand dann.
Adah bemerkte, daß es die jüngste Schwester war. Warum gab man die häßlichsten Aufgaben immer den jüngsten? Als Teil ihrer Ausbildung? Hätte die Stationsschwester ihr nicht besser sagen können, daß sie auf der offenen Station das Krankenhausnachthemd nicht tragen durfte? Es nützte nichts, sich aufzuregen, es lief alles auf dasselbe hinaus. Francis mußte ihr ein Nachthemd kaufen. Doch wenn er es so gesagt bekam wie sie von der jungen Schwester, war aller Glanz weg. Jetzt war es ein Befehl, eine Pflicht, eine Anordnung, der man gehorchen mußte. Es war kein Geschenk mehr.

Dies hinterließ ein Loch in ihrem wunden Magen. Sie war jetzt sicher, daß man über sie sprach. *Schaut euch nur diese Negerfrau an, ohne Blumen, ohne Karten, ohne Besucher, außer ihrem Mann, der normalerweise fünf Minuten vor Ende der Besuchszeit kommt und aussieht, als hasse er das alles. Schaut sie an, sie hat kein eigenes Nachthemd. Ist sie aus Holloway, aus einem Gefängnis? Nur Patienten aus dem Gefängnis tragen auf der Station Klinikkleidung.* Adah war sicher, daß die Oma, die am Bett ihrer Enkelin redete und wild herumgestikulierte, darüber redete, daß sie kein Nachthemd hatte. Sie war sicher, daß der gedrungene, stämmige Grieche im schwarzen Mantel, der ziemlich unbehaglich auf dem geradlehnigen Krankenhausstuhl saß, über sie redete. Das ganze Stimmengewirr drehte sich nur um sie. Das Stimmengewirr verstärkte sich, es würde nie mehr aufhören. Sie konnte sogar hören, wie ihr Name erwähnt wurde von dem Griechen. Sie wollte nichts mehr hören. Sie wollte nichts mehr denken. Sie wollte nichts mehr sehen. Sie schloß die Augen, vergrub sich in die Laken und deckte sich ganz zu. Jetzt würde die Welt sie nicht sehen, die Welt würde nicht wissen, ob sie ein Krankenhausnachthemd trug oder nicht. Hatte sie sich nicht bedeckt, wie man eine Leiche bedeckte?

Wenn die gepflegte Frau, die mit den beiden Söhnen ihres gutaussehenden Mannes sprach, bemerkt hatte, daß Adah etwas Komisches tat, so hielt sie es nicht für wichtig genug, um ihre Besucher damit zu belästigen. Wenn ein oder zwei ihrer Angehörigen bei sich gedacht hatten, daß es komisch war, daß sie sich so in ihre Laken vergrub, so hätten sie die Schultern gezuckt und sich gesagt, daß man bei den Schwarzen nie wissen könne, daß sie sich manchmal benahmen, als seien sie nicht ganz richtig im Kopf.

Adah war ihnen dankbar, daß sie sie nicht fragten, was mit ihr los war. Sie wollte ihre Privatsphäre, und die einzige, die zur Zeit verfügbar war, war unter den Laken.

Sie sagte Francis, daß sie nicht schlief, denn seine erste Frage, als er kam, war, warum sie so dalag und ihren Kopf zugedeckt hatte. Dann lächelte er, er habe gute Nachrichten für sie. Hatte er ihr nicht gesagt, daß sie eine einmalige Frau war? Hielt er sie nicht deshalb fern von den schnüffelnden Nachbarn und Freunden, weil die, wenn sie wüßten, was für eine Hilfe sie war, eifersüchtig werden könnten? Er war froh, sie zu haben.

Adah fragte sich, was das für gute Nachrichten waren, die Francis so zufrieden aussehen ließen. Hatte er eine Arbeit gefunden oder so? Nein, Francis war nicht der Typ Mann, der hinging und sich eine Arbeit suchte, außer man trieb ihn dazu. Er war der Typ Mensch, der glaubte, daß die Welt ihm soviel schuldete, daß er nichts zurückzugeben brauchte. Nichts, nicht einmal ein Erdbeben, konnte diesen festen Kern in Francis erschüttern. Das wäre die einzige gute Nachricht gewesen, die Adah in ihrem gegenwärtigen emotionalen Zustand hätte aufheitern können. Ihr Krankenhausaufenthalt hatte ihr die Augen ein Stück geöffnet. Nun, viele Engländer nahmen die Nachthemden ihrer Frauen mit nach Hause und wuschen sie. Sie war entschlossen, es bei Francis auszuprobieren. Sie würde ihn bitten, ihr die Nachthemden zu kaufen, nicht mehr nur eins, sondern zwei oder sogar drei, und sie würde ihn bitten, sie zu waschen, wenn sie schmutzig waren; schließlich war der Schmutz auf die Blutverluste zurückzuführen, die sie wegen des Sohnes, den sie für ihn bekommen hatte, erleiden mußte. Der Sohn, der seinen Namen wie ein Banner tragen würde. Doch zuerst die guten Nachrichten, der Streit dann später.

»Nun, warum erzählst du mir nicht die guten Nachrichten?« fragte sie und lächelte, soweit ihr zugenähter Bauch es ihr erlaubte. »Sag es mir, ich komme bald um vor Neugier.«

»Lies zuerst das«, befahl Francis. Er gab ihr einen Brief von ihrer Chefin in der Bücherei, wo sie arbeitete. Die Frau, ihre Chefin, Gott segne sie, riet ihr, aus ihrem Krankenhausaufenthalt das Beste zu machen und sich etwas Ruhe zu gönnen. Adah versuchte zu lesen und sich zu konzentrieren, doch Francis war ungeduldig und drängte sie, zum letzten Absatz zu kommen, der, wie er sagte, der wichtigste war. Adah ließ den größten Teil in der Mitte aus, nur um Francis zufriedenzustellen, und las den letzten Teil. Ja, in gewisser Weise waren es gute Nachrichten. Der Bezirk Finchley hatte beschlossen, ihr eine hübsche Summe für den nicht genommenen Urlaub zu geben. Ihre Chefin bemerkte, sie hoffte, Adah benützte das Geld, um nach ihrer Niederkunft Urlaub zu nehmen und sich ein paar Kleider zu kaufen. Sie schloß den Brief damit, daß das Personal Geld gesammelt und ihr eine rote Wolljacke gekauft habe, die zu dem mit Vögeln bedruckten *Lappa* paßte, den sie normalerweise bei der Arbeit trug.

»Sie sind sehr freundlich in der Bücherei. Ich hoffe, sie werden mich danach wieder nehmen. Ich muß einmal hingehen und ihnen persönlich danken«, bemerkte Adah lächelnd und dachte, daß Gott ihr mit diesem kleinen Vermögen sehr half. So konnte sie Francis nun von dem Nachthemd erzählen, das sie, wie die Schwester sagte, tragen sollte, und sie würde zwei oder drei kaufen... aber Francis redete über etwas, das, wie er sagte, sehr wichtig war. Adah zwang sich, auf das zu achten, was er sagte.

»... weißt du, diesen Kurs, von dem Mr. Ibiam sagte, er hätte ihm geholfen, sein Buchhaltungsexamen zu bestehen? Jetzt kann ich es mir leisten, ihn zu bezahlen. Er kostet weniger als vierzig Pfund, und das würde meinen Erfolg beschleunigen. Ich werde am Montag für den gesamten Kurs bezahlen, so daß mir alles so bald wie möglich zugeschickt werden kann.«

Was sagt man zu so einem Mann? Daß er ein Idiot ist? Daß er egoistisch ist? Daß er ein Schurke ist? Ein Mörder? Adah fiel nichts ein, was ihre Gefühle angemessen wiedergab. Sie seufzte nur und fragte statt dessen nach den Kindern, die Francis anscheinend vergessen hatte zu erwähnen. Er sagte, ihnen ginge es gut und sie vermißten sie nicht sehr.

»Nein? Stell dir vor, ich wäre vor ein paar Tagen gestorben, wer hätte sich um sie gekümmert? Sag mir das. Du und deine ewigen Träume, was du in der Zukunft sein wirst und was du im Neuen Königreich Gottes sein wirst. Doch du vergißt, die Kinder brauchen dich jetzt. Es ist mir egal, ob du ein Nkrumah oder ein Zik wirst. Jetzt will ich einen Mann und einen Vater für meine Kinder!« weinte Adah.

Francis sah sich bestürzt um. Er war sicher, daß die anderen Patienten sie nicht hören konnten, doch Adah redete in ihrer Ibo-Sprache, und das bedeutete, daß sie mit den Händen in der Luft herumfuchtelte. Die Bewegungen waren wild, wie die Arme einer überdrehten Windmühle. Sie redete leise, aber redete und redete und hörte nicht mehr auf.

»Wenn du dir Sorgen darüber machst, wer sich um die Kinder gekümmert hätte, wenn du gestorben wärst, nun, ich sag's dir. Meine Mutter hat uns alle aufgezogen, und ich sehe nicht…«

»Wenn du nicht von dieser Station abhaust oder aufhörst zu reden, werfe ich diese Milchkanne nach dir. Ich hasse dich jetzt, Francis, und eines Tages werde ich dich verlassen. Ich habe meine Kinder nicht auf die Welt gebracht, damit sie von einer Frau aufgezogen werden, die nicht einmal ihren Namen schreiben kann. Eine Frau, die bei unserer Hochzeit mit ihrem Daumen signiert hat, weil sie nicht schreiben kann. Wenn du es wirklich wissen willst, ich habe meine Kinder hergebracht, um sie aus den Klauen deiner Familie zu befreien, und, Gott helfe mir, sie werden als andere Menschen zurückgehen; nie, nie werden sie so werden, wie du bist. Meine Söhne werden lernen, ihre Frauen als Menschen zu behandeln, als Individuen, nicht wie Ziegen, denen man das Reden beigebracht hat. Meine Töchter… Gott helfe mir, keiner wird irgendeinen verdammten Preis für sie zahlen. Sie werden heiraten, weil sie ihre Männer lieben und respektieren, nicht weil sie nach dem höchsten Bieter oder nach einem Zuhause suchen…«

Bei der Erwähnung eines Zuhauses begann Adah zu weinen. Wenn sie nur ein Zuhause gehabt hätte, dann hätte sie nicht so früh geheiratet. Wenn nur Pa nicht so früh gestorben wäre. Wenn nur ihre Leute in Lagos gebildet genug gewesen wären, um zu wissen, daß ein Mädchen, das beschlossen hat, allein zu leben und für ihren Abschluß zu lernen, nicht notwendigerweise eine Prostituierte war, wenn nur… Ihre Gedanken gingen immer weiter. Jetzt war sie hier in einem fremden Land, ohne einen einzigen Freund außer ihren Kindern…

Ja, ich habe meine Kinder. Sie sind noch Babys, aber Babys werden groß, werden Männer und Frauen. Ich kann meine Liebe auf sie übertragen. Verlaß diesen Menschen. Nein. Lebe mit ihm, solange es tragbar ist. Nicht länger. Adah trocknete sich die Tränen ab. Weinen war ein Zeichen von Weichheit und Schwäche. Zum Weinen war es nun zu spät. Es gab keine Ma und keinen Pa. Und ihr Bruder Boy war Meilen weit weg und konnte ihr nicht helfen. Sie mußte selber handeln. Sie suchte ein Zuhause. Sie hatte nie eines gehabt, seit Pa gestorben war; sie hatte an den falschen Orten danach gesucht und bei den falschen Leuten. Das hieß aber nicht, daß die ganze Welt falsch war oder daß sie sich kein anderes Heim auf-

bauen konnte, jetzt, da ihre Babys es mit ihr teilten. Sie lächelte Francis zu, dankte Gott dafür, daß er ihn ihr als ein Werkzeug gegeben hatte, mit dem es möglich war, Kinder zu haben. Sie würde ihm kein Leid tun, da er der Vater ihrer Kinder war. Doch es war gefährlich, mit ihm zu leben. Wie alle Männer brauchte er Opfer. Adah würde kein williges Opfer sein.
Sie lächelte wieder. Sie sagte ihm, daß die Verantwortlichen im Krankenhaus wollten, daß sie ein Nachthemd kaufte. Sie sagte, sie wolle ein blaues haben, doch der Ausdruck auf Francis' Gesicht und ihr Ausbruch hatten ihr alle Energie genommen. Sie hatte nicht den Mut, ihm zu sagen, daß sie mehr als eins brauchte, weil sie soviel Blut verlor, sie konnte ihm nicht sagen, sie hätte gern ein schönes und modisches. Adah erkannte plötzlich, daß sie nicht mit dem Ehemann ihrer Träume, sondern mit einem Feind verhandelte. Sie mußte sehr vorsichtig sein, sonst würde er sie verletzen. Blumen oder Karten waren ihr nun gleichgültig, sie wollte nur schnell gesund werden und zu ihren Kindern zurück.
»Nimm einmal an, dieses Geld wäre nicht gekommen, wovon hättest du dann das Nachthemd gekauft?«
Es war sinnlos zu antworten. Ihr Gehalt für den Monat war gerade überwiesen worden, hieß es im Brief; sie könnte sich mehrere Nachthemden leisten, wenn Francis sie nicht als verschwenderischen Luxus betrachtete. Doch sie sagte nichts. Statt dessen wandte sie ihren Kopf den anderen Patienten zu, langweilte sich jedoch bald, schloß die Augen und schlief ein.

Zwei Tage später kam das Nachthemd. Es war blau. Der Schnitt war genauso wie der bei dem Krankenhausnachthemd. Es war nur ein langes Baumwollhemd, wie es vor allem alte Leute tragen. Adah war das gleichgültig. Zumindest würde sie keine Schuldgefühle mehr haben, weiterhin das Krankenhaushemd zu tragen.
Sie dachte nicht daran, es wie geplant herumzuzeigen, da sie nicht stolz darauf war. Es war nicht schön, und sie konnte nur eins haben. Deshalb lernte sie für den Rest ihres Aufenthaltes eine weitere Regel. Sie mußte für sich bleiben. Wenn sie sich in Klatsch oder Gespräche einließ, würde sie sich womöglich dazu verführen lassen, von sich, ihren Kindern und ihrem Mann zu sprechen. Das wollte sie nicht mehr. Es gab nichts zu reden.
Bald verließen die Frauen die Station. Alle wollten unbedingt Weihnachten zu Hause sein. Die gepflegte Dame verschwand als erste und ohne großes Aufsehen. Sie müsse auf eine andere Station, erzählte sie Adah. Sie wünschte ihr Glück für ihren Aufenthalt in England und sagte ihr, daß es nett gewesen sei, sie kennenzulernen, und daß sie hoffte, daß es Adah bald besser ginge. Adah war so gerührt, daß sie versucht war, so zu reagieren, wie sie es in Nigeria getan hätte. Sie wollte die Dame nach ihrer Adresse fragen, aber etwas in der Höflichkeit der Frau hielt sie zurück. Es war die Art Höflichkeit, die man mit hoher Bildung in Verbindung brachte. Sie konnte mit Adah auf der Station reden, sie konnte mit ihr scherzen, sie konnte ihr ihre Lebensgeschichte erzählen, weil sie

wußte, daß sie Adah nie wiedertreffen würde, nicht in dieser Welt. Also dankte Adah ihr nur und wünschte ihr Glück. Sie huschte so leise davon, daß die Leute, die sie sahen, dachten, sie ginge nur ins Bad. Doch sie blieb fort. Ein paar Tage später starb sie. Niemand sagte den verbleibenden Müttern etwas über die Einzelheiten. Sie erfuhren nur, daß sie gestorben war. Mehr verrieten die Schwestern nicht. Adah wollte nach Hause.

Sich für zu Hause fertigzumachen war wieder eine Prüfung. Man kleidete sich und sein neues Baby in nagelneue Kleider und nahm ein neues Wickeltuch. Dann zeigte man das Baby in seiner ersten richtigen Ausstattung herum, und alle säuselten und bemerkten, wie hübsch es aussah. Sie gratulierten auch der Mutter zu ihrer guten Figur. Diese Glückwünsche waren nicht immer ganz ehrlich, da alle jungen Mütter mit jenem leicht gewölbten Bauch heimgingen, der erst mit der Zeit verschwand. Aber an dem Tag, da die Mütter das Krankenhaus verließen, quetschten und stopften sie sich in enge Kleider oder Anzüge. Man betrachtete diese Frauen mit Sympathie; sie versuchten, sich zu beweisen, daß sich nichts geändert hatte, daß sie ihre Figur nicht verloren hatten, daß sie noch schlank und schön waren, genauso wie vor der Empfängnis ihrer Babys; daß Kinderkriegen nicht bedeutete, die Jugend zu verlieren, und daß sie, wie alle Frauen auf der Straße, in normalen Kleidern herumgehen konnten und nicht in zeltähnlichen Gewändern, wie das in den letzten Monaten ihr Los gewesen war.

Adahs afrikanische Tracht löste ihr Figurproblem. Ihr Ibo-*Lappa* dehnte sich mit, so daß sie ihren Bauch nicht einziehen mußte. Ihr *Lappa* würde alles verdecken. Sie hatte Francis gebeten, ihr den mit Aufdruck »Nigerianische Unabhängigkeit 1960« zu bringen. Sie wollte allen zeigen, daß sie aus Nigeria kam und daß Nigeria eine unabhängige Republik war. Nicht, daß die anderen Frauen es nicht wußten, aber Adah wollte, daß sie sich immer daran erinnerten, daß sie aus Nigeria kam und daß Nigeria unabhängig war.

Ihr Problem waren die Babysachen. Als sie Vicky bekommen hatte, waren die Amerikaner sehr gut zu ihr gewesen und hatten ihr Babysachen aus Washington bestellt. Die Tücher und Babydecken waren alle weich und schön gewesen. Doch nun mußte Adah sie ein zweites Mal benutzen. Sie hatte nichts gegen die Decken und die Babysachen, nur das Wickeltuch machte ihr Sorgen. Es war ganz verwaschen. Es war nie ganz weiß gewesen, auch nicht, als es neu war, sondern cremefarben und wundervoll weich. Jetzt, nachdem sie Vicky darin gestillt hatte und nach ungefähr hundertmaligem Waschen hatte diese cremige Farbe ihre Sanftheit verloren. Jetzt konnte man diese Farbe schnell mit Schmutz, schlechtem Waschen und Armut in Verbindung bringen. Sicher verdiente jedes neue Kind eine eigene Erstausstattung. Sie konnte ihrem Mann nichts von ihren Sorgen erzählen, denn sie wußte, was er antworten würde. Er würde sagen, ein Wickeltuch sei einfach ein Wickeltuch, und damit basta! Die Angst, die Adah wegen dieses Wickeltuchs durchmachte! Konnte sie einfach mit ihrem Baby von der Station verschwinden, während die anderen Mütter schliefen, so daß sie nicht merkten, wie schäbig ihr Baby angezogen war? Konnte sie der Schwester sagen, sie solle ihr Baby nicht herumzeigen? Was sollte sie tun? Die Nachthemdgeschichte hatte sie sogar der Griechin gegenüber still und unkommunikativ gemacht. Doch das Dumme war, daß Adah ahnte, daß die Leute wußten, warum sie plötzlich so schweigsam geworden war. Wenn sie nur zuversichtlich genug gewesen wäre, die Gleichgültige zu spielen, dann wäre das Leben für ihre Freundinnen auf der Station und auch für sie selber viel einfacher gewesen. Doch diese Haltung, diese Fähigkeit, ihre Armut zu vertuschen, sollte sie erst viel später erwerben. An diesem Dezembertag bedeutete für die zwanzigjährige Adah ein neues Wickeltuch die Welt. Da sie keines hatte, begann sie, die gepflegte Dame zu beneiden, die allem entkommen war, indem sie starb. Wenn sie nur gestorben wäre, wenn nur die Schwestern ihr Baby nicht für prachtvoll halten würden, weil es dickes krauses Haar hatte, während die meisten Babies auf der Kinderstation kahlköpfig waren, wenn sie Bubu nur einfach schnappen und verschwinden könnte.

Francis kam mit ihrem *Lappa*. Adah band ihn sich eilig um, weigerte sich jedoch, zurück zur Station zu gehen. Unbeirrbar blieb sie im Krankenhausgang stehen. Sie sah, wie die Schwester Bubu herumzeigte, sie war sicher, daß die Schwester sich viel Zeit ließ dabei, nur weil Bubus Wickeltuch alt war. Sie war sicher, daß die Frauen alle über sie lachten und »arme Negerin« sagten! Sie stand da, biß auf ihren Nägeln herum und nagte vor Angst fast an ihrem eigenen Fleisch. Gib mir mein Baby zurück, schrie ihr Herz voller Pein. Doch die Schwester zeigte allen, den Frauen, den Ärzten, allen, die zufällig dabei waren, daß dies ein besonderes Baby war, auf wunderbare Weise geboren, für das die Mutter so gelitten hatte. Und war es nicht all die Leiden und Opfer wert? Francis folgte der Schwester und hörte dem Gerede zu. Natürlich hörte er nur die süßen Worte, er sah nicht, daß das Wickeltuch des Babys nicht neu war. Daß es verwaschen und nicht mehr weich war. Männer sind so blind.

Im Taxi, das sie heim zu Vicky und Titi brachte, fragte sie sich, ob die Schwester nicht doch ehrlich gewesen sein könnte. Bewunderten die Frauen auf der Station ihr Baby wirklich, oder waren sie nur neugierig zu sehen, wie ein neugeborenes afrikanisches Baby aussah? Angenommen, ein oder zwei meinten es wirklich ernst, bewunderten wirklich ihren Bubu, hätte sie ihnen dann nicht netterweise auf Wiedersehen sagen müssen?

Sie begann sich schuldig zu fühlen. Sie hatte die ganze Zeit nur an sich gedacht und nicht an die Frauen, die ihr Bestes taten, freundlich zu sein. Was war mit ihr los? In der Schule war sie zwar auch nie richtig glücklich gewesen, doch sie hatte nicht diese mißtrauische Haltung gegenüber anderen gehabt. Sie versuchte, eine Antwort zu finden, doch den einzigen Anhaltspunkt, den sie finden konnte, war ihre

Beziehung zu ihren Schwiegereltern und Francis. Sie wußte, man liebte sie nicht; man hatte sie dazu gebracht, Francis eine Ausbildung zu verschaffen, die seine Eltern sich nicht leisten konnten. Warum sollte sie sie tadeln? Hatte sie Francis eigentlich geliebt? Sie hatte erst später begonnen, ihn zu lieben und sich um ihn zu sorgen. Doch die Liebe war von kurzer Dauer, da Francis nichts tat, um sie am Leben zu erhalten. Sie hatte das Gefühl, betrogen worden zu sein, durch denselben Mann, den sie erst angefangen hatte zu lieben. Bedeutete Liebe das? Diesen Schmerz? Sie wünschte sich so sehr, ihre Sorgen jemandem erzählen zu können. Sie wünschte, Pa wäre am Leben. Pa hätte verstanden. Da sie es niemandem erzählen konnte, hüllte sie sich in Gleichgültigkeit. Francis konnte jetzt tun, was er wollte, sie würde nichts sagen. Sie würde nur protestieren, wenn sein Verhalten die Kinder beeinträchtigte. War es Francis' Betrug und der seiner Leute, der sie so mißtrauisch gegenüber den Frauen auf der Station machte?

Sie wünschte sich nun, daß sie freundlich auf Wiedersehen gesagt hätte. Doch es war zu spät. Selbst wenn sie morgen zurückginge, wären ein oder zwei schon fort. Nie mehr träfe sie dieselbe Gruppe von Leuten auf derselben Station an, wo sie noch einmal ihre Babys bekamen. Es konnte nie wiederholt werden. Sie hatte die Gelegenheit verpaßt, auf nette Art auf Wiedersehen zu sagen. Das einzig Gute, was sie gelernt hatte, war, daß sie so etwas in Zukunft nicht wieder zulassen würde. Sie mußte lernen, den ande-

ren zu danken, selbst für ein Lächeln und ein freundliches Kopfnicken.
Diese tröstende Schlußfolgerung, diese neue Verhaltensregel, die Adah im Krankenhaus dadurch lernte, daß sie dreizehn Tage lang mit anderen Frauen zusammen war, sollte sie noch eine lange Zeit begleiten. Sie freute sich nun darauf, ihre Kinder zu sehen, die sie lieben und beschützen würde. Ihren Kindern gegenüber würde sie niemals diese gleichgültige Haltung einnehmen. Es waren eben ihre Kinder, und das machte den Unterschied aus.
Das Taxi hielt vor dem Haus in der Willes Road, und sie schloß ihre Kinder in die Arme. Sie waren alle lebendig und gesund. Sie hatten nicht vergessen, wer sie war.

10 Die Regeln anwenden

Es war ein sehr kalter Winter in diesem Jahr. Bevor es zu schneien anfing, war die Luft schneidend und grau von dichtem Nebel. An manchen Tagen konnte man kaum die Hand vor Augen sehen, so dick war der Nebel. Dann kam der Schnee. Er fiel und fiel, als wollte er nie mehr aufhören. Er lag in einer dicken Schicht am Boden, auf den Häuserdächern, hing in der Luft und fiel die ganze Zeit. Der Boden war ganz weiß geworden und schien nie mehr eine andere Farbe annehmen zu wollen.

Adah ging es gut. Sie kochte in dem gleichen Zimmer, das der Familie als Wohnzimmer, Schlafzimmer, Flur und Bad diente. Nur die Toiletten waren außerhalb dieses Zimmers.

Die Kinder verließen den Raum selten. Es gab keinen Ort, wo sie spielen konnten, also diente ihnen das Zimmer auch als Spielzimmer. Titi akzeptierte ihren kleinen Bruder mit einem schüchternen Lächeln, sie sagte: »Das ist ja ein Baby!« Adah stimmte ihr zu, Bubu war ein Baby. Vicky sah immer wieder dieses neue Baby an, das sein altes Kinderbettchen erbte, und wußte nicht genau, was er damit anfangen sollte. Er stand oft neben dem Bettchen, blickte durch die Stäbe und sagte seiner Mutter: »Das Baby schleit!«

Francis ging seit zwei Wochen zur Arbeit. Adah hatte deswegen Schuldgefühle. Sie wußte, daß eigentlich ihr Mann für sie alle das Geld verdienen sollte, doch in ihrer Familie hatte immer sie alle Arbeit gemacht. Sie hatte das Gefühl zu versagen, wenn sie zu Hause blieb und Francis in diesem schrecklichen Winter zur Arbeit gehen ließ. Francis machte alles noch schlimmer, wenn er heimkam und erzählte, wie schwierig es war, in England über Weihnachten als Postbote zu arbeiten. »Man bekommt eine riesige Tasche mit Briefen und Paketen, die so schwer ist wie Christians Last in *The Pilgrim's Progress.* Und man erwartet von einem wie von Christian, daß man die Last trägt, zuerst die Treppe hinauf in die Wohnungen und dann hinunter zu denen, die im Keller wohnen.« Die Last auf seinem Rücken war schwer, die Arbeit brachte ihn um, immer so hinauf und hinunter wie ein wild gewordenes Jojo. Die Arbeit war demütigend, wenn man die Straßen mit der Tasche auf seinem Rücken entlangschritt, während einem die Nase lief und, was das Schlimmste war, man eine schwarze Binde für seinen Arm bekam, als hätte man seine Mutter verloren oder so. Adah schauderte bei diesem Bericht, und sie fühlte sich elend; sie wünschte, daß es ihr gut genug ginge, damit sie wieder in die Bücherei gehen konnte, um ihrem Mann all diese Pein zu ersparen. Der schlimmste Teil dieses ganzen Postaustragens zu Weihnachten waren die englischen Hunde. Wie die Engländer ihre Hunde vergötterten! Adah nickte. War das nicht der Grund, weshalb es in ihrer Muttersprache ein Sprichwort gab, daß man sie und ihre Hunde lieben sollte? Die Engländer lieben Hunde wirklich. Ja, sie lieben ihre Hunde, fuhr Francis fort, so sehr, daß sie es eher zuließen, daß die Hunde einen Schwarzen zerfleischten, als daß der Schwarze den Hund tötete. Adah dachte darüber nach und beschloß, daß es nicht fair war, daß die Leute ihren Hunden erlaubten, einen Schwarzen zu töten. Schließlich war der Schwarze nur ein Postbote, der Weihnachtskarten und -päckchen auslieferte. War das wirklich schon mal vorgekommen, fragte sich Adah, oder dachte Francis nur, daß es ihm passieren könnte? Sie fragte ihn danach. Francis war sich nicht nur sicher, daß es passieren konnte, sondern daß es *ihm* passieren würde. Und er war sicher, irgendwo gehört zu haben, daß es einem Mann passiert war, den er kannte. Adah wollte nicht fragen, wo er es gehört hatte und wie der Mann hieß, weil Francis ihr sonst vielleicht vorgeworfen hätte, zuviel wissen zu wollen. Doch das Bild, das Francis heraufbeschwor, blieb in ihrem Kopf hängen wie eine Klette. Sie hatte das Bild von Christian gesehen, der, schäbig angezogen wie Robinson Crusoe, mit einem Stab in der Hand einen steilen Hügel hinaufstieg und keuchte. So sah also Francis mit der Last auf seinem Rücken aus, wie er die Treppen hinauf- und hinunterkeuchte; und dann jagten ihn ganz plötzlich die englischen Hunde, die wie verrückt bellten, danach gierten, ihn zu zerfleischen, ihn aufzufressen, und ihre Besitzer würden dabeistehen, lachen und sagen: »Armer Nigger!« Bei diesem Gedanken lief ihr ein Schauer über den Rükken. Sich vorzustellen, wie Francis um sein Leben lief, während ihm die Hunde auf den Fersen waren.

Das Bild verschwand nicht. Es blieb in ihr, so daß sie, wenn Francis zum Postamt ging, zu sich sagte; vielleicht sehe ich ihn nie wieder. Vielleicht haben ihn heute abend schon die Hunde aufgefressen. Aber gewöhnlich tauchte Francis immer wieder auf, bereit, von weiteren schrecklichen Erlebnissen zu berichten. Es war brutal von Shakespeare, zu sagen: »Feiglinge sterben vor ihrem Tod viele Male«, da Feiglinge wirklich leiden. Was sie sich vorstellen, ist für sie so echt, daß sie wirklich leiden. Adah war noch nie gestorben, und sie hatte noch nie das Glück gehabt, jemanden zu sehen, der gestorben und zurückgekommen war, um ihr davon zu berichten, doch sie hatte die Angst vor dem Tod durchlitten und hatte gesehen, wie Francis an der Furcht litt, von den wütenden englischen Hunden aufgefressen zu werden, deshalb wußte sie, daß diese Furcht echt sein konnte. Echte schmerzliche Furcht.

Sie brachte Titi in eine Spielgruppe nach Lindhurst Hall, gleich um die Ecke der Willes Road, in der Nähe der Athlone-Street-Bücherei. Normalerweise brauchte sie ungefähr fünf Minuten dafür, doch es war Winter, Schnee lag, und es war das erste Mal, daß sie seit dem Aufschneiden im Krankenhaus wieder ihre Füße gebrauchte. Die wollten ihr nicht gehorchen. Es war, als müßte sie erst wieder gehen lernen. Sie hielt die nun dreijährige Titi ganz fest, doch Titi war so glücklich bei dem Gedanken, ihrer Einzimmerwohnung zu entfliehen, daß sie auf dem gefährlichen Schnee wie toll herumhopste. Adah ließ sie gehen, ihre Knie schlotterten, ihr war schwindlig, und sie nahm alles nur noch verschwommen wahr. Es war, als sähe sie lauter farbige Ballons in der Luft, blaue, rote und gelbe, doch die meisten waren blau. Sie ging vorsichtig und ließ sich Zeit. Das hatte also die Stationsschwester gemeint, als sie gesagt hatte, sie wäre sicher, daß Adah noch nicht in der Lage sei, sich um ihre drei Kinder zu kümmern. Ja, die Schwester hatte recht. Sie war noch nicht in der Lage dazu. Ärger stieg in ihr auf. War sie wirklich so krank, ohne es zu wissen, und dann noch Francis, der ihr die Geschichte von den Hunden erzählte, die ihn auffressen würden, und sie, die sich Vorwürfe machte, weil sie ihren Mann arbeiten ließ? In den Ärger mischte sich Angst. Angenommen, es bliebe nun bis zum Ende ihrer Tage immer so. Angenommen, sie bliebe ein Schwächling mit schlotternden Knien und verschwimmendem Blick, mit einem Hirn, das Wellen schlug wie ein Teich. Was würde sie dann tun? Wie würde sie dann studieren, um Buchhändlerin und anschließend Schriftstellerin zu werden? Sie war sich sicher, daß sie das mit vierzig erreicht haben könnte. Sollten die Hunde Francis doch auffressen, ihr war es egal. Sie begann sich Vorwürfe zu machen, weil sie sich so um ihn gesorgt hatte. Alle Männer arbeiteten, warum sollte er anders sein wollen? Hatte Adah im Krankenhaus nicht gelernt? Hatte sie ihren Entschluß vergessen, daß sie Francis' Sorgen gegenüber gleichgültig bleiben wollte? Fünf Tage nachdem sie das Krankenhaus verlassen hatte, sorgte sie sich nun also wieder um alles und vergaß, was sie gelernt hatte. Als sie zur Spielgruppe kam, beglückwünschte die Frau, die die Gruppe leitete, sie zur Geburt ihres Babys, doch sie bemerkte auch, daß Adah müde aussah. Sie hätte nicht kommen sollen. Sie würde Titi mittags, wenn die Spielgruppe schloß, nach Hause bringen. Sie würde Titi morgens auf ihrem Weg abholen, bis Adah wirklich kräftig genug war. Merkte sie denn nicht, daß sie eine Menge Gewicht verloren hatte? Sie sei überrascht, daß das Krankenhaus Adah schon so bald entlassen hatte, sie hätte länger bleiben sollen, meinte die freundliche Frau, während sie Adah eine schöne heiße Tasse Kaffee machte.

Auf ihrem Heimweg sah Adah eine Studentin, die ebenfalls eine große Tasche trug, doch sie schien sehr munter dahinzugehen, fast, als wäre sie glücklich darüber, für Weihnachten zu arbeiten. Sie war eine Frau. Und sie war eine Schwarze.

Adah lehnte sich gegen die dreckigen Träger der Hochbrücke bei der Carlton Street und beobachtete, wie die junge Frau auf ihrem Weg die Briefkästen auf- und zuklappte. Adah meinte sie singen zu hören. Wußte sie nichts von den Hunden, dem Gewicht der Taschen, der schwarzen Binde und alledem? Adah hob ihre müden Schultern und legte vorsichtig ihren Weg zur Willes Road zurück. Als sie zu dem Café kam, das von der Griechin und ihrem kahlköpfigen Mann geleitet wurde, ruhte sie wieder aus und genoß dabei den Geruch von Schinken und Frites, der aus dem Café kam. Schließlich war sie zu Hause angelangt und schlief darauf fast den ganzen Tag.

Francis kam am Abend zurück und erzählte ihr, daß er in seinem Bezirk die schlimmsten Häuser hatte, die jemals in England gebaut worden waren. Er war sicher, daß diese Häuser nur gebaut waren, um ihn zu quälen. Wußte Adah, daß die Briefkästen dieser Häuser auf den Dächern waren? Adah sagte »Oje!« und Francis meinte, »Dach« sei nur so eine Redensart. Man sagte, die Briefkästen seien fast auf dem Dach, weil man sich sehr strecken mußte, um an sie heranzukommen.
Adah hörte zu und gähnte absichtlich. Diesmal verfehlten Francis' Worte ihre Wirkung. Sie gingen zum einen Ohr hinein und zum anderen wieder hinaus, ohne sie auch nur anzukratzen. Das brachte Francis jedoch nicht zum Schweigen, denn er liebte den Klang seiner Stimme.
Weihnachten kam, und dieses Weihnachten war Adah glücklich, den Leuten erzählen zu können, daß ihr Mann Zeuge Jehovas war, da sie kein Geld zum Feiern hatten.
Mrs. Noble blieb bei dieser Nachricht der Mund offenstehen, und sie fragte: »Sie meinen, Sie kaufen keine Geschenke für Ihre Kinder, nicht einmal ein einziges Spielzeug?«
Adah sagte, nein, sie kauften nichts, weil nämlich die Zeugen Jehovas glaubten, daß Jesus im Oktober geboren war und daß Weihnachten feiern ein Werk des Teufels sei. Der Teufel hätte die Menschen von Gott abgewandt, und die Menschen feierten nun den Teufel an Weihnachten anstatt Jesus im Oktober. Mrs. Noble seufzte und versuchte, Adahs Überlegungen

zu folgen; dann kam sie mit einer anderen bohrenden Frage. Sie war eine neugierige Frau, diese Mrs. Noble. Sie fragte: »Ich habe nicht bemerkt, daß Sie im letzten Oktober irgend etwas gefeiert haben, oder?«

»Nein, wir haben nicht gefeiert«, erwiderte Adah und fragte sich, warum die Zeugen nicht im Oktober feierten; vielleicht weil sie dachten, daß die Geburt Jesu nicht wichtig genug war.

In Wirklichkeit war es Adah egal. Sie glaubte zwar, daß es da oben einen Mann gab, der sich um alles kümmerte, was den Menschen passierte, auch ihr und ihren Kindern. Sie wußte, daß es einen Mann namens Jesus gegeben hatte. Doch was sie am Christentum immer noch verwirrte, war die Frage, warum man diesen Mann Gottes Sohn nennen sollte. Adah wollte niemanden danach fragen, man hätte sie vielleicht für dumm gehalten. So begann sie Seine Geburt zu feiern, weil sie damit aufgewachsen war. Ihr Pa hatte sonntags gerne in der Kirche gepredigt, und sie hatte, seit sie sich erinnern konnte, im Chor gesungen. Dann hatte sie in der Sonntagsschule der Allerheiligenkirche in Yaba, Lagos, Kinder unterrichtet. Wie konnte sie also zu einem Vikar gehen und sagen, bitte, Herr Vikar, ich verstehe immer noch nicht, warum man Jesus Gottes Sohn nennt, wo doch Seine Geburt so unorthodox war? Adah hatte nichts dagegen, Seine Geburt zu feiern, weil Er, nach dem, was Er sagte und tat, ein großer Dichter, ein großer Philosoph, ein großer Politiker und ein großer Psychologe war. Die Welt feierte auch die Geburt von weniger bedeutenden Männern, warum sollte sie diesem Mann also die Feier Seiner Geburt mißgönnen? Und was machte es aus, ob sie im Oktober oder im Dezember gefeiert wurde? Wenn schon die Menschen Daten und all das vernunftgemäß deuten konnten, so glaubte sie, daß Gott, der die Menschen schuf, die die Dinge erklären und bewältigen konnten, noch mehr erklären konnte als diese. Da sie sich mit diesem Gedanken gewappnet hatte, teilte sie nicht Mrs. Nobles Sorge. Kurz und gut, sie hatte kein Geld für Weihnachten; Gott würde es verstehen.

Gott verstand und tröstete sie ein bißchen. Ganz plötzlich kam nämlich ein großes Paket an wie vom Nikolaus. Es war von ihrer freundlichen Chefin in der North-Finchley-Bücherei. Darin befand sich eine Puppe mit beweglichen Augen, in weiße Spitze gekleidet und mit passenden Schuhen und Strümpfen für Titi. Außerdem gab es eine kleine Gitarre für Vicky und einen hopsenden und quietschenden Igel für Bubu. Die Sachen waren so schön, daß Adah Weihnachten kaum abwarten konnte, um sie ihren Kindern zu geben. Das war das einzige, was ihr Sorgen gemacht hatte, daß ihre Kinder kein Spielzeug hatten, wo doch jedes Kind zu Weihnachten welches bekam. Die Nobles verschlimmerten die Situation noch. Es gab da diesen Mann, einen Händler, der Waren an der Tür verkaufte. Von ihm kauften die Nobles eine Puppe, die so groß war wie ein zweijähriges Kind, einen großen Puppenwagen, groß genug, um ein echtes Baby hineinzulegen, und alles mögliche andere für ihre fünf Kinder. Das alles kostete so unverschämt viel, daß Adah Jesus anrief, mit ihnen allen Erbarmen zu haben. Mrs. Noble erklärte ihr dann, daß sie auf Abzahlung kauften. Adah wußte nicht, was das war, und sah so verständnislos drein, daß Mrs. Noble lachte und ihr langes rotes Haar zwischen den Fingern drehte.

Daraufhin erzählte ihr Mr. Noble, daß es hier in England möglich war, viele Dinge zu kaufen, ohne einen Penny zu haben. Man mußte sich nur mit dem Verkäufer einigen, daß man jede Woche oder jeden Monat, je nachdem, zahlen würde, und dann unterzeichnete man ein, zwei Papiere, um zu bestätigen, daß man bei vollem Verstand war und wußte, was man tat, als man zu zahlen versprach; danach nahm man einfach die Waren.

»Einfach so?« sagte Adah ungläubig.

»Ja, einfach so«, bekräftigte Pa Noble.

Adahs Gedanken wanderten zurück nach Lagos. Wenn dort ein Händler dumm genug wäre, den Leuten zu erlauben, an ihrer Haustür Waren im Werte von fast hundert Pfund zu kaufen, einfach so, würde der Händler bald seinen Laden schließen müssen. In Lagos würden die Leute nicht zahlen, und wenn die Forderungen des Händlers zu lästig wurden, würden die Leute einfach verschwinden. Sie fragte Pa Noble:

»Angenommen, ich laufe mit all den Waren weg. Was macht er dann?«

»Ah«, Pa Noble lachte, »Sie denken an zu Hause. Wohin wollen Sie hier mit all Ihren Kindern laufen? Es ist nicht so einfach, wieder eine Wohnung zu finden, und die Leute hinterlassen hier normalerweise eine Adresse. Es ist nicht so leicht zu betrügen, weil man am Ende schließlich doch gefaßt wird.«

Pa Noble brauchte Adah nicht zu erzählen, wie schwierig es war, ein Haus zu finden, denn sie hatte es erlebt. Also zahlten die Nobles jeden Penny für das, was sie kauften.

»Doch Sie werden ganz schön lange brauchen, bis Sie alles abbezahlt haben.«

Wieder stimmte Pa Noble zu, doch er sagte Adah, daß man in England zwei Götter verehrte; der eine war Weihnachten, der andere der Urlaub. Sobald man aufhörte, im Fernsehen und in den Zeitungen für Weihnachten Reklame zu machen, war der Urlaub die nächste große Sache. Er war sicher, daß er mit dem Abzahlen fertig war, bevor sie anfingen, für den Urlaub zu sparen. Er schlug schließlich vor, daß Adah einige Spielsachen für ihre Kinder kaufen sollte, da sie nicht wie ihr Mann Zeugin Jehovas war.

Sie war versucht, einige kleine Spielsachen für ein oder zwei Pfund zu kaufen und Francis vorzuschwindeln, daß jemand sie den Kindern geschenkt habe, doch wie sollte sie zahlen? Von den zwei Pfund wöchentlichem Haushaltsgeld, das Francis ihr zugestand? Nein, sie würde lieber mehr Geld fürs Essen ausgeben und mit den Geschenken auskommen, die Mrs. Konrad geschickt hatte. Schließlich brauchte sie nicht zu tun, als seien diese nur ein Notbehelf; die Geschenke genügten vollauf. Sie waren neu, sie waren schön, und sie waren angemessen. Warum mehr wollen? Sie wußte, warum: weil sie selber die Geschenke kaufen wollte, nicht auf Abzahlung, sondern sie wollte zu Woolworth oder einem anderen Spielwarengeschäft gehen, umherwandern, dies und das anfassen, nach den Preisen fragen und ihre Wahl treffen, genauso wie die anderen Mütter, die in ihrer Weihnachtsgeschäftigkeit hastig hierhin und dorthin liefen. Adah hätte es gerne getan, vor allem als sie erkannte, daß man in England Weihnachten mehr in den Läden als in der Kirche feierte. Was die Kinder anging, waren sie nicht noch zu klein, zu sehr von anderen Kindern isoliert, um vergleichen zu können und herausfinden zu können, was ihnen fehlte?

Der vierundzwanzigste war kalt. Zum ersten Mal in Adahs Leben mußte sie den Weihnachtsabend drinnen verbringen. Es war kalt und feucht, und es lag weißer Schnee. Es gab keine Verkleidung, kein Feuerwerk, kein Glockenläuten; alles war ruhig, als ob Jesus gestorben wäre und nicht seine Geburt gefeiert würde.

Francis ging hinunter zu den Nobles, um fernzusehen, weil die Kanäle der BBC besondere Weihnachtsfilme sendeten. Adah mußte bei ihren Kindern bleiben, sie ins Bett bringen, ihnen sagen, brav zu sein und sofort einzuschlafen, weil es am nächsten Tag eine große Überraschung für sie gebe. Ihr war so leicht zumute, daß sie ihren Kindern *Adeste Fideles* vorsang, und Titi, die die Melodie wohl irgendwo schon gehört hatte, stimmte ein. Vicky sah seine Mutter und seine Schwester an, sein kleiner Mund war wie der von Francis schmollend verzogen, seine schläfrigen Augen wanderten von einer zur anderen, er fragte sich bestimmt, was das alles sollte. Adah bemerkte, daß eines seiner Ohren sich zur Musik bewegte, oder war das nur Einbildung? Sie berührte das Ohr, doch das Kind gab keinen Ton von sich. Ja, an diesem Ohr war etwas Komisches, es war unbestritten größer als das andere und hing herunter wie ein Elefantenohr. Adah hörte auf zu singen. Eigenartig, sie hatte noch nie bemerkt, daß eins von Vickys Ohren größer war als das andere. Es mußte von Natur aus so sein, sonst hätte er vor Schmerz gewinselt, als sie es berührte. Sie sollte jedoch etwas unternehmen, jetzt, wo sie den Unterschied bemerkt hatte. Es war eine Schande für Gott, so einen Fehler zu machen, zu erlauben, daß ein Ohr größer war als das andere. Sie konnte es jetzt nicht mehr ändern; es war zu spät, es war passiert. Also nahm sie ein Gefäß mit Vaseline, die sie für den Hintern des Babys gekauft hatte, nahm reichlich davon und rieb damit Vickys Ohr ein. Adah wußte nicht, ob sie es tat, um den Schmerz zu lindern, der gar nicht existierte, oder um den Fehler zu korrigieren oder aber um sich selber zu beruhigen. Doch sie fühlte sich besser, etwas für das Ohr getan zu haben. Darauf ging sie schlafen.

Der Weihnachtsmorgen war wie jeder andere, außer daß es auf der Straße ganz ruhig war. In der Nacht war Schnee gefallen, und kein Fußstapfen beschmutzte den weißen Teppich. Es war so ruhig, so friedlich, daß Adah nun verstand, warum das Lied *Stille Nacht* zu dieser Zeit des Jahres gehörte. In England war stille Nacht, heilige Nacht. In Nigeria

war laute Nacht, heilige vielleicht, aber Feuerwerksnacht, die Nacht der lärmenden Freude, die Nacht des Palmweintrinkens in den Straßen, die Nacht des Glockenläutens. In England war es ein leiser, leiser Morgen, denn schlief Jesus nicht in seiner Krippe?
Mrs. Noble hatte die Kinder zum Tee eingeladen. Sie hatte alle möglichen sorgfältigen Vorbereitungen getroffen. In einer Fülle von Papptassen, Papptellern und Pappschalen mit Ali-Baba-Motiven gab es Gelee in verschiedenen Farben. Der Raum war mit Weihnachtspapier ausgeschmückt, alles leuchtete ganz hell. Sie hatte Papierhüte gekauft, die zu den Farben des Gelees paßten, das sie gemacht hatte. Adah sah all die Farben und dachte, daß sie zu schade seien, um aufgegessen zu werden. Wofür waren die Farben da? Um das Essen appetitanregender zu machen? Um es schöner zu machen? Denn schön war es. Sie hoffte, daß es ihren Kindern gefiel. Für ihren Geschmack war das zu süß. Sie war nicht mit diesem Geschmack großgeworden; alles Süße schmeckte für sie wie Hustensaft.
Adah machte die Kinder für Mrs. Nobles Teeparty fertig. Sie ermahnte Titi, alles auf ihrem Teller aufzuessen, da Mrs. Noble böse wäre, wenn sie in ihrem Essen herumstocherte. Titi begriff einige der Überlegungen, die Adah ihr einzuimpfen versuchte. Adah konnte nicht mehr tun, als das Beste zu hoffen. Es machte ihr jedoch Kopfzerbrechen, daß man Leute zwang, alles aufzuessen, was man ihnen vorsetzte. In Nigeria kam es selten dazu. Man aß schnell alles auf und wollte dann noch mehr, vor allem als Kind. Aber

hier bekam man von vornherein soviel, daß Essen eine Qual wurde. Obwohl sie vielleicht nie genug Geld hätte für andere Dinge, würde Adah es doch nie zulassen, daß ihre Kinder hungrig waren. Das würde nie geschehen.

Sie machte Titi sauber und zog ihr das rote Kleid mit den getupften Taschen an, das Adah in einem der Läden an der Finchley Road gekauft hatte. Das Kleid war zu groß gewesen für Titi, doch Adah nähte es ein, weil sie nicht wußte, ob sie sich in nächster Zeit so ein Kleid noch einmal leisten konnte. Sie setzte Titi aufs Bett und ermahnte sie, ruhig und brav zu bleiben, um ihre neuen weißen Strumpfhosen nicht schmutzig zu machen. Dann ging sie zu Vicky. Ihr fiel wieder das Ohr auf. Es hing noch weiter herunter und wurde immer größer, daran gab es keinen Zweifel mehr. Dazu kam noch, daß er ganz still dasaß, ungewöhnlich für Adahs Vicky. Panik ergriff sie. War Vicky wieder krank? Kam die Meningitis, oder wie die Krankheit hieß, wieder? War dies eine andere Form derselben Krankheit, die sie ausgerechnet Weihnachten wieder heimsuchte? Sie tat das einzige, was ihr in den Sinn kam. Sie rief nach Francis, der wie immer unten bei den Nobles war und fernsah.

Francis kam sofort herauf, weil Adah, anders als Mrs. Noble, selten nach ihrem Mann rief. Manchmal war sie den Nobles direkt dankbar, daß sie ihn so lange bei sich behielten, da er sonst im selben Zimmer geblieben wäre, Adah im Weg gestanden und ihr dauernd gesagt hätte, sie solle dies und nicht das tun.

Er fragte sie, warum sie so nach ihm rief, wo sie doch wußte, daß er gerade ein Stück im Fernsehen anschaute. Sie erzählte ihm, daß Vickys Ohr so groß wurde wie das eines Elefanten. Adah war sicher, daß es bis zum Morgen noch größer sein würde als das eines Elefanten, denn es war ja seit dem Vortag schon größer geworden. Francis untersuchte das Ohr und kam zu dem Schluß, daß sie einen Arzt rufen mußten.

»Ein Arzt am Weihnachtstag? Er wird nicht kommen, und Vicky wird sterben. Daß das Kind auch an einem Tag krank werden muß, an dem kein Arzt zu kriegen ist!« Adah weinte.

»Schau doch, Ärzte müssen jederzeit kommen, wenn man sie ruft. Das ist Gesetz!« erklärte Francis, während er seinen Mantel überzog, um zur Telefonzelle zu gehen. »Ich muß ihn anrufen. Weihnachten oder nicht, Vicky ist krank, und damit basta.«

»Aber es ist Weihnachten«, Adah blieb hartnäckig. »Zu Hause in Nigeria bekommt man am Weihnachtstag keinen Arzt, außer man ist Millionär oder so etwas.«

»Nun, hier ist es eben anders. Man kann auch am Weihnachtstag einen bekommen!«

Mit dieser Feststellung ging Francis hinaus und klingelte mit den Münzen, die er in den Telefonschlitz werfen würde.

Sich vorzustellen, jemanden bei diesem Wetter und an so einem Tag herauszubekommen, nur weil ein Kind krank war. Sie nahm an, daß es ihr Recht war, aber vielleicht war es ein Recht, das man ihnen leicht ausreden konnte, weil sie Schwarze waren, weil Vicky nur ein Baby war und weil Weihnachten war. Wenn ihm nun etwas zustieß, würde es die Gesellschaft dem Arzt nachsehen, weil Vicky ein schwarzes Kind und am Weihnachtstag erkrankt war. Warum sollte Adah erwarten, daß ein Arzt kam? Sie geriet in Panik. Sie wußte nicht, was sie tun sollte. Vicky würde nun sterben. Hatte sein vergrößertes Ohr das nicht bewiesen? Sie zog ihm seinen besten Anzug an, den sie für Mrs. Nobles Weihnachtsfeier aufbewahrt hatte. Selbst wenn es der letzte Anzug sein sollte, den Vicky in seinem Leben tragen würde, so sollte es doch ein guter sein. Sie berührte das Ohr; es wurde jetzt auch noch heiß. Adah wußte es, der Tod kam, und das am Weihnachtstag.

Ein lauter Streit unten auf der Straße weckte sie aus ihren schrecklichen Gedanken. Sie lugte durch das beschlagene Fenster und sah Francis mit zwei Polizisten. Gott erbarme sich, was hatte Francis denn jetzt wieder angestellt? Sie brachten ihn ins Gefängnis, und er war gekommen, um ihnen auf Wiedersehen zu sagen. Vicky starb bestimmt, und sie mußte sich allein um die anderen Kinder kümmern, mit ihren zittrigen Knien, die immer noch nicht kräftig genug waren, und ihren Augen, die ständig blaue und gelbe Ballons sahen. Sie konnte nicht nach unten gehen, weil sie wußte, sie würde hinfallen, sich den Hals brechen, und dann würden die anderen Kinder niemanden mehr haben. Sie würde sich nicht von der Stelle rühren.

Der Lärm kam die Treppe herauf. Francis redete,

schrie, erklärte, redete und redete. Die zwei Polizisten sahen Vickys Ohr und stimmten Francis zu, daß es schneller wuchs als der Rest des Körpers. Ja, er mußte zum Arzt.

Adah konnte nicht reden. Ihre Augen wanderten im Zimmer umher, und alles verschwamm. Ob ihr jemand wohl erklären konnte, was der Grund für diesen Tumult war? Es konnte doch nicht nur Vickys Krankheit sein. Hatte Francis in seiner gegenwärtigen Laune den Arzt ermordet?

Dann sprach einer der Polizisten mit kühler Stimme. Er klang wie jemand mit sehr viel Vernunft, der diese Vernunft auch anwenden konnte, wenn alles um ihn herum verrückt wurde. Der Polizist war groß und hatte einen Bart, und er sagte ihnen jetzt, daß ein Arzt käme, nicht ihr indischer Arzt, da Weihnachten war, aber ein anderer, der Vertreter des Inders. Er würde kommen und ihnen sagen, was mit Vickys Ohr los war.

Aber warum Polizei? fragte sich Adah verzweifelt. Sie konnte niemanden fragen, bis die beiden Polizisten weg waren. Da begann Francis zu fluchen und irgendeinen Mann zu seinem Schöpfer zu wünschen und den Mann einen Bastard zu nennen. Adah unterbrach ihn und fragte ihn, wer es denn sei, der ihn so verärgert hatte.

»Der verdammte Inder. Weißt du, daß der Dummkopf sich für einen Weißen hält? Er ist so schwarz wie der Teufel!« Dann dachte Francis wieder nach, während er im Zimmer auf und ab ging. »Weißt du, daß er häßlich ist wie die Hölle?«

Nun, das schien Adah alles sehr logisch. Wenn der Mann schwarz war wie der Teufel, folgte daraus, daß er häßlich war wie die Hölle. Aber was hatte der Arzt getan? wollte Adah fragen, wenn man ihr nur die Gelegenheit dazu gegeben hätte; aber das war nicht der Fall, da Francis sich jetzt über die Moral der Mediziner erging. Adah kam zu dem Schluß, daß ihr Ehemann sicherlich einen guten Arzt abgegeben hätte, wo er doch alle Regeln kannte.

Dann fuhr ein schwarzes Auto vor dem Haus vor. Ein sehr kleiner Mann, jung, kein Inder, sondern ein Chinese, stieg aus. Er trug eine schwarze Tasche. Er mußte der Arzt sein. Adah legte Vicky in das einzige Bett, mit Schuhen, Anzug und allem, und befahl ihm, dort zu bleiben. Sie nahm den Reis, den sie gerade kochte, vom Herd und hätte ihn beinahe in den Abfalleimer geworfen, wenn Francis sie nicht gefragt hätte, ob sie verrückt geworden sei. Der Mann, der kam, war ein Chinese. Konnte sie nicht seine Augen und die Form seines Kopfes sehen, so rund wie die Flaschenkürbisse, die sie zu Hause in Nigeria benutzten? Warum dann die Panik? Der Mann, ob Arzt oder nicht, war auch ein Bürger zweiter Klasse und konnte sich ihnen gegenüber keine überheblichen Allüren leisten. Das half Adah zwar nicht viel, doch es tat gut, das zu hören.

Der Mann kam herein und bedauerte Adah und Francis, so etwas Schreckliches am Weihnachtstag durchmachen zu müssen. Er packte seine Instrumente aus und begann Vicky zu untersuchen, dabei drückte er dauernd dessen Ohr. Vicky folgte fasziniert seinen Bewegungen. Der Junge hatte keine Schmerzen. Seine Temperatur war normal. Das Ohr war jetzt groß und warm, aber das war auch alles. Der Arzt setzte sich auf den Stuhl, den Adah ihm gab. Seine scharfen Chinesenaugen streiften durch den Raum. Er schien sich am Hintern zu kratzen, machte das aber auf nette Weise. Er war Chinese, aber einer von denen, die entweder in England geboren oder als Kinder hierhergekommen waren. Er stand auf, kratzte sich die ganze Zeit und stellte dann eine merkwürdige Frage.

»Haben Sie Wanzen hier? Ich meine, Bettwanzen?«

Adah betete, der Boden möge sich unter ihr auftun.

Der Arzt schrieb einen Brief, den Adah und Francis zu ihrem Arzt bringen sollten. Er bemerkte ihr Unbehagen und sagte: »Meine Großmutter in China brachte die Wanzen auf folgende Weise um.« Er spreizte seine gepflegten Hände. »Sie nahm Zigarettendosen und stellte alle Bettfüße hinein, so daß die Wanzen in die Dosen fielen, die zur Hälfte mit Wasser gefüllt waren.« Er verabschiedete sich, und die verblüfft dreinschauenden Eltern sagten, wie leid es ihnen täte, daß sie ihn von seinem Weihnachtstruthahn weggeholt hätten. Und der Chinese sagte ihnen, sie sollten sich keine Sorgen machen, denn Kinder hätten nun mal die Angewohnheit, Eltern zu erschrecken. Wie sollten sie wissen, daß Vicky nicht im Sterben lag, sondern nur von einer Bettwanze gebissen worden war?

Es war nett von ihm, das zu sagen, doch als er ging, blieb ihnen ein ekelhaftes Gefühl im Magen zurück.

Verzweifelt riß Francis den Brief auf, den sie ihrem indischen Arzt am Crescent geben sollten. Der Chinese hatte genau das geschrieben, was er dachte, daß nämlich Vicky von einer Bettwanze gebissen worden war.

»Wenn du nur nicht aus allem immer noch so ein Drama machen müßtest. Warum, in Gottes Namen, mußtest du denn zur Polizei gehen?«

»Der indische Arzt wollte nicht kommen. Er sagte, es sei sein freier Tag, und ich weiß, daß Ärzte bei einem Notfall zu ihren Patienten gehen müssen. Warum sollte er sich weigern, Vicky zu behandeln? Und wie sollte ich wissen, daß er nicht ernsthaft krank ist und daß er nur von den Wanzen in Pa Nobles Haus gebissen worden ist?«

Adah konnte nichts dazu sagen. Sie war selbst erschrocken, aber sie hatte gewußt, daß ihr Arzt nicht kommen würde. Doch immerhin war ja schließlich ein Arzt gekommen und hatte ihnen etwas – wenn auch sehr Ungewöhnliches – verschrieben.

Zumindest einige der Leistungen des Wohlfahrtsstaates waren also für Bürger erster und zweiter Klasse gleich. Hatte Francis es nicht bewiesen, indem er zur Polizei ging, als der indische Arzt nicht kommen wollte? Adah fragte sich, was Francis getan hätte, wenn das alles in Lagos passiert wäre.

Danach blieb von Weihnachten nicht mehr viel übrig. Sie aßen ihren gekochten Reis, und Mrs. Noble brachte Vicky die übriggebliebenen Gelees. Vicky weigerte sich, sie zu essen; er hatte noch nie so buntes Essen gesehen.

11 Geburtenregelung

Der Schnee schmolz auf den Bürgersteigen, in den Gärten und auf den Dächern. Frühling lag in der Luft, und alles blühte auf, als sei es von den Göttern mit neuem Leben erfüllt worden. Sogar in einer Straße, die so dunkel war wie die Willes Road in Kentish Town, konnte man die Vögel singen hören.

An einem Montagmorgen, als ihre Familie noch schlief, packte Adah ihre Waschsachen zusammen, um sich zu baden. In dem Haus, in dem sie wohnten, gab es kein Badezimmer, so daß sie mehrmals in der Woche in das öffentliche Bad in der Prince of Wales Road ging. Bei einem dieser Besuche an einem Montag entdeckte sie den Vogel: grau, klein, einsam, doch zufrieden mit seiner Einsamkeit. Adah blieb auf der anderen Seite der Straße stehen und sah zu, wie der Vogel sang und von einem Fenstersims zum anderen hüpfte, glücklich in seiner einsamen Freiheit. Adah war gefesselt von dieser Kreatur. Man stelle sich vor, so früh am Morgen rührte sie so ein kleines Ding wie dieser graue Vogel, obwohl sie vor weniger als einem Jahr lebhaftere Vögel gesehen hatte, alle farbenprächtig, mit ausschweifendem Gesang. Damals, in den Hinterhöfen der Häuser in Lagos, hatte sie die Vögel nicht zur Kenntnis genommen. Sie dachte bei sich: Angenommen, es gäbe nie einen Winter, in dem alles Leben von der Erdoberfläche zu verschwinden scheint, angenommen, die Vögel wären immer da, wären etwas Alltägliches, dann hätte sie ihn sicher nicht bemerkt und bewundert und nicht seinem zarten Lied gelauscht. Brauchen wir nicht vielleicht genau das in Afrika, einen langen Winter ohne Sonne, ohne Vögel, ohne Blumen und Wärme? Das würde aus uns vielleicht eine Nation von Introvertierten machen, und wenn dann der Frühling käme, könnten wir die Lieder der Vögel wirklich genießen. Was heißt das? Ist die Natur zu gnädig gewesen, als sie uns die Möglichkeit raubte, aus unserem tropischen Schlummer zu erwachen und zu erfahren, daß so etwas Einfaches wie der Gesang eines grauen Vogels an einem nassen Montagmorgen beflügelnd sein kann? Dachten deshalb die ersten Europäer, die nach Afrika kamen, daß der schwarze Mann faul war – wegen dieser allzu üppigen natürlichen Umwelt, die ihn der Fähigkeit beraubte, selbst nachzudenken? Nun, schloß Adah, um sich aufzuheitern, das mochte schon sein, doch das war vor vielen Jahren, noch vor der Geburt von Pa.

Sie war anders! Ihre Kinder würden anders sein. Sie würden alle schwarz sein, sie würden gern schwarz sein, würden stolz darauf sein, Schwarze von ganz anderer Art. Genau das. Hatte sie nicht inzwischen gelernt, dem Gesang der Vögel zu lauschen? Hatte nicht so ein Naturereignis einen ihrer Lieblingsdichter, Wordsworth, inspiriert? Sie würde vielleicht nie eine berühmte Dichterin werden wie der allzugroße Wordsworth, doch Adah würde sich darin üben, die

Lieder der Vögel zu bewundern, so ungestüm sie auch sein mochten, die Schönheit von Blumen zu genießen, so ungewöhnlich ihr Duft auch war. Sie riß sich zusammen und erinnerte sich daran, daß sie Mutter von drei Kindern war und auf dem Weg zu ihrem montäglichen Morgenbad.

Die Frauen, die die Bäder sauber machten, begrüßten sie wie eine alte Freundin. Sie wußten, daß sie am Montagmorgen immer die erste war, weil die Samstage normalerweise zu hektisch waren und die Bäder überfüllt. Sie zog die Montage vor, wenn die meisten Leute schon in der Arbeit waren und die Frauen, die die Bäder putzten, sie nicht drängen mußten. Das einzig Unangenehme war, daß sie am Montag selten ganz heißes Wasser bekam, weil der Boiler oder wodurch das Wasser sonst erwärmt wurde, über das Wochenende ausgeschaltet werden mußte. Normalerweise dauerte es lange, das Wasser aufzuheizen, aber Adah machte das lauwarme Wasser nichts aus, da das der Preis war, den sie gern für ein langes, ruhiges Bad zahlte.

Ihr Bad an diesem Montagmorgen war besonders wichtig, da sie zur Beratungsstelle für Familienplanung ging. Die Woche vorher war sie schon dort gewesen und mit einem Haufen Literatur überschüttet worden. Sie hatte von Zäpfchen, Pille, Diaphragma und vielen anderen Dingen gelesen. Sie sagte Francis, daß sie hinging, doch Francis meinte, sie solle nicht gehen, denn die Männer wüßten besser, wie man selbst aufpaßt, so wie schon in der Bibel. Man behält das Kind bei sich und gibt es nicht der Frau, man spritzt es daneben. Adah dachte darüber nach. Nicht, weil sie ihrem Mann nicht mehr traute, sondern weil ihr Mann sie, ohne es zu wollen, verletzen konnte, denn war er nicht so erzogen worden? Sie kniete nieder und betete zu Gott, er möge ihr vergeben, daß sie hinter dem Rücken ihres Mannes andere Pläne machte.

Als es Zeit war, Bubu in die Klinik zum Wiegen zu bringen, erblickte sie eine mütterlich aussehende Schwester und sagte ihr: »Bitte, könnte ich die Pille haben? Wissen Sie, ich bin noch keine einundzwanzig, und wenn ich noch ein Kind bekomme, wäre es mein viertes, und eigentlich bin ich zum Studieren hergekommen und um die zwei Kinder aufzuziehen, die ich von zu Hause mitgebracht habe. Können Sie mir helfen? Ich brauche die Pille.« Die Frau lächelte und kitzelte Bubus Wange. Jeden Montagabend hatten sie eine Sprechstunde für Familienplanung. Sie würde Adah die betreffende Literatur besorgen, und sie könnte mit ihrem Mann dann entscheiden, was ihnen am besten gefiele. Nun, wie sollte Adah der Frau erzählen, daß Francis meinte, die beste Art, eine Empfängnis zu verhüten, sei, es auf den Boden zu spritzen? Adah brachte es einfach nicht fertig, der Schwester das zu erzählen. Der letzte Nagel zum Sarg war, daß die Frau ein Formular brachte, welches Adahs Mann unterschreiben sollte und in dem er erklärte, daß er mit allem einverstanden war und wollte, daß seine Frau Mittel zur Empfängnisverhütung bekam. Damit würde es Ärger geben, denn Francis unterschrieb so etwas nie, und er würde einen Mordskrach schlagen, wenn er herausfand, daß Adah sich ohne seine Erlaubnis die Literatur besorgt hatte. Was sollte Adah tun? Warum brauchte man dazu den Ehemann? Konnte nicht die Frau die Möglichkeit haben, nach ihrem eigenen Willen zu handeln? Was auch geschah, sie würde keine Kinder mehr bekommen. Es war ihr egal, wie sie das fertigbrachte, doch sie würde keine Kinder mehr bekommen. Zwei Jungen und ein Mädchen waren genug für jede Schwiegermutter. Wenn ihre Schwiegermutter noch eins wollte, sollte sie für ihren Sohn eine andere Frau besorgen. Adah würde keins mehr bekommen. Die Erfahrung, die sie vor kurzem mit Bubu gemacht hatte, konnte sie nicht so einfach vergessen. Es war eine Warnung gewesen. Das nächste Mal hatte sie vielleicht nicht mehr so viel Glück.

Francis verkündete, er habe die beiden für diesen Tag vorgesehenen Kapitel gelesen, er sei müde und ginge zu den Nobles zum Fernsehen. Adah ermutigte ihn. Sie wollte die Broschüren zur Geburtenkontrolle genauer lesen. Adah fischte die zerknüllten Blätter unter Bubus Bettchen heraus, wo sie sie versteckt hatte. Sie las sie wieder und wieder. Drei Fakten blieben hängen. Erstens, daß man die Pille wie Aspirin einfach herunterschluckt. Zweitens, daß das Zäpfchen im Körper schmolz. Drittens, daß man das Diaphragma anpaßte. Adah kicherte und amüsierte sich über alles. Sich vorzustellen, eine Kappe für das andere Ende zu machen anstatt für den Kopf. Wirklich, diese Europäer machten auch vor nichts halt. Sie würde jedoch nicht das Diaphragma wählen, da es zu umständlich war, in seinem Innern herumzufummeln. Nein, sie war für die Pille, das war unkomplizierter. Das Zäpfchen? Nein, Francis würde es merken und Fragen stellen.

Doch wie sollte sie Francis dazu bringen, das Formular zu unterschreiben? Ihr kam der Gedanke, daß sie für ihn unterschreiben könnte. Das wäre Fälschung. Sie sah sich vor Gericht: Der Richter würde sie für sieben Jahre ins Gefängnis schicken, da sie die Unterschrift ihres Mannes gefälscht hatte. Aber schließlich würde sie leben, und wenn sie lebte, dürfte sie sich auch um ihre Kinder kümmern. Doch wenn sie die Unterschrift nicht fälschte, bedeutete das vielleicht noch ein Kind, noch eine traumatische Geburt, noch einen Mund, den man stopfen mußte, und mit ihrem Studium käme sie wieder nicht weiter. Der Preis, den sie zahlen müßte, um eine gehorsame und treue Frau zu sein, wäre zu hoch. Sie fälschte die Unterschrift. Sie sparte vom Haushaltsgeld die Summe, die sie brauchte, um die erste Pillenpackung zu bezahlen. Das Geld war gespart, das Formular unterschrieben, und zu ihrer großen Freude hatte sie wieder eine Arbeit, die auf sie in der Chalk-Farm-Bücherei wartete. Sie würde diesen Job behalten, ganz egal, wie. Sie ließ es nicht zu, daß sie wieder schwanger wurde. Niemals.

Aber zuerst mußte sie ihr Montagbad haben, für den Fall, daß sie sich ausziehen mußte oder so. Sie hatte Francis erzählt, daß Bubu so ein großes Baby war, jeden Tag soviel an Gewicht zunahm, daß die Leute in der Klinik am Montagabend gern ein Foto von ihm machen wollten. Es schmerzte sie, daß sie zu der Methode Zuflucht nehmen mußte, die sie immer als Kind hatte anwenden müssen. Diese schreckliche Art, die Tatsachen zu verdrehen. Doch was konnte sie anderes tun? Sie betete immer wieder zu Gott, er möge ihr vergeben.

Sie mußte Bubu mitnehmen, denn wenn sie das nicht tat, hätte Francis gesagt: »Ich dachte, die Leute in der Klinik wollten ihn fotografieren, weil er so ein schönes Baby ist?« Also nahm sie Bubu mit.

In der Klinik führte man sie in ein Wartezimmer, wo schon andere Frauen warteten. Zwei waren nackt, ihre Strümpfe bis zu den Knöcheln heruntergerollt, genauso als ob man ein Kind erwartete und der Arzt einen untersuchen wollte. Die Frauen erinnerten Adah an die Kliniken zur Geburtsvorbereitung. Sie war jetzt an so etwas gewöhnt – sich nackt auszuziehen und untersuchen zu lassen. Es störte sie nicht mehr. Sie sagte sich, warum soll ich mich beunruhigen? Ich habe nur das, was du auch hast. Warum soll ich mich meines Körpers schämen? Es machte ihr nichts mehr aus.

Drei Wandschirme standen in der Mitte des quadratischen Zimmers. Die Frauen sollten sich hinter dem Schirm ausziehen, sich dann setzen und warten, bis sie eine nach der anderen ins Behandlungszimmer gerufen würden, wo sie dann ihre Verhütungsmittel bekämen.

Adah sah eine junge westindische Mutter und setzte sich absichtlich neben sie. Sie wollte sich auf heimischem Boden befinden, da sie Angst hatte, und die

junge Frau war die einzige, die ein Baby dabeihatte. Adah konnte für sie auf ihr Baby aufpassen, wenn sie ihre Sachen bekam, und sie konnte auf Adahs aufpassen. Das wäre fair. Mit solchen edlen Gedanken im Kopf begrüßte sie die Westinderin mit einem freundlichen Lächeln. Das Mädchen lächelte zurück, wobei sie goldene Zähne zwischen ihren normalen Zähnen sehen ließ.
Sie fingen bald an zu reden. Sie, das westindische Mädchen, wollte Krankenschwester werden, deshalb brauchte sie während ihrer Ausbildung eine Möglichkeit zur Geburtenregelung. Ihr Mann hatte nichts dagegen. Deshalb hatte man ihr vor Monaten die Pille gegeben. Aber, jammerte sie, Adah sollte nur schauen, was die Pille ihr angetan habe. Sie krempelte die Ärmel hoch und zeigte Adah einen ganz leichten Ausschlag. Sie hatte ihn auch im Gesicht und an ihrem Hals. Selbst ihre mageren Handgelenke waren nicht verschont geblieben. Sie war mit einem Ausschlag bedeckt, der Adah an den Ausschlag erinnerte, wie er in Afrika durch Hitzepickel verursacht wurde.
»Juckt es? Ich meine, haben Sie das Gefühl, daß Sie sich die ganze Zeit kratzen müssen?«
»Ja, und wie. Das ist das Ärgerliche. Das Aussehen ist mir egal. Aber es juckt die ganze Zeit.«
Adah sah ihr wieder ins Gesicht, und währenddessen begann das Mädchen sich hinten am Rock zu kratzen. Sie versuchte, es vor den anderen Frauen zu verbergen, zu verbergen, daß ihr Hintern juckte. Gnade Gott! dachte Adah. Ihr Hintern

auch? Dann fragte sie das Mädchen: »Juckt es Sie da unten auch?«
Das Mädchen nickte. Es juckte sie überall. Adah rief wieder Gott an, sich ihrer zu erbarmen. Was sollte sie jetzt tun? Sie wollte die Pille nicht, wenn sie am Ende so aussähe wie jemand, der Windpocken hatte, oder sich so wie dieses Mädchen kratzen würde, als ob sie mit Yaws* bedeckt wäre. Nein, sie würde nicht die Pille nehmen, und sie würde auch nicht mit leeren Händen heimgehen, ohne Empfängnisverhütung. Sie dachte über das Zäpfchen nach und wußte, es klappte nur, wenn Mann und Frau sich einig waren, denn er mußte warten, bis es innen in ihrem Körper geschmolzen war, bevor er kam. Zäpfchen standen also für sie nicht zur Debatte. Sie konnte nur das Diaphragma nehmen. Die allmächtige Kappe, die speziell fürs Innere deines Körpers gemacht ist. Sie mußte schnell nachdenken. Francis brauchte es nicht zu wissen. Schließlich wurde das Ganze immer im Dunkeln gemacht. Aber angenommen, er spürte sie? Angenommen, er sah, wie sie die Kappe einsetzte, in ihrer Einzimmerwohnung ohne Bad und mit einer Toilette, so dreckig wie ein Müllhaufen? Sie konnte die Kappe nicht auf der Toilette einsetzen, denn was passierte, wenn die Kappe herunterfiel? Sie würde genug Keime einfangen, um sie im Nu mit Unterleibskrebs zu ihrem Schöpfer zu schicken. Adah war sicher, daß man dort unten leicht Krebs bekommen konnte. Was sollte sie jetzt tun? Wenn Francis doch nur vernünftig

* eine tropische Hautkrankheit (Anm. d. Übers.)

wäre. Was auch immer passierte, sie würde es riskieren. Ein Diaphragma war besser als nichts.

Sie war als nächste dran, um zur Ärztin und zur Hebamme zu gehen, die einem das Diaphragma anpaßten. Es war eine schwierige Arbeit. Sie versuchten dies und das und ermahnten Adah immer wieder, sich zu entspannen, sonst würde sie mit dem falschen Diaphragma heimgehen, einem, das nicht richtig paßte, und *das* bedeutete noch ein Kind. Die Angst davor, was Francis sagen und was er seiner Mutter und ihren Bekannten schreiben würde, lauerte drohend in ihrem Unterbewußtsein. Nur sie konnte es fühlen. Die beiden Frauen, die nun mit ihr schimpften, ungeduldig wurden und ihr sagten, sie solle ihre Beine lockern, konnten nicht das sehen, was sie sah. Es war das Bild ihrer Schwiegermutter, wenn sie erführe, daß Adah hinter dem Rücken ihres Mannes sich etwas beschaffte, das ihr erlaubte, herumzuschlafen und keine Kinder mehr zu bekommen. Sie war sicher, daß sie es so interpretieren würden, da sie die Psychologie ihrer Leute kannte. Die Schande würde sie töten. Auch der Name ihrer Kinder wäre beschmutzt. Gott, laß es Francis nicht herausfinden. Verzweifelt gaben ihr die beiden Frauen, die Ärztin und die Hebamme, ein Diaphragma, von dem sie dachten, es könnte passen. Wenn es nicht paßte, war es nicht ihre Schuld, da Adah ihnen absolut nicht half; sie fühlte sich so schuldig für das, was sie tat. Zuerst hatte sie die Unterschrift ihres Mannes gefälscht, jetzt hatte sie ein Diaphragma, von dem sie sicher war, daß es einen Krach heraufbeschwören würde, wenn er es herausfand. Aber angenommen, er fand es nicht heraus, und angenommen, es klappte? Das hieß, keine Kinder mehr, und sie würde ihren neuen Job behalten und ihre Karriere als Bibliothekarin fortsetzen. Mit diesem glücklichen Gedanken legte sie die neue Ausrüstung in Bubus Kinderwagen und ging heim.

Aber als sie heimkam, stand sie einem anderen Problem gegenüber. Wie sollte sie wissen, was in der jeweiligen Nacht passieren würde? Mußte sie dann das Diaphragma jede Nacht tragen? Das war das sicherste, aber das Diaphragma war nicht sehr bequem, und Adah wußte, daß es hin- und herrutschte, und sie mußte ganz komisch laufen, um es nicht zu verlieren. Und natürlich würde Francis es erfahren. O Gott, wenn sie doch nur ein zusätzliches Zimmer hätten, dann könnte Francis nichts sehen und beobachten und keine irritierenden Bemerkungen über jede ihrer Bewegungen machen!

Sie rannte hinunter in ihre Hinterhoftoilette, die kein elektrisches Licht hatte, und setzte ihr neues Diaphragma ein. Sie konnte hören, daß Vicky und Titi ihren üblichen Krach hatten, und bald würde Francis nach ihr rufen, damit sie die Kinder beruhigte. Sie paßte in aller Eile das Diaphragma ein, ihr wurde fast schlecht, als ihr das alles durch den Kopf ging. Sie eilte hinauf, denn Francis rief bereits nach ihr und fragte sie, was, in Gottes Namen, sie da unten in der Toilette machte. Bekam sie etwa gerade ein Baby? Adah sah ausdruckslos drein und sagte nichts. Die Tatsache, daß sie schwieg, weckte Francis' Miß-

trauen. Er fragte sie, was los sei. Adah sagte, nichts sei los.
Er sah sie wieder an und fragte: »Hast du eine Beule oder so?«
Adah, die gerade die Kinder ins Bett steckte, fuhr herum und fragte: »Was für eine Beule?«
Und Francis, der sie immer noch durchdringend ansah, erwiderte: »Eine Beule am Bein. Du gehst so komisch.«
Adah lächelte ein schiefes, unsicheres Lächeln, denn ihr Herz schlug ganz schnell und laut, es war, als ob eine nigerianische Hausfrau Yam in ihrem *Odo* schlug. Ihr Herz schlug »bubumm, bubumm, bubumm«, genauso. Sie war überrascht und schockiert, als sie erkannte, daß Francis ihr schuldbewußtes Herzklopfen nicht hörte. Sie meinte, daß jeder es hören mußte, weil es ihr so laut schien, daß es ihrer Brust weh tat und ihr das Atmen schwermachte. Doch sie brachte ein Lächeln zustande, ein verlogenes Lächeln. Es wirkte Wunder.
Dann sagte sie, um davon abzulenken: »Du hast mich so laut gerufen, als ich da unten im Hinterhof war, daß ich die Treppen hinaufgerannt bin und mir den Zeh angestoßen habe, es tut ein bißchen weh.«
Francis zog die Augenbrauen hoch, sagte aber nichts.
Bald war Mitternacht und der Krach, den Adah so fürchtete, brach los. Francis bekam die ganze Wahrheit aus ihr heraus. Was, sie, eine verheiratete Frau, verheiratet im Namen Gottes und verheiratet im Namen Oboshis, der Göttin Ibuzas, kam nach London

und war innerhalb eines Jahres durchtrieben genug, sich hinter seinem Rücken ein Diaphragma zu beschaffen? Ein Diaphragma, das, da war er, Francis, sicher, für Huren und alleinstehende Frauen erfunden worden war. Wußte Adah nicht, was sie Schlimmes verbrochen hatte? Das hieß, daß sie andere Männer hinter seinem Rücken nehmen konnte, denn wie sollte er wissen, daß sie nicht genau das tat, wenn sie sich schon hinter seinem Rücken das Verhütungsmittel beschaffen konnte? Francis rief alle anderen Mieter, sie sollten kommen, sehen und hören von dieser großen Sache – wie die unschuldige Adah, die erst vor einem Jahr nach London gekommen war, so durchtrieben geworden war. Adah war froh, als Pa Noble kam, denn zumindest hörte Francis da auf, sie zu schlagen. Ihr war schwindlig vor Schmerz, und in ihrem Kopf pochte es. Ihr Mund blutete. Und ein-, zweimal während der Auseinandersetzung war sie versucht gewesen, hinauszulaufen und die Polizei zu rufen. Doch sie besann sich eines Besseren. Wohin sollte sie denn dann gehen? Sie hatte keine Freunde und keine Bekannten in London.

Francis gab ihr zu verstehen, daß er seinem Vater und seiner Mutter schreiben würde. Adah war nicht überrascht. Doch sie hatte Angst, denn trotz alledem achtete sie ihre Schwiegermutter noch. Aber ihr Sohn Francis gefährdete die freundschaftlichen Bindungen, die zwischen Adah und seiner Familie bestanden. Sie wußte, daß danach die Dinge nicht mehr dieselben wären. Sie weinte. Sie war wieder einsam, genauso wie damals, als Pa starb und Ma wieder

heiratete und sie im Haus eines Verwandten leben mußte.
Ihre Ehe mit Francis? Sie war in dem Augenblick zu Ende, als Francis die Nobles und die anderen Mieter herbeirief. Sie sagte sich, daß sie mit so einem Mann nicht leben konnte. Jetzt wußten alle, daß sie geschlagen wurde, nur ein paar Wochen nachdem sie aus dem Krankenhaus gekommen war. Jetzt wußten alle, daß der Mann, für den sie arbeitete und den sie unterstützte, nicht nur einfach ein Narr war, sondern ein so großer Narr, daß er nicht einmal wußte, daß er wie einer handelte. Pa Noble mahnte Francis, an Adahs Gesundheit zu denken, und Gott segne den alten Mann, er schickte alle neugierigen Mieter fort. Es war nichts Schlimmes daran, daß sie sich Verhütungsmittel beschaffte, sagte Pa Noble, aber sie hätte es ihrem Mann sagen sollen.
Was nützte es, wenn Adah ihnen erzählte, daß sie es ihrem Mann gesagt und zur Antwort bekommen hatte, man könne Schwangerschaften verhüten, indem man das Zeug auf den Boden spritzte? Doch es war egal. Sie war fast einundzwanzig. Und bei ihrem Volk war ein Mädchen von einundzwanzig kein Mädchen mehr, sondern eine Frau, die Entscheidungen treffen konnte. Sollte Francis doch seinen und ihren Leuten schreiben. Wenn es ihr gefiel, würde sie ihre Briefe lesen, wenn nicht, konnte sie sie ins Feuer werfen. Der einzige Mensch, der zählte, war ihr Bruder. Sie würde ihm schreiben und ihm die Wahrheit sagen. Boy hatte Francis schließlich nie gemocht. Schon bevor Adah es herausfand, wußte er, daß

Francis zu den Männern gehörte, die sich wegen ihres guten Aussehens von Frauen aushalten ließen. Adah hatte gerade die Schule verlassen und war erfüllt von dem frommen Gedanken, daß man jemanden durch das eigene Beispiel und durch Gebete ändern konnte. Sie hatte sich geirrt, und ihr Bruder Boy hatte recht.

Ein paar Wochen später bekam Francis seine Prüfungsergebnisse: Er war wieder durchgefallen. Natürlich war Adah schuld, vor allem, da sie eine Teilprüfung ihrer Bibliothekarausbildung bestand. Um sein Versagen zu rechtfertigen, schrieb Francis seinen Eltern von dem Diaphragma. Doch als deren Antwort kam, beschäftigte Adah schon ein neues Problem. Sie war wieder schwanger.

12 Der Zusammenbruch

Ja, Adah war wieder schwanger. Diesmal weinte sie nicht, rang nicht die Hände, sondern überlegte. Wenn das in ihrem Leben dauernd so weitergehen sollte, würde sie alles tun, um es zu ändern, doch was, wenn alle Bemühungen fehlschlugen?

Sie ging zu ihrem indischen Arzt. Sie erzählte ihm die ganze Geschichte und auch, daß sie die Schwangerschaft abbrechen wollte. Der indische Arzt war kein junger Mann mehr, doch er hatte eine gewisse Art, Dinge zu sagen, und war so klein, daß man ihn leicht für einen jungen Mann halten konnte. Er hatte in London Erfolg gehabt, und seine zwei Söhne waren beide in Cambridge; er hatte eine Frau geheiratet, die auch Ärztin war und die er kennengelernt hatte, als er noch studierte. Er war bei den Schwarzen in diesem Teil von Kentish Town sehr beliebt. Adah meinte, daß er, weil er Inder war und einst in London studiert hatte, ihre Lage verstehen würde, wenn sie ihn um Hilfe bat.

Er verstand, schüttelte den Kopf, drückte sein Mitgefühl aus und sagte: »Sie hätten zu uns kommen sollen wegen des Diaphragmas. Die, die in der Beratungsstelle verkauft werden, sind billig, und sie lokkern sich schnell. Sie hätten mir davon erzählen sollen.«

Das war sehr nett. Das hätte Adah tun sollen, wenn

sie es gewußt hätte. Aber wie hätte sie es wissen sollen? Es wie ein Zauberdoktor riechen? Hatten er und seine Frau nicht im Wartezimmer einen Anschlag gemacht über die Gefahren des Rauchens? Hätten sie nicht einen ähnlichen Anschlag machen können, daß man bei ihm Verhütungsmittel bekommen konnte? Jetzt war es zu spät. Sie war schwanger, sie wußte es, aber der Arzt sagte ihr, daß es noch zu früh war, um es sicher zu wissen. Er würde ihr ein paar weiße Pillen geben. Adah sollte sie nehmen, und sie würden ihre Wirkung tun.

Adah fragte sich, was diese Pillen wohl für sie tun sollten. Doch in ihrem Zustand apathischer Resignation stellte sie keine Fragen. Die Pillen würden die Schwangerschaft beenden. Wenn die Schwangerschaft beendet wurde, wozu sollte sie dann Francis alles sagen? Wie konnte sie wissen, ob er es nicht mißverstehen würde? Selbst wenn er verstand, wie konnte sie sicher sein, daß er es nicht wieder den Nobles, seinen Eltern und allen erzählte? Konnte sie Francis sagen: »Schau, ich erzähle dir das unter dem Siegel der Verschwiegenheit. Du darfst es nicht weitererzählen«? Das wäre unmöglich.

Sie sah diese Situation jetzt als eine Herausforderung an, eine neue Herausforderung. Als sie klein und allein war, war die Herausforderung gewesen, sich zu bilden, alles ganz allein durchzustehen. Sie hatte gehofft, daß sich in der Ehe ihr Leben mit dem des Mannes verband und daß es bei ihm genauso wäre. Sie hatte auf die Ehe gesetzt wie die meisten Menschen, doch sie hatte kein Glück gehabt und verlo-

ren. Jetzt war sie wieder allein mit dieser neuen Herausforderung, die auch ihre Kinder einschloß. Sie würde leben, alles durchstehen. Eines Tages würde von irgendwoher Hilfe kommen. Sie hatte wie im Dunkeln nach dieser Hilfe getastet. Eines Tages würden ihre Finger etwas Festes berühren, das ihr half, sich selbst herauszuziehen. Sie wurde sich ihres Begleiters wieder bewußt – jenes ständigen Begleiters, der sie ihre Kindheit hindurch geleitet hatte. Sie kam ihm in ihren Gebeten näher. Sie kniete nie in der üblichen Weise nieder, um zu beten. Aber sie redete zu Ihm, während sie gepfefferte afrikanische Suppe auf ihrem Herd rührte; sie redete zu Ihm, wenn sie am Morgen erwachte; sie redete zu Ihm, die ganze Zeit, und sie spürte, Er war immer da.
Sie hatte keine Zeit, zur Kirche zu gehen und zu beten. Nicht in England. Sie brauchte Jahre, um das Bild der nigerianischen Kirche auszuradieren, die normalerweise ein festliches Aussehen hatte. In England, vor allem in London, war »Kirche« ein großes, graues Gebäude mit Fenstern aus Milchglas, hoher, verzierter Decke, sehr kalt, voll leerer Stuhlreihen und mit der Stimme eines Vikars, die von der weit entfernten Kanzel dröhnte wie die Stimme von Johannes dem Täufer in der Wüste. In London waren die Kirchen ohne Fröhlichkeit.
Sie konnte in keine gehen, da es sie zum Weinen brachte, so schöne Stätten der Verehrung Gottes leer zu sehen, während man in Nigeria, wenn man zu spät kam, kaum noch einen Sitzplatz ergatterte. Man mußte draußen stehen und dem Gottesdienst durch

einen Lautsprecher folgen. Aber man war trotzdem glücklich, man wurde ermuntert, die Lieder laut herauszuschmettern – dieser laute Gesang nahm einem einige Sorgen. Denn die meisten der Kirchenlieder schienen von Psychologen geschrieben zu sein. Man war immer sicher, etwas zu singen oder zu hören, was dem Problem nahekam, das man selbst im Kopf gehabt hatte, bevor man in die Kirche ging. In England war man dieses Trostes beraubt.

London, das Adahs Gott der Gemeinde getötet hatte, erschuf statt dessen einen eigenen Gott, der groß und lebendig drohend über ihr schwebte. Sie mußte nicht in die Kirche gehen, um Ihn zu sehen. Er war immer da – wenn sie in der Bücherei Bücher auf die Regale stellte, wenn sie ihre Kinder zum Schlafen hinlegte, bei allem, was sie tat. Sie kam Ihm näher, Ihm und den Leuten, mit denen sie arbeitete, doch sie entfernte sich von Francis. Die Kluft zwischen ihnen, die durch ihren Krankenhausaufenthalt entstanden war, hatte sich durch den Diaphragma-Zwischenfall noch vertieft, und nun würde das neue Kind sie weiter vergrößern. Aber sie würde es Francis nicht erzählen, und sie hatte deshalb keine Schuldgefühle. Francis konnte ihr nicht helfen.

Sie konzentrierte sich darauf, zu arbeiten und ihre neue Arbeit zu genießen. In der Chalk-Farm-Bibliothek lernte sie Peggy kennen, ein irisches Mädchen mit einer lustigen Frisur, deren Herz gebrochen war, weil ihr italienischer Freund seine Versprechen nicht einlöste. Peggy war im vorigen Sommer in Urlaub gefahren, nur um die italienische Sonne und

Rom zu genießen. Sie ließ sich mit einem hübschen jungen Italiener ein, der für einen Italiener erstaunlich groß war, aber Peggy meinte, er sei tatsächlich Italiener. Es war Liebe auf den ersten Blick, und viele Versprechungen wurden gemacht. Peggy war Bibliotheksassistentin, und der junge Mann studierte Ingenieurwesen an einer Universität, deren Namen Adah sich nicht merken konnte. Der junge Mann schien die Versprechungen vergessen zu haben, die er Peggy gemacht hatte, und sie drohte, zu der Adresse zu gehen, unter der er zu erreichen war, und ihm ihre Meinung zu sagen. Sie redete dauernd von diesem jungen Mann und davon, was sie ihm antun würde und wie sie ihr Eigentum wieder zurückholen wollte. Peggy erzählte Adah nie, was sie ihm gegeben hatte, dessen Verlust sie nun so schmerzte. Doch sie ließ Adah wissen, daß sie ihm so viel gab, daß sie es ihr Leben lang bereuen würde. Sie war dreiundzwanzig, nicht sehr hübsch, klein, aber angenehm.

Dann war da noch der große Boß, Mr. Barking. Er war dünn und schlecht gelaunt, aber absolut nicht hinterhältig. Seine Tochter hatte einen nichtswürdigen Kerl geheiratet, und er war entschlossen, diese Ehe zu hintertreiben, selbst wenn es ihn das Leben kosten sollte. Die Tochter war krank aufgrund der seelischen Grausamkeit, der sie dieser Nichtsnutz von einem Ehemann aussetzte. Mr. Barking sprach nie über seine Frau; er hatte sich so daran gewöhnt, daß sie da war, in seinem Haus, daß sie nie erwähnt wurde. Diese Frau machte gute Geflügel-Sandwiches. Adah hatte gesehen, wie Mr. Barking im Personalraum eine Menge Geflügel-Sandwiches wegfutterte, und manchmal hätte sie am liebsten auch eins gegessen.

Bill war ein großer, gutaussehender Kanadier; Adah wußte nicht, warum er überhaupt nach England gekommen war, denn er sah auf alles Englische herab. Er benutzte das Wort »Brite« für Engländer, genauso wie die Amerikaner. Sogar seinen Weihnachtskuchen ließ er sich aus Kanada einfliegen. Seine Mutter schickte ihm Essen, Kleidung, alles. Er wollte nicht für die Examen der britischen Bibliothekar-Vereinigung lernen, da er dem britischen Erziehungssystem nicht traute. Er hatte im letzten Jahr die Kinderbuchbibliothekarin geheiratet. Sie hieß Eileen, und sie war groß und schön, man konnte sich kein schöneres Paar vorstellen. Bill wußte von allem etwas. Er mochte schwarze Schriftsteller. Adah kannte keine schwarzen Schriftsteller außer den paar nigerianischen wie Chinua Achebe und Flora Nwapa, und sie wußte nicht, daß es noch andere gab. Bill schalt sie aus und sagte, es sei eine Schande, daß ein intelligentes schwarzes Mädchen wie sie so wenig über ihr eigenes Volk wußte. Adah dachte darüber nach und erkannte, daß Bill recht hatte. Er war ein intelligenter Mann, dieser Kanadier, und Adah mochte ihn sehr. Während der Pause ließ er sich immer über Autoren und ihre neuen Bücher aus. Er forderte sie an, und die Gemeinde von Camden kaufte sie, er las sie dann zuerst; danach gab er sie Adah, die sie wiederum an Peggy weitergab. Peggy gab sie an andere Mitglieder des Personals weiter, die gute Bücher lesen wollten. Durch Bill erfuhr Adah von James Baldwin. Dadurch, daß sie Baldwin las, begann sie zu glauben, daß Schwarz schön sei. Sie fragte Bill danach, und er fragte, ob sie denn nicht wüßte, daß Schwarz schön sei.

Bill war der erste wirkliche Freund, den sie außerhalb ihrer Familie hatte. Zu Männern hatte sie von jeher mehr Vertrauen, da ihr Pa sie nie im Stich gelassen hatte. Sie hatte schon immer gern viel gelesen, und Bill, dessen Frau innerhalb von zwei Jahren Ehe das zweite Kind erwartete, war immer zu einer literarischen Unterhaltung aufgelegt. Adah war fasziniert. Sie begann sogar Marx zu lesen und sagte sich oft, daß, wenn es zum Schlimmsten käme, sie Francis verlassen würde, da sie nichts zu verlieren habe als ihre Ketten.

Sie gewöhnte sich an die lockere Atmosphäre, in der das Bibliothekspersonal arbeitete. Es gab noch ein Mädchen, ein westindischer Mischling, das zu den Leuten gehörte, die es schwierig fanden, sich als Schwarze zu sehen. Sie mochte Adah, weil Adah zu diesem Zeitpunkt alle dazu brachte, sie zu mögen. Die Leute in der Bücherei ließen sie ihre Sorgen vergessen. Alle schienen Sorgen zu haben. Bills Frau bekam noch ein Kind, und ihre Wohnung war sehr klein. Er spielte mit dem Gedanken, zu seinem alten Job zurückzukehren, denn in Kanada war er Nachrichtensprecher beim Rundfunk gewesen. Warum war er eigentlich hergekommen? hatte sich Adah gefragt. Sehr vage deutete er an, daß er von seiner Mutter weggelaufen war, als diese ein Mädchen aufgetrieben zu haben schien, das er heiraten sollte. Er ging nach England, um dem zu entfliehen. Doch dann traf er Eileen. Armer Mann, er sah zu gut aus, um allein zu bleiben. Er war ein baumlanger Kerl. Peggys Problem war, Geld für eine Reise nach Italien aufzutreiben, wo sie während der Ferien arbeiten zu können hoffte, um nach dem jungen Italiener zu suchen, der sie betrogen hatte. Mr. Barking schloß sich selten ihrer lockeren Unterhaltung an, aber alle wußten, daß er an seine Tochter dachte. Fay schloß sich nicht gern den Schwarzen an, weil sie zu weiß war, eine Mulattin. Um das zu unterstreichen, verlobte sie sich während ihrer Ausbildung zur Bibliothekarin mit einem Engländer, der in Cambridge Jura studierte. Adah sah diesen Mann nie, doch sie sah Fays Auto, das so kaputt war, daß es Fay ein Vermögen kosten würde, es reparieren zu lassen. Fay sagte, ihr Freund habe es kaputtgefahren. Sie tat Adah leid, vor allem weil sie mindestens dreißig war, obwohl sie so schön aussah wie ein Filmstar: glatte, weiche Haut, eine vollkommene Figur und dichtes, schönes Haar. Und dreißig schien Adah zu der Zeit ein hohes Alter zu sein. Eine Frau von dreißig und noch nicht verheiratet, das hielt sie für eine Schande.

Wenn alle anfingen, über ihre Probleme zu reden, lachte Adah immer los.

Peggy sagte dann: »Warum zum Teufel lachst du denn?«

Darauf antwortete Bill für sie: »Sie hat keine Probleme. Sie ist mit einem wunderbaren Mann verhei-

ratet, der sich zum Bücherrevisor ausbilden läßt, und sie macht bereits alle ihre Bibliothekarsexamen...«
Adah widersprach ihm nicht. War die Welt nicht voller Traurigkeit? Was nützte es, ihnen ihr Leid zu klagen. Ja, sie glaubten alle, daß sie keine Probleme hatte, weil sie wollte, daß alle es glaubten.
So vergingen drei Monate wie im Flug, und sie wußte, daß die Pillen, die der Arzt ihr gegeben hatte, nicht geholfen hatten. Sie ermahnte sich, nicht in Panik zu geraten. Andere Frauen waren in schlimmeren Situationen gewesen. Francis würde lachen und sagen: »Ich dachte, du wärst so schlau, dir hinter meinem Rücken ein Diaphragma zu besorgen.« Sie hatte das Schlimmste überstanden. Selbst seine Schläge und Ohrfeigen berührten sie nicht mehr. Sie wußte nicht, woher sie ihren Mut nahm, aber sie begann zurückzuschlagen, ja ihn sogar zu beißen, wenn es nötig war. Wenn er diese Sprache wollte, gut, dann würde sie sie eben anwenden. War sie nicht in ihrer Schule die größte Beißerin gewesen? Francis drohte, ihr alle Zähne herauszuschlagen, und ließ seine Nägel so lang wachsen wie die eines Tigers, so daß Francis jedesmal, wenn Adah ihren Mund aufmachte, um zu beißen, seine Tigernägel in ihr Fleisch grub und sie fast erwürgte. Dann kam ihr der Gedanke, daß er sie töten könnte, und jeder würde denken, es sei ein Unfall gewesen. Nur ein Mann und eine Frau, die Krach gehabt hatten. Sie schlug noch von Zeit zu Zeit zurück, wenn sie wußte, daß sie nahe der Tür war, doch um des Friedens willen gab sie seinen Forderungen nach. Es waren die Forde-

rungen eines bösartigen Kindes, das es genießt, ein lebendiges Tier zu quälen, das man ihm als Spielzeug geschenkt hat.
Adah wollte die Wahrheit von dem Arzt wissen, bevor sie begann, ein Zimmer für sich und ihre Kinder zu suchen. Mr. Noble hatte genug von ihren Krächen und hatte sie gebeten, auszuziehen. Zu allem Überfluß schrieben die Frauen im Haus an Adah einen offenen Brief, in dem sie sie baten, ihren Mann besser unter Kontrolle zu halten, weil er ihnen allen nachstellte. Der Brief war nicht verschlossen und an die falsche Abteilung der Bibliothek geschickt worden, so daß andere Assistenten ihn lesen konnten, wenn sie wollten. Adah ärgerte sich nicht mehr, sie würde ohnehin gehen.
Sie wartete geduldig im Wartezimmer, bis sie dran war. Der Arzt begrüßte sie und fragte sie, wie es ihr ginge, und sie sagte: »Das Kind hat sich hübsch eingenistet. Es ist nicht rausgekommen, wie Sie es mich haben glauben lassen.« Ihre Stimme war vorerst leise und erregt.
Der Blick, den ihr der Arzt zuwarf, war schrecklich. Das Blut schien in ihren Adern zu gefrieren. Seine dunkle indische Haut schien noch dunkler geworden zu sein. Er bemühte sich zu sprechen, aber die Wut in ihm erstickte seine Stimme, so daß er wie ein kochender Kessel leise blubberte, dann jedoch heraussprudelte: »Ich habe Ihnen die Pillen nicht gegeben, um das Kind abzutreiben.«
Adah wich zurück wie eine erschreckte Schlange, doch wie eine Schlange sammelte sie auch gleich wie-

der all ihre innere Energie, bereit, diesen verängstigten kleinen Mann anzugreifen. Was meinte er? fragte Adah mit einer Stimme, in der etwas von brutaler Schroffheit schwang. Sie hatte das Gefühl, ihre Zähne in diese Augen graben zu müssen, die hervorstanden wie bei einem toten Fisch.

»In Ordnung, ich kriege also das Kind. Aber ich sage Ihnen, die Pillen, die Sie mir gegeben haben, waren zum Abtreiben da, und Sie wissen es, und ich weiß es, weil ich das Kind in mir trage und weiß, was in den ersten Wochen passiert ist, als Sie sie mir gegeben haben. Wenn mein Kind nicht gesund ist, sind Sie schuld. Das wissen Sie.«

Sie verließ das Sprechzimmer, aber sie ging nicht nach Hause, sondern in einen Park in der Nähe von Gospel Oak Village, und dort setzte sie sich und dachte nach. Sie hatte befürchtet, daß so etwas passieren würde, doch jetzt, mit dieser Bestätigung, kam sie sich vor wie eine Verräterin. Sie weinte um sich, um ihre Kinder und um das ungeborene Kind. Angenommen, das Kind kam mißgebildet auf die Welt, genauso wie diese unglücklichen mongoloiden Kinder, was sollte sie dann tun? Ihre Gedanken wanderten zu ihrem Bruder, Boy, der ihr all seine Ersparnisse geschickt und sie aufgefordert hatte, Francis zu verlassen und nach Nigeria zurückzukommen, wo ihre Arbeit im Konsulat auf sie wartete. Boy, armer Boy, er war sehr verärgert über die ganze Diaphragma-Sache, von der Francis seinen Eltern geschrieben hatte. Dieses Kind würde ihnen noch mehr Grund zum Keifen geben. Sie würden fragen: Wenn sie Verhütungsmittel nahm, die sie sich selber besorgt hatte, warum ist sie dann schwanger geworden? Sie würden sagen, daß es nicht das Kind ihres Mannes, sondern wahrscheinlich ein weißes Kind war. Sie wissen schon, so weiß wie die Leute, die ihr das Diaphragma eingesetzt haben. Und dann würden alle lachen. Ihre eigene Familie würde ihre Gesichter vor Scham bedecken. Sie stellte fest, daß sie dankbar dafür war, daß ihre Eltern nicht mehr lebten. Dies hätte sie getötet. Sie war die Hoffnung aller gewesen, als sie die methodistische Mädchenoberschule besuchte. Sie hatte ihre Hoffnungen sogar noch höher geschraubt, als sie durch Fernkurse eine Menge höherer Abschlüsse machte, und die Hoffnungen wurden erfüllt, als sie ihren guten Job im amerikanischen Konsulat bekam. Wenn sie nur da aufgehört hätte. Sie hätte ihre restlichen Prüfungen per Fernkurs ablegen können. War denn die Universität von Ibadan schließlich nicht ein Zweig der großen Londoner Universität, auf die sie so versessen war?

Aber wären ihre Kinder dann in solch einem Kindergarten, wie sie es jetzt waren? Sie war verwirrt. War es das alles wert gewesen?

Da berührte eine Hand ihre Schulter. Die Hand gehörte einem schwarzen Mann. Adah sprang auf. Als sie so dasaß, nachdachte und stumme Tränen vergoß, hatte sie den Mann nicht kommen hören. Er war Afrikaner, Nigerianer. Und als er sprach, wußte Adah, daß er Ibo war.

»Haben Sie Krach mit Ihrem Mann gehabt?«

Adah antwortete nicht. Der Mann fuhr fort:

»Ich heiße Okpara, und ich weiß, Sie sind eine Ibo – wegen der Narben in Ihrem Gesicht. Ich will nichts hören. Gehen wir und bitten wir um Verzeihung. Er wird Sie hereinlassen.«
Typische Ibo-Psychologie; Männer machen nie etwas falsch, nur die Frauen; sie müssen um Verzeihung betteln, da sie gekauft und bezahlt werden und stumme, gehorsame Sklaven bleiben müssen.
Adah zeigte ihm den Weg zu ihrem Haus. War nicht das magische Losungswort »Ibo« gefallen? Der Mann sprach auf dem Weg nach Hause über dies und jenes. Er hatte auch eine Frau, einen kleinen Jungen, und er hatte Jura studiert. Sie waren schon einige Zeit hier und wollten in ungefähr vier Monaten wieder heimfahren. Seine Frau war Sekretärin, und er arbeitete hier im öffentlichen Dienst. Er war jetzt mit seinem Studium fertig. Aber, sagte er zu Adah, sie stritten sich trotzdem, obwohl er seine Frau nie schlug. Er war darüber hinaus, aber sie stritten sich trotzdem. Diese Kräche bedeuteten nicht das Ende einer Ehe. Er erinnerte Adah an ein altes Ibo-Sprichwort.
»Erinnern Sie sich nicht, haben Sie dieses Sprichwort unseres Volkes vergessen, daß ein Mann und seine Frau ihr Heim für viele Dinge aufbauen, vor allem aber für Streitigkeiten? Ein Heim ist, wo man streitet.« Adah nickte, sie erinnerte sich.
Sie hätte Mr. Okpara fragen sollen, ob die Alten in einem Zimmer gelebt hatten, ob die Männer ihren Frauen in so schneller Folge Kinder gemacht hatten. Hatte ihre Ma ihr nicht erzählt, daß man zu ihrer Zeit die Kinder mindestens drei Jahre lang stillte? Zumin-

dest hatten die Männer, die Männer aus der Zeit, von der Mr. Okpara redete, andere Vergnügungen. Sie hatten ihre Stammestänze, sie hatten die Treffen ihrer Altersgruppe, nach denen sie von Palmwein zu betrunken waren, um bei ihrer Rückkehr von ihren Frauen noch etwas zu wollen. Der Aberglaube spielte eine große Rolle im Leben der Alten; wenn man mit seiner Frau schlief, während sie ein Kind stillte, würde das Kind sterben, deshalb hielten sich die Männer drei Jahre lang von ihren stillenden Frauen fern. Viele Männer waren aus diesem Grund polygam. Sie bauten eine separate Hütte für die stillende Frau, quartierten sie für diese lange Zeitspanne aus und holten sich eine kinderlose Frau.
Diese Leute konnten sich erlauben, ein Haus zu bauen, in dem sie streiten konnten.
Aber nicht in London, wo ihr Mann Francis die ganze Woche im selben Zimmer, am selben Küchentisch saß und dabei die Seiten seines Buches umblätterte, wobei er nur aufstand, um zu essen oder um unten bei den Nobles fernzusehen. Francis konnte nie so einen gesunden Verstand wie diese Männer haben. Wieder kam es ihr in den Sinn, daß ihr Plan fehlgeschlagen und alles ihre Schuld war. Sie hätte nicht zustimmen sollen, die ganze Zeit zu arbeiten. Sie hätte Francis zur Arbeit ermuntern sollen, genauso wie die Frau dieses Mannes, die sie nicht kannte, ihren Mann zur Arbeit ermuntert hatte. Francis hätte andere Männer getroffen, wie diesen hier, und er hätte es ihnen gleichgetan. Es war noch nicht zu spät, tröstete sie sich. Sie würde es versuchen. Es würde

vielleicht sogar ihre Ehe retten. Schließlich: Hatte Mr. Okpara nicht auch privat am Abend gelernt und trotzdem ein Zeugnis bekommen, anstatt von sechs Uhr bis Sendeschluß fernzusehen?
Zu Mr. Okpara sagte sie nichts, weil sie immer noch daran festhielt, daß das Scheitern ihrer Ehe ihre eigene Sache war. Sie hatte nichts dagegen, der Geschichte einer erfolgreichen Ehe zu lauschen und vielleicht ein paar Tips für ihre eigene zu bekommen, doch sie würde diesen Fremden nichts wissen lassen. Warum erlaubte sie Mr. Okpara, mit ihr zu kommen? Adah kannte die Antwort selber nicht. Sie erzählte dem Mann nichts, obwohl sie innerlich nach jemandem schrie, der ihr zuhörte und sie verstand. Doch sie hatte das Gefühl, daß sie ihren Mann, ihre Familie, ihre Kinder betrog, wenn sie mit diesem Fremden spräche, auch wenn er freundlich und ein Ibo war wie sie. Man erzählt den Leuten nicht von seinen Sorgen, wenn man noch mittendrin steckt, sonst macht man sie nur noch größer und unlösbar. Man erzählt es den Leuten, wenn alles vorüber ist, dann können andere aus den Fehlern lernen, und dann kann man es sich leisten, darüber zu lachen. Denn dann tun sie nicht mehr weh, man hat sie überstanden, man ist durch sie gewachsen.
Sie kamen in ihr Zimmer. Die Szene, die sich vor ihren Augen abspielte, war komisch, und das war noch untertrieben. Vicky saß auf einem Sofa und wedelte mit seiner nassen Windel wie mit einer Fahne. Titi hockte auf dem Bett und sah gedankenverloren Vicky und ihren Vater an, Bubu lag flach auf dem

Rücken in seinem Bettchen und lauschte den Liedern, die Francis seinen Kindern aus dem Handbuch der Zeugen Jehovas vorsang; er sah so schmutzig aus wie immer. Sein unrasiertes Gesicht fiel jetzt mehr auf, wo Mr. Okpara im Zimmer war. Letzterer war dunkler als Francis; er war nicht groß, ungefähr fünf Fuß, genauso groß wie Francis, doch er war tadellos sauber. Sein weißes Hemd blendete, und die Tatsache, daß er sehr schwarz war, unterstrich dieses Weiß noch mehr. Er trug einen schwarzen Dreiteiler, und seine schwarzen Schuhe glänzten. Die schwarze Aktentasche vergrößerte seine Würde noch, genauso wie der schwarze Schirm, den er zusammengerollt trug, das Bild vervollständigte – ein schwarzer Angestellter in England, der aus der Stadt heimkommt.

Was Francis betraf, so sah er in Adahs Augen überhaupt nicht wie jemand anders aus. Er war einfach er selber, nur Francis Obi, und Adah sah ein, daß sie, wenn sie ihn nach dem Bild dieses Mr. Okpara formen wollte, ganz schön kämpfen mußte. Francis war Francis, er schämte sich nicht, Francis zu sein, und er würde sich nicht ändern, selbst wenn Adah ihm zweihundert erfolgreiche Ibo-Studenten vorführte. Er war stolz darauf, zu sein, was er war, und Adah tat besser daran, sich an ihn zu gewöhnen oder auszuziehen.

Francis schwor Mr. Okpara, daß er Adah nicht anrührte. »Sie ist einfach weggegangen. Ich wußte nicht, wohin, aber ich wußte, sie würde zurückkommen, weil sie es nicht ertragen kann, ihre Kinder lange allein zu lassen. Ich habe sie nicht geschlagen. Hat sie das gesagt?«

Okpara ließ sich nicht entmutigen. Sie waren nicht glücklich. Adah war nicht glücklich, und dieses Land war gefährlich für unglückliche Menschen, weil man niemanden hatte, dem man sein Herz ausschütten konnte; die meisten einsamen afrikanischen Studenten brachen irgendwann seelisch zusammen, weil niemand da war, mit dem sie ihren Kummer teilen konnten. Wollte Francis, daß *seine* Frau so einen Zusammenbruch hatte? fragte Okpara. Würde das nicht seinen Geldbeutel belasten?

Dies überraschte Francis und auch Adah. Sie wußte nicht, daß Leute noch so lebten, daß der Mann für die Arztrechnungen zahlte. Selbst in Nigeria hatte sie immer gezahlt, wenn ein privater Arzt gerufen werden mußte. Sie konnte sich nicht erinnern, daß Francis es jemals getan hatte. Okpara hatte mit ihrem Problem nichts zu schaffen, und Francis, der nun vor Wut, Scham und Enttäuschung verwirrt war, ärgerte sich über die Einmischung in sein Familienleben. Adah kochte eiligst Kaffee.

Sie wußte nicht, daß Francis inzwischen soweit war, sich im Unterbewußtsein einzugestehen, daß er seine Prüfungen nie bestehen würde. Und zwar, seit man ihm mitgeteilt hatte, daß es für ihn ein Traum bleiben müßte, in dieser Welt jemals Wirtschaftsprüfer zu werden. Sie wußte nicht, daß er aus diesem Grund alles tun würde, um aus Adah ebenfalls einen Versager zu machen. Er konnte nichts dagegen tun, es war menschlich. Er war kein verbitterter Mann.

Er beschimpfte Okpara, sagte ihm, er solle heimgehen und sich um seine eigenen Angelegenheiten kümmern. Erst da bemerkte Adah, daß Okpara nur an der Oberfläche ein Engländer war. Ein Engländer hätte sich beleidigt gefühlt und wäre gegangen. Aber nicht Okpara. Er war ein Ibo, und dies war eine Ibo-Familie, die Sorgen hatte, und er würde nicht gehen, bis sie ihm versprachen, ihn zu besuchen, so daß sie sehen könnten, wie die Okparas lebten. Er fragte Adah, ob sie Bekannte in London habe. Konnten die nicht schlichten?
Adah dachte darüber nach. Sie hatte keine engeren Verwandten in London, und die paar entfernteren würden nur lachen. Sie würden sagen: »Wir dachten, sie ist die gebildete Dame, die auf alles eine Antwort hat. Haben wir sie nicht davor gewarnt, diesen Mann zu heiraten? Hat sie sich nicht selber ihr Bett gemacht? Nun, dann soll sie auch darin schlafen!« Deshalb schüttelte Adah den Kopf und sagte, sie hätte niemanden.
Nach dem Kaffee redete Okpara und riet Francis, sich wie ein Mann zu benehmen. Zu Hause zu bleiben und seinen Kindern aus dem Liederbuch der Zeugen Jehovas vorzusingen ernährte und kleidete seine Familie nicht, ganz zu schweigen von seinen alten Eltern daheim. Also mußte er eine Arbeit finden und abends studieren. Schließlich waren ihm doch die Fächer nicht mehr vollkommen neu. Sonst würde er seine Männlichkeit verlieren, und die Kinder, denen er da vorsang, würden bald erkennen, daß ihre Mutter ihnen Kleider und Nahrung kaufte.

Francis starrte ihn an, als er das sagte, denn es war eine große Demütigung für einen Afrikaner, von seinen Kindern nicht geachtet zu werden. Okpara merkte, daß er einen wunden Punkt berührt hatte, denn er haute auf den Küchentisch, um diesen Punkt zu unterstreichen. Er fuhr fort und fragte, ob Francis denn nicht wüßte, daß die Kinder, die in diesem Land geboren wurden, schon schlau aus dem Bauch ihrer Mutter kämen? Sie wissen und können sich merken, was um sie herum vorgeht. Wenn Francis die Achtung seiner beiden Söhne behalten wollte, sollte er sich besser überlegen, was er tat. Okpara erwähnte Titi nicht, sie war nur ein Mädchen, ein Mensch zweiter Klasse; es war gleich, ob sie ihren Vater achtete oder nicht. Sie würde eine gewöhnliche Frau werden und kein ganzer Mensch wie ein Mann.

In den folgenden Wochen und Monaten taten Okpara und seine hübsche kleine Frau ihr Bestes, aber Francis würde immer nur Francis sein. Er hatte sich daran gewöhnt, daß man für ihn arbeitete, daß eine Frau für ihn arbeitete, von der er wußte, daß sie nach dem Recht ihm gehörte. Adah konnte wegen der Kinder nicht entkommen, oder zumindest dachte Francis das.

Als sie ihm sagte, daß sie schon wieder ein Kind erwartete, erwiderte er diese Ankündigung mit einem Lachen, das dem eines verrückten Affen im Zoo ähnelte. Es war so tierisch, so unmenschlich, so freudlos und so brutal. Adah war sicher, daß sie schon im fünften Monat war, bevor sie es ihm sagte. Sie war gerade erst selber über den Schmerz hinweggekommen, machte sich aber immer noch Sorgen über die Gesundheit des Babys. Manchmal beunruhigte sie sich darüber, aber etwas, das sie aus Bubus Geburt gelernt hatte, war, daß sie nicht als arme Negerin in dieses Krankenhaus ging. Ihr Baby sollte stilgerecht kommen. Sie nähte und stickte, und diesmal ging ihr Mutterschaftsgeld nicht an Francis. Sie kaufte einen nagelneuen Kinderwagen, ein neues Wickeltuch und eine neue Ausstattung für sich selber, für den Zeitpunkt, wenn sie das Krankenhaus verließ. Sie traf ein westindisches Mädchen, das eine Tochter von einem Nigerianer bekommen hatte. Der Mann hatte sie jedoch nicht geheiratet, weil das Kind angeblich nicht von ihm war. Dieses Mädchen zeigte Adah, daß man von dem leben konnte, was Sozialhilfe hieß, bis die Kinder größer waren und man wieder arbeiten konnte. Adah hatte schon vorher in Nigeria von dieser Hilfe gehört; sie hatte es im Geschichtsunterricht gelernt. Sie wußte nicht, daß sie so etwas beanspruchen konnte. Wenn sie es nur gewußt hätte, dann hätte sie Francis schon früher verlassen. Doch sie hatte es nicht gewußt.

Sie schrieb zwanzig Glückwunschkarten an sich selbst, gab Irene, dem Mädchen, drei Pfund und sagte ihr, sie solle drei Karten am Tag, nachdem das Baby geboren sei, einwerfen. Zwei große Blumensträuße sollten ihr geschickt werden; einer bei ihrer Ankunft, und Francis' Name sollte zusammen mit gefühlvollen Worten darangebunden sein. Der andere sollte nach der Entbindung im Krankenhaus ankommen. Sollte sie jedoch die Geburt nicht überleben, sollte Irene die Namen von Adahs Kindern darauf schreiben und daraus ein Gebinde machen. Irene wurde sentimental und begann zu weinen. Adah war sicher, daß sie keine großen Chancen hatte, wenn man sie noch einmal operieren müßte. Aber der indische Arzt, der jetzt bedauerte, was er getan hatte, war Adahs stärkster Verbündeter geworden. Die Chancen, daß man sie nicht operierte, standen fünfzig zu fünfzig. Adah wußte, daß, wenn es auch nur eine Chance gab, nicht aufgeschnitten zu werden, sie diese Gelegenheit ergreifen würde. Ihr Körper hatte die Angewohnheit, alles ihm Fremde abzustoßen, sie hatte das gewußt. Anstatt also ihr Gehalt Francis zu geben, der davon zwei Pfund Haushaltsgeld für sie abzwacken würde, kaufte sie alles, was die Ärzte und Hebammen ihr zu essen geraten hatten. Francis brach viele Streitereien vom Zaun, aber Adah hatte sich um Wichtigeres zu kümmern – ihr ungeborenes Kind. Es war so klein, daß sie es kaum spüren konnte. Ihr Bauch wurde nicht dick wie bei den anderen Kindern. Doch sie hielt sich streng an die vorgeschriebene Diät.

In der Zeit lernte sie die moderne Art der entspannten Geburt kennen. Adah besuchte alle Kurse. Alles schien so leicht, daß sie den unnötigen Schmerz bereute, den sie bei den anderen Kindern erlebt hatte. Sie log nicht, was das Datum ihrer Niederkunft anging, und sie war entschlossen, vier Wochen zu Hause zu bleiben, bevor sie ins Krankenhaus ging.

Das Geld reichte nicht, und sie sagte Francis: »Von

nun an mußt du dich selbst durchschlagen. Ich weiß, die Kinder gehören mir, weil sie ernährt werden müssen. Du mußt arbeiten gehen. Ich werde nur für meine Kinder sorgen.«
Francis sagte, das könne sie nicht tun. Adah erwiderte nichts, führte aber ihre Pläne aus. Er mußte arbeiten gehen. Sie kümmerte sich um sein Studium und alles, aber die Kinder wuchsen an Körpergröße und Zahl. Sie kamen zuerst. Sie hatten auch ein Recht auf Glück, genauso wie Francis. Er wollte, daß sie eine Erklärung schrieb, daß sie es ablehnte, ihn zu ernähren. Ohne zu zögern schrieb Adah. Wenn die Welt sie dafür tadeln sollte, daß sie ihren körperlich kräftigen Ehemann nicht ernährte, sollte sie doch. Ihr war es egal. Sie mußte an drei Kinder denken, und bald würden es vier sein.
In der Chalk-Farm-Bücherei waren alle traurig, daß sie ging. Sie war auch traurig, aber dort in der Bücherei hatte sie eine verborgene Fähigkeit entdeckt, von der sie vorher nichts geahnt hatte – sie konnte leicht Freunde gewinnen. Die Leute vertrauten ihr schnell, weil sie immer versuchte zu lachen, wie schlimm die Situation auch war. Sie lernte, düstere Menschen zu meiden; sie machten sie unglücklich. Da sie es nicht vermeiden konnte, Francis und sein trauriges Gesicht zu sehen, verschloß sie also ihr inneres Auge vor ihm. Sie sah ihn, aber sie nahm ihn nicht mehr zur Kenntnis. Sie hörte ihn sagen, daß er sie bei einem Ministerium oder einer Behörde oder so angezeigt habe,

weil sie sich weigerte, ihn zu ernähren. Adah wartete darauf, daß das Gesetz kommen würde, doch es kam nicht.

Trotz allem begleitete Francis sie im Rettungswagen zum Krankenhaus. Am zweiten Morgen ihres Aufenthalts kam ihr großer Blumenstrauß an. Ihr Tisch war bunt von Karten, noch bevor Dada da war. Sie kam in dieser Nacht, klein, aber dafür schmerzfrei – und gesund. Adah war sicher, daß das Kind lächelnd auf die Welt kam. Es war so klein, wog weniger als fünf Pfund, aber es war schön wie eine schwarze Puppe – und ein Mädchen. Adah war dankbar für dieses Kind, das so vollkommen und so schön war, daß sie ihm den Spitznamen »Sonnenschein« gab.

Sie kam allein nach Hause, mit dem Taxi, und sie tat es stilvoll. Sie machte alle glauben, daß sie es so gewollt habe, um ihren Mann zu überraschen. Sie sagte ihnen nicht, daß Francis sich geweigert hatte, sie abzuholen. Sie bemitleideten sie sonst nur, und das brauchte sie nicht. Sie gab den Schwestern ein großzügiges Trinkgeld, und alle lachten und dankten ihr. Als sie heimkam, schrieb sie ihnen einen sehr netten Brief, in dem sie ihnen dankte, und im Geiste konnte sie hören, wie sie sagten, was für eine nette afrikanische Frau sie war. Sie hatte absolut keine Sorgen. Mit dieser Haltung wurden ihre Probleme bedeutungslos. Sie waren alle Teil ihres Lebens.

Hunger trieb Francis dazu, als Angestellter in der Post zu arbeiten. Adahs Hoffnungen stiegen. Vielleicht würde dies die Ehe doch retten. Doch sie wurde enttäuscht. Francis zahlte die Miete und gab ihr nach wie vor nur zwei Pfund für nunmehr sechs Personen. Adah wußte nicht, wieviel er verdiente oder wann er Geld bekam. Sie warnte ihn jedoch, daß sie einmal in den öffentlichen Dienst gehen und dasselbe tun würde. Sie würde die Miete nicht zahlen, weil das Sache des Mannes war, sie würde nichts zur Essenskasse beitragen, denn war sie nicht seine Frau? Sie sei nur für ihre Kinder, ihre Kleidung, die Krippengebühren und alles andere, was die Kinder brauchten, verantwortlich. Francis wüßte dann ebenfalls nicht, wieviel sie verdiente und wann sie Geld bekam. Er war der Meinung, sie könnte das nicht tun, weil sie seine Frau sei. Er könnte ihr verbieten, arbeiten zu gehen. Darauf erwiderte Adah: »Wir sind in England, nicht in Nigeria. Ich brauche deine Unterschrift nicht, um mir einen Job zu beschaffen.«

Aber Adah hoffte und betete, daß dieses neue Bewußtsein und dieses Gefühl des Stolzes ihm bleiben würden. Er kaufte sich einen Anzug und Hemden, er kaufte ein kleines Transistorradio, das Adah und die Kinder nicht anrühren durften und das er überallhin mit sich trug, zur Arbeit und selbst zur Toilette. Adah lachte in sich hinein und sagte sich, wie sehr Francis doch einem kleinen Jungen ähnelte. Sie zahlte für ihr Essen und für das der Kinder von den wenigen Ersparnissen aus dem Übergangsgeld. Für das Dach über ihrem Kopf zahlte sie, indem sie Francis nachts zu willen war und indem sie seine unzähligen Hemden wusch.

Ihr Baby wurde kräftiger, und zu ihrer eigenen Beruhigung stillte sie es. Dieses Kind würde sie nicht mit der Flasche aufziehen. Sie hatte irgendwo gelesen, daß Babys, die die Brust bekamen, intelligenter und kräftiger wurden als die, die man mit der Flasche aufzog. Sie erfuhr auch, daß es weniger wahrscheinlich war, daß die Mutter wieder schwanger wurde, wenn sie stillte. Also gab sie ihrem Kind die Brust.

Die Dinge schienen gut zu stehen, aber Adahs Geld wurde knapp, und die Kinder brauchten neue Kleider. Sie arbeitete einen Zeitplan aus und erkannte, daß sie sich jeden Nachmittag drei Stunden Ruhe schaffen konnte. Da tauchte ihr alter Traum wieder an die Oberfläche. Warum versuchte sie nicht zu schreiben? Sie hatte immer schreiben wollen. Warum nicht? Sie lief zu Foyle, kaufte sich ein Exemplar von *Bringen Sie sich selber das Schreiben bei* und setzte sich während all der Monate, in denen sie stillte, hin und schrieb das Manuskript eines Buches, das sie *Der Brautpreis* nennen würde.

13 Abstieg in den Sumpf

Der Sommer in diesem Jahr war wundervoll. Dada war im Mai geboren, und seit Adah sie aus dem Krankenhaus mit nach Hause gebracht hatte, war es immer sonnig gewesen. Die Engländer sagen, daß in England lange, warme Sommer auf kalte und schreckliche Winter folgen. Das mochte richtig sein oder nicht, in diesem Jahr stimmte es jedenfalls. Adah gefiel es um so mehr, als sie zum erstenmal in ihrem Leben eine richtige Hausfrau war. Es dauerte nur fünf Monate, aber wie sehr wünschte sie, ihr Leben würde so weitergehen. Sie kehrte nicht zur Arbeit zurück, nachdem sie Dada bekommen hatte, denn sie hatte ihrem Mann gesagt, daß sie es nicht ertragen könne, vier kleine Kinder bei einer anderen Frau zu lassen. Titi war im Kindergarten, der zur Carlton-Schule gehörte, eingeschrieben, ganz in der Nähe von Queen's Crescent. So mußte Adah nur jeden Tag Titi zum Kindergarten bringen, am Crescent einkaufen, mit den anderen Kindern für ein oder zwei Stunden in den Park gehen, heimkommen, ihnen das Essen machen, sie ins Bett bringen, und dann konnte sie schreiben.

Wäre Francis Engländer oder eben nicht Francis gewesen, sondern jemand anders, hätte es geklappt, und Adah hätte gerne ihr Studium aufgegeben, um nur Hausfrau zu sein. Sie hatte viele Frauenzeitschriften gelesen und war überrascht, daß Mütter sagten, es langweile sie, nur Hausfrau zu sein. Sie gehörte nicht zu diesen Frauen. Es gab so viele Dinge, die sie plante, und sie tat sie jetzt. Sie strickte unzählige Pullover und Jacken für alle, darunter auch dicke, große für Francis. Es war eine Art, ihm zu sagen, daß sie nichts anderes vom Leben verlangte. Nur Hausfrau und Mutter sein.

Aber Francis stammte aus einer anderen Kultur. In seinem Kopf rumorte ein Konflikt. Wozu hatte er eine gebildete Frau geheiratet? Warum hatten seine Eltern einen hohen Brautpreis zahlen müssen, wenn sie dann doch nur nach England gekommen war, um ihr Leben nach dem Vorbild der Engländerinnen zu gestalten, nicht arbeiten zu gehen, nur dazusitzen und nichts anderes zu tun, als die Windeln der Babys zu waschen? Er fühlte sich betrogen. Er mußte arbeiten und an den Abenden und Samstagen studieren, während Adah nichts tat. Er fand immer neue Ausreden, um von der Arbeit wegzubleiben. Wenn es stark regnete, war Francis sicher, sich zu erkälten. Er ging nicht vor acht Uhr fünfzig aus dem Haus, dabei mußte er um neun bei der Arbeit sein. Adah erklärte ihm immer wieder, daß er mindestens dreißig Minuten brauchte, um zu seiner Arbeitsstelle zu kommen. Aber Francis hörte ihr nicht zu. Der erste Glanz seiner neuen Macht, die Macht, die er gewonnen hatte durch das Wissen, daß zum erstenmal in ihrer Ehe er es war, der das Geld nach Hause brachte, war dahin. Er sah, daß Adah seine neue Macht nicht beeindruckte, weil das Geld, das er ihr für den Haushalt gab, gerade reichte, um sein Essen zu kaufen. Adah machte es nichts aus. Als sie ihr ganzes Übergangsgeld ausgegeben hatte, fing sie an, in Heimarbeit für eine Kleiderfabrik beim Crescent zu nähen. Der Fabrikbesitzer war begeistert von den Proben, die sie ihm gezeigt hatte, und versprach, ihr einen Teilzeitjob zu geben, sobald sie wieder arbeiten konnte. Adah gefiel das, weil sie so zu Hause arbeiten und auf die Kinder aufpassen konnte, doch der wichtigste Grund war, daß Francis außer Haus war und Seite an Seite mit anderen Männern arbeitete. Was für eine Vorstellung: Endlich war sie wirklich verheiratet, wie alle anderen Frauen!

In dieser guten Laune ging sie zu der kleinen Filiale von Woolworth beim Crescent und kaufte vier Hefte, in die sie den *Brautpreis* zu kritzeln begann. Je mehr sie schrieb, desto mehr merkte sie, sie konnte schreiben, und desto mehr genoß sie das Schreiben. Sie spürte den Drang: *Schreib; tu es, du kannst schreiben.* Als sie fertig war und es durchlas, wußte sie, sie hatte keine große Botschaft mitzuteilen, denn es war voll von Szenen mit pubertären und kitschigen Liebesgefühlen. Ein Film, den sie kürzlich gesehen hatte, weckte in ihr das gleiche Gefühl wie ihr erster literarischer Versuch. Die Geschichte war zu romantisch. Adah hatte alles, was in ihrer Ehe fehlte, hineingelegt. Während sie schrieb, vergaß sie alles um sich herum außer ihren Kindern. Schreiben war für sie wie schöne sentimentale Musik hören. Es kümmerte sie wenig, ob es veröffentlicht wurde oder nicht; was zählte,

war nur, daß sie überhaupt ein Buch geschrieben hatte.
In ihrem Glück vergaß sie, daß Francis aus einer anderen Kultur stammte, daß er nicht zu den Männern gehörte, die sich neuen Anforderungen so leicht anpaßten, daß seine Ansichten über Frauen immer noch die gleichen waren. Für ihn war eine Frau ein Wesen zweiter Klasse, mit der man eine Zeitlang schlief, sie, wenn sie nicht wollte, so lange prügelte, bis sie zur Vernunft kam und nachgab; man konnte ihr befehlen, aus dem Bett zu steigen, wenn man es mit ihr getrieben hatte; sie war dazu da, seine Kleider zu waschen und dafür zu sorgen, daß sein Essen rechtzeitig auf dem Tisch stand. Er wollte kein intelligentes Gespräch mit seiner Frau, denn dann könnte sie ja auf dumme Ideen kommen. Adah wußte, sie war ein Dorn in seinem Fleisch. Sie begriff, was er durchmachte, weil er offensichtlich litt. Doch obwohl er ihr leidtat, obwohl sie alles verstand, was mit ihm geschah, würde sie nie so eine Ehefrau sein. Francis konnte sie totprügeln, doch sie würde sich nie mehr so tief erniedrigen. Und doch hoffte sie die ganze Zeit, daß der Aufenthalt in England ihn noch ändern würde. Waren sie nicht zum Studium nach England gekommen? Sicher würde er sich irgendwie ändern. Vieles, was wichtig gewesen war und was sie vorher beunruhigt hatte, war nun weniger bedeutend. Zum Beispiel war es ihr nun egal, ob sie Näherin oder Bibliothekarin wurde. Was zählte, war, daß sie nicht unglücklich war, denn sie wollte für alle um sie herum Glück ausstrahlen. Sie bemerkte, daß,

wenn sie glücklich war, ihre Kinder es auch waren. Doch wenn sie sahen, daß ihr Vater sie ohrfeigte oder anbrüllte, hingen sie an ihr, hatten Angst, und ihre Augen wanderten in kindlichem Schrecken unruhig umher.
Sie wollte Francis den *Brautpreis* zeigen, ihm zeigen, daß sie schreiben konnte und daß sie nicht ihre Zeit vergeudet hatte, wie er dachte. Doch zuerst mußte sie das Manuskript ihren Freunden in der Chalk-Farm-Bücherei bringen.
Bill las es und auch Peggy und die anderen. Sie dachte, sie würden lachen und ihr sagen, daß es ein guter erster Versuch war. Aber Bill nahm es sehr ernst. Sie sollte es einem Verleger zeigen. Das erschreckte Adah. Sie kannte niemanden im Verlagswesen, sie wußte nicht, ob sie das alles überhaupt tippen konnte. Es war so umfangreich, dieses Manuskript. Die einfachen, alles andere als gewählten Worte strömten wie von selbst aus ihrem Geist. Sie hatte es geschrieben wie jemand, der sehr schnell redet und nicht mehr aufhören kann. Und nun sagte Bill, daß es gut war, daß sie es tippen sollte, und dann würde er es jemandem zeigen. Jetzt war es unbedingt notwendig, daß Adah es Francis erzählte.
Sie holte sich neue Bücher, steckte sie alle säuberlich zwischen Bubu und Dada in den Kinderwagen, putzte Vickys laufende Nase und ging mit den beiden zur Carlton-Schule, um Titi vom Kindergarten abzuholen. Doch Adah war tief in Gedanken versunken, als sie die Kreuzung Haverstock Hill und Prince of Wales Road überquerte; sie schob den Kin-

derwagen, während Vicky an ihrer Seite trottete, die Sonne schien am Himmel, der Tag war heiß und strahlend wie in Afrika. Aus allen Richtungen kamen ihr Menschen entgegen, alle in ärmellosen farbigen Sommerkleidern. Einige alte Leute saßen auf den Bänken vor dem Pub am Crescent, und sie zeigten lächelnd ihre künstlichen Gebisse; ihre verbeulten Hüte waren tief ins Gesicht gezogen, um die Köpfe vor der ungewohnten Sonne zu schützen. Sie ging auf den Crescent-Markt, wo sich der Geruch reifer Tomaten mit dem aus dem Fleischerläden mischte. Aber sie bemerkte nichts, denn ihr Hirn war viel zu sehr beschäftigt. Konnten Peggy und Bill recht haben? Konnte sie eine richtige Schriftstellerin werden? Hatte sie sich nicht ganz ausgefüllt gefühlt, als sie das Manuskript fertig hatte, als wäre es ein Baby, das sie geboren hatte? Sie hatte es Bill gesagt, und er hatte erwidert: »Aber genau so fühlen sich Schriftsteller. Ihre Arbeit ist ihr Hirnkind. Dies ist dein Hirnkind; du bist die einzige auf der Welt, die dieses einmalige Werk hat hervorbringen können, niemand anders. Wer es auch versuchte, es wäre nur eine Nachahmung. Ein Buch erzählt viel über den Schriftsteller. Es ist wie dein eigenes Kind.«
Der Ausdruck ging Adah immer wieder durch den Kopf. *Hirnkind, Hirnkind.* Francis mußte es sehen. Vielleicht würde man es nie veröffentlichen, aber für sie war es ein Meilenstein. Sie hatte immer davon geträumt, Schriftstellerin zu werden, doch hatte sie sich gesagt, Schriftsteller wüßten soviel, daß sie mindestens vierzig sein müßte, bevor sie ihren ersten

Versuch unternehmen konnte, ihr Wissen in einem Buch zusammenzufassen. Doch jetzt hatte sie den *Brautpreis* zustande gebracht, zuerst nur zum Spaß, doch während sie weiterschrieb, hatte sie erkannt, daß es ihr ernst war. Jetzt hatten ein paar Freunde es gelesen, und die sagten, es sei gut.
Sie würde nun doch mehr tun, um Schriftstellerin zu werden. Doch wo sollte sie anfangen? Es gab so vieles, das man wissen mußte, um Schriftsteller zu sein. Sie konnte in keiner afrikanischen Sprache schreiben, also mußte sie es in Englisch tun, obwohl es nicht ihre Muttersprache war. Ja, die englische Sprache würde sie benutzen. Doch sie konnte keine langen, verdrehten Sätze schreiben. Gut, vielleicht diese schwierigen Sätze nicht, aber dann würde sie eben ihre eigenen Worte auf ihre Weise benutzen. Es würden Adahs Sätze sein. Doch zunächst brauchte sie Anleitung. Die einfachsten Bücher, die ihr einfielen, waren die Bibel und Shakespeares Gesammelte Werke. Ihr Pa hatte ihr mit Hilfe der Bibel das Lesen beigebracht, mit dem *Matthäus*-Evangelium, dem Teil, in dem stand, daß nach David vierzehn Generationen bis zur Geburt Christi kamen. Schließlich kannte sie fast das ganze Evangelium auswendig. Was Shakespeare anging, so war sie immer noch fasziniert von ihm. Es bedeutete eine Menge Arbeit, doch sie war zu schaffen. Dann dachte sie wieder nach. Die Sprache zu beherrschen war eine Sache, doch was war mit dem Thema? Sie konnte nicht einfach weiter aus dem Gedächtnis heraus schreiben, aufs Geratewohl. Es mußte eine Absicht, ein Muster

geben. Im Moment konnte sie keine Antworten auf diese Fragen finden, aber sie wußte, sie mußten beantwortet sein, bevor sie etwas schreiben konnte, das zu veröffentlichen war. Sie wollte nicht einfach nur gewöhnliche Romane schreiben. Da würde sie zuviel Konkurrenz haben. Sie mußte sich irgendwie spezialisieren. Ihr einziges praktisches Wissen war mit dem Bibliothekswesen verbunden. Man konnte doch nicht darüber schreiben, wie man Aufträge einordnete oder Bücher aufstellte, gemäß Dewey oder der Kongreß-Bibliothek! Sie konnte über die Leute schreiben, die Bücher ausliehen, aber dazu mußte sie sie kennen. Welches Fach bringt einem etwas über Menschen bei? Psychologie? Soziologie? Anthropologie oder Geschichte? Die meisten kannte sie, aber was studiert ein Soziologe? Sie würde Francis fragen. Er mußte es eigentlich wissen. Sie würde ihn zuerst das Manuskript lesen lassen, dann würde sie fragen: »Wo lernt man etwas über Menschen, und was lernt man in Soziologie?«

Am Abend erzählte sie Francis vom *Brautpreis*. Doch er erwiderte, er wollte lieber im Fernsehen den *Heiligen* sehen; den Fernseher hatten sie gemietet. Adah bettelte und jammerte, daß es gut war, daß ihre Freunde in der Bücherei es gesagt hätten. Er sollte es bitte lesen. Sie sagte, Bill dachte, man solle es tippen, da es gut sei.

Darauf sagte Francis: »Du vergißt immer, daß du eine Frau und eine Schwarze bist. Der Weiße kann kaum uns Männer ertragen, gar nicht zu reden von hirnlosen Weibern wie dir, die an nichts anderes den-

ken können, als wie sie ihren Kindern die Brust geben.«
»Das mag sein«, schrie Adah, »aber es gibt Leute, die es gelesen haben. Und die sagen, es ist gut. Lies es doch, ich will deine Meinung darüber wissen. Weißt du denn nicht, was es in Zukunft für uns bedeutet, wenn ich Schriftstellerin sein könnte?«
Francis lachte. Was würde er wohl als nächstes hören? Eine Schriftstellerin in seinem Haus im Land der Weißen?
»Nun, Flora Nwapa ist schwarz, und sie schreibt«, behauptete Adah.
»Flora Nwapa schreibt ihren Kram in Nigeria«, erwiderte Francis.
»Ich habe ihre Bücher in allen Büchereien gesehen, in denen ich gearbeitet habe.«
Darauf gab Francis keine Antwort. Er würde Adahs Unsinn nicht lesen, und dabei blieb es. Adah war tief verletzt, aber sie sagte nichts. Sie nahm einfach ihre Hefte mit dem »Unsinn« und legte sie säuberlich dorthin, wo sie die Bücher aufbewahrte, die sie diese Woche ausgeliehen hatte. Sie würde sparen und sich eine Schreibmaschine kaufen, eine gebrauchte, wie man sie am Crescent verkaufte, und dann würde sie alles abtippen. In der Zwischenzeit würde sie die Hefte hier aufbewahren und weiterlernen.
Der Gedanke an all das verfolgte sie wie ein schlimmer Traum. Daß Francis ihr Buch nicht lesen wollte, war schlimm genug, aber daß er es Unsinn genannt hatte, ohne es zu lesen, schmerzte noch mehr, und daß er glaubte, daß sie nie eine Schriftstellerin würde,

weil sie schwarz und eine Frau war, raubte ihr fast den Verstand. Sie fühlte sich leer. Was konnte sie denn sonst tun? Es war ihr klar, daß Francis nie eine intelligente Frau ertragen konnte. Sie tadelte sich wieder selber. Sie hätte nicht nach England kommen sollen, dann hätte sie nicht diesen Drang zum Schreiben verspürt; ihre Ehe wäre gerettet, zumindest für den Augenblick, denn sie wußte, daß sie später doch schreiben würde. Das Bibliothekswesen war für sie nur ein Sprungbrett, um sie den Büchern näherzubringen, die sie zu schreiben erträumte, später, wenn sie vierzig war.

Aber in England war sie dazu gebracht worden, fast zwanzig Jahre vor ihrer Zeit anzufangen. Vielleicht würden ihre Bücher nicht veröffentlicht werden, bis sie vierzig war, aber ihre Geschichte war zu Ende geschrieben. Jetzt konnte sie nicht mehr zurück. Sie kannte nun das Gefühl, das sie gehabt hatte, als die Geschichte fertig war, sie hatte die Erfüllung gespürt, als andere ihr Werk lasen, und ein unbeschreibliches inneres Gefühl, als sie ihr sagten, wie sehr es ihnen gefallen hatte. Peggy hatte gesagt: »Es war so lustig, ich konnte es nicht weglegen. Es war so komisch.« Und Bill: »Nur du und kein anderer hätte das schreiben können.« Nein, es gab jetzt kein Zurück mehr. Sie mußte vorwärtsgehen.

Am nächsten Samstag ließ sie die Kinder bei Francis und eilte zum Crescent, um ihre Wochenendeinkäufe zu machen. Francis und die Kinder schliefen, und sie wollte sie nicht wecken. Es war ein nasser Tag. Die Schlangen am Crescent waren endlos. Adah mußte nach Fleisch, nach Reis, nach Grieß und sogar nach Okra anstehen. Überall mußte sie im strömenden Regen stehen. Sie war froh, endlich heimzukommen, ganz durchnäßt, aber erleichtert, daß ihre Einkäufe schon frühmorgens erledigt waren, noch bevor die Kinder aufwachten.

Als sie zu ihrem Treppenabsatz kam, stieg ihr der Geruch von brennendem Papier in die Nase. Sie rannte ins Zimmer, hoffte und betete, daß Vicky nichts angezündet hatte.

Aber im Zimmer sah sie, daß Vicky und die anderen Kinder noch schliefen. Francis aber stand am Ofen und verbrannte Papier. Er sah sie hereinkommen, und ihrem Gesicht sah er an, daß sie eine Erklärung forderte. Aber Francis verbrannte weiter das Papier. Sie sprachen selten miteinander, die beiden. Adah konnte den Geruch nicht länger ertragen, sie mußte einfach reden.

Sie sagte: »Francis, hättest du nicht all diese Blätter, die du da verbrennst, in den Mülleimer werfen können, anstatt das Zimmer so zu verräuchern?«

»Ich hatte Angst, du würdest sie aus dem Mülleimer wieder ausgraben. Also mußte ich sie verbrennen«, lautete die prompte Antwort.

Adah wurde neugierig und mißtrauisch, ihr Herz schlug schneller.

»Was ist das, Francis? Was verbrennst du da? Briefe? Wer hat sie geschrieben? Francis, was verbrennst du da?«

Francis antwortete ein Weile nicht, sondern schob weiter zerknüllte Blätter in den Ofen, er sah zu, wie

das verkohlte Papier leblos durch das Zimmer flog wie Amseln. Er versperrte Adah absichtlich mit seinem breiten Rücken die Sicht.
Adah kannte diese Haltung von Francis, einfach dazustehen und sie herauszufordern. Als er das Gesicht umwandte, wußte sie, daß sie dieses triumphierende Lächeln schon einmal auf seinem Gesicht gesehen hatte. Nun erinnerte sie sich. Sie hatte ihn so lächeln sehen, als er ihr erzählte, wie es ihm gelungen war, einen Affen zu töten, der einem Freund gehörte. Der Freund hatte den Affen als Haustier gehalten, und alle hatten sich darüber geärgert. Francis hatte Rattengift gekauft, es auf ein Stück Brot geschmiert und dem Affen gegeben. Der Affe war gestorben, doch sein Todeskampf, wie er sich vor Schmerzen gewunden hatte, das Wehgeschrei des unglücklichen Tieres – darüber freute sich Francis heute noch. Er hatte Adah diese Geschichte so oft erzählt, ausgeschmückt mit schauerlichen Details, daß Adah nie vergaß, wie er während der Erzählung gelächelt hatte. Noch eine schreckliche Geschichte hatte er Adah erzählt und dabei genauso gelächelt wie jetzt. Es war die Geschichte einer Ziege, die sein Vater für Weihnachten gekauft hatte. Die Ziege war im Hof angebunden, und Francis hatte die stärkste Pferdepeitsche genommen, die er finden konnte, und begonnen, die Ziege auszupeitschen und sie aufzufordern, sie sollte ihm sagen, wieviel zwei mal zwei war. Adah hatte ihn gefragt, ob es ihm nichts ausgemacht hätte, ein Tier zu schlagen, das weder sprechen noch wissen konnte, wieviel zwei mal zwei war. Da lächelte Francis nur

und leckte sich die Lippen, seine hellen Augen blitzten hinter der Brille, und er antwortete ihr, daß das ganz egal wäre, was zählte, war die Tatsache, daß die Ziege seine Fragen nicht beantworten wollte und daß sie dafür geschlagen werden mußte. Adah erinnerte sich an die Schläge, die sie von ihrem Cousin Vincent bekommen hatte, und sie mußte daran denken, wie jeder Schlag sich in ihre Haut brannte; sie schauderte und sagte Francis, sie wolle keine Geschichten mehr hören über seine »heroischen Siege«.

Jetzt hatte Francis wieder dieses üble Lächeln im Gesicht, und Adah ahnte, daß er wegen einer neuen Heldentat mit sich zufrieden war. Er nahm das letzte Blatt, und unter dem zerknüllten Papier konnte sie das orange Deckblatt eines der Hefte erkennen, in die sie ihre Geschichte geschrieben hatte. Da wurde ihr plötzlich alles klar. Francis verbrannte ihre Geschichte; er hatte alles verbrannt. Die Geschichte, auf der ihr Traum, Schriftstellerin zu werden, beruhte. Die Geschichte, die sie Titi und Vicky und Bubu und Dada zeigen wollte, wenn sie groß waren. Sie wollte ihnen dann davon erzählen, sie wollte ihnen sagen: »Schaut, das habe ich eigenhändig und in Englisch geschrieben, als ich eine junge Frau war.« Und sie war sicher, daß alle lachen würden, und ihre Kinder würden sagen: »Oh, Mama, du bist so lustig.«

Mit schwacher und müder Stimme sagte sie zu Francis: »Bill hat die Geschichte mein Hirnkind genannt. Haßt du mich so sehr, daß du mein Kind töten konntest? Denn genau das hast du getan.«

»Es ist mir egal, ob es dein Kind ist oder nicht. Ich habe es gelesen, und meine Familie wäre niemals froh, wenn meine Frau so ein Buch schreiben dürfte.«

»Und deshalb hast du es verbrannt?«

»Siehst du das nicht?«

Das war für Adah der Tropfen, der das Faß zum Überlaufen brachte. Francis brachte es fertig, ihr Kind zu töten. Sie konnte ihm alles verzeihen, was er vorher getan hatte, aber das nicht.

Sie bekam eine neue Arbeit als Bibliothekarin im Britischen Museum. Francis gab seinen Job auf, weil er ahnte, daß Adah nun sehr viel mehr verdienen würde als jemals zuvor. Aber Adah hielt an ihrem Entschluß fest. Ihr Geld gehörte ihr und ihren Kindern.

Das Leben mit Francis wurde danach zur Hölle. Wieder war sie auf der Straße, umgeben von Kindern, genauso wie der Rattenfänger von Hameln, und suchte ein Haus, in dem sie wohnen konnte. Sie brauchte lange dazu, aber schließlich fand sie eine Zweizimmerwohnung, die sie mit Ratten und Küchenschaben teilte.

Francis wollte sie nichts mitnehmen lassen; der Lärm, als sie sich stritten, war so groß, daß die Polizei gerufen werden mußte. Die Vermieterin entschuldigte sich später bei ihr und sagte: »Es tut mir leid, daß ich die Polizei gerufen habe, aber er hätte Sie beinahe umgebracht.« Die Polizistin, die kam, befahl Francis, eine Kiste mit Kleidern für die Kinder herauszurücken.

So ging Adah in die Freiheit mit nichts als vier

kleinen Kindern, ihrem neuen Job und einer Kiste Lumpen. Keine Aufregung, sie hatte nicht viele Verletzungen erlitten, abgesehen von einem gebrochenen Finger und geschwollenen Lippen. Sie wurde im Archway-Krankenhaus behandelt. Francis' Abschiedsworte lauteten, wenn Adah glaubte, er würde sie und ihre Gören besuchen, dann sollte sie ihn doch lieber für einen Bastard halten.

Adah war froh darüber, sie wollte ihn nicht wiedersehen, nicht um alles in der Welt.

Doch Adah sollte es schlecht ergehen. Einen Monat später entdeckte sie, daß sie wieder schwanger war. Genaugenommen war sie es schon seit drei Monaten, und zu allem Überfluß hatte Francis ihre Adresse durch die Kinder herausbekommen. Er folgte Titi und Vicky von der Schule nach Hause.

Eines Tages war Adah am Ende mit ihrem Latein, sie fragte sich, was sie tun sollte, als ein Klopfen am Fenster sie dazu veranlaßte, durch die Scheiben zu spähen. Es war Francis. Er wußte nicht, daß Adah ihn gesehen hatte, und hämmerte auf das Fenster ein, als wollte er es einschlagen. Adah bekam Angst. Sie hatte den Vermieter angelogen und gesagt, daß ihr Mann nach Nigeria zurückgegangen war und sie nachholen würde, sobald er sich fest etabliert hatte. Sie mußte das alles in Yoruba sagen, sonst hätte sie die Wohnung nicht bekommen. Als sie den Scheck unterschrieb, den sie dem Vermieter gab, hatte er den Namen bemerkt und gesagt: »Wie kommt ein nettes Mädchen wie Sie dazu, einen *Yaimirin* zu heiraten?«

Yaimirin und *Ajeyon* sind die beiden Wörter, unter

denen die Ibos bekannt sind – sie bezeichnen eine Kannibalenrasse. Adah hatte ihm erzählt, es wäre ein Fall von törichter Leidenschaft. Doch sie brachte ihn zum Schweigen, indem sie ihm sechs Wochen im voraus bezahlte, noch dazu mit Scheck. Das beeindruckte den Mann und erkaufte Adah eine Zeitlang ihre Freiheit.

Aber jetzt hämmerte Francis gegen das Fenster, und es war nur eine Frage der Zeit, bis der Vermieter und seine Frau erfuhren, daß ihr Mann in London und sie eine Ibo war. Wut stieg in ihr hoch, aber sie öffnete die Tür.

Der erste Satz, der aus ihrem Mund kam, war: »Ich dachte, du wolltest uns nie besuchen. Weshalb bist du hier?«

Francis beachtete sie nicht, sondern erzwang sich Zutritt ins Zimmer. Adah ahnte Schlimmes. Dann sagte er: »In unserem Land und bei unserem Volk gibt es so etwas wie Scheidung oder Trennung nicht. Einmal Frau eines Mannes, immer Frau eines Mannes, bis du stirbst. Du kannst nicht fliehen. Du bist an ihn gebunden.«

Adah nickte, erinnerte ihn aber daran, daß bei ihrem Volk der Mann für die Familie sorgte und daß ein böser Mann, der seine Frau verprügelte, riskierte, sie zu verlieren.

»Mein Vater verprügelte meine Mutter, bis ich alt genug war, mit Steinen nach ihm zu werfen. Meine Mutter hat meinen Vater nie verlassen.«

»Ja«, stimmte Adah wieder zu, »aber gab es auch nur einen Monat, in dem dein Vater nicht die Miete, das

Essen, eure ganzen Schulgelder bezahlte? Kannst du, Francis, mir Jacken oder irgend etwas, das die Kinder anfassen können, zeigen und behaupten, du hättest es ihnen gekauft? Nein, Francis, du hast die Gesetze unseres Volkes zuerst gebrochen, nicht ich. Und denk dran, Francis, ich bin nicht deine Mutter. Ich bin ich, und ich bin anders als sie. Es ist ein Irrtum, deine Mutter als Maßstab anzuführen. Du hast sie nie geliebt oder respektiert. Du hast sie nur ertragen, das weiß ich jetzt, weil es dir nie in den Sinn gekommen ist, zu arbeiten und ihr Geld zu schicken, wie es andere nigerianische Studenten tun. Das hätte mir eine Warnung sein sollen. In der kurzen Zeit, da du um mich geworben hast, habe ich bemerkt, daß du nie daran dachtest, ihr etwas zu geben. Immer nur du, immer nur du, und sie, die arme Seele, gab dir einfach alles. In ihren Augen ist nichts zuviel und kein Mensch gut genug für dich. Erinnerst du dich an das Sprichwort, daß ein Mann, der seine Mutter wie Dreck behandelt, auch seine Frau immer wie Dreck behandeln wird? Das hätte mich warnen sollen, aber damals war ich blind.«

Was dann folgte, ist zu grauenhaft, um es zu drukken. Adah erinnerte sich jedoch, daß Francis ihr während des Durcheinanders sagte, er habe ein Messer. Er trug jetzt immer ein Messer bei sich. Sie versuchte mehrmals um Hilfe zu rufen, konnte jedoch spüren, wie die Kraft sie verließ. Dann hörte sie Leute reden und an die Tür klopfen, die Francis verschlossen hatte. Aber der Vermieter hatte erraten, daß Francis Adahs Mann war, und wie die meisten

Leute seines Volkes wollte er sich nicht einmischen, solange nicht wirklich jemand ermordet worden war. Der alte Ire, der ganz oben wohnte und Devlin hieß, brach schließlich die Tür auf.

Das konnte nicht so weitergehen, sagte Adah zu sich, als alle weg waren. Sie hatte Francis vor mehr als vier Wochen verlassen, sie verlangte keinen Unterhalt für sich oder die Kinder. Sie mußte fast vierzig Pfund im Monat für den Kindergarten und ihr Essen zahlen und für ein Mädchen, das Titi und Vicky über die Straße brachte. Fast die gleiche Summe mußte sie für die Miete aufbringen, ganz zu schweigen von der Tatsache, daß die meisten ihrer Kleider noch bei ihm waren, ebenso die Küchengeräte, sogar die Löffel, die Vitaminbezugsscheine für die Kinder und die Familienbeihilfe. Jetzt kam er hierher und griff sie auch noch an, nach all dem Unrecht, das er ihr angetan hatte. Adah schlug jede Rücksichtnahme in den Wind. Man konnte nie wissen; Francis hatte heute ein Messer getragen, sagte sie sich – er benutzte es zwar nur, um sie zu bedrohen, aber sie war so verletzt und mißhandelt worden, daß sie nicht wußte, wie sie in den nächsten ein, zwei Wochen arbeiten gehen konnte. Nein, das Gesetz mußte einschreiten.

Dann schaute sie sich im Zimmer um und sah mit Tränen in den Augen die Musiktruhe, die sie gerade von einem kleinen Guthaben dem Mann am Crescent abgekauft hatte; Francis hatte sie zertrümmert. Sie sah, daß das neue Teeservice aus dem Katalog der Vermieterin, das sie noch abzahlte, ganz und gar zer-

brochen war, das Blumenmuster mitleiderregend entstellt. Nein, sie brauchte Schutz gegen diese Art von Zerstörung.
Adah war noch nie in ihrem Leben vor Gericht gewesen. Sie wollte nur, daß der Beamte oder der Richter oder wer auch immer Francis aufforderte, sich von ihr und den Kindern fernzuhalten. Sie wollte nicht auf Unterhalt klagen, sie wußte nicht einmal, ob sie Anspruch darauf hatte. Sie wollte einfach ihre Sicherheit und Schutz für die Kinder. Die Frau des indischen Arztes, die selber Ärztin war und sie behandelt hatte, hatte gesagt: »Nächstes Mal kommen Sie vielleicht nicht mehr so glimpflich davon bei einem Mann, der Sie so zurichten kann.« Sie schrieb Adah zwei Wochen krank.

Im Gerichtssaal begann Adah zu stammeln. Die Ärztin hatte ihr gesagt, sie sollte sie anrufen, und dann würde sie als Zeugin aussagen. Adah hatte ihr gedankt, aber nicht angerufen. Angenommen, man hielt Francis des tätlichen Angriffes für schuldig, welche Strafe bekam er dann? Vielleicht schickten sie ihn ins Gefängnis, aber was brachte ihr das?
Sie hätte sich keine Sorgen zu machen brauchen, denn Francis führte eine Seite seines Charakters vor, die sie noch nicht kannte. Alle die Schnitte und Verletzungen und Beulen, die Adah dem Gericht zeigen mußte, rührten von Stürzen her. Ja, er hatte ihre Musiktruhe zerbrochen, weil er dachte, es sei ein Stuhl. Er würde für die Reparatur zahlen. Niemand fragte ihn, wie er zahlen wollte, wenn er doch keine Arbeit

hatte. Adah hatte nicht gewußt, daß sie nach so vielen Details fragen würden. Sie hatte nie Jura studiert oder etwas mit dem Gesetz zu tun gehabt, dafür war es eines von Francis' Lieblingsfächern. Von diesem Tag an haßte Adah Gerichte. Noch etwas anderes erschütterte sie.

Der Richter sagte, daß für die Kinder gesorgt werden mußte, und da Adah immer das finanzielle Oberhaupt der Familie gewesen war, erhielt sie das Sorgerecht. Doch wieviel konnte Francis aufbringen?

Francis sagte, sie seien nie verheiratet gewesen. Der Richter fragte Adah, ob sie die Heiratsurkunde vorzeigen könnte. Adah konnte nicht einmal ihren Paß und die Geburtsurkunden der Kinder beibringen. Francis hatte alles verbrannt. Für ihn existierten Adah und ihre Kinder nicht mehr. Francis sagte ihr das vor Gericht leise und in ihrer Sprache.

Jetzt erkannte der Beamte, daß er es mit einer gerissenen Person zu tun hatte. Er sagte: »Sie können zwar behaupten, daß es nicht Ihre Kinder sind, aber Sie müssen zu ihrem Unterhalt beitragen. Sie kann es einfach nicht alleine schaffen.«

Francis erwiderte: »Ich habe nichts dagegen, wenn man die Kinder zur Adoption freigibt.«

Da passierte etwas mit Adah. Es war, als ob eine große Hoffnung und eine Art von Energie in sie strömte, ihr die nötige Kraft gab, obwohl sie sich wegen ihres fünften Kindes körperlich schlecht fühlte. Sie sagte laut und klar: »Machen Sie sich keine Sorgen, Sir. Es sind meine Kinder, und das reicht. Ich werde sie, solange ich lebe, nie im Stich lassen.«

Sie verließ das Gericht in Clerkenwell und irrte irgendwo herum, sie sah nichts, Tränen strömten ohne Unterlaß aus ihren Augen, ihre Temperatur stieg. Von diesem letzten Kampf erholte sie sich nie ganz. Sie kam in Camden Town an bei einem Metzger, der billige Hühnchen verkaufte. Sie stand da, nicht weil sie ein Hühnchen kaufen wollte, sondern weil sie müde, hungrig, andererseits doch ohne Appetit war und sich krank fühlte. Immer noch flossen die Tränen.

Da bahnte sich eine Stimme ihren Weg durch die Menge, nannte sie bei ihrem Ibo-Spitznamen »Nenna«. Ihr erster Gedanke war, daß sie jetzt starb, da niemand sie so genannt hatte außer den Leuten, die sie als kleines Mädchen gekannt hatten, und nur ihr Pa hatte sie immer auf diese Art gerufen, jede Silbe langgezogen. Die Stimme war nun ganz nah und rief wieder. Eine Männerstimme, viel zu tief, um zu ihrem Pa, und zu sanft, um zu Francis zu gehören. Dann sah sie das Gesicht des Mannes. Sie erinnerte sich, und er erinnerte sich. Er war ein Freund, den sie vor langer, langer Zeit gekannt hatte, als sie in der Mädchenoberschule gewesen war. Seine Augen wanderten nach unten und sahen den Ring an ihrem Finger; er fragte: »Du hast also Francis geheiratet?« Sie bejahte.

Es war, als wenn das Schicksal sich einmischte. Es war wie aus einer Zeitschrift mit Geschichten aus dem wirklichen Leben. Dieser alte Freund bezahlte das Taxi, das sie von Camden Town heimbrachte, da er glaubte, sie lebte immer noch bei ihrem Mann.

Teil II
Im Sumpf

14 Anspruch auf die Siedlung

Krick machte es und krack, dann wieder krack, krack, kra... Adah schreckte hoch und setzte sich in der Kuhle des großen Doppelbettes auf. Es hatte eine sanfte talähnliche Kuhle, die es wie ein U aussehen ließ. Auf beiden Seiten stieg die Matratze leicht an, wie zwei Hochebenen, die sie in ihrem tiefen Tal beschützten. Wieder machte es krick und krack, und sie holte ihr vier Monate altes Baby aus seinem Körbchen. Das Körbchen stand auf einer der Hochebenen.

Das verschlafene Baby war ärgerlich, sein kleines Gesicht vor Wut verzerrt. Adah hielt das nasse Bündel an ihre Brust und starrte ihre Zimmergenossin, die Große Ratte, an. Die Ratte hatte sich inzwischen an Adahs Entsetzen gewöhnt, sie hatte schon oft gespürt, daß Adah Angst vor ihren scharfen, stechenden Augen, ihrer langen Schnauze und ihrem großen braunen Körper hatte. Sie stand da, entspannt, aber beobachtend und fragte sich, welche List Adah jetzt anwenden würde. Sie fürchtete sich zu sehr, um zu schreien. Ihr Mund war trocken, sie hatte sogar Angst, sich zu bewegen, selbst zum Bewegen zuviel Angst. Der Ratte wurde es zu langweilig, Adah zu beobachten, und sie begann, von Tisch zu Tisch zu springen, sie genoß ihr Nachtvergnügen. Adahs Augen folgten ihren Bewegungen in dem gedämpften

Kerzenlicht, dann streckte sie vorsichtig und geräuschlos die Hand nach dem kleinen Lesetischchen neben dem großen Bett aus, nahm eines der Bücher, die sie dort gestapelt hatte, zielte genau auf die hüpfende Ratte und warf. Die Ratte war ausnahmsweise erschrocken. Sie rannte in den kaputten Schrank am Ende des Zimmers und störte dabei eine Gruppe schlafender Küchenschaben auf. Eine der erschrokkenen Küchenschaben kam und suchte mütterlichen Schutz in Adahs Kuhle.

Vorige Woche hatte man ihr gesagt, daß die Stadtverwaltung ihnen bald eine andere Wohnung zuteilen würde.

Sie legte das Baby wieder ins Körbchen, wagte jedoch nicht, wieder einzuschlafen. Sie war glücklich wegen ihres Sieges über die Ratte; zumindest würde sie nun ein paar Nächte lang Ruhe haben. Wieder drang von draußen ein scharrendes Geräusch in ihre frohen Gedanken. »Oh, nicht schon wieder!« stöhnte sie und weinte beinahe.

Dieses Mal war es ihr Vermieter. Er hatte ihr schon oft zu verstehen gegeben, daß sie die Wohnung räumen sollte, mit ihren fünf kleinen Kindern. Doch unglücklicherweise war Adah schwarz, hatte sich von ihrem Mann getrennt und hatte fünf Kinder unter sechs Jahren; so gab es nur wenige Vermieter, die auch nur daran denken würden, sie bei sich aufzunehmen.

Ihr Vermieter, ein Nigerianer wie sie selber, der Adahs mißliche Lage sehr wohl kannte, nützte die Situation natürlich weidlich aus. Die Miete, die er verlangte, war doppelt so hoch wie die, die man sonst für Zimmer in solchen Häusern zahlen mußte. Er wollte nun, daß sie ging, weil sie die Frechheit besessen hatte, ihn zu bitten, etwas gegen die Ratten zu tun, gegen die Küchenschaben und den Dreck. Als er nichts dergleichen tat, war sie ins Rathaus gegangen, und die Stadtverwaltung war eingeschritten. Sie hatten den Vermieter gebeten, einige Reparaturen vorzunehmen und ihm sogar gesagt, er solle Adah ein Mietbuch geben.

Adah ein Mietbuch zu geben hätte ihn in Schwierigkeiten gebracht, denn er war Mieter in einer Sozialwohnung und hatte den Behörden gegenüber angegeben, Adah sei eine Verwandte und nur Gast bei ihm. Er hatte Adah angefleht, ihre Bewerbung für eine Sozialwohnung zurückzuziehen, doch es war zu spät. Es gab jedoch immer noch eine Menge Dinge, die er tun konnte, um ihr das Leben zu erschweren. Er brüllte ihre Kinder an, wenn sie auch nur einen Muckser von sich gaben. Das passierte so oft, daß einer ihrer Jungen beim Anblick jedes schwarzen Mannes davonlief, und sie wagte es nicht, die Kinder allein in der Wohnung zu lassen, aus Angst, es könne etwas passieren. Sie konnte nichts Eß- oder Trinkbares in der dreckigen Gemeinschaftsküche lassen, weil sie befürchtete, es könnte vergiftet werden. Sie mußte alle Speisen unter dem Bett aufbewahren; es war also nicht verwunderlich, daß die Anzahl der Ratten sich vermehrt hatte. Der Mann war verzweifelt und machte vor nichts halt. Er hatte den elektrischen Strom abgeschaltet, so daß bei ihr die ganze Nacht eine Kerze brennen mußte; dabei wußte sie genau, wie schrecklich groß die Feuergefahr war, doch sie hatte noch mehr Angst vor dem, was in völliger Dunkelheit geschehen könnte. Doch jetzt gab es etwas Neues: Er versuchte es mit Zauberei.

Der arme Mann wachte, anstatt wie alle anderen zu schlafen, gegen drei oder vier Uhr auf, hüllte sich in farbenprächtige afrikanische Stoffe, genauso wie die *Juju*-Zauberer in Lagos, und begann, sich hin und her zu wiegen zum Klang seiner leisen, traurigen Gesänge. Als Adah diese Gestalt das erste Mal sah, traute sie ihren Augen nicht. Sie war nahe daran, zu schreien, doch als sie näher hinsah und erkannte, daß es nur ihr Vermieter war, hatte sie nur noch Mitleid und Verachtung für ihn übrig. Adah hatte mehr Angst vor der Ratte als dem *Juju*-Vermieter.

An diesem Morgen starrte sie ihn nur an, sie wußte nicht, was sie als nächstes tun sollte. Amüsiert beschloß sie schließlich, in seine Gesänge einzustimmen, die sie natürlich seit ihrer Kindheit kannte. Warum hatte sie keine Angst, fragte sie sich. Weil hier in England ihr Geist völlig mit dem beschäftigt war, was wirklich wichtig war? Doch *Juju* war daheim in Nigeria für sie sehr wichtig gewesen. Dort konnte so eine Szene mitten in der Nacht sogar den Tod für jemanden bedeuten. Wahrscheinlich deshalb, dachte sie, weil es dort der Brauch, die Regel war und alle daran glaubten. Die Leute glaubten nicht nur an *Juju*, der Glauben war sogar so verinnerlicht worden, daß es niemandem einfallen würde, anders zu denken. Doch hier im Nordwesten von London, wie sollte sie sich da den kleinen Mann, der ihr alltäglich und vertraut war in seinem schmierigen, abgetragenen Anzug, als einen Medizinmann vorstellen? Sie hatte Gerüchte gehört und in den Zeitungen von anderen Afrikanern gelesen, die von *Juju* »terrorisiert« wurden. *Aber ich bin zäh und frei*, dachte sie, *frei*, wiederholte sie bei sich. In England war sie frei, ihren Job zu behalten, ihre Kinder zu behalten, zu studieren; sie fühlte sich sicher, den *Juju*-Mann und seine Possen ignorieren zu können. Nein, der *Juju*-Trick funktionierte in England nicht, er paßte nicht hierher. Verdammt noch mal, *Juju* in England, wo man von Mauern aus Unglauben umgeben war!

An diesem Morgen hatte der Vermieter entweder verschlafen, oder er war sehr müde oder beides, denn Adah hörte bereits das Klappern des Milchwagens. Es mußte sechs Uhr sein. Mrs. Devlin, die Irin, die ganz oben wohnte, schlurfte mit klappernden leeren Flaschen herunter, der Milchmann kam mit fröhlichem Pfeifen die Straße herauf, und der Vermieter stand auf dem Bürgersteig, genau vor Adahs Fenster, wie eine Statue und hörte besorgt auf das Pfeifen und Klappern. Adah sah fasziniert vom Fenster aus zu. Was würde jetzt passieren? fragte sie sich. Mrs. Devlin gab einen so lauten Schrei von sich, daß sich der arme Milchmann haltsuchend gegen seinen Wagen lehnte. Der Vermieter wußte einfach nicht, wie er erklären sollte, was er gemacht hatte, und starrte alle an, seine Augen waren lächerlich weiß in seinem

schwarzen Gesicht. Adah wollte diese Show nicht versäumen und ging deshalb hinaus, nachdem sie ein *Lappa* über ihr Nachthemd geworfen hatte. Auch die Frau des Vermieters kam heraus, ebenso die anderen Nigerianer, die in der Straße wohnten. Wie sollte der Vermieter dieser Schar Londoner erklären, warum er zu solch früher Stunde ein rotes Tuch um seinen nackten Körper gebunden und eine Straußenfeder an seinen Hinterkopf gesteckt hatte, so daß er für sie aussah wie ein Indianer aus dem Fernsehen?
Der Milchmann starrte ihn mit fragendem Blick an. Auch das Gesicht der Vermieterin war sehenswert. Sie trug noch kein Make-up, ihr Haar war noch geflochten (wie viele Afrikanerinnen flocht sie ihr Haar, bevor sie ins Bett ging, in kleine Zöpfe, damit das Haar, wenn es gelöst war, in hübschen Locken am Kopf anlag und nicht abstand); in ihrer Hast hatte sie nicht daran gedacht, es mit ihrer Perücke zu bedecken. Mrs. Devlin, die mit Adah nachbarlich-freundschaftlich verkehrte, sah sie mit fragendem Blick an. In dem Moment wandte die Vermieterin ihr das Gesicht zu und flehte wortlos: »Bitte, sagen Sie nichts, bitte nicht.«
Adah blickte zur Decke im Hausflur, um niemand mehr ins Gesicht sehen zu müssen. Dann dachte sie an das Bild, das sie, die Nigerianer, ihren Nachbarn bieten mußten. Die Zöpfe auf dem Kopf der Vermieterin mußten wohl jeden Ausländer an die Bilder von den schwarzen Teufeln erinnern, die er in seiner Kindheit gesehen hatte, denn ihre Zöpfe standen gerade ab wie vier Hörner. Der Vermieter mit der Fe-

der sah aus wie der Diener des Teufels. Auch Adah war Bestandteil des Bildes. Ihr *Lappa* mit den gelben und roten Flecken lieferte einen guten Hintergrund. Zum Teufel mit den Malern! Wer sagte ihnen, daß der Teufel schwarz ist? Wer sagte ihnen, daß Engel immer weiß sind? War es ihnen nie in den Sinn gekommen, daß es auch schwarze Engel und weiße Teufel geben könnte?

Der Milchmann erholte sich als erster von dem Schock. »Wollten Sie in *ihr* Zimmer gehen?« fragte er bedächtig. Jedes seiner Worte war eine Anklage, als er auf Adahs Zimmer zeigte.

Adah tat nichts, um dem Vermieter aus seinem Dilemma zu helfen, doch es tat ihr leid, überhaupt herausgekommen zu sein. Sie wußte nicht, warum sie unbedingt das Geheimnis ihres Vermieters hüten wollte. Patriotismus? Schließlich wollte man nicht gern seine schmutzige Wäsche in der Öffentlichkeit waschen lassen. Was auch passierte, sie kamen beide aus dem gleichen Land, hatten dieselbe Hautfarbe, waren beide gefangen im Netz einer industriellen Gesellschaft. Er wollte mit seinem Haus Geld machen, um sein Studium zu bezahlen. Adah wollte einen echten Gegenwert für die Miete, die sie zahlte. In ihrem Land wäre es nie zu so einer Situation gekommen. Ibo-Frauen trennen sich selten von ihren Männern, nachdem sie fünf Kinder geboren hatten. Aber in England konnte man alles ausprobieren. England war ein freies Land.

Die Vermieterin begann ihren Mann in Yoruba zu beschimpfen. Die anderen Nigerianer waren ihrer

Meinung. Warum hatte er eine einsame Frau erschrecken wollen? Fürchtete er denn Gott nicht? Alle Männer waren eben Tiere. Sie hatte es immer schon gesagt, ja, ihre Mutter hatte es ihr zu Hause schon gesagt, als sie klein war. Er hatte einen Narren aus sich gemacht. Nur Gott wußte, was diese Weißen tun würden.

Zu Adah sagte sie nichts, doch ihre freimütige Rede war als Entschuldigung gemeint. Es war wirklich komisch, denn alle wußten, daß von beiden geplant worden war, was der Vermieter getan hatte.

Als die Vermieterin mit ihren Vorhaltungen in Yoruba begann, gingen die Weißen langsam weg. Der Milchmann fluchte, ebenso Mr. Devlin und seine zwei Söhne, die inzwischen auch gekommen waren. Mrs. Devlin wollte am Montag ins Rathaus gehen.

15 Auf die Siedlung zu

Nach einer kalten und regnerischen Nacht war der Tag nun warm. Es war Frühlingsbeginn. Adah fand Platz auf einer Bank neben zwei Frauen, die über den Tod sprachen, und setzte sich. Es erschien ihr merkwürdig, an so einem schönen Nachmittag über den Tod zu reden, in einem so schönen Park. Sie sah die zwei Frauen kurz an und entschied, daß der Tag zu frisch, zu rein und zu schön war, um Todesgeschwätz anzuhören.

Der blaue Himmel hatte viele Tupfen aus weißen Wolken. Die Wohnungen gegenüber hatten Blumenkästen, in denen erste Blüten zu sehen waren. Überall blühten Narzissen. Narzissen im Park, Narzissen in den Vorgärten und hinter den Häusern, Narzissen an den Rändern der Parkwege, die mit einer Art scheinbarer Nachlässigkeit gepflanzt waren, hinter der jedoch die Absicht zu spüren war.

Sie atmete die reine, frische Luft ein und sagte leise: »Ich bin so glücklich, daß ich platzen könnte.« Ein paar Tauben wackelten auf sie zu, als sie ihr Fischsandwich auspackte. Sie zerkrümelte eine Scheibe Brot und warf sie ihnen hin. Aufgeregt pickten sie an den Krumen. Warum waren Tauben immer hungrig? So schnell wie sie aßen, mußte ihnen der Magen weh tun.

Es war Freitag, und sie brauchte nur halbtags zu ar-

beiten. Sie würde ihr Sandwich essen und ein paar Stunden in der Bücherei verbringen, dann würde sie kochen, dann, ja, dann die Wohnung putzen, dann ins Bett! So war es eben!
Doch die warme Sonne streichelte sie, und nach den Nächten, die sie in letzter Zeit gehabt hatte, war es eine große Versuchung, einfach einzudösen. Ihr letztes bißchen Widerstand gegen den Schlaf war dahin, als die beiden Frauen, die über den Tod redeten, sich endlich entschlossen, zu gehen. Sie konnte schnarchen, wenn es ihr Spaß machte.
Die Afrikaner sagen, daß man in England vier Jahreszeiten an einem Tag haben kann, und tatsächlich hätte Winter sein können, als Adah erwachte. Der Park war leer, selbst die Tauben hatten vor dem eiskalten Regen Schutz gesucht. Sie stand schnell auf, sah die Turmuhr und erkannte, daß sie die zwei Stunden verschlafen hatte, die sie sich fürs Lesen reservieren wollte. Machte nichts ... sie hatte genug frische Luft in ihren Lungen, um wieder in ihre stickige Wohnung zu gehen. Sie eilte nach Hause.
Mrs. Devlin stand an der Haustür, als sie heimkam. Sie redete aufgeregt mit Mrs. Marshall, ihrer Freundin, die wie immer ihren schwarzen Hund an der Leine hielt. Die zwei Frauen drehten sich um und sahen in Adahs Richtung, als sie ankam. Sie war sicher, daß sie noch von dem *Juju*-Zwischenfall redeten, der bestimmt mit so viel Zutaten gewürzt worden war, daß sie inzwischen schon die Heldin einer ziemlich dramatischen Geschichte geworden war. Doch Heldinnen, wie alle anderen Menschen, werden es ir-

gendwann einmal leid, gelobt zu werden. Da sie nicht in der Stimmung war, neue Versionen der *Juju*-Episode zu hören, beschloß sie, an ihnen vorbeizuhuschen und, ohne sie zu grüßen, in die Kinderkrippe zu gehen.

»He, was denken *Sie* sich denn? Kommen Sie her, wir haben gute Nachrichten für Sie.«

Adah fragte sich, welche guten Nachrichten es für sie geben könnte. Sie bekam selten Nachrichten, aber dann auch noch gute Nachrichten – nun, sie konnte sich's ja mal anhören.

»Man hat 'ne Wohnung für Sie. Der Verwalter war vor 'ner Minute da, er hat gesagt, er kommt in 'ner halben Stunde wieder, um zu sehen, ob Sie zurück sind.«

»Ich? Eine Sozialwohnung für mich? Sind Sie sicher, er hat nach mir gefragt? Ich kann es nicht glauben. Sind Sie ganz sicher? Ich meine ...« Adah sprach vor Aufregung unzusammenhängend. Ihre Stimme war laut und hektisch.

»Ja, natürlich, meine Liebe, er ist wegen Ihnen gekommen. Na, na, meine Liebe, weinen Sie nicht, jetzt wird alles gut. Er kommt bald.« Mrs. Devlin beruhigte sie.

Adah merkte nicht, daß ihre Augen feucht wurden. Sie wischte sich das Gesicht ab und blickte in Mrs. Marshalls hageres Gesicht, um sicher zu sein, daß sie nicht träumte, und als Antwort zog Mrs. Marshall ihren Hund zu sich heran und nickte mehrmals. »Es stimmt, es stimmt.«

Ja, es stimmte wohl, doch trotzdem mußte sie ihre

Kinder von der Krippe holen. Der Tag war zu schön, als daß sie ihn sich vom Ärger der Leiterin verderben lassen wollte. Die Leiterin der Krippe war ihr eine Freundin geworden, sah jedoch sehr auf Pünktlichkeit. Sie verhehlte nie, daß sie selber Kinder hatte, die zu Hause auf sie warteten. Deshalb bat sie die Mütter immer, rechtzeitig zu kommen. Obwohl Adah so glücklich über Mrs. Devlins Neuigkeit war, obwohl sie unbedingt den Verwalter selber sehen und alle Einzelheiten erfahren wollte, hätte sie lieber das Risiko auf sich genommen, all das zu versäumen, als sich den Zorn der Leiterin zuzuziehen. Sie konnte einem Angst machen in ihrem Zorn, diese Leiterin.
Laut sagte sie: »Ich muß zuerst die Kinder holen, sonst bekomme ich was von der Krippenleiterin zu hören.«
»Schon recht. Gehen Sie nur und holen Sie sie. Wir warten auf ihn, bis er kommt. Ich freue mich so für Sie.«
Adah dankte Mrs. Devlin und rannte aufgeregt zur Krippe. Sie nahm das Baby aus dem Kinderwagen, der in dem sauberen, krankenhausähnlichen Zimmer stand. Das Babyzimmer war blau gestrichen, und überall auf den Möbeln waren blaue und rosa Teddys. Auch auf den Trinkbechern. Bemerkten vier Monate alte Babys wirklich diese Teddys, oder waren die Teddys zur Freude der behäbigen Schwestern da, die stets lächelnde Gesichter zeigten? Ihr Baby gluckste in seinem Kinderwagen vor sich hin. Es lächelte, als es sie erkannte. Adah hatte nicht so viel Zeit, um mit ihm zu reden, wie sie es eigentlich hätte

tun sollen. Sie brauchte lange, dieses Ritual zu lernen, bei dem man mit einem Baby redete, das entweder nicht verstand oder aber in den meisten Fällen noch nichts damit anzufangen wußte. In England sagte man, daß es sehr gut war, mit seinem Kind zu plaudern, selbst wenn es erst ein paar Stunden alt war; also tat sie es auch, achtete aber immer darauf, daß niemand von ihrem Volk in der Nähe war. Sie würden sie sonst für eine Hexe halten, die mit etwas redete, das ihr nicht antwortete.

Im Babyzimmer war immer Geschrei und Geschnatter. Schrille, unaufhörlich lärmende Stimmchen zerrten an den Nerven. Die Schwestern in ihren unförmigen, geblümten Kitteln gingen in dem Durcheinander umher, besänftigten, trennten, schrieen und lachten abwechselnd. Der Boden war überhäuft mit Kinderkram. Spielsachen aller Art – Känguruhs, Eidechsen, Enten – alles.

Eine der Schwestern machte, als sie Adah sah, verschiedene Versuche, ihr Kind aus dem Durcheinander herauszurufen, doch die Kinder fanden es lustig, so zu tun, als hörten sie nicht. Adah marschierte verärgert in das Gewimmel, zog Bubu, einen ihrer zwei Jungen, am Kragen heraus, doch er riß sich los, und sie mußte ihn ziehen lassen, da sie Angst hatte, das Baby könnte ihr herunterfallen. Bubu lachte triumphierend und forderte seine Mutter auf: »Fang mich, Mama, du kannst mich nicht fangen, du kannst mich nicht fangen.« Glücklicherweise sah eine Schwester Adahs mißliche Lage, beugte sich wie ein Feldwebel herab und führte Bubu und seine kleine Schwester

Dada an der Hand in die Garderobe zu ihren Mänteln. Die Kinder protestierten heftig: »Ich will nicht nach Hause, ich will spielen.«
»Ihr kommt morgen wieder, dann werden wir, wenn das Wetter schön ist, in den Park gehen, wir fahren mit dem Bus, wir...« Die Schwester redete und redete und erzählte ihnen, was sie »morgen« tun würden. Für Kinder ist morgen immer weit weg, und sie würden sich kaum noch erinnern, was ihnen die Schwester am Tag vorher gesagt hatte. Sie säuselte ihnen weiter in dem süßlichen Ton etwas vor, den manche Leute Kindern gegenüber anschlagen. Schließllich kamen sie aus der Krippe heraus.
Der nächste Streit ging darum, wer rechts und wer links vom Kinderwagen gehen sollte. Bubu sagte, er sei am Morgen rechts vom Kinderwagen gegangen und würde jetzt links bleiben. Dada sagte, sie sei zuerst links gegangen und wollte ihren Platz nicht aufgeben. Sie sah entschlossen aus, klammerte sich mit ihren kleinen Händen an die begehrte Seite und lehnte ihren Kopf dagegen. Bubu versuchte, sie wegzuziehen, und Adah befahl ihm, aufzuhören: »Morgen gehst du auf der linken Seite.« Bubu war beruhigt, vor allem, als Adah ihm zustimmte, daß Dada ein garstiges Mädchen sei und morgen keine Süßigkeiten bekommen würde.
Sie lief mit ihnen, so schnell sie unter den Umständen konnte, nach Hause. Als sie in ihre Straße kam, sah sie, daß der Mann schon auf sie wartete. Sie ging schneller, und die Kinder links und rechts

begannen zu traben wie Pferde, ihre Handschuhe baumelten leblos von den Ärmeln ihrer Mäntel herab.
Der Mann, der auf sie wartete, war Mitte Dreißig, sein Bauch stand leicht vor. Bei so einem Bauch mußte er Diät halten, beim Bier aufpassen... »Hallo«, sagte sie atemlos.
Der Mann schien sich nicht sicher zu sein, was er als nächstes tun sollte. Er trug eine Brille, sein grauer Mantel war nicht zugeknöpft und ließ ein sehr sauberes Hemd hervorschauen. Seine Brille gab ihm ein höchst intelligentes Aussehen, doch er zerstörte diesen Eindruck dadurch, daß er die meiste Zeit den Mund offen ließ. So sah er gleichzeitig intelligent und dumm aus.
Er beschloß, gleich zur Sache zu kommen. »Sind Sie Mrs. Obi?«
»Natürlich.«
Sie fragte sich, warum Leute von Ämtern solche Fragen stellen mußten. Was sollte sie denn tun, ein Schild tragen? Natürlich war sie Mrs. Obi. Langsam haßte sie diese Spannung. »Haben Sie eine Wohnung für mich?« Sie konnte genausogut gleich das Schlimmste erfahren. Dem Mann gelang es nun, wie ein scharfsinniger Kriminaler und zugleich wie ein kleiner Angestellter auszusehen.
Er räusperte sich. Es gab nichts zu räuspern – er war nur verlegen oder so. »Ja, wir haben für Sie eine vorübergehende Unterkunft in der Pussy-Siedlung, nicht sehr weit, nur um die Ecke.«
»Kommen Sie, das ist unfair«, schrie Mrs. Devlin.

»Warum stecken Sie ein Mädchen wie sie an so einen gottverlassenen Ort? Ihre Kinder sind sehr klein, und sie arbeitet sehr schwer. Es ist alles andere als fair. Da könnte sie genausogut hierbleiben.«

»Häh?« schrie Adah und fragte sich, ob Mrs. Devlin verrückt geworden war. »Hier bleiben? Sie machen Witze. Jedes Loch ist besser als dieser Dreck.«

Das gefiel dem Mann im grauen Mantel, und er warf Mrs. Devlin einen Blick zu, der sagte: Warum halten Sie nicht Ihren Mund?

Mrs. Devlin protestierte weiter. »Es ist ein zu übler Ort, um so ein Mädchen da reinzusetzen.«

Der Mann im grauen Mantel spürte, daß er eine Erklärung abgeben mußte, da Adah ihn zweifelnd ansah. »Wissen Sie, wir müssen Sie ziemlich schnell in ein anderes Haus bringen, da man uns von den bitteren Erfahrungen erzählt hat, die Sie gemacht haben, und weil wir annehmen, daß das hier nicht sehr sicher für Ihre Kinder ist. Sie werden für eine kurze Zeit in der Siedlung bleiben – nur eine Übergangslösung, nichts Ständiges. Natürlich können sie das Angebot ablehnen, wenn es Ihnen nicht zusagt.«

Er begann, zwei Schlüssel vor Adahs Gesicht hin und her zu schwenken, als wollte er sie auf die Folter spannen. Nehmen Sie es, oder lassen Sie es bleiben! schien seine Haltung zu sagen.

Seine Manschettenknöpfe waren aus reinem Gold, und auch seine Armbanduhr war golden. Immerhin war er der Manager. Die Schlüssel baumelten immer noch vor ihrer Nase. Sollte sie das Angebot abschlagen, um Mrs. Devlin die Demütigung zu ersparen, nicht ernstgenommen zu werden? Sollte sie das Angebot annehmen, nur um der bedrückenden Situation zu entfliehen, in der sie sich befand? *Arme Mrs. Devlin, Sie kennen nicht die würgende Angst, die ich jedes Mal habe, wenn ich meine Kinder im Haus lasse, um einkaufen zu gehen, Sie wissen nicht, wie es ist, wenn man feststellt, daß alle Briefe geöffnet und gelesen werden, bevor man sie in die Hand bekommt, und Sie können sich nicht vorstellen, was es an Unabhängigkeit bedeutet, seine eigene Haustür, seine eigene Toilette und auch das Bad nur für sich selber und die Familie zu haben.*

Ihre Gefühle waren deutlich zu erkennen, und Mrs. Devlin schlurfte schließlich ins Haus. Adah nahm dem Mann die Schlüssel schnell aus der Hand. Der Mann öffnete seinen Mund vor Überraschung noch weiter. Mit einem Ruck nahm er sich wieder zusammen und sagte: »Lassen Sie uns morgen wissen, ob Sie annehmen, damit wir die Wohnung für Sie renovieren können, ja?«

Adah hatte neun Monate zum Gericht gehen, Briefe schreiben und Gerichtsverhandlungen über sich ergehen lassen müssen, um das hier zu erreichen. Jetzt wollte dieser Mann hier, daß sie sich zuerst einmal einverstanden erklärte und dann noch darauf wartete, bis renoviert war, bevor sie einzog; er mußte nicht mehr ganz bei Trost sein.

»Ich ziehe heute abend ein!«

»Was?« Der Mann spannte sich, als ob er einen militärischen Gruß ausführen wollte. »Sind Sie ganz sicher, Madam? Wir wollen Sie nicht drängen, und wir wollen immer, daß unsere Mieter in saubere Wohnungen einziehen, wissen Sie, wir könnten alles für Sie machen lassen.«

»Gibt es ein Gesetz, das mir verbietet, heute noch einzuziehen? Gibt es ein Gesetz, das Ihnen und Ihren Leuten verbietet, zu renovieren, wenn ich schon eingezogen bin?«

»Natürlich nicht, Madam.« Der Mann blickte sich um, als sei er dabei, Diebesgut zu verkaufen. »In diesem Fall, äh, wünsche ich Ihnen eine schöne Zeit in der Siedlung. Äh... wenn Sie etwas brauchen, werden wir unser Bestes tun. Auf Wiedersehn.«

Er drehte sich um, ging schnell um die Ecke und verschwand. Er ließ Adah mit den Schlüsseln und einem Loch in ihrem Magen zurück, als ob sie tagelang nichts gegessen hätte. Sie würde die Wohnung nehmen und aus diesem schrecklichen Haus ausziehen. Es war ihr wirklich egal, ob sie damit eine Freundin wie Mrs. Devlin beleidigte – es war schließlich ihr Leben. Warum konnte man sie nicht ihre Fehler selber machen lassen? Sie würde die Wohnung nehmen. Sie mußte ausziehen und das noch heute abend.

Nachdem sie ihre zwei älteren Kinder aus der Schule abgeholt hatte, mied Adah Mrs. Devlin für den Rest des Abends. Sie wollte ihre Freude nicht laut heraussingen für den Fall, daß der Vermieter und die Vermieterin errieten, daß sie etwas vorhatte. Mit unterdrückter Aufregung erzählte sie es ihren Kindern, denen, die alt genug waren, um es zu verstehen. Sie rannte zu dem Zeitungshändler um die Ecke, und der Mann erklärte sich bereit, ihre paar Habseligkeiten für dreißig Shilling zur Siedlung zu bringen. Erst da kam ihr der Gedanke, daß sie die Wohnung ja noch gar nicht gesehen hatte. Sie eilte die Straße hinunter zu dem Block. Das also war der Wohnblock.

Von außen sah er wie ein Gefängnis aus, rote Ziegel mit winzigen gelben Fenstern. Der ganze Block war quadratisch, und die winzigen Fenster starrten auf die Straße. Er sah verläßlich und fest aus. Der äußere Anblick war nicht gerade ermutigend, doch sie durfte nicht verzweifeln. Sie ging um den Block herum und suchte nach einem Eingang, fand schließlich einen, doch es war so dunkel, daß sie zuerst nicht sicher war, ob sie nicht eine Höhle betrat. In einem freien Raum, wo Kinder spielten, tauchte sie wieder auf. Sie sah sich um und fühlte sich verloren. Sie bemerkte einen kleinen Jungen mit einem freundlichen Gesicht und fragte ihn, wo Wohnung Nummer X war.

Der Junge sah sie an und sagte: »Sie sind gestern ausgezogen, sie sind nach Hampstead gezogen.«

Adah dankte ihm und erzählte ihm, daß sie die neue Mieterin sei. Sie bat ihn, ihr die Wohnung zu zeigen. Bei dieser Frage sah der Junge nicht gerade glücklich aus. Er schien eine Weile nachzudenken und zuckte dann seine schmächtigen Schultern, als wollte er sagen: »Na ja, was sein muß, muß sein.« Er stand widerstrebend auf und führte Adah, wie ihr schien, zehn Stockwerke mit Steintreppen hinauf. Sie war in ihrem Leben noch nie so steile Stufen hochgestiegen, und dann noch in diesem Tempo.

Oben angelangt, zeigte der Junge auf eine Tür neben

einer gähnenden Öffnung. »Da ist es.« Er wartete, bis Adah die Tür geöffnet hatte. Dann spähte er nur einmal hinein und rannte fort, mit den Gedanken bereits bei etwas anderem. Adah ging zuerst zögernd hinein und inspizierte ein Zimmer nach dem anderen. Es war absolut nicht schlecht im Vergleich mit dem, was sie bisher gehabt hatte. Sie war vor allem erfreut über das Bad. All die Zimmer nur für sie – ja, Gott war wunderbar. Er hatte ihre Gebete erhört. O ja, sie würden die Nacht hier verbringen. Sie ging schnell die Treppen hinunter, rannte zu ihrem alten Haus, schaute auf dem Weg bei dem Zeitungshändler vorbei, packte ihre Habseligkeiten zusammen, und zwei Stunden später war sie Mieterin in der Siedlung.

In dieser ersten Nacht hatten sie keine Betten, keine Vorhänge und keinen Bodenbelag, aber Adah behalf sich mit einem Ölofen und Stapeln alter Decken und Bettlaken. Sie wußte, daß sie drei wichtige Dinge erworben hatte an diesem Abend, ihre Unabhängigkeit, ihre Freiheit und Seelenfrieden.

16 Die Pussy-Cat-Siedlung

Die Pussy-Cat-Siedlung war um einen großen Kral gebaut. Adah nannte es Kral in Erinnerung an Afrika. Die Familienberaterin, die sie später kennenlernte, verwendete das Wort Innenhof für den offenen Platz. Es war ein freier Platz, auf den alle Haustüren hinausgingen. In der Mitte standen ein paar heruntergekommene Gebäude. Adahs afrikanische Freunde nannten diese kleinen Häuser »Haus des *Juju*-Mannes«. Als die Frau des Pfarrers kam, sagte sie zu Adah: »Diese Häuser sehen aus wie Klöster«, doch die Diakonisse meinte, sie sähen eher aus wie eine Leichenhalle. Ursprünglich hatte der Architekt sie als Schuppen für Kinderwagen und Räder gedacht, aber als Adah in die Mietshäuser einzog, waren die Schuppen so zerfallen, daß nur noch wenige Mütter daran dachten, ihre Kinderwagen dort unterzustellen.

Die Kinder der Siedlung hatten eine bessere Verwendung für diese schäbigen Gebäude. Sie schafften alle alten Möbel heran, alle alten Kleider und alles andere, was ihnen auf den Müllhaufen gefiel, und lagerten es in den kleinen Häusern. Die kleinen Häuser sahen schließlich eher aus wie die Heiligtümer von Hippies.

In der Siedlung gab es ungefähr einhundertvierzig Wohnungen. Die Wohnungen im Erdgeschoß hatten meistens nur ein Zimmer, sie waren für die Alten und Schwachen. Das war perfekt eingerichtet, da die meisten alten Leute in der Siedlung »Essen auf Rädern« bekamen, und so blieb den Leuten, die das Essen brachten, das Treppensteigen erspart. Der einzige Nachteil waren die Kinder in der Siedlung. Der Innenhof wurde von ihnen als Spielplatz genutzt und sah an Sommerabenden wie ein Zirkus aus. Große Jungen und Mädchen fuhren um die kleinen Häuser Rad, Hunde bellten und japsten ihnen hinterher; einige Jungen organisierten Fußballspiele, während sich die meisten damit begnügten, Bälle, kaputte Flaschen und Steine aufs Geratewohl umherzuwerfen. Natürlich waren die Alten im Erdgeschoß meistens die Opfer des Steinewerfens und des Hundegebells. Sie konnten wenig dagegen tun, deshalb nahmen sie die Dinge so, wie sie waren.

Wahrscheinlich trösteten sich die Alten damit, daß sie ohnehin nicht mehr lange zu leben hatten. Um sie vor unnötigen Unfällen zu schützen, hatten die meisten ihrer Fenster Stacheldraht, genauso wie Gefängnisfenster von Mördern, die auf die Hinrichtung warten. Der Stacheldraht war dazu da, das Glas vor den Ballwürfen der Jungen zu schützen, doch in Wirklichkeit bot er ein Bild der Verdammung, des Unerwünschtseins und des Todes.

Die Treppe, die nach oben führte, war aus grauem Stein, und sie war so steil, daß Adah und ihre Kinder Wochen brauchten, um sich daran zu gewöhnen. Es roch immer nach Toilette. Die meisten Müllschächte neben der Treppe und den Balkonen quollen über, sie waren immer offen, und ihr Inhalt verstärkte den Gestank noch. Die Wände im Treppenhaus waren aus blanken, unpersönlichen Ziegeln, wie man sie noch in alten U-Bahnstationen sieht, doch eigentlich ähnelten sie noch mehr solchen, die Adah in Filmen über Gefängnisse gesehen hatte. Die Fenster waren klein, die Türen ebenso. Die meisten Wohnungen waren dunkel und verstärkten so die düstere Atmosphäre. Ach ja, die Siedlung war ein einzigartiger Ort, ein gesonderter Ort, der für »Problemfamilien« reserviert war. Problemfamilien mit echten Problemen kamen an einen problematischen Ort. Selbst wenn man also in der Siedlung wohnte und keine Probleme hatte, würden die Zustände hier Probleme schaffen – in Hülle und Fülle.

Adah hatte viele Probleme. Wie sollte sie studieren, ihren Job behalten und sich um ihre Kinder kümmern? Sich um die Kinder zu kümmern war eines der Probleme, das die Siedlung schuf. In ihrem alten Haus hatte Adah Angst gehabt, daß der Vermieter ihnen etwas zuleide tat. In der Siedlung war es eine andere Angst: die Nachbarn zu stören.

Die Wände, die die Wohnungen voneinander trennten, waren so dünn, daß man seinen Nachbarn von nebenan husten hören konnte. Wie konnte in so einer Situation eine alleinstehende junge Frau vier aufgeweckte Kinder und ein schreiendes Baby davon abhalten, die Nachbarn zu stören?

Drei Tage nachdem sie in die Siedlung gezogen war, klopfte ein Mann, ein sehr wütender, kleiner Mann, an ihre Tür. Sie war so überrascht über sein lautes

Klopfen, daß sie mit einem Stirnrunzeln zur Tür ging. Vor der Stimme des kleinen Mannes schreckte sie zurück; sie war so laut, daß sie versucht war nachzusehen, ob hinter ihm noch ein anderer stand, dem diese laute Stimme gehörte. So eine laute Stimme war bei einem so kleinen Mann einfach unglaublich. Jemand hat mal gesagt, daß Mutter Natur immer logisch ist. Nun, bei diesem Herrn Klein hatte sie sich verrechnet.

»Schauen Sie!« donnerte er und stellte sich erst gar nicht vor oder entschuldigte sich. »Sehen Sie, ich habe nichts gegen Ihre Farbe!«

Adah fuhr hoch. Farbe, über was für eine Farbe redete er denn; sie hatte Herrn Klein noch nie gesehen, über welche Farbe sprach er? Nun, da die menschliche Natur nun mal so ist, wie sie ist, sah Adah auf die Farbe auf ihrem Handrücken; nun ja. Herr Klein hatte also nichts gegen die Farbe Braun, und? Noch etwas, wogegen er nichts hatte? Herrn Kleins Augen folgten ihren Bewegungen, und er grinste. Glücklich. Er hatte Adah auf ihren Platz verwiesen. Eine Schwarze mußte ihren Platz kennen, ein Weißer hatte ihn schon per Geburtsrecht.

»Mein Baby ist erst drei Wochen alt«, fuhr er fort. »Sie und Ihre Kinder halten es die ganze Nacht wach. Was denken Sie denn, wer Sie sind, he? Und Sie, immer mit Armeestiefeln herumlaufen. Eins sag' ich Ihnen, ich dulde das nicht.«

Adah war verwirrt. Sie versuchte, das Argument in ihrem Kopf zu begreifen. Aber zwei Sachen paßten einfach nicht ganz. Die eine war ihre Farbe, gegen die

Herr Klein nichts hatte, und die zweite ihre Armeestiefel. Also fragte sie: »Sind Sie sicher, daß Sie nachts Armeestiefel gehört haben? Sehen Sie, hier ist kein Mann, und ich trage keine Armeestiefel, denn, wissen Sie, ich bin nie in der Armee gewesen.«
Herr Klein wurde hysterisch, und seine ebenfalls kleine Frau schloß sich ihm an. Es sah ganz so aus, als ob die Klein-Familie keinen Augenblick mehr Ruhe gehabt hatte, seit Adah und ihre Kinder in die Siedlung eingezogen waren. So stellte es Herrn Kleins Mutter dar, eine kleine Frau mit weißem Haar und weißem Wangenflaum. Adah wußte, daß sie verlieren würde, wenn es zum Streit käme. Oma Klein gab ihr zu verstehen, daß Herr Klein in der Siedlung geboren war und Frau Klein ebenso in der Wohnung gegenüber. Adah verstand, was sie meinte; sie hatte es mit dem Establishment zu tun, einem der alteingesessenen Clans der Siedlung, der seit dreißig Jahren hier lebte. Man sagte ihr, sie solle ja aufpassen, denn die Stadtverwaltung würde eher auf Berichte der älteren Siedlungsbewohner hören als auf die Geschichte eines Neuankömmlings. Dann würde Adahs Geschichte gegen die der Kleins stehen.
»Es tut mir leid, daß wir Sie gestört haben. Ich werde den Kindern sagen, sie sollen weniger Lärm machen.« Das war ihr erster Fehler. In der Siedlung war es nicht üblich, sich zu entschuldigen. Selbst wenn man beim Stehlen erwischt wurde, mußte man sich herausreden. Wenn Argumente da nichts halfen, konnte man in jeder Lage immer noch kämpfen. Zu sagen, daß es einem leid tat, war so, als würde man

sein eigenes Todesurteil unterzeichnen. Es war ein Zeichen von Schwäche. Man forderte damit den anderen auf, einen zu unterdrücken, zu besiegen.
Die Kleins schienen glücklich darüber, Adah ihr neues Baby zeigen zu können. Adahs Alter hatte sie also verlassen? Wie mitfühlend sie waren. Natürlich konnte sie sie jederzeit um Hilfe bitten. Sie waren immer bereit zu helfen.
Die Kleins waren nur eine der wenigen Familien in der Siedlung, die arm angefangen hatten und reich endeten – reich nach Siedlungsmaßstäben zumindest. Die Oma war vor dreißig Jahren als Witwe mit sechs Kindern in die Siedlung gekommen. Die meisten hatten geheiratet und waren fortgezogen, bis auf Herrn Klein und seine hübsche Frau. Herr Klein arbeitete als Klempner für die Stadt, und die Tradition wollte es, daß er sehr hart arbeitete und die Familie deshalb sehr reich war. Sie kannten jeden Klatsch aus dem Laden für Babyartikel, und sie wollten, daß der Abschaum – die meistens ledigen Mütter oder die Frau von »Bill, der neulich eingelocht wurde« – wußte, daß sie eine Klasse über ihm standen.
Adah merkte, daß es keinen Sinn hatte, mit solchen Leuten zu streiten, deshalb beschloß sie, freundlich zu sein. Aber wie befreundete man sich mit jemandem, der sich für besser, reicher und aus besserem Holz geschnitzt hielt? Trotzdem war sie entschlossen, es zu versuchen.
Sie hatte herausgefunden, daß eine der erfolgreichsten Methoden, sich in England Freundschaft zu sichern, die war, sich dumm zu stellen. Wenn man also

schwarz und gleichzeitig dumm war, dann verhielt man sich gemäß den Erwartungen, die die Gesellschaft an einen stellte. Sie war entschlossen, es mit den Kleins zu versuchen.

Am nächsten Tag kam die Gelegenheit. Es war sehr naß gewesen, und sie merkte langsam, wie feucht es in den Siedlungswohnungen sein konnte. Männer lieferten Koalit an, und als sie sah, daß die Kleins welches kauften, tat sie es auch. Sie dachte, Koalit wäre leicht anzuzünden. Sie versuchte es immer wieder, aber es fing kein Feuer. Sie wußte, sie konnte Paraffin darüber gießen und es auf diese Weise schnell zum Brennen bringen, doch sie war sich nicht sicher, ob sie damit nicht ein unkontrollierbares Feuer entfachen würde.

Mit vor Rauch tränenden Augen und vom Koalit schwarzen Händen kam sie auf den Balkon, und glücklicherweise stand Oma Klein gerade da.

»Bitte, wie zünde ich Koalit an? Irgendwie kriege ich es nicht richtig hin.« Oma Klein drehte sich um und sah sie an. Ihre Augen waren blutunterlaufen. Adah bereute ihr impulsives Vorgehen sofort. Sie hätte drinnen bleiben sollen, sie hätte weiter probieren sollen, bis sie es geschafft hätte. Sie konnte jetzt nicht mehr zurück, ohne sonderbar zu erscheinen. Also wiederholte sie ihre Bitte, jetzt aber unnötig laut.

»Ich kann mein Koalit nicht anzünden.«

»Nun, warum haben Sie es dann gekauft? Was soll ich denn dabei machen, hä?«

Die hübsche Hausfrau schoß heraus. »Was ist los, Mutter?«

»Sie hat ihr Koalit nicht anzünden können.« Na, was würde sie als nächstes hören?
Adah betonte, daß sie wußte, daß man es mit Paraffin anzünden konnte, aber würde sie damit nicht ein Feuer entfachen? Die hübsche Frau schrie: »Mutter, sie wird uns bald die Feuerwehr ins Haus bringen. O mein Gott, was wird denn noch alles passieren!« Ihre durchdringende Stimme lockte noch mehr Nachbarn heraus, manche wollten sehen, was los war, aber die meisten wollten sich nur die neue Mieterin ansehen, als wäre sie ein Wunder von einem anderen Stern.
Diese Methode war noch nie vorher fehlgeschlagen. Warum versagte sie bei den Kleins? Sie gaben ihr nicht einmal Zeit, sie kennenzulernen, bevor sie über sie urteilten. Freundschaftlich mit ihnen zu verkehren war nicht mehr möglich. Sie würde sich selber um ihrem Kram kümmern müssen. Diese Leute mochten sie einfach nicht. Sie hatte alles noch schlimmer gemacht, indem sie ihnen zu verstehen gab, daß sie noch nie Koalit benutzt hatte. Woher sollte sie wissen, wie man mit Koalit umging? Sie war in den Tropen geboren und aufgewachsen, wo die durchschnittliche Tagestemperatur bei 40 Grad lag. Wie konnten Leute nur so unwissend sein? Das Merkwürdigste war, daß sie aus den zynischen Bemerkungen, die um sie herum gemacht wurden, schließen konnte, daß man sie für ungebildet hielt, wenn sie nicht wußte, wie man mit Koalit umging.
Was nützte es, wenn sie ihnen erklärte, daß sie in ihrem Land in eine Kolonialschule gegangen war, de-

ren Standard sich mit den besten Mädchenschulen in London messen konnte? Was nützte es, wenn sie ihnen erzählte, daß sie nicht ungebildet war, wie sie glaubten, und daß sie sogar hier in diesem Land im öffentlichen Dienst arbeitete? Sie sah die Leute an, und ihr wurde fast übel. Dann ging sie hinein und knallte die Wohnungstür hinter sich zu.

Drinnen goß sie Paraffin auf Papier und zündete das Feuer an. Sie mußte die Feuerwehr nicht rufen, weil sie sie nicht brauchte. Sie brannte die Siedlung nicht nieder.

Adah wußte, daß sie viele Probleme haben würde, denn die Kleins schienen entschlossen, ihr zusätzliche Schwierigkeiten zu machen, neben ihren Sorgen, ihren Job zu behalten, zu studieren und nun die Kinder ruhig zu halten. Wenn die Siedlungsmieter sie nicht mochten, nun, dann würde sie eben anders sein. Sie würde nicht wie die alleinstehenden Mütter hier sein. In der Siedlung gingen Frauen mit Kindern, die keinen Mann hatten, nicht arbeiten. Man tat es einfach nicht. Wenn man sich getrennt hatte, lebte man von der Arbeitslosenunterstützung. »Ich werde anders sein«, sagte sich Adah als Trost und erkannte nicht, daß gerade sie, mehr als jeder andere, Leute brauchen würde, mit denen sie reden und sich anfreunden konnte. Denn sie war ein Mensch, sie war einsam.

Sie mußte sich nicht nur anpassen, sondern, um des Friedens willen, auch dazugehören. Sie mußte dazugehören, gesellig werden, am Geschehen teilhaben.

17 Taufe durch Sozialisation

»Mami, was gibt's heute zum Abendessen? Ich bin so hungrig«, sagte Bubu, als er zur Küchentür hereinkam.

»Es gibt Pommes und weiße Bohnen in Tomatensoße; ich mache sie sehr gut. Wirst du viel essen?«

»O ja, Mami!« erwiderte Bubu und rieb sich mit den Händen seinen kleinen Bauch. Adah lachte und versprach ihm, daß es nicht mehr lange dauern würde.

»Warum reibst du dir denn so deinen Bauch?« fragte Titi, die Älteste, vom Flur her, wo sie saß und mit einer nackten Puppe spielte. »Es ist kindisch, sich so seinen Bauch zu reiben.«

»Nun, es ist schließlich mein Bauch, oder, Mami?« wollte Bubu wissen. Adah stimmte ihm zu, daß es schließlich sein Bauch war und daß er damit tun konnte, was immer er wollte.

Der Streit, der daraufhin unvermeidlich entstanden wäre, wurde durch ein Klopfen an der Tür verhindert.

Adah ergriff rasch die Gelegenheit und sagte: »Mach die Tür auf, Titi, und schau nach, wer da ist«, während sie ihren Hals reckte, um von der Küche aus zu erkennen, wer im Flur stand.

»Mami, es ist eine Dame, sie will zu dir, Mami«, verkündete Titi ziemlich schrill.

»Können denn diese Zeugen Jehovas einen nicht in Ruhe lassen. Sie besuchen einen zu den unmöglichsten Zeiten und erwarten dann, daß man alles stehen läßt und ihnen folgt, um sich vor dem Armageddon zu retten, von dem sie sagen, es stünde bereits vor der Tür«, brummelte Adah vor sich hin, als Titi ihre Ankündigung wiederholte. Also riß Adah ihre bunte Schürze herunter, die sie immer über ihr Arbeitskleid band, um es nicht schmutzig zu machen. Sie hatte keine Zeit mehr, die Hände zu waschen, denn die »Dame« war schon im Flur.

»Hallo«, säuselte die Dame. Ihre Stimme war leise und geschäftsmäßig. Sie war groß, füllig und sehr breit in den Hüften, wie eine reiche afrikanische Mami nach einer Sitzung in einem Mastraum. Ihr Haar war blond, dünn und kurz. Ihr Hals war kurz, hatte Fettfalten und war mit braunen Holzperlen behängt. Alles an der Dame war groß, bis auf ihre Füße. Die Füße waren überraschend klein. Ihre Akten und ihre Tasche waren ebenfalls dick. Wieder schnurrte sie »Hallo«. Der Blick, den sie Adah zuwarf, war tief, forschend und argwöhnisch.

Adah grüßte zurück. Ihr »Hallo« klang abwesend, zurückhaltend und ziemlich schwach. Sie war nicht ganz sicher, ob sie ihr die Hand geben oder mit dem Kopf nicken sollte oder beides. Statt dessen lächelte sie matt und versuchte, nicht zu sehr um Gefallen bemüht zu erscheinen.

»Ich glaube nicht, daß wir uns schon begegnet sind. Ich arbeite hier und heiße Carol. Ich bin die Familienberaterin. Sind das Ihre Kinder?«

Sie ist gekommen, um mir etwas Unangenehmes zu sagen, und sie ist nervös, dachte Adah. Die Dame fing an, über die Wohnungen zu plappern, über das Wetter und über andere himmelschreiende Nichtigkeiten, die ihr in den großen Kopf kamen. Da Adah ihr weder antwortete noch sie ermutigte, beschloß sie, direkt zu Sache zu kommen.

»Die Leute hier«, sie breitete ihre fetten kurzen Arme aus, »sagen, daß Ihre Kinder zuviel Lärm machen und daß Sie sie jeden Abend sich selbst überlassen.«

Diese Schnüffler tun alle so, als wenn sie sich nur um ihren Kram kümmern, aber das stimmt nicht, dachte Adah. »Dann sind Sie also gekommen, um sie mir wegzunehmen, meine Dame?« fragte sie laut.

»O nein. Ich will nur, daß Sie auf sie aufpassen.«

»Aber das tue ich doch! Ich tue es wirklich!« rief Adah. Sie hatte einen bitteren Geschmack im Mund. »Sehen sie so aus, als wären sie unbeaufsichtigt? Tun sie das? Sagen Sie es mir!«

»Nein, ich glaube nicht«, antwortete die Dame diplomatisch. Ihre Antwort war zu schnell gekommen, um ehrlich zu sein, und sie klang etwas hohl. »Aber so wurde es mir berichtet, deshalb dachte ich, ich sollte Sie informieren. Nehmen Sie es nicht zu ernst; wir haben alle unsere Probleme, meine Liebe.«

Adahs Kopf war voll. Sie hatte kein Interesse an den Problemen der Dame; wenn sie wirklich Probleme hätte, wäre sie nicht so fett. Was hatte Gott vor, wenn er Leute wie sie, Adah, schuf? Geboren zu sein, nur um Bitterkeit und Sorgen zu spüren und immer zuzusehen, wie die anderen Menschen alles Gute bekamen? Was sie bis jetzt in ihrem Leben kennengelernt hatte, waren Sorgen, Angst und endlose Bitternis. Die Nachbarn, von denen die Dame sprach, mußten die Kleins sein. Sie hatten sie schon so weit gebracht, daß sie kaum mehr Nachrichten im Radio hören konnte, ohne Schuldgefühle zu bekommen. Sie hatte aufgehört, selber zu nähen, da das Surren der Maschine die Kleins störte. Was sollte sie denn jetzt tun? Sich um nichts mehr kümmern? Dem Leid nachgeben und aufhören, es weiter zu versuchen?

»Was machen Sie jetzt mit uns, meine Dame? Mich ins Gefängnis oder zu meinem Schöpfer schicken?« Sie könnte ihr ruhig die Wahrheit sagen.

Doch die Dame war eine echte Diplomatin, eine ausgebildete und erfahrene Sozialarbeiterin, eine von den Frauen, bei denen man nie sicher war, ob man sie als Freundinnen oder als Mitglieder der Sittenpolizei behandeln sollte. Die Dame hatte sie natürlich durchschaut.

»Nennen Sie mich nicht ›Dame‹. Ich bin Carol. Alle nennen mich Carol. Bitte nennen Sie mich Carol«, sagte Carol theatralisch. Sie hob ihren großen Busen, fuhr mit den Fingern durch ihre Perlenkette und wechselte schnell das Thema. »Ich sehe, daß Sie aus Ghana sind.«

»Ich bin nicht aus Ghana«, sagte Adah schnippisch und fragte sich, was ihre Nationalität damit zu tun hatte. Leute in Adahs Lage sind normalerweise im-

mer in Abwehrstellung. Selbst wenn man ihnen Freundlichkeit oder Höflichkeit erweist, wissen sie meistens nicht, was sie damit anfangen sollen. Statt dessen werden sie argwöhnisch und abweisend.
Carol wartete auf eine Erklärung. Sie hatte gehört, daß Adah nicht aus Ghana kam, woher kam sie denn dann? schien sie wortlos zu fragen. Aber Adah wollte nicht reden. Carol spürte, daß Adah sich wünschte, daß sie ginge, doch sie wollte einfach noch nicht gehen.
Sie starrten sich nur an.
»Das Essen der Kinder wird kalt«, bemerkte Carol ziemlich abrupt.
»Ja, danke, sie werden inzwischen sehr hungrig sein. Sie müssen mich entschuldigen.« Adah ging zurück in die Küche und machte die Bohnen noch einmal heiß.
»Abendessen«, schrie sie.
Die Kinder liefen in die Küche und Adah teilte das Essen aus. Wie üblich Reden und Streiten.
»Hör auf, mich zu treten, du Monster! Ich erzähle es Mami!«
»Wie niedlich«, bemerkte Carol und beugte ihren dicken Hals zur Seite. Bei einer anderen Frau hätte die Haltung und das Verhalten, das sie an den Tag legte, weiblich und mütterlich gewirkt, doch ihre Fülle nahm ihr alle diese Eigenschaften wieder. Kein Wunder, daß man sie zur Familienberaterin gemacht hatte. Ihr Gewicht würde jedes Familienproblem zermalmen. Sie versuchte wirklich, Adah zu verstehen zu geben, daß sie Kinder liebte.

Adah wußte, daß sie nur eine Show abzog, doch für den Augenblick zumindest war sie besänftigt, ja sogar geschmeichelt, daß jemand ihre kleinen Blagen lieben konnte. Ihre Wut von vor einer Minute war verflogen, und sie fing an zu reden: »Ich bin eine Ibo aus Lagos. Meine Eltern kamen aus Ibo-Land hierher, aber ich wurde in Lagos geboren und bin dort aufgewachsen, und von dort bin ich nach London gekommen.«

»Ich verstehe«, sagte Carol schleppend. Ihr Lächeln war breit und verständnisvoll. Ihr Gesicht verriet Erleichterung. »Ich war selber sechs Jahre in Afrika, die meiste Zeit in Aden, aber ich war auch kurz in Westafrika, bin ein Jahr in Ghana gewesen und sechs Monate in Lagos. Es ist schön dort. Sehr schön.«

Alle schienen Lagos zu kennen. Die Putzfrau in ihrem Büro hatte einen Sohn, der in Apapa in Lagos lebte; der Mann von der Kohlenbehörde, der am Tag vorher dagewesen war, um den Kamin zu untersuchen, wußte alles über Lagos. Das Dumme war, daß man nicht einmal mehr Lügen über seine Heimat erzählen konnte. Bevor man den Mund aufmachte, wußte der Zuhörer schon alles, was man sagen wollte. Das machte das Leben so eintönig. Selbst die Leute überall auf der Welt, die seit Generationen zufrieden den Mond als Geheimnis angebetet hatten, mußten nun sehen, wie ihr Geheimnis entschleiert wurde. Adah war sicher, daß jene aus der Gesellschaft mit dem großen G bald zum Mond fahren würden, entweder um Urlaub zu machen oder um Golf zu spielen oder um Känguruhspringen zu lernen. *Nun, meine Dame, wenn Sie Lagos kennen, meine Glückwünsche.*

»Bitte, kommen Sie jederzeit vorbei. Das kleine Haus neben dem Spielplatz ist mein Büro. Die Kinder können dort spielen. Ich habe lehrreiches Spielzeug, und die Mütter treffen sich von Zeit zu Zeit in meinem Büro. Ich weiß, Sie sind sehr beschäftigt, aber kommen Sie doch ab und zu hin.« Sie machte Anstalten zu gehen, doch auf halbem Weg zur Tür fragte sie plötzlich: »Wohin gehen Sie am Abend?«

Adah hatte gespürt, daß die Dame noch etwas auf dem Herzen hatte. Sie würde eine gute Vertreterin abgeben. Sie mochte zur Sittenpolizei gehören, doch zumindest war sie nett dabei. Sie wollte die Dame nicht anlügen, also sagte sie ihr, daß sie Soziologiestudentin war und daß sie abends Kurse besuchte. Carol watschelte zurück. Ihre Schuhe waren flach, fast wie Hausschuhe. Das war vernünftig, sonst wäre ihr Gang nur ein unerfreuliches Schwabbeln gewesen.

»Wer paßt auf die Kinder auf, wenn Sie weg sind?« Ihre Stimme war wieder berufsmäßig geworden, mit einem Anflug von Barschheit darin, wie bei einer Frau, die ihr ganzes Leben lang nur Dinge für andere Leute geregelt hatte.

»Sie passen auf sich selber auf«, erklärte Adah und klang dabei wie eine verurteilte Kriminelle. Sie klang nicht nur so, sie begann auch, sich wie eine zu fühlen.

»Sie dürfen das nicht tun. Nicht in London.« Carol schüttelte den Kopf. »Sie können dafür in Schwierigkeiten kommen, in echte Schwierigkeiten. Hier ist alles anders. Ich weiß, daß in Afrika die Nachbarn kommen und gehen können, weil ihre Türen immer offen sind, um frische Luft hereinzulassen, aber in England machen wir die Türen zu, um die kalte Luft draußen zu lassen. Deshalb merken die Leute nicht, wann Kinder, die allein sind, in Schwierigkeiten kommen. Alles mögliche kann passieren – eine Gasexplosion. Ölöfen, die Feuer fangen, oh, alles mögliche. Ich bin sicher, Sie verstehen das.«

Adah verstand sehr wohl, doch was sollte sie tun. Der Gedanke, ihr Studium aufzugeben, gefiel ihr nicht, wo sie doch schon so weit gekommen war; sie wollte aber auch nicht, daß ihren Kindern etwas passierte. Sie sah traurig ins Leere. In ihrem Kopf ging alles durcheinander, ihr fiel nichts ein.

Carol spürte, daß sie es mit einer Frau zu tun hatte, die alles für ihre Kinder geben würde. Sie hatte recht. Adahs Kinder waren ihr Leben. Wer die Kinder liebte, liebte auch sie selber.

»Ich werde sehen, daß Sie für die Abende eine Hilfe bekommen. Sie tun zuviel, beißen mehr ab, als Sie kauen können.«

Das war etwas, was Adah an diesen weißbekittelten Weibern nicht leiden konnte, die Sozialarbeiterinnen hießen. Sie waren verdammt gut im Gönnerhaft-Sein. O.K., sie hatte betont, es wäre falsch, daß Adah ihre Kinder am Abend alleine ließ – warum dann noch darauf herumreiten? Nun, die Dame schien sich zu sorgen, auch wenn die Gesellschaft ihre Sorge bezahlen mußte. Adah würde ihren Frauenstolz und ihre Mutterwürde herunterschlucken müssen und Carol erlauben, ihr zu helfen. Sie nahm nicht gerne Hilfe an, doch sie hatte keine Wahl. Sie mußte sich schützen gegen schwierige Nachbarn wie die Kleins, und sie brauchte die Sicherheit, ihre Kinder in guten Händen zu wissen, wenn sie auf dem Polytechnikum war. Sie war der Dame dankbar und mußte es ihr sagen. Sie begleitete die Dame zur Tür und war absolut nicht überrascht, zu sehen, wie die Kleins schnell in ihre Wohnung verschwanden. Sie hatten Carol geschickt, aber Adah war entschlossen, aus Carols Hilfe das Beste zu machen.

Adah brauchte sich nicht sehr anzustrengen, mit Carol gut Freund zu werden. Die Familienberaterin faßte echte Zuneigung zu ihr. Sie nahm Kontakt mit dem Freiwilligen Sozialdienst auf, und die schickten eine Gruppe junger Studenten, die sich bereit erklärt hatten, abends auf Adahs Kinder aufzupassen. Adah war nicht sicher, wie sie sich gegenüber jungen Leuten benehmen sollte, von denen man nicht sagen konnte, welcherlei Geschlechts sie waren. Es war wirklich unmöglich, zu erraten, wer männlich und wer weiblich war; sie sahen alle gleich aus. Trotzdem waren sie Adah willkommen, und sie hoffte, daß sie sich in ihrer Wohnung zu Hause fühlten.

Am ersten Abend, als die »Sitters« kamen, machte sie sich die ganze Zeit während des Kurses im Polytechnikum Sorgen. Nur reine Willensstärke hielt sie auf ihrem Platz. Die Gesellschaft hatte nichts Gutes über langhaarige, Gitarre spielende Jugendliche zu sagen. Sie hatte über sie gehört und gelesen, daß sie ständig mit ihren verrückten Fahnen von Pontius zu Pilatus liefen, daß sie immer irgendwo ein Sit-in abhielten und daß fast alle rauschgiftsüchtig waren. Angenommen, sie fingen an, in Gegenwart ihrer Kinder Stoff zu rauchen? Angenommen, sie machten freie Liebe, während die Kinder noch wach waren? Oh, Gott möge ihr helfen. Sobald es neun war, rannte sie heim.

Sie konnte nicht anders, als leise zu weinen bei dem Anblick. Ihre Kinder waren gewaschen, ihr Badezimmer war spiegelblank geputzt und das Wohnzimmer gefegt. Ja, die jungen Leute saßen und schauten fern, sie hielten sich in so einer ergebenen Art bei den Händen, daß Adah sie in ihr Herz schloß. Sie machte ein selbstbewußtes Gesicht. Schließlich bin ich älter als sie, fast zehn Jahre älter, warum sollte ich mich in ihrer Gegenwart unsicher fühlen, und dann noch in meinem eigenen Haus! Verflucht, ich sollte sie in ihre Schranken weisen und nicht sie mich, sagte sie sich. Laut schalt sie die jungen Leute, weil sie keinen Tee getrunken hatten, wie sie es ihnen gesagt hatte. Sie sollten sich zu Hause fühlen, plapperte sie weiter, während die Jugendlichen müde und hell kicherten. Sie verpflegte sie mit gewürztem Reis und Zitronentee, und sie fanden das sehr nett. Doch sie war sicher, daß die Tränen, die aus ihren Augen flossen, nicht von der Freude kamen, sondern weil der Curry-Reis zu scharf war. Sie tranken literweise Wasser und gingen zurück ins College.

Der junge Mann hieß Jerry, den Namen des Mäd-

chens hatte Adah nicht verstanden. Es wäre auch gar nicht nötig gewesen, denn Jerry hatte seinen Spaß daran, seine Freundinnen zu wechseln wie weniger gutaussehende Männer ihre Hemden. Die jungen Leute wurden fast zu Mitgliedern von Adahs Familie. Sie wuschen Windeln, fütterten die Kinder und taten alles, damit es ihnen möglich wurde, am Wochenende etwas mit den Kindern zu unternehmen. Bis zu ihrem Lebensende würde sich Adah noch darüber wundern, weshalb übersatte Individuen mittleren Alters junge Leute als verantwortungslos, entwurzelt und faul darstellten. Niemals sagte jemand etwas über das Gute, das sie taten. Niemand deutete auch nur an, daß viele sich Organisationen wie dem »Freiwilligen Sozialdienst« anschlossen. Niemand hielt es je für wert, etwas über ihr Mitgefühl und ihr Verständnis zu sagen. Manche der Jugendlichen mochten zu Extremen neigen, aber hatten die älteren Generationen nicht auch ihre Verschrobenheiten?
Adah begann sich auf ihr Kommen zu freuen, und durch Jerry lernte sie nicht nur viele englische Mädchen kennen, sondern auch einige fremdländische französische und italienische Mädchen, die zum Studieren nach England gekommen waren.
Die Familienberaterin besuchte sie noch einmal, und Adah fragte sich, was sie falsch gemacht hatte. Sie machte ein unglückliches Gesicht und wartete darauf, daß die Bombe platzte. Wie immer begann Carol mit Banalitäten.
»Ist das *Fufu?*« fragte sie und meinte das Essen der Kinder.

»Nein, kein richtiges, wir können hier kein *Fufu* bekommen, deshalb behelfen wir uns mit gemahlenem Reis«, antwortete Adah.
»Es ist ein billiges Essen, nicht wahr?« wollte Carol wissen.
»Nun, ich wüßte nicht, daß es billig ist, aber ich weiß, daß es satt macht.«
»Hm«, murmelte Carol und nickte, und die Falten an ihrem Hals tanzten. »Mögen es die Kinder? Finden sie es nicht zu scharf?«
»Mögen englische Kinder Kartoffeln, finden sie sie nicht geschmacklos?«
»Ich bin dumm«, lenkte Carol ein.
»Vielleicht.« Adah war nicht in der Stimmung, demütig zu sein, und flehte zu Gott, Carol möge sagen, was sie wollte, und sie dann allein lassen.
»Die Schulleiterin beklagt sich darüber, daß die Kinder um acht Uhr morgens in die Schule gebracht werden und daß Sie erst um fünf Uhr kommen, um sie abzuholen. Sie kann die Verantwortung für sie nicht übernehmen, bevor die Schule anfängt, wissen Sie. Am Morgen ist es zu kalt und zu dunkel, um sie allein zu lassen. Sie wissen doch, daß es kranke Leute gibt, die Kinder mitnehmen, und Ihre sind so klein, jeder könnte sie mit normalen Süßigkeiten weglokken.«
Adah fing an zu weinen. Diese schrecklichen Tränen, die immer im falschen Moment flossen. Sie wollte stolz erscheinen, Carol sagen, sie solle sich um ihre eigenen Angelegenheiten kümmern, doch sie konnte nicht. Sie machte sich auch Sorgen um die

Kinder, so viele Sorgen, daß es sich auf ihre Arbeit auswirkte. Obwohl sie das Glück hatte, mit sehr verständnisvollen Menschen zusammenzuarbeiten, wußte sie, daß Chefs nicht ewig entgegenkommend sein konnten. Sie hatte ihren ganzen Urlaub genommen, ihren Mutterschaftsurlaub, Sonderurlaub und alle anderen Arten von Urlaub, die der britische öffentliche Dienst für Leute wie sie vorsah. Es gab eine Grenze menschlichen Mitgefühls, selbst bei den Chefs.

Sie wischte sich die Tränen ab. Nachdem sie sich besonnen hatte, teilte sie sofort Carol ihren Entschluß mit.

»Ich werde meinen Job im Museum aufgeben!«

»Oh, meine Liebe, das ist ein übereilter Entschluß. Es tut mir leid, wenn ich schuld bin an der Eile. Wir werden uns etwas anderes ausdenken…«

Adah schnitt ihr entschlossen das Wort ab. »Es gibt nichts anderes, und bitte, in Gottes Namen, hören Sie auf, sich die Schuld zu geben. Ich habe lange darüber nachgedacht.«

Ihre Sozialisation war nun vollständig. Sie, eine afrikanische Frau mit fünf Kindern und ohne Mann, ohne Job und ohne Zukunft, war genauso wie ihre meisten Nachbarn – hilflos, entwurzelt, ohne Recht auf irgend etwas. Einfach abgeschnitten. Keiner von ihnen kannte den Beginn seiner Existenz, den Grund, weshalb er von der Hand in den Mund lebte, das Ergebnis oder die Zukunft dieses Lebens. Alle würden im Sumpf steckenbleiben, bis sie von jemandem herausgezogen wurden oder aber untergingen.

Das Museum war froh, sie loszuwerden, wenn auch zu höflich, es zu sagen. Damit endete ihre Mittelschicht-Episode. Von nun an gehörte sie zu überhaupt keiner Schicht mehr. Sie konnte nicht behaupten, zur Arbeiterklasse zu gehören, denn das tägliche Leben der Arbeiterklasse hatte seine Regeln. Ihres hatte keine. Sie hatte jetzt eine vollkommene Problemfamilie. Die Arbeitslosigkeit war die Taufe, durch die sie in die Gemeinschaft der Siedlung aufgenommen wurde. Wie die meisten Mieter dort wurde sie eine regelmäßige Besucherin in Carols Büro.

Sie wurde Whoopey und ihrer Mutter vorgestellt. Mit einem Lächeln nahmen Mrs. O'Brien und die Prinzessin sie in die Sekte der Sumpfbewohner auf. Sie wurde Mitglied der Vereinigten Sumpfbewohner. Sie ging zu den Treffen der ortsansässigen Mütter. Sie ergab sich in die rätselhafte Unvermeidbarkeit und akzeptierte die Dinge, wie sie waren. Das Lächeln und freundliche Kopfnicken dieser verwelkten und zurückgestoßenen Frauen beruhigte sie. Sie schienen zu sagen: Du bist nicht allein. Schau uns an, wir sind auch Menschen! Die Wärme der Aufnahme tröstete sie, und sie war dankbar.

18 Zur Stempelstelle

»Sie müssen stempeln gehen«, sagte die Familienberaterin, Wochen nachdem Adah zu arbeiten aufgehört hatte. »Sie müssen irgendwie leben. Sie müssen versuchen, Stempelgeld zu kriegen. Alle tun es, wenn sie in Not sind. Sie haben sogar Glück, denn Sie werden nur eine Zeitlang auf die Sozialhilfe angewiesen sein. Was ist mit den Frauen, die nie genug verdienen können, um sich zu erhalten? Ich würde es versuchen, schon wegen der Kinder.«

»Ja, wegen der Kinder«, Adahs Stimme war matt und schwach. Aber hatte sie eine andere Wahl? Die Sozialhilfe abzulehnen wäre falscher Stolz gewesen – Stolz, der aus der Tatsache herrührte, daß sie in ihrem Land gelernt hatte, die Sozialbehörden seien die moderne Version des alten Armengesetzes. Sie selbst hatte schließlich die, die Stempelgeld bekamen, für faule und schmarotzende Leute gehalten, die auf Kosten der Gesellschaft lebten. Sie hatte davon geträumt, afrikanische Kurzgeschichten zu schreiben, doch ihre Versuche in den letzten Wochen hatten zu nichts geführt außer ständigen Absagen. Sie hatte so viele nett geschriebene Ablehnungsbriefe bekommen, daß ihr Traum, Schriftstellerin zu werden, sich in Luft aufgelöst hatte. Sie hatte schließlich die sechzig Pfund angetastet, die sie bei ihrem Museums-Job gespart hatte.

Heiße, salzige Tränen machten sie eines Morgens fast blind, als sie auf ihr Sparbuch starrte und sah, daß sie nur noch fünfzig Shilling übrig hatte. Sie wartete nicht darauf, daß Carol ihr noch einmal predigte, was ihre Pflicht wäre. Sie mußte irgendwie leben. Stempeln gehen war besser als Stehlen. Sie nahm ihre zwei kleinsten Kinder, und gemeinsam trotteten sie zur Stempelstelle.

Man wußte ja nie, vielleicht hatte Carol recht. Vielleicht muß ich ja nicht lange stempeln gehen, dachte sie. Vielleicht werde ich doch noch Schriftstellerin, die Autorin von Bestsellern, vielleicht werde ich noch eine qualifizierte Sozialwissenschaftlerin, die eines Tages vielleicht Familienberaterin sein wird wie Carol. In der Zwischenzeit muß ich leben, und ich muß auf die Kinder aufpassen, die Gott mir zum Leben gegeben hat. Gott hat da zwar einen kleinen Fehler gemacht, er hätte jedem neuen Kind einen Sack Geld zugestehen sollen anstatt einen Sack nutzloser Nachgeburt.

Sie riß sich zusammen und sah der Wirklichkeit ins Auge. Auf dem Schild vor dem Gebäude stand »Amt für...« und noch etwas anderes. Adah hatte keine Lust, es bis zum letzten Buchstaben zu lesen. Komische Idee, die Stempelstelle Amt für soziale Sicherheit zu nennen. Was für eine Sicherheit ihr das Schild auch versprechen mochte, sie wurde trotzdem immer unsicherer, während sie das Gebäude betrat und ihre beiden Kinder hineinschob.

Die Stempelstelle war gelb gestrichen, ein unpersönliches, ausdrucksloses Gelb. In der Mitte war ein

Drahtgitter, das ein Rechteck in wiederum zwei Rechtecke teilte. Das innere Rechteck war für das Personal, das äußere für Leute wie Adah, die zum Stempeln kamen. Es gab Bänke zum Sitzen. Die Gesichter derer, die auf den Bänken saßen, drückten Ablehnung, Langeweile, Hoffnungslosigkeit und Selbstmitleid aus. Adah setzte sich auf eine Bank gegenüber dem Auskunftsschalter.
Sie mußte eine lange Zeit nachrutschen, bis sie an der Reihe war. Man rutschte und schlurfte zum nächsten leeren Platz auf der Bank, bis man schließlich der Person hinter dem Gitter ins Gesicht sah. Die Person wollte die Lebensgeschichte von einem wissen, ob man im Knast gewesen war, und wenn ja, ob in Brixton oder in Holloway. Am Ende waren das Leben und die Geheimnisse eines Menschen reduziert auf ein »Ja« oder »Nein« in einem Fragebogen.
Die Frau war wirklich interessiert an Adahs Fall. Mit siebenundzwanzig im öffentlichen Dienst aufhören. »Sie werden Ihre Pension verlieren«, rief die Angestellte. »Wissen Sie nicht, was das heißt? Sie hätten bleiben sollen.«
Adah verteidigte sich wortreich. Sie wiederholte ihre Erklärung, warum sie ihre Arbeit hatte aufgeben müssen. Ja, die Arbeit hatte ihr sehr gefallen, doch trotzdem hatte sie gehen müssen. Die Angestellte gab widerstrebend zu, daß Adahs Gründe vernünftig waren.
»Nehmen Sie dort Platz, Sie werden bald aufgerufen.«
Adah fand einen freien Platz auf einer der Bänke und

setzte sich. Immerhin hatte sie der Angestellten alles erzählt, was es zu erzählen gab, und würde bald aufgerufen werden.
Sie vergaß, daß das Wort »bald« Tage, Stunden oder sogar Jahre bedeuten konnte. Sie hatte gedacht, daß »bald« in diesem besonderen Zusammenhang höchstens dreißig Minuten heißen würde.
Nach zwei Stunden Wartezeit fingen ihre Kinder an, herumzuzappeln und zu jammern.
»Mami, ich muß aufs Klo – bitte, es kommt schon, Mami – bitte!« Verzweifelt eilte Adah zu einem Mann in Uniform, der wie der Hausmeister aussah.
»Bitte, können sie mir sagen, wo die Toiletten sind? Bei meinem kleinen Mädchen ist es sehr dringend.«
Der Mann sah sie ausdruckslos an, als wäre sie eine Närrin, die schon lange ihren Verstand verloren hatte. Er lächelte nachsichtig und zeigte auf eine Seite der Wand, was bedeutete, daß die Toilette irgendwo die Straße hinauf war.
»Mami, ich mache es hier«, schrie Dada und hielt ihre Hosen fest, als könnte sie so ihr dringendes Bedürfnis stoppen.
»Bitte, kann sie nicht die Personaltoilette benutzen? Sie ist nur ein kleines Mädchen, bitte«, bettelte Adah, ihre Stimme zitterte.
»Tut mir leid, aber sie kann unsere Toilette nicht benutzen. Neben dem Polytechnikum ist eine öffentliche. Wissen Sie, wo das ist?«
Adah wußte.
Draußen war dichter Nebel. Sie verschwand mit ihren Kindern darin. Glückliche Familie. Zum Früh-

stück hatten die Kinder jedes eine Schale Eierkrem und eine viertel Orange gegessen. Sie waren um zehn Uhr morgens aus der Siedlung weggegangen. Jetzt war es schon halb eins, neblig, kalt und November. Es war menschlich, daß man wünschte, so lang wie möglich zu leben; selbst wenn das Leben manchmal wertlos schien, hing man doch daran. Dieser menschliche Wille zu leben, zu überleben, trieb sie zur Toilette. Sie erleichterten sich und trotteten zurück zum Amt.

Sie setzte sich neben eine Frau mit einem dicken und einem schlanken Fuß. Sie trug einen schwarzen Schuh an dem schlanken, doch am dicken nur einen Fetzen zusammengenähtes Leder und darunter einen falschen Absatz. Sie starrte Adah an, als Zeichen, daß sie mit ihr reden wollte.

Adah lächelte, und die Dame mit den ungleichen Füßen sagte: »Sind Sie Mrs. Obi? Sie haben Sie aufgerufen, nachdem Sie weggegangen sind.«

»Haben Sie mich wegen des Geldes aufgerufen, wissen Sie das?« Ihre Stimme war laut und voller Panik, trotz ihrer scheinbaren Ruhe. Einige gutangezogene Männer, die neben ihrer Bank saßen, hörten sie und lachten. Sie sah verzweifelt um sich. Hatte sie etwas Unpassendes gesagt?

»Nicht wegen des Geldes, Kameradin«, sagte ein gutaussehender Mann aus der Gruppe. »Wegen Auskünften«, schnaubte er und deutete mit seinem Kopf anklagend in Richtung der Beamten hinter dem vergitterten Schalter. Die Männer waren entspannt und sahen sorglos aus. Sie waren Streikende. »Sie werden

noch einmal zwei Stunden darauf warten müssen«, sagte er.
Er hatte recht. Die Frau mit dem dicken Fuß wurde freundlich. »Ich habe auf Kinder von Ihrem Volk aufgepaßt, wissen Sie. Das war, bevor ich Schwierigkeiten mit meinem Fuß bekommen habe. Die waren immer so nett, diese Leute. Die Mutter war genau wie Sie, wissen Sie, jung und gute Kleider... sehr nett.«
Adah nickte und fragte sich, ob sie zu gut angezogen war für die Stempelstelle. Sie trug einen Hosenanzug, den sie nach einem Muster in einer Frauenzeitschrift gemacht hatte. Er hatte sie weniger als zwei Pfund gekostet. Vielleicht war sie zu gut angezogen. Beim nächsten Mal mußte sie daran denken, in alten Kleidern zu kommen, im Siedlungsstil.
»Sind Sie aus Nigeria?« fragte die Frau.
»Ja«, antwortete sie einfach, da sie nicht in Einzelheiten gehen wollte: weshalb ein Teil von Nigeria zu Biafra geworden war, um danach wieder ein Teil von Nigeria zu werden. Die Frau war sehr einsam, denn sie redete und redete und gestikulierte dabei. Adah hörte fasziniert zu. Die Frau war bei einer nigerianischen Taufe in London gewesen; sie hatte auch eine nigerianische Hochzeit in St.-Martin-in-the-Fields mitgemacht. Das erstemal, daß sie an »so noblen Orten« gewesen war. Das war vor »mei'm Fuß«.
Adah konnte ihre Neugier gut verstecken. Ja, ihre Landsleute und auch ihre Frauen in London feierten Hochzeiten an so noblen Orten wie St.-Martin-in-the-Fields. Sie wußte von afrikanischen Paaren, die

auf einem echten roten Teppich für ihre Hochzeit bestanden hatten. All das klang so grotesk – aus einem Land zu kommen, in dem Kinder noch an Unterernährung starben, in dem drei Viertel der Bevölkerung noch nie aus einem sauberen Wasserhahn getrunken hatten, in dem das Analphabetentum immer noch vielfältiges Leid verursachte, in dem jedoch einige sogenannte Aufgeklärte ihr weniges Geld für solche Extravaganzen hinauswarfen. Trotzdem, kein Grund zur Sorge. Hatte man nicht Millionen von Pfund ausgegeben, um mehr über den Mond zu erfahren, während die bekannten Probleme auf der Erde unter den Teppich gefegt wurden? Es war aus der Mode gekommen, zu sagen: »Ich habe in einer kleinen Kirche in England geheiratet.« Es wäre genauso stupide, zu behaupten: »Mein Land tut alles, was es kann, für die Armen, die Alten und die Bedürftigen, und deshalb kann es bei dem Rennen zum Mond nicht dabeisein.«

Die britischen Afrikaner versuchten sehr stark, zu zeigen, wie wohlhabend sie waren, selbst wenn der Wohlstand ihnen wie geborgte Kleider Unbehagen bereitete. Zu lernen, ein Staatsmann zu sein, war keine leichte Aufgabe. Für die Nigerianer war es andererseits genauso komisch, sich vorzustellen, daß diese Frau, deren Vorfahren Weiße gewesen waren, noch nie an »so noblen Orten« gewesen war.

Das Warten auf der Stempelstelle dauerte lange, doch die Frau war froh darüber. »Da spare ich Feuerung«, vertraute sie ihr an. »Gefällt es Ihnen hier in England?«

»Ungeheuer.« Adah wollte ihr gefallen und meinte, daß die Frau so eine Antwort erwartete. Sie war schockiert, als sie sah, daß die Frau ganz anders reagierte.

Die Frau lachte laut. »Sie sin' schon einige Zeit hier, das kann ich sehen. Das haben Sie gesagt, weil Sie glaubten, ich wollte es hören.«

Adah machte eine Bewegung, als wollte sie protestieren, aber die Frau schnitt ihr das Wort ab und sagte: »Ich weiß, ich weiß, kein Nigerianer kann *mir* erzählen, daß er hier glücklich ist. Sie wollen ihren Abschluß oder was immer es ist, und dann ab nach Hause. Nur nigerianische Versager bleiben in England. Es gefällt Ihnen nicht wirklich hier.«

Adah schwieg, da sie nicht wußte, was sie sagen sollte.

»Komisch, Sie sind die erste Nigerianerin, die mir das gesagt hat. Ich kann es verstehen, wenn die Westinder es sagen, aber Sie... Ich weiß nicht...«

Ein Beamter kam ihr zu Hilfe. Mrs. Wilkinson wurde wegen des Geldes aufgerufen. »Tschüß, meine Liebe.« Sie lächelte und beugte sich zu Adah hinunter, was ihr offensichtlich Schwierigkeiten bereitete. Dabei flüsterte sie: »Beeilen Sie sich und fahren Sie heim. Sie sind keine Versagerin, und Sie werden auch keine sein.«

»Wiedersehen«, sagte Adah, dankbar, endlich allein zu sein.

Gegenüber der Stempelstelle war ein Supermarkt, und da es spät geworden war, dachte Adah, sie könnte genausogut dort ihre Einkäufe machen. Sie raffte alles zusammen, was sie zu brauchen glaubte, und steckte es in den Metallkorb, aber als sie zur Kasse kam, war sie überrascht, daß sie fünf Pfund bezahlen sollte. Sie hatte nicht soviel ausgeben wollen. War es wegen des Dämmerlichts im Supermarkt oder wegen der einlullenden Musik nach dem barschen Ton bei der Stempelstelle? Nun, was es auch war, sie mußte die Lebensmittel nehmen, denn sie war zu erschrocken, um sie wieder zurückzugeben. Sie würde es mit dem Zuschuß für die Heizung ausgleichen. Das hieße auf Wiedersehen, Koalit, und ein fröhliches Willkommen dem blauen Paraffin – schließlich hieß es in der Werbung »für die, die etwas auf sich halten«. Als sie endlich heimkam, waren die Kinder hungrig und sehr müde. Sie waren im Wagen eingeschlafen. Sie beeilte sich, froh über den Anblick von Essen, und kochte Hühncheneintopf mit braunem Reis. Zumindest ein gutes Essen in der Woche, nicht schlecht, wenn man bedachte, daß sie dafür nicht arbeiten mußte.

Adah wusch sich das Gesicht, zog ein altes Kleid im Siedlungsstil an und ging hinunter zu Carols Büro.

»Hallo, du, Adah«, rief Whoopey, eine regelmäßige Besucherin bei Carol. »Du solltest lieber heute abend zum Kleidertausch kommen.«

»Kleidertausch? Ich weiß nicht, was das ist«, erwiderte Adah, als sie ins Büro der Sozialarbeiterin kam.

»Nun, das ist die beste Möglichkeit, Sachen für die Kinder zu bekommen. Wir nennen es Kleidertausch, denn die Mütter bringen zu klein gewordene Kleidungsstücke von zu Hause mit und tauschen sie gegen etwas anderes ein«, erklärte Carol kühl, während sie Adah die ganze Zeit abschätzte. Ihre dunkle Stimme stand im scharfen Kontrast zu Whoopeys hoher.

»Man zahlt einen kleinen Beitrag, nicht viel, ungefähr einen Shilling oder so, nichts Großes«, schloß Carol.

»Jetzt weißt du alles darüber«, sagte Mrs. O'Brien, die Carols Kuchenstücke in den kleinen Mund ihres jüngsten Babys stopfte. Das Baby versuchte mit vollem Mund zu lachen, spuckte dabei jedoch Krumen von durchweichtem Kuchen auf Carol und Adah. Alle lachten.

Das Büro war warm, richtig warm. Es war eine Dreizimmerwohnung, die man in ein Büro umgewandelt hatte. Die meisten Fenster waren von jungen Rowdys zerbrochen worden, die nehmen oder zumindest wissen wollten, was Carol in den vollen Schränken hatte. An den Wänden hingen Kinderzeichnungen aller Art, sie waren willkürlich aufgehängt, wie von einem Blinden. Die Gespräche waren sehr lebhaft, und immer wieder wurden die Kaffeetassen nachgefüllt. Carol redete und kam vom Hundertsten ins Tausendste. Pläne, die wenig Hoffnung auf Erfolg hatten, wurden gemacht, und für einen Augenblick schienen alle von ihnen eingenommen zu sein. Keine der Siedlungs-Mütter, die hier saßen und zuhörten, hielt es für unangebracht, solche sinnlosen Pläne zu machen. Whoopey nahm den Faden des eitlen Traums auf und erzählte ihnen von

dem Traum, den sie in der letzten Nacht gehabt hatte.
»Wißt ihr was«, begann sie quiekend, »wißt ihr was, dieser gutaussehende Kerl, sehr dunkel, nicht schwarz, ihr wißt schon. Dieser Kerl, der fragt mich doch, ob ich mit ihm in 'ne Ferien fahre, und ich tu's. Als wir dort sind, verknallen sich meine Gören, Sue und Terry, in ihn und nennen ihn Pa. Er liebt sie und mich auch. Als wir heimkommen von den Ferien, bittet mich der gutaussehende Kerl, ihn zu heiraten, wirklich. Er war furchtbar nett dabei, und meine Mami hat geweint, Tatsache. Und wißt ihr, er ist verdammt reich, mit Pötten voll Geld, und dann bittet er mich und meine Gören, mit ihm nach Australien zu gehen, und wir tun's!« Whoopey hörte atemlos auf, ihre Zigarette war heruntergebrannt.
Ihrem Traumbericht folgte nur ein kurzes Schweigen, dann brach es aus Mrs. Cox, Whoopeys Mutter, heraus: »Ja, klar, und als du in Australien warst, hast du sicherlich herausgekriegt, daß er ein verdammter Posträuber war – ha, ha, ha!«
»Oh, Mami, mußt du mir alles verderben? Ich habe es letzte Nacht geträumt, wirklich, Mami, wirklich«, jammerte Whoopey.
»Ja, ja, dann geh mal hin und träume, wie du deine verdammten Gören ernähren und für dich Klamotten besorgen kannst. Du bist aus der Übung, Kleine, deine Arme sind zu scheißrostig für so was.«
Zuerst war Adah schockiert über die niedrige Sprache, doch sie merkte schließlich, daß das nichts bedeutete. Flüche hatten für die Siedlungsfrauen jede

Bedeutung verloren. Fluchen bedeutete nichts, es war nur eine Art zu reden in der Siedlung.
Carol lachte als erste, die anderen zögerten noch einzustimmen. Carol bestätigte, man könne schließlich nie wissen, vielleicht wurden solche Träume mal wahr. Einem ihrer Fälle, einer ledigen Mutter, war es genauso ergangen wie in Whoopeys Traum.
»Ja, und sie lebten glücklich bis an ihr Lebensende, wette ich«, setzte Mrs. Cox ziemlich aufbrausend hinzu.
»Wie spät ist es?« fragte Mrs. O'Brien.
»Halb vier«, antwortete Carol.
Das ließ die Unterhaltung verstummen. Gedanken an Kinder, die von der Schule nach Hause gebracht werden mußten, drängten sich dazwischen.
Mrs. O'Brien watschelte zum Ausgang, band ihr Baby an einen von Carols Babystühlen und verkündete: »Habt ein Auge auf ihn«, ohne sich an jemand besonderen zu richten.
Whoopey ging hüftwackelnd umher, sammelte Tassen und Teller ein, und Adah bat Mrs. O'Brien, auf sie zu warten. Sie mußte »ihre zwei« von der Schule abholen.

19 Glücklicher beim Stempeln

Es war halb vier, und Adah mußte ihre Kleinen von der Schule abholen. Das Wetter war in diesem Sommer nicht allzu gut gewesen. Die ganze Zeit Regen, Regen. Der Regen wäre nicht so schlimm gewesen, wenn er wenigstens draußen geblieben wäre. Aber nein, nein, nicht in der Siedlung. Immer wenn es draußen regnete, regnete es auch drinnen.
Schimmel bedeckte die meisten der eingebauten Schränke. Die Sumpfbewohner hatten seit langem die Hoffnung aufgegeben, das ekelhafte grüne Zeug abkratzen zu können. Was half es, die Schränke abzukratzen, wenn das nur bedeutete, neuen Platz für noch mehr grünen Belag zu schaffen? Sie ließen den Schimmel, und die grünen Schränke wurden ein Teil des Siedlungs-Charakters. Adah begrüßte den Schimmel in ihrem Wäscheschrank mit einem lautlosen Seufzer. Sie nahm ihr weißes Lieblingskopftuch mit dem roten Rand heraus, schüttelte es heftig und versuchte vergeblich, die grünen Flecken wegzubekommen, gab schließlich den Versuch auf und knüpfte es unter ihr Kinn. Sie sah in den Spiegel und entdeckte, daß man durch ihren Versuch, die grünen Flecken zu verdecken, jetzt die zwei Löcher im Kopftuch sah. Sie knotete es auf und probierte es noch einmal, legte den Teil mit den Löchern nach unten, doch die Flecken schienen sich gerne der Welt

zu zeigen. Sie mußte nun entscheiden, ob sie lieber die Schimmelflecken oder die Armutslöcher zeigen wollte. Sie entschloß sich für die Flecken – man könnte ja glauben, daß sie zum Muster gehörten. Sie steckte ihre Füße in ein abgetragenes Paar Schuhe, das glücklichere Tage gesehen haben mußte, bevor es in der Siedlung getauscht wurde. Guter Gott, es war schon zwanzig vor vier, sie mußte fliegen! Sie mußte vorsichtig sein auf den nassen Stufen (Teenager hatten beschlossen, sie als Toilette zu benutzen), vor allem da die Birnen im Treppenhaus die Eigenart besaßen, nachts auszugehen. Nur Gott im Himmel wußte, was mit diesen launischen Birnen immer passierte. Der Hausmeister schwor, daß er sie schon oft ausgewechselt hatte, und fühlte sich nicht zuständig, sie zu überwachen. Wenn man also ein Sumpfbewohner war und keine Schwierigkeiten wollte, mußte man seine Gänge für den Tag planen, wenn genug Licht war.

Adah stieg vorsichtig über die nassen Stufen nach unten. Der Geruch von Urin vermischte sich mit dem aus den offenen Abfallschächten. Sie bekam ein wenig davon in die Nase, als sie ihren Mantel zuknöpfte, und beschloß, es gut sein zu lassen, bis sie ihre Füße sicher auf den Boden im Freien gesetzt hatte. So hielt sie sich die Nase zu. Nur ihre Augen guckten über der Hand hervor.

Mrs. O'Brien, die ebenfalls ihre Hand über Nase und Mund gelegt hatte, kam von der anderen Seite, und Adah bemerkte, daß ihre Augen vor Freude aufleuchteten, als sie sie sah. Sie holte auch »die Ihren«

von der Schule ab. Sie begrüßten sich schweigend wie stumme Nachbarn und gingen vorsichtig die Treppe hinunter.
Im Hof nahmen beide die Hände vom Gesicht, atmeten die frische Luft ein und lächelten.
»Ich hasse diese dreckigen Treppen«, sagte Mrs. O'Brien unnötigerweise.
»Ich auch«, stimmte Adah ihr zu. »Aber ich bin froh, daß die Kinder die meiste Zeit in der Schule sind und nicht immer 'rauf und 'runter rennen müssen. Diese Treppen sind so gefährlich.«
Mrs. O'Briens Gesicht, das noch vor einer Minute gestrahlt hatte, fiel sichtlich zusammen vor Leid. Sie zuckte die Schultern, klammerte sich nervös an ihren Einkaufskorb und runzelte die Stirn. Sie zog das verwaschene Kopftuch, das ihr von ihrem blonden Haar rutschte, zurecht und ließ dabei Fingernägel sehen, die gesäubert, und Hände, die gut eingecremt werden müßten.
»Ich weiß nicht, meine Liebe, ich weiß einfach nicht, was richtig ist. Ich habe zwei kleine Kinder zu Hause, und sie gehen die ganze Zeit die gefährlichen Treppen 'rauf und 'runter. Manchmal heben sie sogar etwas auf, nun, du weißt, wie kleine Kinder sind, sie stecken gerne Sachen in den Mund.«
»Oh, meine Gute! Das ist gefährlich. Sie können sich dabei eine Krankheit holen, wirklich.«
»Das macht mir ja auch Sorgen, weißt du. Ich kann sie nicht immer mitnehmen, und die Beamten von der Sozialfürsorge würden Himmel und Hölle in Bewegung setzen, wenn sie herausfänden, daß ich sie

alleine spielen lasse. Du weißt ja, daß mein Alter viel zu Hause ist, aber du weißt ja auch, wie Männer sind, sie denken einfach nicht! Manchmal nehme ich sie mit zu Carols Büro, aber schließlich ist sie nicht immer da und auch nicht immer in der Laune für Kinder.«

Adah nickte, während beide Frauen auf den vorbeiströmenden Verkehr achteten. Bald war die Straße frei, und sie hasteten auf die andere Seite zum Crescent (wie Queen's Crescent immer genannt wurde – niemand in der Gegend ließ ihm seinen richtigen Namen).

Sie trafen auf einen Mann, der Porzellan und Glas verkaufte. »Schlagen Sie der Steuer ein Schnippchen und kaufen Sie jetzt für Weihnachten ein!« schrie er ihnen entgegen. Adah nahm einen schönen Glasvogel und bewunderte ihn. Ja, der Vogel war schön und sah echt aus. Sie versicherten dem Mann, daß der Preis, den er verlangte, sehr vernünftig war, und das stimmte. Aber der arme Mann wollte seinen Vogel verkaufen. Er wollte, daß sie ihn kauften.

Seine Stimme klang verzweifelt, und sein Mund war trocken, als würde er schon seit Stunden schreien.

»Er ist schön, mein Lieber, aber ich habe kein Geld übrig, nicht einmal ein Sechs-Pence-Stück.« Mrs. O'Brien klang, als ob sie ihn anflehte.

Er sah Adah an, seine Zuversicht schwand. »Ihnen würde er gefallen, ja? Ich habe gestern einem von Ihren Landsleuten sechs Stück verkauft; der Herr wollte sie mit auf die Westindischen Inseln nehmen. Er sagte, es sei ein gutes Geschäft.« Adah war mit-

fühlend, lehnte es jedoch ab, zu kaufen, nicht einmal für fünfzig Pence. Der Mann ging traurig davon, doch nicht ohne sie zu warnen, daß sie die Chance ihres Lebens verpaßten.
Beide Frauen lächelten verständnisvoll.
»Armer alter Mann, den ganzen Tag dazustehen und Leute wie mich zu fragen, ob sie einen Glasvogel kaufen wollen. Was soll ich mit so etwas Schönem anfangen? Wo sollte ich es hinstellen? Das Stempelgeld reicht gerade, um mich und meine fünf am Leben zu halten. Einen Vogel kaufen, also wirklich!« sagte Adah ernst.
»Weißt du, ich habe nie gewußt, daß du fünf hast. Ich habe sieben«, brachte Mrs. O'Brien hervor, sie klang ziemlich müde.
»Huh! Sieben! Wie alt bist du? Oh, Entschuldigung, ich will nicht so neugierig sein. Aber hör mal zu, meine Liebe, du siehst viel zu jung aus, um die Mutter von sieben Kindern zu sein.«
Es war eine Freude, Mrs. O'Briens Lachen zu hören. Als sie sich von ihrem Lachanfall erholte, sagte sie: »Ich bin nicht so jung, 35, und ich habe zwei Kinder in Irland begraben und zwei hier, weißt du, wo wir vorher gelebt haben. Deshalb haben sie uns in ein anderes Haus gesteckt. Die zwei sind innerhalb von zwei Tagen gestorben. Sie sind an so was wie Meningitis gestorben, ja, so haben sie es genannt. Meningitis. Deshalb habe ich so Angst vor den offenen Schächten. Aber nicht nur das; die Leute in der Siedlung wollen sich einfach nicht um ihren eigenen Kram kümmern – sie reden über an-

dere. Sie wissen alles über einen und klatschen und klatschen.«

Sie kam näher und senkte die Stimme, als ob sie Adah ein Staatsgeheimnis mitteilte. »Weißt du, mein Alter arbeitet nie, und diese neugierigen Typen denken, daß ich ihn absichtlich zu Hause halte. Aber das ist eine Lüge! Er kriegt keine Arbeit. Dabei kann er die schwerste Arbeit machen.«

Adah sah sie an und wußte nicht, was sie sagen sollte. Alle in der Siedlung kannten die O'Brien-Geschichte. Er wollte nicht arbeiten gehen, weil es ihm nicht genug einbrachte, und hier stand nun seine Frau und versuchte, den Ruf der Familie zu verteidigen. Wie würde man ihren Fall nennen, litt sie an »falschem Bewußtsein« oder was? Sie schien sensibler zu sein, als Adah gedacht hatte.

»Nun, weißt du«, fuhr Mrs. O'Brien in einem Ton fort, wie ihn Leute an sich haben, die man beim Stehlen erwischt hatte. »Nun, weißt du, nicht, daß er viel verdient hat, aber er ist ein guter Mann, und es würde ihm nicht im Traum einfallen, zu Hause zu bleiben, nur um mehr Geld zu haben. Weißt du, wir sind gute Katholiken, es würde uns nicht im Traum einfallen, so etwas zu tun.«

»Was zu tun?« Adah ärgerte sich über diese feige Frau. »Du meinst, es bringt deiner Familie mehr, wenn dein Mann stempeln geht? Dann wäre er dumm, wenn er arbeiten ginge. Warum die Kinder hungern lassen, nur wegen der übelwollenden Nachbarn? Ich würde sie reden lassen, wenn ich du wäre. Wir werden nicht ewig in der Siedlung bleiben. Wir werden bald woanders hinziehen, und dann kannst du dein Geheimnis für dich behalten.«

Inzwischen waren sie auf dem Schulgelände; sie waren etwas zu früh dran, und all die Mütter standen in Grüppchen zusammen da, die meisten trugen Kopftücher und warteten auf ihre Sippe. Mrs. O'Brien blickte Adah an, um zu sehen, ob sie es ehrlich meinte, und offenbar sagte ihr etwas in Adahs Gesicht, daß es so war.

»Ich habe dein Volk immer gemocht, die Leute sind so offen. Ich hatte einmal eine nigerianische Freundin; sie hatte sechs Kinder, und wir gingen zur Messe in die gleiche Kirche. Sie war nett, genauso wie du. Sie hat mir immer gesagt, ich solle mich nicht darum kümmern, was andere Leute über meine Kinder sagen.«

Warum beurteilten nur alle einen Schwarzen immer danach, wie sich ein anderer Schwarzer verhielt? Leuten wie Mrs. O'Brien kam es nie in den Sinn, daß die andere Frau vielleicht vom Kap von Afrika und Adah vom Horn kam. Oder auch aus Trinidad, Boston oder sogar aus Liverpool oder Cardiff. Solange man schwarz ist, gehört jeder Schwarzer zu »deinem Volk«. Der Vogelhändler am Crescent wollte, daß sie einen Vogel kaufte, weil einer von »ihren Landsleuten« – in Wirklichkeit ein Westinder – am Tag vorher sechs gekauft hatte. Wie blöd die Leute sein konnten! Zu faul, um nachzudenken.

Sie nickte Mrs. O'Brien bestätigend zu, nicht, weil diese recht hatte, sondern weil sie spürte, daß die

O'Brien sich elend fühlte und um ein bißchen Verständnis bettelte.
»Weißt du, wir können nur von der Arbeitslosenunterstützung leben. Wenn er vierzig Stunden in der Woche arbeitet, bringt er sechzehn Pfund nach Hause, aber wenn er stempeln geht, geben sie uns *achtzehn* Pfund, kostenlose Milch, kostenlose Vitamin-Sachen für die Kinder, alle Kinder bekommen kostenlos Schulessen, und manchmal geben sie uns Geld, um ihnen Schuhe zu kaufen. Aber wenn Bob arbeiten geht, verlieren wir das alles. Und trotzdem reden die Leute. Ich weiß nicht, was sie von uns erwarten, ich weiß es einfach nicht. Oh, Adah, ich kann dir nicht sagen, wie ich mich manchmal fühle, ich kann dir nicht sagen, wie mir zumute ist. Ich fühle mich dann elend und schäme mich. Alles wäre nicht so schlimm, wenn er irgendwo hingehen könnte, wo man ihm genausoviel geben würde, wie wir durch das Stempeln bekommen. Ich bin sicher, er wäre glücklich darüber. Aber es gibt keine solche Arbeit, niemand würde ihn für so ein Gehalt beschäftigen. Oh, ich weiß nicht...« Ihre Stimme wurde unhörbar, sie wirkte nervös und zitterte, als stände sie unter Strom und die Batterie würde schwächer. Ihr Lächeln war traurig und gezwungen. Ihre dicklichen Hände wurden unruhig und zitterten. Sie fuhr sich mit der Zunge über die Lippen, die ohne Lippenstift waren, und zog wieder ihr Kopftuch zurecht. Die Gebärde hatte etwas von endgültigem Sich-Fügen an sich. Damit schien sie sich allem zu ergeben.

Man konnte die Dinge nicht ändern, man mußte sie akzeptieren, und auf jeden Fall holte die Schulglocke sie beide wieder in die Wirklichkeit zurück.
Aber Mrs. O'Briens Geschichte war ansteckend. Sie hatte den Mund wie eine Falle geschlossen und stellte ihr Gesicht wieder auf ihre Kinder ein, die man bald aus ihrem Klassenzimmer herauslassen würde.
Hier war also eine Frau, dachte Adah, für die ein ehrliches Tagwerk mehr wert wäre als alles andere. Sie wäre viel glücklicher, wenn ihr Mann genug verdienen würde, und er wahrscheinlich auch, wenn das, was sie von ihm sagte, stimmte, aber woher kam das System, bei dem ein Mann besser dran war, wenn er keine Arbeit hatte? Adah erinnerte sich daran, daß die Leute, die vor ihrer Generation gelebt hatten, sagten, daß Fleiß die Mutter des Glücks war. Vielleicht war es für manche Leute immer noch so. Sie war verwirrt. Wahrscheinlich konnte sie ihr Los leichter ertragen, weil sie wußte, daß sie immer mehr verdienen konnte, als sie durchs Stempeln bekam, wenn sie sich wieder entschließen sollte, arbeiten zu gehen.
Aber Mrs. O'Brien war immer noch besser dran als sie selbst – sie hatte ihren Mann bei sich, was in der Siedlung sehr selten war, und sie spürte das Verlangen, Mrs. O'Brien daran zu erinnern. Sie ging ganz nahe an sie heran, damit die anderen Mütter sie nicht hörten.
»Aber sieh mal, dein Bob ist doch nett. Er hilft im Haus.«
Mrs. O'Brien lächelte ihr dankbar zu. Ja, er sei schon

ein Goldstück, sagte sie. Sie würde nicht *jeden* Mann den ganzen Tag im Haus ertragen, aber bei ihrem Bob war es etwas anderes. Er war ein Engel mit den Kindern.

Freude glühte in ihren Augen. Nun, das war etwas, was Adah nicht verstand, die Irin war verliebt in ihren Bob, obwohl er nicht für ihren Lebensunterhalt arbeitete – ganz gleich, ob der Klatsch stimmte und er faul war oder ob es wirklich der Wahrheit entsprach, daß er nicht mehr als sechzehn Pfund verdienen konnte, er hatte trotzdem ihre Liebe und Achtung errungen; in ihren Augen war er kein Versager.

Nichts ergab mehr einen Sinn. Adah hatte das Gefühl, eifersüchtig zu sein. Vielleicht redeten die anderen Frauen deshalb. Sie verbot sich, weiter daran zu denken.

Die Kinder stürmten heraus wie gefangene Vögel, die man plötzlich freigelassen hatte. Adahs Kinder überschütteten sie mit Ungetümen, die sie Bilder nannten. Es gab die übliche Verwirrung. Kinder, die schrien, und Mütter, die keiften und besänftigten. Adahs letzter Blick auf Mrs. O'Brien war tröstlich. Ihre zwei großen Kinder zogen sie an der Hand weiter, offenbar zu Charlies Süßwarenhandlung.

Das Leben war vielleicht nicht so schlimm, wie es schien, nicht immer. Glücklich trotteten sie alle hinunter zur Siedlung. Sie hielt die Bilder der Kinder hoch wie ein Banner, mit dem man böse Geister abschreckt.

20 Besuchstag des Sozialamtes

Die Schreie von Mrs. Cox ließen Adah von ihrem Bett aufspringen.

»Finger weg von der Milch!« rief die Stimme draußen.

Adah eilte aus ihrer Wohnung; der kleine Junge hatte es also schon wieder getan. Es war wirklich sehr komisch. Das ungewaschene Gesicht des kleinen Jungen blickte Adah an, sein rötlich-weißer kleiner Körper versuchte verzweifelt, sich dem Griff von Mrs. Cox' großer Hand zu entwinden.

»Wenn du ihre Milch wieder stiehlst, hetze ich dir die Polizei auf den Hals«, brüllte Mrs. Cox, und der kleine Junge schrumpfte zusammen, während sich seine hellen Augen vor Schreck weiteten. Als sie ihn losließ, stürzte er wie blind nach Hause. Er knallte die Tür so laut zu, daß Mrs. Cox und Adah aufschreckten.

»Danke«, sagte Adah, während sie sich bückte und ihre Milchflaschen hochhob. So etwas passierte täglich in der Siedlung. Wenn man seine Milch nicht rechtzeitig hereinholte, verschwand sie einfach. Niemand hatte Mitleid mit einem, wenn man seine Milch einbüßte, man mußte eben besser aufpassen. Das war ein ungeschriebenes Gesetz in der Siedlung.

»Aufwachen«, rief sie ihren Kindern zu, die noch im Bett waren. Immer noch zu träge, um nach oben zu

gehen, schrie sie noch einmal zu den schlafenden Kindern hinauf.
In diesem Augenblick klapperte der Briefkasten. Ein brauner Umschlag segelte herab, leblos wie eine Hühnerfeder. Ein offizieller Umschlag. Adah starrte ihn benommen an und vermutete, daß er von der Schule kam. Die Leute in der Schule hatten ihr nie etwas Gutes mitzuteilen. Vielleicht wollte ein Schulbeamter ihr sagen, daß Titi ihre Bohnen in Tomatensoße und den wäßrigen Salat nicht essen wollte. Oder daß Vicky im Vormonat keine Lust gehabt hatte, in der Schule mitzuarbeiten. Was es auch war, es konnte noch ganz gut dort auf der Matte warten. Sie wollte nicht, daß ihr ganzer Tag durch verschwommene Klagen verdorben wurde.
Sie ging schnell hinauf. Ihre beiden Jungen hatten die Betten naß gemacht. Es roch stark. Bubu zitterte, sein brauner, hagerer, nackter Körper schüttelte sich, als wenn er einen afrikanischen Geschlechtstanz vollführte. »Du hast es schon wieder gemacht«, schalt Adah ihn.
»Ja, Mami, ich hab' geschlafen, und da hab's ich gemacht«, erklärte der Junge unschuldig. Für ihn war das ganz logisch, es war passiert, weil er geschlafen hatte.
»Nun, morgen versuchst du aufzuwachen, wenn du mußt; schließlich steht unter deinem Bett ein Töpfchen. Du mußt lernen, es zu benutzen.«
»Ja, Mami, ich will es ja, aber es ist zu kalt, um aus dem Bett zu steigen, und der Fußboden ist auch so kalt.«

Nun, was sollte sie dazu sagen? Die Kinder hatten keine Nachthemden. Beim Sozialamt würden sie staunen, wenn sie um Geld für Nachthemden bat. Sie sollte solche Sachen von ihrer Beihilfe kaufen. Sie wollte die Kinder nicht tadeln. Sie würde sie nicht mehr tadeln, weil sie ihre Betten naß machten. Sie mußte einfach damit leben. Je mehr man die Kinder dafür tadelte, daß sie ins Bett machten oder so, desto nervöser würden sie werden. Wenn sie nur genug Geld kriegen könnte, um ihnen warme Kleider zu kaufen, wenn sie doch nur die Schlafzimmer genug heizen könnte. Dann erinnerte sie sich an den braunen Umschlag auf der Matte. Carol, die Familienberaterin, hatte versprochen, für sie ans Sozialamt zu schreiben und um eine Schuhbeihilfe zu bitten. Vielleicht war der Brief auf der Matte vom Amt. Sie lief hinunter und betete im stillen, ihr Herz schlug so schnell, daß sie glaubte, es müßte zerspringen. Sie hob den Umschlag mit zitternden Händen auf. Ja, er war wirklich von dort. »Einer meiner Beamten wird heute, den 17., bei Ihnen vorbeikommen. Es tut mir leid, daß ich keine genauere Zeit angeben kann.« Ich wünschte, diese Leute würden sagen, wann sie kommen, dachte Adah. Immerhin bestand jetzt eine vage Hoffnung, daß die Kinder für die nächsten drei Monate anständige Schuhe bekamen. Die Nachthemden? Nein, sie würde sie nicht erwähnen, sonst hielt der Beamte sie für gierig. Das Ärgerliche war, daß sie so viele Dinge brauchte. Bettzeug, Betten, Geld für die Raten, um den Gaskocher zu bezahlen, den sie verrückterweise gekauft hatte, als sie noch arbeitete.

»Beeilt euch«, trällerte sie glücklich ihren Kindern zu. Glücklich. Die Kinder würden zumindest Schuhe und Gummistiefel haben. Gott segne Carol. Die Kinder aßen Eiercreme zum Frühstück. Dazu gab es noch Reis vom Tage zuvor. Verdammte ausgewogene Mahlzeiten! Man kann daran denken, die Mahlzeiten ausgewogen zu gestalten, wenn man genug zu essen hat. Auf jeden Fall würde die Ernährung der Kinder in der Schule ausgeglichen werden. Was sie selbst anging, so würde sie Carol besuchen, wo sie sicher war, einen schönen starken Kaffee mit Milch zu bekommen. Die Milch im Kaffee würde sie aufrecht halten den Tag über oder bis zu dem Zeitpunkt, wenn die Kinder aus der Schule kamen. Dann würde sie noch mal Reis essen. Reis schmeckte gut. Er war billig, und er sättigte. Sie drängte die Kinder. Sie zogen sich schnell an. »Bitte, warten Sie auf mich, ich bin nicht lange weg«, stand auf dem Zettel, den sie für den Mann vom Sozialamt an der Tür ließ, falls er kam, wenn sie weg war. Sie brachte die Kinder zur Schule und holte sich eine Gallone Paraffin in dem Laden unten an der Straße. Sie versprach, in der nächsten Woche zu zahlen. Das war in Ordnung – sie war eine alte und bekannte Kundin. Sie machte schnell die Wohnung sauber, staubte die paar Holzmöbel ab und heizte den Ofen mit dem Paraffin, das sie auf Pump gekauft hatte. Erst warm werden, später zahlen.

Um zehn war sie so hungrig, daß sie beschloß, den Reis zu kochen, den sie für den Abend aufbewahrt hatte. Sie würde nur ein paar Löffel voll essen, nahm sie sich vor. Schließlich machte Reis dick, und sie mußte auf ihre Linie achten. Nun, als der Reis fertig war, vergaß sie ihre Linie, sie vergaß, daß die Portion, die sie gekocht hatte, für sechs Personen vorgesehen war. Sie aß alles auf. So wäre sie wenigstens fröhlich und munter, wenn der Mann vorbeikam. Sie würde nächste Woche eine Diät machen. Mindestens zwei Pfund wollte sie abnehmen. Dann würde sie richtig schön sein. Sie beschloß zu baden. Der Reis hatte ihre Lebensgeister geweckt. Der Gaszähler? Nun, nächste Woche bekäme sie vom Ministerium Geld für Schuhe, und deshalb konnte sie sich in der Zwischenzeit ein luxuriöses Bad leisten. Es würde ein Extrabad in dieser Woche sein. Sie gestand sich nur drei Bäder in der Woche zu, um Gas zu sparen. Nach dem Bad war sie froh über sich. Sie fand, daß sie gut aussah und roch. Zumindest wird mich der Beamte nicht für dreckig halten, sagte sie sich.

Es klopfte. Oh, das muß er sein, bitte, Gott, mache, daß er es ist. Das Paraffin machte ihre Wohnung zwar gemütlich, aber es brannte leider schnell herunter. Nein, er war es nicht. Es war Whoopey.

»Hallo, Adah«, sagte Whoopey. Sie hatte eine piepsige Stimme. »Adah, ich muß dir was erzählen. Bei Carol sind grad ein paar alte Kleider eingetroffen. Sie hat sie erst heute morgen gekriegt. Du darfst sie nicht verpassen, sie werden deinen Kindern gut stehen. Ich würde laufen und sie mir sofort holen, los!«

»Aber ich kann nicht«, jammerte Adah und rang die

Hände. »Die allmächtigen Männer vom Sozialamt kommen heute bei mir vorbei, ich kann nicht aus dem Haus. Sonst verpasse ich sie!«

»Wirklich? Ich sag's ja,... du siehst gut aus. Extra für sie? Oh, leck mich am Arsch!«

»Nun, weil sie gesagt haben, daß sie kommen, habe ich gedacht, ich mach ein bißchen sauber. Du weißt schon, nur damit es etwas nett aussieht, du weißt, was ich meine.« Adah merkte, daß sie sich dafür entschuldigte, gebadet und saubere Kleider angezogen zu haben so früh am Morgen. Das war Teil des Lebens im Sumpf. Jeder wußte, was der andere tat. Zu baden und sich sauber anzuziehen war sehr ungewöhnlich. Morgens, wenn die Kinder alle zur Schule waren, hatten die Mütter Zeit, um mit dicken Lokkenwicklern auf dem Kopf und alten, ausgelatschten Pantoffeln an den Füßen auf ihren Balkonen zu ratschen. Man zog sich nur an, wenn man einen der »Seinen« zum Arzt oder Zahnarzt brachte.

»Paß auf, diese Männer werden das ausnutzen, weißt du«, sagte Whoopey und nickte dazu mit ihrem kleinen Kopf so heftig wie eine afrikanische Eidechse, die sich im Schatten ausruhte.

»Ich werde ganz vorsichtig sein«, versprach Adah. Sie hatte komische Geschichten über die Männer vom Sozialamt gehört. Aber in der Siedlung gehörte es zu den schwierigsten Dingen, zu unterscheiden, was Phantasie und was Tatsache war. Whoopey sah ehrlich aus, vielleicht war also etwas Wahres daran – es konnte gut möglich sein.

Whoopey seufzte. »Mein Rat, mach dir nicht die

Mühe, das Wohnzimmer für sie zu heizen. Sie werden denken, dir geht es gut. Wie alt bist du eigentlich, Mädchen? Was denkst du, was du tust? Du bist *arm*, laß die Kerle wissen, daß du arm bist, das ist es. Wozu kommen die Blödmänner schließlich?«

»Um uns Geld für Schuhe zu geben«, erwiderte Adah schwach.

»*Diese* widerlichen Männer! Wenn das Haus warm ist und man nett aussieht, denken sie, man hat ein Extraeinkommen von weiß Gott wo, und lehnen den Zuschuß ab, ja. Man muß die ganze Zeit winseln und aus der Tatsache, daß man nicht genug unterstützt wird, ein Lied und einen Tanz machen. Je mehr Aufhebens man macht, desto mehr Zuschuß bekommt man. Wenn du tipptopp und damenhaft erscheinen willst, bekommst du nichts. Wir sind arm, und die Bastarde wollen, daß wir arm aussehen. Mach dir bloß keine Sorgen, Adah – viel Glück. Ich werde in der Nähe sein, für den Fall, daß er sich an dir vergreift. Schrei nur laut los. Du siehst nett aus, muß ich sagen. Streu Asche auf Gesicht und Kopf...«

Adah hörte auf jedes Geräusch von draußen, aber niemand klopfte. Ein Uhr und noch immer kein Mann vom Sozialamt.

Sie wurde wieder hungrig. Das war das Dumme, wenn man zu Hause und unglücklich war. Man wollte die ganze Zeit essen. Auf jeden Fall war nichts zu essen im Haus, weil sie ihren Einkauf noch nicht gemacht hatte. Sie sah den Ofen an und wußte, daß sie umsonst Paraffin verbrannte. Was für eine verdammte Verschwendung. Sie weinte. Der Mann würde nicht kommen. Um drei Uhr tranken die Männer vom Sozialamt ihren Kaffee und Tee und lachten über die Erlebnisse des Tages. Adah mochte die Art nicht, wie die weniger Glücklichen behandelt wurden. Aber sie wollte die Beamten nicht wirklich verurteilen. Sie erwarteten, daß alle, die stempeln gingen, zu Hause blieben, obwohl die meisten von ihnen Mütter mit kleinen Kindern waren. Sie hatte ihre Einkäufe nicht machen können aus Angst, den Mann vom Sozialamt zu verpassen, also war sie zu Hause geblieben und hatte mehr gegessen, als sie sich leisten konnte. Das Paraffin war jetzt niedergebrannt. Müde bückte sie sich und schaltete den Ofen aus. Vielleicht kam der Mann morgen. Sie würde sich noch zwei Shilling und sechs Pence leihen müssen, um für den Ölofen mehr Paraffin zu kaufen. Sie würde wahrscheinlich wieder das Gefühl haben, sich baden zu müssen.

Sie schlurfte ziellos auf den Balkon und sah, wie Carol in der Mitte des Hofes mit Mrs. King sprach. Carol sah hoch und rief: »Komm runter, Adah, oder bist du sehr beschäftigt? Komm zum Kaffee!«

»Ich bin sofort unten«, rief sie zurück, glücklich, ihrem dumpfen Brüten zu entfliehen.

Im Sumpf zu leben hatte seine Annehmlichkeiten und seine Vorteile. Es gab immer herzliche und echte Freunde. Freunde, denen es Spaß machte, über die Gesetze der Gesellschaft zu lachen. Manchen Frauen gefiel es, immer mehr Kinder in die Welt zu setzen, eine Art, die Gesellschaft, die sie in den Sumpf getrieben hatte, leiden zu lassen. Manche ließen es an den Fürsorgebeamten vom Sozialamt aus, andere begannen zu trinken. Viele Frauen im Sumpf fanden Trost im vielen Essen. Alles geht für Bratfisch und Pommes frites und üppige Sahnetörtchen drauf – einer der Gründe, warum ihre Figuren so auseinandergingen und sie Taillen und Hüften hatten, die wie zu dick gestopfte Kissen aussahen.

Adah ging über den Hof in Carols Büro. Alle Stammkunden bei Carol wußten von ihrer Enttäuschung. Nach ein paar Minuten erkannte Adah, daß sie nicht die erste war. Viele hatten ähnliche Erfahrungen. Nun, es war tröstlich festzustellen, daß schon viele das gleiche Pech wie sie gehabt hatten.

»Nur Mut, Adah«, tröstete Carol sie. »Ich rufe sie gleich an.«

Carol rief an, und der Beamte am Apparat versprach, sich darum zu kümmern. Ja, der Beamte würde sich darum kümmern, während Adahs Leidensgenossen – geschiedene Mütter, alte Rentner und die ganz Armen – im Sumpf warteten und an den Nägeln kauten.

21 Die Sumpfbewohner

Adah war dabei, einige der Kleider vom Kleidertausch zu flicken, als ihre streunenden Gedanken plötzlich von einem ohrenbetäubenden Lärm unterbrochen wurden. Der Lärm war zu durchdringend, als daß er zu den üblichen täglichen Geräuschen gehören konnte. Sie ging auf den Balkon und sah eine Ansammlung von Kindern in farbigen Sommerkleidern vor der Tür von Nummer X. Mütter und Väter von den oberen Balkonen steckten ihre Köpfe heraus, um dem Treiben zuzusehen. Es war Familie King. Sie waren mal wieder soweit. Der übliche Krach.

»Hau ab, du verdammter Taugenichts! Ich brauch' dich nicht, komm ja nich' wieder zurück.«

Mrs. King schrie ihren Mann an, ihre Stimme krächzte, und sie hatte beinahe schon Schaum vor ihrem verzerrten Mund. Adah streckte sich, so weit es ging, auf ihren Zehenspitzen. Echte Wut war in Mrs. King gefahren.

»Ich brauch' dich nicht, ich hab' die Wohnung von der Stadtverwaltung auf meinen Namen bekommen, also verpiß dich in deine verdammten Pubs, und sauf doch Löcher in den Hintern deiner Mutter!«

Die Kinder ringsum juchzten, obwohl das, was Mrs. King mit ihrer letzten Bemerkung meinte, zweideutig war, selbst für die anwesenden Erwachsenen.

»Wenn ich dich erwische, du Hexe...« knurrte ihr Mann zurück, ein schmutziger, grober Mann ungewissen Alters. Er stand breitbeinig da und biß sich mit seinem feuchten Mund an einem dreckigen Stoffetzen fest. Sein Kopf war gesenkt vor Anspannung. Er war mit seinen Hosen beschäftigt und versuchte, etwas mit ihnen zu machen. Die Hosen wollten nicht in seiner Taille sitzen bleiben. Schließlich nahm er das Stück Stoff aus seinem Mund und steckte es durch ein paar Löcher im oberen Teil der Hose und band sie fest um seine Taille. So gerüstet, war er bereit, seiner Frau entgegenzustürzen. Er stürmte los wie ein Stier und donnerte gegen die Tür, forderte Einlaß. Mrs. King hatte die Tür sicher verriegelt. Ihre sieben Kinder standen draußen und sahen unglücklich zu. Sie sahen alle aus, als würden sie frieren, obwohl der Abend warm war. Das Baby klammerte sich an die große Schwester. Die Mutter war nicht fähig, es zu halten.

»Sie geht immer so auf ihren Alten los, ja.« Das kam von einer alten Dame, die alles mit angesehen hatte. Sie sprach zu Adah und einer Gruppe unglücklicher Leute, die hilflos zusahen und nichts tun konnten.

»Sie ist eine Hexe. Eine dreckige alte Hexe; und außerdem eine verdammte alte Schachtel«, fügte sie hinzu und hob die Stimme. Niemand antwortete.

»Du hast in deinem Leben nich' einen Tag ehrlich gearbeitet. Du hundsmiserabler Trottel. Wenn du noch mal an diese Tür klopfst, hetz ich die Bullen auf dich«, drohte Mrs. King.

Mr. King gehörte nicht zu den Menschen, die das

Gesetz fürchten. Die Polizei konnte für eine geschlagene Frau wenig tun. Manchmal sah es so aus, als ob die Ehe für die Männer nicht nur eine Möglichkeit war, umsonst Sex zu bekommen, wenn ihnen danach war, sondern auch eine legitime Möglichkeit, ungestraft körperliche Mißhandlungen zu begehen.
Mr. King sagte als Erklärung: »Sie will mich aus dem Wege haben, damit sie ihre Liebhaber reinholen und Riesensummen vom Sozialamt kassieren kann.«
»Ja, geh und sag, was du willst. Ich will dich hier nicht mehr haben. Du gibst mir zehn Pfund, um uns neun zu ernähren, um für deine verdammten Glimmstengel und deine stinkenden Drinks zu zahlen. O nein, ich habe die Schnauze voll.« Mrs. King brach zusammen und begann zu weinen. Alle bedauerten sie. Doch das gehörte eben zum Leben in der Siedlung dazu – und manche bedauerten auch Mr. King.
Mr. King saß müde auf den Stufen vor seiner Wohnung. Er hatte aufgehört zu zanken. Seine Kinder sahen ihn mit einer Mischung aus Scham und Schrekken an. Sie sahen aus, als ob sie mit ihrer Mutter mehr Mitgefühl hatten als mit ihrem Vater. Einer der Jungen ging weg, zu seinen Freunden. Mrs. King steckte ihren Kopf aus dem Vorderfenster, sah ihren Mann und zog den Kopf wieder zurück. Eine Sekunde später tauchte der Kopf wieder auf, aber diesmal schoß auch ihre Hand heraus. Sie hielt einen roten Plastikeimer. Rasch leerte sie den Inhalt über dem Kopf ihres nichtsahnenden Mannes aus, als würde sie ihn taufen. Mr. King stürzte sich blindlings auf sie, aber

seine Frau kannte ihn sehr gut und war zu schnell für ihn. Sie knallte das Fenster zu. Mrs. King hatte ausgesehen, als ob sie weinte. Nur Gott wußte, was an diesem Abend mit ihr passieren würde, wenn ihr Mann sie zu fassen bekäme. Er hämmerte an die Tür, diesmal mit der Absicht, sie einzuschlagen. Er gebrauchte seine Ellenbogen, seinen Kopf und seine Füße. Die Tür war schon nahe daran, nachzugeben, als einer seiner Söhne, der ahnte, was die Mutter erwartete, eine kaputte Bierflasche nach ihm warf und wegrannte. Mr. Kings Kopf begann zu bluten. Er ahnte, daß er auf verlorenem Posten kämpfte. Er hielt seinen Kopf mit beiden Händen, wie das Bild von dem Sträfling in *Große Erwartungen*, und humpelte davon, wobei er eine Blutspur hinterließ.
So gesellte sich Mrs. King zu den anderen vaterlosen Familien. Vielleicht hätte sie es nicht getan, wenn ihr Mann und sie woanders gelebt hätten, aber hier in der Siedlung sah sie vaterlose Familien, die besser dran waren. Die ganz oben konnten es sich leisten, von Liebe zu reden. Sicher rieten sie in diesen Familien, man sollte einander lieben: man war Ehefrau in guten und schlechten Tagen, das sollten die Frauen nicht vergessen. Nun, viele Frauen in der Pussy-Siedlung erinnerten sich wohl daran. Aber wenn die Familie groß war und der Mann nicht genug verdienen konnte, um sie vor Armut zu bewahren, und zu allem Überfluß auch nur einen Teil seines Einkommens heimbrachte – dann mußte die ursprüngliche Liebe einfach sterben. Liebe ist etwas Lebendiges. Sie muß genährt, gepflegt und sogar gehätschelt wer-

den in schlechten Zeiten. Wie viele Frauen aus der Mittelschicht würden wohl einen mittellosen Trunkenbold willkommen heißen, der sich auf ihr Bett stürzt wie ein Tier, einfach weil sie ihm gehört? Mr. King ging nur widerstrebend aus der Pussy-Siedlung fort, und als ein trauriger Mann. Er kam nie wieder zurück. Als Monate später alle in der Siedlung eine neue Wohnung zugewiesen bekamen, ging die Familie King ohne Mr. King fort.

Als der Lärm nachließ, drehte sich Mrs. Ashley, die zugeschaut hatte, um und ging in ihre Wohnung zurück. »Oh, machen Sie sich nichts aus den Kings«, sagte sie zu Adah gewandt. »Der Mann ist ein Taugenichts, er trinkt. Machen Sie sich nichts daraus, meine Liebe, manche Männer sind schlecht und egoistisch. Nun, meine Liebe, keiner will diese Wohnungen mehr«, fuhr Mrs. Ashley fort und änderte damit rasch das Thema, »sie sind schlecht für die Gesundheit und die Seele. Wir wollen alle ausziehen, schon jahrelang. Die Mieter haben der Stadtverwaltung das Doppelte von dem gezahlt, was die brauchten, um solche Wohnungen zu bauen. Ich möchte Ihnen raten, der Mietervereinigung beizutreten. Wir treffen uns montags, und da diskutieren wir, was passieren soll. Wir können nicht so weitermachen.« Sie hörte plötzlich auf, um zu sehen, ob Adah ihrer Meinung war. Dann fuhr sie sich mit der Hand über das Gesicht, um eine surrende Fliege zu vertreiben.
Adah sagte zu, was Mrs. Ashley sehr glücklich machte. Die Menge an der Tür der Kings zerstreute

sich widerwillig und langsam und suchte nach neuer Ablenkung. Mrs. Murray sah Adah und Mrs. Ashley zusammen stehen und kam für einen Plausch herüber zu ihnen. Mrs. Murray war Witwe, eine hagere, krank aussehende Witwe mit Unmengen alter Kleider und abgetragener Pantoffeln. Sie hatte eine Art, in ihren Zähnen zu stochern, die sie ziemlich einmalig machte. Ihr Spitzname war »Prinzessin«. Einst war sie eine sehr schöne Frau gewesen, aber ein guter Teil von ihr war mit ihrem Mann gestorben. Sein Tod zerrüttete sie völlig, wie Humpty Dumpty, so daß kein Mitgefühl und keine Geselligkeit sie dazu brachte, sich je wieder zu erholen. Sie hinkte den Balkon entlang dorthin, wo die Ashley und Adah über die Kings diskutierten.

»Er ist ein Nichtsnutz, der Mann. Es war aber ihre Schuld. Sie hat sich Babys von ihm machen lassen und ihm erlaubt zu trinken. Nun, er wußte nicht, wann er aufhören mußte«, platzte die Prinzessin unaufgefordert dazwischen und starrte von Mrs. Ashley zu Adah, da sie unsicher war, ob sie es getroffen hatte oder nicht. Wie immer nickte Mrs. Ashley bestätigend. Die vielen roten Löckchen auf ihrem Kopf tanzten fröhlich. Die Prinzessin fiel wieder in Schweigen. Ihr Hinken und ihre kleine Rede hatten sie erschöpft. Sie nahm eine Haarklemme aus ihrem Haar und begann in ihren Zähnen herumzustochern. Sie hatte keine natürliche Begabung für Gespräche, schaffte es aber immerhin, ein Gespräch anzufangen. Mrs. Ashley nahm den Faden auf, und sie diskutierten alles, was diskutierenswert an den Kings war;

schließlich endeten sie mit der traurigen Geschichte von der Prinzessin und ihrem Mann, der vor zehn Jahren gestorben war. Die Prinzessin ließ den Kopf hängen wie eine Märtyrerin. Sie genoß das Mitleid. Das machte sie noch bemitleidenswerter.

»Ich war gestern vor Gericht«, erklärte sie urplötzlich.

»Oh? Aber weshalb? Haben Sie irgendwelchen Ärger?« drängte Mrs. Ashley.

»Nun, der Unterstützungsausschuß hat mich vor Gericht gestellt. Sie wollten wissen, warum ich einen Putzjob angenommen habe, ohne die Summe anzugeben.«

»Diese Leute sind gemein!« sagte Mrs. Ashley und stieß Adah in die Rippen. Für die Ashley waren Leute entweder ihre »Lieben«, oder sie waren gemein. Sie schien nur diese zwei Wörter benutzen zu können, um all ihre Gefühle, was Leute anging, zu beschreiben.

»Sie haben mir gesagt: ›Geht es Ihnen nicht besser als damals, als Ihr Mann noch lebte?‹«

»Ah, das war wirklich gemein, so etwas zu sagen«, warf Adah ein und lieh sich Mrs. Ashleys Lieblingswort aus. »Schließlich haben Sie ihn nicht umgebracht, oder? Sie hätten ihn nicht umbringen können, nur um von deren Geld zu leben! Sie haben keine Gefühle, diese halsstarrigen Bürokraten.« Adah vergaß, daß sie in England war, und spuckte auf den Boden, wie es die Leute ihres Stammes taten, wenn sie von etwas redeten, das ihnen verhaßt war.

»Ich hab' noch nie jemanden umgebracht. Ihre Millionen können meinen Toby nicht ersetzen. Sie wissen nicht, wovon sie reden, diese Männer«, fuhr die Prinzessin tränenüberströmt fort, während Mrs. Ashley den Kopf schüttelte und immer wieder sagte: »Gemein, gemein.«

»Der Richter war aber menschlicher. Er hat zu mir gesagt: ›Gehen Sie und machen Sie es nicht wieder‹, als ob ich das mit diesem verflixten Fuß könnte.«

»Ich habe bemerkt, daß Sie hinken; was ist mit Ihrem Fuß los?« fragte Adah.

»Er tut weh. Ich muß die meiste Zeit Hosen tragen und kann meine Beine nicht zeigen, um Männern zu gefallen«, sagte die Prinzessin bedauernd.

»Oh«, rief Mrs. Ashley. »Ich wußte gar nicht, daß Sie einen Liebhaber haben!«

»Sie wären überrascht. Ich hatte neulich eine Verabredung!«

Adah und Mrs. Ashley glaubten ihr. Immerhin war die Prinzessin keine häßliche Frau, nur eine einfache Seele, die um Mitgefühl bettelte.

Es gab alle möglichen Geschichten über Liebhaber in der Pussy-Cat-Siedlung. Getrennt lebende Frauen durften keine »Liebhaber« haben, eine Umschreibung für männliche Freunde. Wenn eine Frau regelmäßig mit einem gesehen wurde, war es aus mit ihr. Die Leute vom Arbeitsamt wollten wissen, ob der Liebhaber nicht bei der Unterstützung der Frau helfen konnte, und wenn ja, in welcher Höhe, um es dann von ihrer wöchentlichen Unterstützung abzuziehen. Natürlich vertrieben sie so meistens die Liebhaber. Die Frau mußte nicht nur arm sein, sondern auch ohne Geschlechtsleben. Ihre Chancen, zu heiraten oder wieder zu heiraten, waren fast gleich Null.

Das gesellschaftliche Argument war, daß, wenn einige dieser Frauen mit ihren männlichen Freunden Sex hätten, es immer unerwünschte Babys geben würde, und dann hätten sie wahrscheinlich auch ein doppeltes Einkommen, eines von dem Liebhaber und eines vom Arbeitsamt. Nun, das mochte stimmen. Was war mit der Moral einer Sekretärin der Mittelschicht in einem Büro, und wer beklagte sich über sogenannte Privatsekretärinnen und Privatschwestern? Bekamen sie keine Geschenke von den Machern des Systems, für die sie arbeiteten? Der Ärger mit dem System in dieser Sache war, daß niemand wußte, wo die Definition einer ehrbaren unverheirateten Frau endete und die einer Prostituierten begann. Mit der wachsenden Beliebtheit von Pille, Pessar, Zäpfchen, Schaum und der freien Abtreibung, wie konnte es da für eine Gesellschaft notwendig sein, sich so unmenschlich zu verhalten? Für die meisten dieser Frauen war Sex wie Essen. Die Liebe war tot, außer der Mutterliebe, die sie natürlicherweise für ihre Kinder empfanden. Besonders für Frauen in den Zwanzigern, die einmal verheiratet gewesen waren, mußte die Tatsache, keinen Sex zu haben, einer der Gründe sein, warum Orte wie die Pussy-Cat-Siedlung normalerweise ein fruchtbarer Boden waren, um Rowdys und Generationen unverheirateter Mütter heranzuziehen.

Die kleine Gruppe redete, klatschte und lachte; alle

waren glücklich. In ihren gemeinsamen Sorgen fanden sie Freude. Zwischen ihren Beinen rannten Kinder umher, glücklich, daß ihre Mütter so nahe waren. Adah hatte kein Heimweh mehr. Sie begann, sich wieder wie ein Mensch zu fühlen, der eine bestimmte Rolle zu spielen hat, selbst wenn die Rolle nur im Sumpf gespielt wurde. Es war immer nett und warm im Sumpf.

In dieser Nacht dankte sie Gott für ihre guten Nachbarn.

22 Es ist Stempeltag

Es war Montag. Schon seit ihrer Kindheit hatte Adah Montage gehaßt. Daß es in der letzten Nacht geregnet hatte, machte die Lage nicht gerade besser. Träge streckte sie die Hand unter Schichten von alten, ausrangierten Decken vor, die Carol ihr gegeben hatte. Gott allein wußte, woher Carol sie hatte. Mit einem Finger zeichnete sie einen Kreis an die Wand, aus der Wasser sickerte. Sie betete, die Kinder möchten nicht so früh aufwachen wie sie. Sie ließ sich noch tiefer in ihr warmes Bett zurücksinken.

Ihre Gebete kamen zu spät. »Mami, ich bin zuerst aufgewacht.« Eines ihrer kleinen Mädchen war schon auf. Warum können Kinder nicht warten, bis sie gerufen werden?

»Mami, wach auf! Es ist schon Morgen«, wiederholte Dada, und ihre Stimme klang drängend und ungeduldig.

»O.K., in einer Minute, Liebling.« Es war zu spät, da das kleine Mädchen schon in ihrem Zimmer war. Sie trug einen alten Männerpullover. Er war grau, zerrissen und voller Löcher. Aber er war warm, deshalb hatte Adah ihn überhaupt vom Kleidertausch mitgebracht. Er war für ein Kind zu lang, deshalb hatte Adah, um ihm ein bißchen Glanz und Schönheit zu verleihen, um die Mitte einen alten roten Großvaterschlips gebunden. Manchmal stellte sie sich Fragen über die Leute, die einst die alten Kleider getragen hatten. Um ihr Gewissen zu erleichtern, kochte sie sie normalerweise aus, bevor sie sie den Kindern gab.

»Sag Mami guten Morgen.«

»Guten Morgen, Mami«, trällerte das kleine Mädchen. »Ich habe heute nicht ins Bett gemacht. Schau, Mami, schau, ich hab nicht ins Bett gemacht.«

»Sehr gut, das ist sehr gut«, sagte Adah und stand auf, da sie ja doch keine andere Wahl hatte. Sie wäre gerne länger im Bett geblieben.

»Wo sind meine sechs Pence?« fragte das Mädchen.

»Was für sechs Pence, weshalb willst du so früh am Morgen schon sechs Pence?« sagte Adah und drehte sich nach ihrer Tochter um.

»Du hast gesagt, du gibst mir sechs Pence, wenn ich nicht ins Bett mache. Du hast es gesagt, ja, du hast es gesagt. Du hast es gesagt, Mami.« Die Stimme des Mädchens klang gefährlich quäkend, als wollte sie anfangen zu weinen. Adah konnte das so früh am Morgen nicht aushalten.

»Aber ich habe dir doch nur sechs Pence für deinen Zahn versprochen. Ich erinnere mich nicht, daß ich dir versprochen habe, dir etwas zu geben, wenn du im Bett trocken bleibst. Aber ich werde darüber nachdenken. Wenn du brav bist, kriegst du sie.«

»Oh«, die Stimme des Mädchens schwankte immer noch gefährlich. Sie redete nicht mehr, sondern begann leise und jammernd zu weinen.

»Ich verspreche es. Ich gebe dir sechs Pence, wenn du aus der Schule kommst. Aber wenn du weinst, verwirkst du dein Geld wieder.«

»Was ist verwirken, Mami? Was ist verwirken, Mami?«

»Laß nur, ein anderes Mal. Lauf nach oben. Ich komm bald und wasch dich, damit du schön und sauber für die Schule bist.«

Beruhigt lief das Mädchen nach oben und rief den anderen ihren Triumph entgegen. »Ich krieg heute sechs Pence. Ich krieg heute sechs Pence.«

»Na und?« setzte Titis Stimme aus dem Schlafzimmer ein.

Das Klopfen an der Tür verkündete die Ankunft des Milchmannes. Adah hatte ihm gesagt, er solle laut klopfen, wenn er seine Milch lieferte, damit nicht die Milchklauer in Versuchung gerieten. Sie warf sich ihren *Lappa* um und lief hinaus. Der kleine Junge aus Nummer X, der sonst immer ihre Milch klaute, sah sie herauskommen, und da er wußte, daß er für diesen Tag seine Beute verloren hatte, warf er Adah ein unschuldiges Lächeln zu und zog sich in die Wohnung zurück. Aber nur für eine Sekunde: sein blonder Schopf schoß gleich wieder hervor und ein weiteres Baby-Lächeln folgte. Für ihn war es wie Versteckspielen. Adah lächelte zurück; sie war glücklich, daß sie ihm nicht noch einmal die Möglichkeit gegeben hatte, ein kleiner Dieb zu sein. Sie wandte sich wieder um zu ihrer Tür und bemerkte, daß der schwarze Hund von Nummer X ungeduldig darauf wartete, daß sie hineinging. Der Hund wollte seinen Morgenkot loswerden.

»Hau ab, du Scheusal«, blaffte sie den Hund an, nachdem sie sich vergewissert hatte, daß sie zu drei Vierteln schon in ihrer Wohnung war. »Hau ab, hörst du? Hau ab und mach dein Geschäft vor deiner eigenen Tür. Warum mußt du herkommen? Hau ab.« Der Hund schien nachzudenken, denn er sah Adah mitleidheischend an. Unglücklicherweise war der Ruf der Natur drängend und drohend. Der Hund bewegte sich keinen Zentimeter von der Stelle. Er sah nur verständnislos drein.

Die große Dame von nebenan watschelte beim Klang von Adahs weinerlicher Stimme heraus. Sie trug einen sackartigen, alten Hausmantel, der fast keine Farbe mehr hatte. Haarsträhnen hingen ihr ins Gesicht wie nasse Federn. Mit ihren großen, männlichen Händen hielt sie einen alten, abgenutzten Schrubber umklammert und donnerte mit mächtiger Stimme auf den Hund ein, während sie mit dem dreckigen Schrubber nach ihm zielte. Der Hund lief verärgert davon. Mrs. Cox öffnete ihren kleinen Mund und lachte, die Morgenspucke in ihrem ungewaschenen Mund blubberte fröhlich. Adah stimmte belustigt und dankbar in das Lachen ein.

»Sie müssen sich auch so einen Schrubber besorgen«, riet ihr Mrs. Cox. »Das erschreckt die verdammten Köter. Tja, wissen Sie, daß man keine Hunde in diesen verflixten Löchern halten darf? Aber niemand kümmert sich an diesem verdammten Ort darum. Die Leute tun einfach, was ihnen paßt. Die verfluchten Bastarde.«

»Ja, ich weiß, aber ich verstehe einfach nicht, daß der Hund sich ausgerechnet meine Tür ausgesucht hat. Ich hätte nichts dagegen, wenn er woanders hinginge, ich hätte absolut nichts dagegen.«

»Sie sind in der Nähe vom Abfallschacht, deshalb. Deshalb sind die vorigen Mieter vorher hier ausgezogen. Der Schacht stinkt scheußlich. Sagen Sie denen, sie sollen was dagegen tun. Ich würde die Miete einbehalten, ja, das würde ich tun.«

Beide lachten, denn in der Pussy-Cat-Siedlung war das Einbehalten der Miete die einzige Waffe der Mieter. Die städtischen Beamten drohten, die Mieter zu vertreiben, aber meistens gaben sie nach, denn wer sonst außer vielleicht Hausbesetzer wollte schon in leeren Pussy-Wohnungen leben?

Mrs. Cox war immer in Redelaune; sieben Uhr morgens war für sie nicht zu früh. Gerade um diese Zeit war sie in Stimmung für einen guten Plausch. Unglücklicherweise mußte Adah ihre Kinder für die Schule fertigmachen. »Ja, Liebes, ich komme«, rief Adah durch die Tür, um ihrer freundlichen Nachbarin damit zu sagen, daß eines ihrer Kinder nach ihr rief. Sie lief schnell in ihre Wohnung, bevor Mrs. Cox noch Zeit hatte, zu erkennen, daß man sie getäuscht hatte.

Mrs. Cox war eine liebe Seele, aber eine enttäuschte Frau. Sie hatte ihr ganzes Leben seit dem Krieg in der Pussy-Cat-Siedlung gelebt. Adah wußte nicht, welcher Krieg. Alle sagten immer »seit dem Krieg«. Ob es der letzte Krieg war oder der davor oder sogar noch einer davor, hatte sie nie herausfinden können. Mrs. Cox sah aus wie sechzig, aber sie hatte einmal die Familienberaterin sagen hören, daß Mrs. Cox erst 49 war. Ihre Figur, wenn man sie überhaupt so nennen konnte, war durch zuviel Arbeit, schlechtes Essen oder zu häufiges Kinderkriegen unwiderruflich entstellt worden. Man konnte keinen Unterschied zwischen Brüsten, Taille und Hüften mehr erkennen. Alle zusammen bildeten sie einen riesigen zylindrischen Block. Ihre Kinder waren erwachsen. Die Mädchen lebten alle mit ihren Babys bei ihr. Eines der Mädchen war einmal verheiratet gewesen, kam aber zu »Mami« zurück, als ihr Mann in den »Knast« mußte. Die andere hatte drei farbige Kinder, und da sie ihre Ehrbarkeit nicht verlieren wollte, kam sie zu »Mami« zurück. Mrs. Cox wurde für alle die »Mami«. Manchmal mehr als eine Mami und eher eine weise Frau aus der Arbeiterklasse, wie Ena Sharples in der Fernsehserie »Coronation Street«. Mrs. Cox erinnerte Adah auch an viele afrikanische Matronen – man muß sie nicht bitten, einem zu helfen, sie tun es einfach. Sie haben wie Mrs. Cox einen Sinn für gegenseitige Hilfe, der tief in Menschen verankert ist, die eher ein gemeinschaftliches als ein individuelles Leben gewöhnt sind.

In Adahs Wohnung waren ihre Kinder schon beim Frühstück. »Essen wir morgen Eier zum Frühstück?« fragte Bubu, der gelangweilt aufseufzte beim Anblick der großen Schüssel mit Cornflakes vor ihm.

»Ja, Liebling, ich gehe heute morgen zur Post und hole Geld, kaufe dann die Eier am Crescent, und dann kannst du morgen welche haben. Aber inzwischen iß deine Cornflakes auf. Die sind gut für dich. Denk an all die Kinder in Biafra!«

»Das schon wieder«, warf Titi, Adahs größte Tochter, ein.

»Nun, ist doch wahr, oder? Würdest du gerne nach Biafra gehen?«

»Warum sollte ich nach Biafra gehen? Ich weiß nicht mal, wo das ist. Und ich will nicht gehen. So!«

Adah sah gedankenvoll die Sechsjährige an, die glaubte, sie wüßte alles. Das komischste war, daß sie keine Angst hatte, zu sagen, was sie dachte, nicht einmal gegenüber ihrer Mama. Sie hatte versucht, ihren Kindern ein rosarotes Bild von Nigeria zu malen, mit den schönen Palmen, Kokosnuß-Limonade und alledem, doch sie waren nur neugierig, nicht wirklich bewegt. Sie gaben Adah das Gefühl, alt zu sein, so als wenn sie von einer anderen Welt sprach und nicht von einem Ort, den sie erst vor ein paar Jahren verlassen hatte. »Erzähl das nicht in der Schule«, sagte sie. »Erzähl nicht, daß du nicht stolz auf dein Land bist.«

»Wenn ich groß bin, wähle ich mir mein Land, aber nicht jetzt«, antwortete Titi schnippisch.

»Ich glaube, ich will morgen keine Eier«, sagte Bubu, der es sich anders überlegt hatte. »Ich glaube, ich will dafür lieber heute Süßigkeiten.«

»Na, du kannst zum Frühstück keine Süßigkeiten essen, niemand tut das«, sagte Adah.

»Manche meiner Freunde schon«, warf Vicky ein. »Manche essen sogar Pommes frites.«
Kinder können so unlogisch sein, dachte Adah, aber sie wußte, es war Zeit, den Streit zu beenden. Sie würde ja doch nie gewinnen. Was nutzte es also?
Ganz plötzlich streckte sich Bubu und warf die Cornflakes-Schüssel um. Die triefenden Cornflakes sahen erbärmlich aus, wie feuchte Herbstblätter. Adah war wütend. Sie hob Bubu von seinem nassen Stuhl und gab ihm zwei ordentliche Klapse auf den Hintern. Verdammt sei Dr. Spock oder wer es auch war, der Übertoleranz bei der Erziehung von Kindern predigte! Man konnte Kindern ihren eigenen Willen lassen, wenn man nur eins oder zwei hatte, ein ideales Heim und einen idealen, filmstarähnlichen Mann, der bereit war, ganze Töpfe voll Geld heimzubringen, dachte Adah bei sich. »Das wirst du dir merken. Cornflakes kosten Geld. Eine Menge Geld.«
Für den Rest des Morgens benahmen sich die Kinder sehr gut. *Ich bin sicher, daß sie mich schließlich noch hassen werden, die Gören,* entschied sie und fühlte sich elend dabei. *Ich wünschte, ich könnte mich beherrschen. Immerhin ist Bubu erst vier, er wird es vergessen haben, bis er groß ist. Alle fünf können mich nicht hassen. Hat Jesus nicht gesagt, daß nur ein geheilter Leprakranker zurückkam, um ihm zu danken, wo doch zehn geheilt worden waren? Nun, ich werde keine zehn Kinder haben, nur um sicher zu sein, daß eines davon dankbar ist. Ich werde ihnen das Beste geben, was ich habe, und nicht mehr. Ich*

werde sie nicht dadurch verhätscheln, daß ich ihnen Süßes zum Frühstück gebe, nur damit sie an mich denken, wenn ich alt bin. Süßes ist schlecht für die Zähne.

»Du weißt doch, daß Süßes schlecht für deine Zähne ist. Du willst doch nicht schon zum Zahnarzt gehen, bevor du alt bist, oder? Schau meine Zähne an. Ich bin nie beim Zahnarzt gewesen, und sie sind vollkommen. Weißt du, warum? Als ich so alt war wie du, habe ich nie Süßes gegessen«, sagte Adah und versuchte, sich zu trösten.

Titi fing an zu lachen.

»Was ist denn so lustig?«

»Nichts, ich habe mich nur gefragt, ob es überhaupt Süßigkeitsläden in Afrika gab, als du klein warst.«

»Halt deinen dreckigen Mund«, schrie Vicky, der das Ganze satt hatte.

Adah machte einen Kessel Wasser heiß und trug ihn ins Bad. Das installierte Heißwassersystem brauchte so lange, daß es schneller und sicherer war, sein Wasser selber zu erhitzen. Die Kinder wuschen sich, und Adah brachte sie zur Schule.

Die Post war am Crescent. Die Schlange reichte schon bis zum Briefkasten draußen. Es gab viele Leute, die stempeln gingen, von Zusatzbeihilfen oder anderen Unterstützungen lebten. Die meisten holten sich ihr Geld montags ab.

»Ad, komm her, drängle dich vor.« Das war Whoopey, Mrs. Cox' Tochter.

»Das können Sie nicht machen!« rief der Postbeamte.

»Ach, halten Sie ihr verdammtes Maul und arbeiten Sie weiter«, schrie Whoopey mit schriller Stimme. Die folgenden Streitereien und Obszönitäten machten die Arbeit für den armen Mann noch härter. Es war kein ernster Krach, denn alle kannten die kreischende Whoopey. Sie holten ihr Geld ab und stellten sich dann noch einmal am Schalter für die Miete an. Whoopey wurde ungeduldig.

»Ich würde am liebsten das Geld behalten und sie kommen und es abholen lassen, wirklich. Ich hasse das verflixte Warten.«

»Es ist schrecklich«, stimmte Adah ihr zu, »aber ich muß mich über die Hunde beschweren, also muß ich warten.«

»Dann warte ich mit dir. Du schreist nicht laut genug, das ist dein Problem. Ich schreie für dich. Diese Hunde dürfen nicht so weitermachen.« Whoopey zündete sich eine Zigarette an und rauchte nervös, ihre scharfen, stechenden Augen waren wachsam.

Whoopey war so gar nicht wie ihre Mutter. Sie war klein, ruhelos und nervös. Ihr Geist konnte von einem Thema zum nächsten umschalten, so wie man im Radio von einem Sender auf den anderen umschaltete. Sie runzelte die Stirn und überlegte. Sie stieß Adah an.

»Waren die vom Sozialamt schon bei dir? Du hast doch neulich darauf gewartet. Es war so eine Schande.«

Adah bemerkte einen Hauch von unterdrückter Heiterkeit in Whoopeys Stimme. Sie erinnerte sich an Whoopeys Rat an jenem Tag. »Putz nicht für sie,

sie verdienen es nicht.« Sie lächelte freundlich und dachte daran, daß das Geld noch kommen mußte. »Nein, sie müssen erst noch nachprüfen«, erwiderte sie.

»Ja, ich weiß, manchmal brauchen sie lange zum Nachprüfen. Sie brauchten verdammte drei Monate, um nachzuprüfen, daß ich ein Bett brauchte, um darin zu schlafen. Ich war vielleicht sauer. Rutsch mal, Liebster.«

Die letzte Bemerkung galt einem erschrockenen alten Mann, der so überrascht war, »Liebster« genannt zu werden, daß seine Knie sichtbar zitterten. Whoopey lachte und stieß Adah in die Rippen. »Ich wette, er denkt, ich bin scharf auf ihn, der arme Kerl.«

»Ich bin sicher, er hat schon vergessen, was er im Bett tun muß. Du solltest hingehen und es ihm beibringen, aber vergewissere dich erst, daß du seine Pension in deinen Geldbeutel bekommst«, fuhr Adah fort.

Sie redeten weiter über Nichtigkeiten, um die Zeit totzuschlagen und um zu vergessen, daß die Schlange nur langsam vorankam. Schließlich reichte Whoopey ihre Mietkarte hinein. »Wieviel zahlen Sie diese Woche?« fragte der Angestellte und wandte sein Gesicht Whoopey zu, die an der winzigen Kippe ihrer ausgegangenen Zigarette zog. Offenbar gab es einiges an Mietrückständen. Whoopey mochte nicht so gefragt werden, nicht, wenn andere zuhörten. Ihr Ärger zeigte sich an der Art, wie sie paffte und atmete und absichtlich das Ganze hinauszögerte.

»Wieviel zahlen Sie diese Woche?« fragte der Ange-

stellte, seine Stimme hob sich etwas und verriet, daß auch er langsam die Geduld verlor. Er machte einen Fehler, wenn er seine Geduld bei Leuten wie Whoopey verlor. Sie würde es genießen.
»O.K., bin ich denn taub? Vier Pfund. Gib mir Feuer, bitte«, sagte sie zu einem anderen Mieter aus der Pussy-Cat-Siedlung, der fast am Ende der Schlange stand. Als die Kippe brannte, kam sie an ihren Platz zurück.
Der Angestellte starrte sie immer noch an. »Sie können nicht nur vier Pfund zahlen, das ist nicht einmal die Miete für eine Woche, gar nicht zu reden von den...«
»Ich weiß, gib's auf«, sagte Whoopey gedehnt. »Wenn du die vier Pfund nicht nimmst, siehst du sie nie wieder. Ich werde sie ausgeben, und dann kannst du mir nichts mehr nehmen, und ich werde im Rathaus erzählen, daß du dich geweigert hast, mein Geld anzunehmen. Nimm's lieber und kümmere dich um deinen verdammten Kram, die Rückstände sind meine Sache, das geht dich nichts an. O. K.?«
Es war sinnlos, mit Whoopey zu streiten. Noch bevor sich der Angestellte erholt hatte, wechselte sie das Thema. »Adahs Tür wird von diesen frechen Hunden als Klo benutzt. Sag's ihm.« Whoopey stieß Adah leicht an.
Der arme Angestellte sah von Whoopey zu Adah und wieder zu Whoopey. Schließlich blickte er auf die nun noch längere Schlange und seufzte. Er rückte seine Brille gerade, befeuchtete sich die trockenen Lippen und fragte Adah: »Wo ist Ihre Miete?«

Nun wurde auch Adah kühn. O nein, sie würde ihre Miete nicht zahlen, wenn wegen dieser verantwortungslosen Hunde nichts unternommen wurde. »Ich bin eigentlich nur gekommen, um den Hundekot zu melden. Es ist sehr unerfreulich.« Das Ärgerliche an Adah war, daß sie nie gutes Londoner Englisch oder Cockney sprach. Ihr Akzent und ihre Worte verrieten, daß sie ihr Englisch aus *Englisch für ausländische Studenten* gelernt hatte.

»Nun, ich weiß von den Hunden, aber lassen Sie uns erst mal die Miete zahlen«, sagte der Angestellte mit schmeichelnder, milder Stimme.

Adah war bewegt. Sie streckte ihre Hand aus, um ihm das Geld zu geben, aber der Mieter, der vorher Whoopeys Kippe angezündet hatte, schoß von hinten vor und hielt Adahs Hand fest.

»O nein, sie wird Ihre blöde Miete nicht zahlen«, fiel eine neue Stimme ein. »Tun Sie erst was gegen die verdammten Viecher. Sie haben mir neulich gesagt, daß unser Billy seinen armen Hund nicht behalten darf, obwohl der stubenrein ist. Warum sagen Sie nichts über diese dreckigen Köter? Sagen Sie was!«

O Gott, Rache, Solidarität, was?

»Ja, ich weiß, aber warum lassen Sie nicht Mrs. eh... eh... selber sprechen?« Am Ende der Schlange begannen Füße zu scharren. Der Mann hinter Adah war damit beschäftigt, ein Poster über Blutspender zu lesen, die das Leben einer Mutter gerettet hatten. Die Mutter grinste von einem Ohr zum anderen, umringt von Kindern, die so gut angezogen waren, daß sie ein vollkommenes Bild der glücklichen Fami-

lie abgaben. Das Interessante daran war, daß der Mann auch glücklich war. Vielleicht hatte er gerade den Wert seiner Frau erkannt.
»Ich muß an meine Arbeit zurück, wissen Sie«, verkündete der Mann.
Niemand achtete auf ihn, zumal seine Augen nicht von dem Bild mit den Blutspendern ließen.
Das Gemurmel zorniger Stimmen wurde leiser, und Adah fand die Sprache wieder. Sie fühlte sich immer noch unsicher und ängstlich. Es ist ein Fluch, eine Waise zu sein, ein doppelter Fluch für eine Schwarze in einem weißen Land, aber eine unverzeihliche Katastrophe, eine alleinstehende Frau mit fünf Kindern zu sein. Ihr ganzes Leben war wie das eines glücklosen Spielers gewesen. Jede dumme Kuh konnte einen Mann halten; sie konnte nicht einmal das. Es lastete so viel auf ihren Schultern, und das Ärgerliche war, daß sie nur zwei Schultern dafür hatte; aber glücklicherweise gab es in der Pussy-Cat-Siedlung immer einen herzlichen Plausch, eine schöne Tasse Tee und Solidarität gegenüber allen Widrigkeiten. Sie fühlte sich stark, stemmte sogar die Arme in die Seiten und warf den Kopf mit dem straff gebundenen Tuch zurück. *Das ist ein freies Land*, schien ihre Haltung zu sagen. Aber ein durchdringender Blick des Angestellten schüchterte sie wieder ein. Whoopey und Billys Mami sahen den Blick nicht, und selbst wenn sie ihn gesehen hätten, hätte das nichts bewirkt. Aber bei Adah war es anders. Sie deutete jeden Blick anders, selbst wenn ein Blick unschuldig war. All die Zurückweisungen hatten sie geprägt. Sie senkte die

Augen und versuchte zu erklären und sich zu entschuldigen.
»Sehen Sie, diese Hunde benutzen immer meine Tür als Klo. Es ist störend, es riecht. Noch schlimmer, wenn es regnet.«
»Stör... was?« schrie Billys Mami. »Red nicht so nett mit ihm. Tu was, sage ich dir. Ich weiß nichts von diesem netten Kram. Wenn Sie nichts tun, dann verlangen Sie gefälligst auch keine Miete! Komm, Adah, wir gehen in die Kneipe und geben sie aus, ja?«
Billys Mami wurde jetzt wirklich aufmüpfig.
Die anderen Angestellten hatten inzwischen aufgehört zu arbeiten und starrten auf die zwei weißen Frauen, die in ihrer Mitte eine schwarze eingezwängt hielten. Unterschiede in Kultur, Hautfarbe, Herkunft und Gott weiß was noch waren unwichtig geworden angesichts mächtigerer Feinde: Armut und Hilflosigkeit.
Eine Angestellte sah sie an, sagte aber lieber nichts. Einer brachte das »Buch«. »Das Buch« war eine rote, zerfetzte, listenähnliche Angelegenheit, in die alles über die Sozialblocks in diesem Teil von Cemden hineingekritzelt wurde. Wenn Jugendliche ein Fenster zerbrochen hatten, wurde es ins »Buch« eingetragen. Wenn man den Mieteintreiber von der Tür wegschubste – oder sogar die Treppen hinunter –, wurde es ins »Buch« geschrieben. »Das Buch« sah aus wie ein Totenregister, das Allerendgültigste.
Der Angestellte kritzelte ins »Buch«, aber ein bißchen zu schnell und zu bereitwillig für Whoopeys wachsame Augen. »Ich habe es notiert. Der Bürger-

meister wird noch heute wegen Ihres Hundes zu Ihnen kommen.«

»Oh, Sie verdammter Lügner, sie will keinen verdammten Bürgermeister, und sie hat keinen verflixten Hund, und lügen Sie mich nicht an, Sie haben nichts davon aufgeschrieben. Wir gehen von hier nicht weg, bevor Sie es getan haben«, sagte Whoopey triumphierend.

»Oh, um Gottes willen«, warf eine weibliche Angestellte mit dem Akzent der Mittelschicht ein.

»Halt dein Maul, du sexbesessener Büffel«, sagte jemand schnippisch.

»Wie ist Adahs Nummer? Sagen Sie mir, wie ihre Nummer ist?« schaltete sich Whoopey ein.

»Oh, das habe ich vergessen aufzuschreiben«, erwiderte der Angestellte.

»Sehen Sie, Sie haben nichts aufgeschrieben«, behauptete Whoopey. »Jetzt sei ein guter Junge und schreib alles auf«, fuhr sie mit gespielter Nettigkeit fort.

Der Angestellte fing geduldig von vorne an, jede Einzelheit wurde niedergeschrieben, und er dankte den »Damen« sogar für ihre Mitarbeit.

Alle lachten. Adah gefiel es, daß die meisten Streitigkeiten glücklich endeten.

Wochen später fragte sie sich, ob das den ganzen Ärger wert gewesen war. Der Bürgermeister kam nicht, und die Hunde machten weiter ihr Geschäft vor ihrer Tür und brachten manchmal ihre Freunde von der Prince of Wales Road mit. Die Pussy-Cat-Siedlung war eben einfach so.

23 Weihnachten rückt näher

Weihnachten lag in der Luft. Die Kinder der Siedlung gingen zu verschiedenen Wohltätigkeitsfesten. Adahs kamen von den meisten beladen mit billigen Plastikspielsachen heim, die keiner wollte. Jemand im Jugendamt hatte eine großmütige Idee. Mütter aus dem Sumpf sollten zusammen mit ihren Kindern kommen, um einmal vom wahren Leben zu kosten. Ein geräumiger Saal wurde ausgesucht, er wurde geputzt, gut geheizt und fröhlich geschmückt. Die Festlichkeiten sollten eine ganze Woche dauern – die Woche vor Weihnachten. Die Mütter und ihre Kinder sollten kostenlose Mahlzeiten bekommen. Auch kostenloses Spielzeug gab es, und man wollte die Kinder ermutigen, soviel wie möglich mitzunehmen.

Die Idee war umwerfend. Carol benutzte ihr Auto als Taxi. Sie fuhr Kinder von der Pussy-Cat-Siedlung zum Saal und zurück. Es gab Musik, die Kinder aßen, tanzten und spielten. Mütter redeten miteinander, und alle freuten sich. Am schönsten war, daß man die Mütter nicht aufforderte, beim Abwasch zu helfen. Sie brauchten sich nur zu setzen, sich auszuruhen und in dieser Woche ihre Sorgen dadurch zu verdrängen, daß man sie wie Damen behandelte.

»Das ist nett«, erklärte die Prinzessin. »Bei diesem Wetter sind meine vier Wände unerträglich. Sie weinen wie Witwen. Mein verdammter Vorratsschrank ist ganz grün geworden.« Sie wäre nicht die Pussy-Prinzessin gewesen, wenn sie ihre Sorgen hätte vergessen können. Jammern und Seufzen gehörten so sehr zu ihrem Leben, daß sie inzwischen unfähig war zu einem anderen Gesprächsthema. Diesmal jedoch achtete man eine Zeitlang nicht auf sie, da die meisten Frauen entschlossen waren, glücklich zu sein: Keine wollte an feuchte Wände erinnert werden, wenn sie alle bequem in einem trockenen, gutgeheizten Saal saßen.

Die Prinzessin redete immer weiter darüber, daß sie ihr Bett mit ihren Kindern teilen mußte, da deren eigenes feucht war. Adah bedauerte sie, war aber inzwischen hart und ungeduldig geworden; sie bedauerte sich selber auch.

»O ja, wir werden bald alle umziehen«, sagte sie. Insgeheim wurde die Möglichkeit eines Umzugs von bösen Ahnungen verdüstert. Es war eine Mischung aus Skeptizismus und der Entschlossenheit, sich keine falschen Hoffnungen zu machen, aber dahinter stand, das mußte sie zugeben, Angst. Sie war absolut nicht sicher, ob sie jetzt schon eine andere Wohnung *wollte*, absolut nicht sicher, ob sie bereit war, der Welt gegenüberzutreten ohne den warmen menschlichen Trost der Pussy-Horde. Waren die feuchten Wände der Siedlung denn schlimmer als schöne trockene Wände in einer neuen Sozialwohnung Gott weiß wo, wenn sie darin eingeschlossen war ohne Freunde, die sie unterstützten und mit denen sie reden konnte? Würden Nachbarn aus der Arbeiterklasse, denen es besser ging, versuchen, sie zu demütigen, weil sie schwarz war? Konnte sie schwarz und stolz sein, wenn sie so wenig hatte, auf das sie stolz sein durfte, *außer* ihrer Rasse und ihren Kindern? So war das, was sie gesagt hatte, eher die öffentliche Meinung als ihre eigenen Hoffnungen oder ihr Glauben. Sie fand bald heraus, daß sie mit solchen Gedanken nicht allein stand.

»Ich möchte nicht zu weit von meiner Mami wegziehen«, sagte Whoopey, die hinter Adah stand. Adah fragte sich, warum sie stand, wo doch jede Mutter einen Stuhl zum Sitzen hatte, aber Whoopey konnte sich nie entspannen. Sie hielt wie immer eine Zigarette in der rechten Hand. Sie hatte sich eine verwaschene Schürze fest um die Taille gebunden. Keiner wußte, warum; schließlich brauchten die Mütter doch nicht mit abzuwaschen. Aber Whoopey wäre nicht vollständig gewesen ohne eine Schürze und eine Zigarette. Es gab Whoopey Selbstvertrauen, ihre Zigarette so in der Hand zu halten. »Weil ich armes Mädchen verdammt krank wäre ohne meine Mami, wißt ihr«, fügte sie schließlich hinzu.

»Mach dir darüber keine Sorgen... ich werde ein Auge auf dich haben, selbst wenn ich auf dem Mond leben sollte«, rief Mrs. Cox vom anderen Ende des Saales. Dabei lachte sie in ihrer lauten und explosiven Art. Ihr Lachen war so spontan, kam oft so unerwartet, daß es seine Wirkung nie verfehlte. Die anderen zuhörenden Mütter stimmten kichernd ein.

Junge Männer und Frauen vom Freiwilligen Sozialdienst waren eifrig dabei, für das Abendessen Tische aufzustellen und Gedecke aufzulegen. Urplötzlich entstand ein Streit, in den eines von Adahs Kindern verwickelt war. Bubu war Adahs drittes Kind. Er war immer ein bißchen schwierig gewesen. Er hatte eine Art, in Schwierigkeiten zu geraten, und eine Art, sein Verhalten nachher so plausibel zu erklären, daß man nur noch erstaunt sein konnte, daß all die kleinen Dinge, die passierten, nie und unter keinen Umständen sein Fehler waren. Bevor sie an diesem Morgen von zu Hause weggegangen waren, hatte Adah alle angefleht, sich gut zu benehmen; daran zu denken, bitte und danke zu sagen. Bubu hatte sich offenbar von der Aufregung hinreißen lassen, doch Adah hatte Angst, denn der Kopf des anderen Jungen schien schlimm zu bluten. Bubu hatte mit einem Spielzeug nach ihm geworfen. Sie war gewöhnlich eine strenge Mutter, aber keine selbstbewußte. Um Selbstvertrauen und Kontrolle über ihre Jungen zu demonstrieren, packte sie ihren kleinen Sohn beim Kragen, schüttelte ihn und knuffte ihm die Ohren. Dann sah sie sich Zustimmung heischend um. Sie war bemüht, sich in so einer Lage richtig zu verhalten, ihren eigenen Mutterinstinkten zu folgen und sich trotzdem den althergebrachten Vorstellungen so weit anzupassen, daß die Leute nicht redeten.

Ein Jugendlicher vom Freiwilligen Sozialdienst kam auf sie zu und sagte: »Es war nicht seine Schuld. Robert hat den Traktor auf Ihren Bubu geworfen. Er hat ihn abgewehrt, und Robert ist hingefallen. Ich habe es gesehen.« Adah schämte sich, aber sie war beruhigt. Persönlich hielt sie nichts davon, sich in der Öffentlichkeit so unbeherrscht zu zeigen, aber sie mußte etwas tun, um den Eindruck zu mildern, ihre Kinder dürften immer tun, was sie wollten. Sie ließ Bubu los und ging zurück zu den Müttern. Keine sagte etwas zu ihr, und sie fühlte sich wie ein Kind, das beim Angeben erwischt worden war. Das war eins ihrer Probleme, sie konnte nie sie selber sein. Sie hatte ständig Angst, ihr wirkliches Ich wäre nicht gut genug für die Öffentlichkeit. Sie würde mit Freuden jede Rolle spielen, die man von ihr erwartete, nur um des lieben Friedens willen.

Der Umzug war das beherrschende Gesprächsthema, denn im Winter war es in der Siedlung am schlimmsten; die Wohnungen warm zu halten war teuer, und viele Mieter mußten sich bei Lebensmitteln einschränken, um die Heizung bezahlen zu können.

Wie die meisten Einwanderer in London heizte Adah ihre Wohnung mit Paraffin. Sie hatte es mit Koalit versucht, doch das war zu teuer, zu schwierig anzuzünden, und außerdem hatten nur zwei ihrer fünf Zimmer Öfen. Sie konnte ihren Ofen ins Bad tragen, wenn die Kinder wöchentlich einmal badeten. Viele arme Leute, Einwanderer oder andere, heizten ihre Wohnungen so, obwohl sich die meisten der Gefahr sehr wohl bewußt waren. Die Gefahr wurde Adah eines Nachts aufs neue klar, als sie noch sehr spät am Abend den verträumten Damen von Payton Place auf ihrem flimmernden gebrauchten Fernseher zuschaute.

»Mami, o Mami«, kam da der Schrei von Dada.

Adah beschloß, nicht auf sie zu achten. Wenn sie den ganzen Tag herumgelaufen war, freute sie sich immer auf einen ruhigen Abend mit einem netten, anspruchslosen Fernsehprogramm. »Sie träumt wahrscheinlich nur«, sagte sie sich und entspannte sich in ihrem Sessel. Doch der Schrei kam wieder; es war ein erstickter Schrei, wie von jemandem in echter Not. Sie lief hinauf, und was sie sah, erschreckte sie. Sie konnte kaum ins Zimmer der Kleinen gelangen. Alles war voll von dichtem Rauch. Dadas Zudecke brannte, und die anderen waren böse versengt. Dada hatte genug Verstand gehabt, um zu schreien, aber nicht genug, um aufzustehen oder ihre kleine Schwester zu wecken, die komischerweise trotz des Lärms weiterschlief. Wahrscheinlich genoß sie die Hitze. Adah packte ihre Kleinen, brachte sie in Sicherheit und bedeckte den brennenden Paraffinofen mit den Überresten der Decke. Rauch würgte sie und ließ sie schmerzhaft husten. Sie war zu erschrocken, um nach Hilfe zu rufen. Die Leute würden nur sagen: »Wir haben es Ihnen ja gesagt«, und sie dachte, daß sie diese Strafe nicht brauchte. Glücklicherweise ging das Feuer aus. Dada hatte gerade noch rechtzeitig geschrien. Tausend schreckliche Gedanken schossen ihr durch den Kopf. *Angenommen, ich hätte geschlafen. Angenommen, ich wäre weg gewesen oder Dada hätte tiefer geschlafen! Oh, meine armen Kinder, meine armen, armen Kinder.* Sie drückte sie an ihr Herz und erdrückte sie fast dabei. Das Baby, das jetzt Angst bekam, weinte vor Furcht

und wunderte sich vielleicht über das Benehmen seiner Mutter.
Der Ofen war neu, aber die Kinder hatten den dürftigen Glasschutz zerbrochen, der darin eingebaut war, um ihn luftdicht zu machen. Adah konnte es sich nicht leisten, das Glas zu ersetzen, also hatte sie es riskiert, ihn trotzdem anzumachen. Das Fenster war halb offen gewesen, so war Wind hereingekommen und hatte in das offene Feuer geblasen. Sie war glücklich und dankbar, daß ihre Kinder am Leben waren. Sie trug die erschreckten Kinder in ihr Zimmer und wickelte sie in ihre eigenen Decken. Monatelang lagen die drei Kinder zusammen in ihrem Bett. Es gab kein Geld für neue Decken (natürlich konnte sich niemand in der Siedlung eine Versicherung leisten), und sie wollte nicht die Qual über sich ergehen lassen, unbequeme, persönliche Fragen der Sozialbeamten beantworten zu müssen. Es Carol zu erzählen kam nicht in Frage. Sie kannte deren Antwort: »Ich hab dir doch gesagt, du sollst deine Wohnung nicht mit diesen Dingern beheizen, sie sind gefährlich.« *Aber was meint sie, womit ich dann meine Wohnung heizen soll? Ich kann mir keine andere Heizung leisten.*
Der Ärger beim Leben vom Stempelgeld ist, daß man selten Vorkehrungen für solche Unfälle treffen kann. Selbst wo berechtigte Ansprüche existierten, kannten die Leute, die das betraf, selten ihre Rechte. Adah, wie so viele andere im Sumpf, mußte sich eben irgendwie behelfen.
Sie brauchte einen neuen Ofen, neue Decken. Weih-

nachtsgeschenke für die Kinder. Wie jede andere Mutter wollte sie ihren Kindern etwas schenken. Sie hätte gern Geschenke gehabt, die sie selber ausgewählt und mit ihrem eigenen Geld gekauft hätte, keine von reichen Leuten weggeworfenen Spielsachen oder solche, die schlecht gemacht waren und die die Kaufhäuser nicht absetzen konnten und deshalb für wohltätige Zwecke weggaben. Das war keine Undankbarkeit, sondern einfacher, gesunder Menschenverstand. War das zuviel verlangt? haderte sie mit sich selbst. Sie wollte sich nicht um Beihilfen bemühen nur für die Weihnachtsgeschenke der Kinder. Ich will meinen Kindern eigene Geschenke geben, für die ich wirklich arbeiten muß. Ich will nicht, daß man mir meine menschliche Würde abspricht, ich muß etwas tun. Gedanken schossen ihr durch den Kopf. Sie war noch jung und hübsch, auf eine Art wie Kleopatra. Ebenmäßiges Gesicht, entschlossenes Kinn, nicht der klassische europäische Typ, aber auch keine typisch afrikanische Schönheit. Tiefe, leuchtende und große Augen gaben ihrem Gesicht den Ausdruck eines Mädchens, das Kummer hatte – ihr langer Aufenthalt im Sumpf hatte sie gelehrt, wie sie diese Augen am besten sprechen lassen konnte. Das war ein Segen, da ihre dicken Lippen immer das Falsche sagten.
Das Ärgerliche war, dachte sie, daß sie nicht mehr schlank war; fünf Kinder forderten Tribut von der Figur eines jeden Mädchens. Deshalb kam irgendein glanzvoller Job nicht in Frage.

24 Putzen für Weihnachten

Ich muß mir einen Teilzeitjob suchen. Schließlich bin ich berechtigt, noch ein paar Pfund pro Woche dazuzuverdienen, ohne mein Arbeitslosengeld zu verlieren. Die Gesetze über Zusatzvergünstigungen erlauben mir das, sagte sie sich.

Die Stellenvermittlung in der Kentish Town Road wollte nur Schreibkräfte und Vollzeitkräfte, keine Studenten, wie Adah sich selbst vorstellte. Als sie die Holmes Road hinunterging, sah sie an einer Fabrik eine Anzeige. Eine Putzfrau wurde gesucht. Sie fragte sich immer wieder, ob sie sich bewerben sollte oder nicht. Zweimal ging sie um die Fabrik herum, beim dritten Mal marschierte sie hinein.

Die Tür öffnete sich, und Adah trat in ein Zimmer, das sauber und einfach möbliert war. An einem Ende saßen zwei schwatzende Büromädchen. Die beiden Mädchen ließen sie überraschenderweise nicht lange warten. Die eine, eine füllige mit fröhlichem Lächeln, kam zu ihr und fragte sie, was sie wolle. Der Putzjob, ja, natürlich, sie solle warten, bis der Chef frei wäre. Das Mädchen lächelte noch einmal strahlend, wies ihr einen Stuhl zu, und dann war Adah sich selbst überlassen.

Die zwei Mädchen setzten ihr Gespräch fort. Sie hatten jedoch nicht viel Glück, da sie ständig durch Telefonanrufe von irgendwoher in der Fabrik unterbrochen wurden. Ungefähr alle zwei Minuten wollte jemand in eine andere Abteilung oder zu einem anderen Mitarbeiter durchgestellt werden. Adah beschäftigte sich in Gedanken mit den Anrufen und stellte sich diese Art von Job toll vor. Das dünne Mädchen hatte eine Schreibmaschine vor sich, ihre Finger streiften von Zeit zu Zeit die Tasten, während die füllige die Anrufe beantwortete. Das dünne Mädchen hatte wahrscheinlich etwas zu tippen, aber Adah bemerkte, daß sie in den ganzen zwanzig Minuten, die Adah wartete, nicht einen einzigen Brief tippte. Wieder rief jemand an; diesmal war es offenbar der Chef, denn die Füllige lächelte und führte Adah in einen dunklen Flur. Der Kontrast zwischen dem Inneren der Fabrik und dem Büroraum war überwältigend. Adah wartete ein bißchen, um ihre Augen an die Dunkelheit zu gewöhnen. Der schmale Gang hatte kein einziges Fenster. Am Ende des Ganges gab es, dazu passend, dunkle Treppen. Auf den dunklen Stufen lag kein Linoleum oder irgendein anderer Belag.

»Gehen Sie hinauf, im vierten Stock dann links, die Tür mit ›Geschäftsführer‹ drauf ist die des Chefs.« Das füllige Mädchen wartete nicht, bis Adah ihr gedankt hatte, sondern verschwand schnell wieder. Adah war unsicher, ob es sich lohnte, weiterzugehen, aber da sie schon mal so weit gekommen war, hatte es keinen Sinn, umzukehren. Sie konnte genausogut hineingehen, um zu sehen, wie es war, als Putzfrau in dieser gefängnisähnlichen Fabrik zu arbeiten.

Sie klopfte nur schwach und leise an die Tür des Geschäftsführers. Fast hoffte sie, daß der Geschäftsführer es nicht hören würde. Zumindest würde ihr das mehr Zeit geben, um sich zu sammeln. Pech gehabt. Der Geschäftsführer hörte sie sehr wohl und bat sie herein.

Ja, sie könne am nächsten Tag mit der Arbeit anfangen... Adah war zu nervös, um richtig zuzuhören. »Jetzt Ihre Bezahlung«, sagte der Geschäftsführer. Er schien ein fast dreieckiges Gesicht zu haben, mit breiter Stirnpartie und schräg zulaufenden Wangen, die in einem spitzen Kinn endeten. Das Kinn stand fast im rechten Winkel hervor. Sein Mund war klein mit überraschend vollen Lippen. Er hatte nur noch wenig Haare, und die waren schwarz mit viel Grau darin. Er blinzelte oft, als ob er Sand in den Augen hätte.

Adah ließ ihre großen Augen spielen, der Mann entspannte sich und lächelte, aber das Lächeln war zu echt, zu gut für eine Putzfrau. Sie war angezogen wie ein Hippie. Sie trug blaue Baumwolljeans und große Stiefel, die sie beim Kleidertausch mitgenommen hatte. Um ihren Hals hingen blaue Perlenhalsbänder, die sie an einem Stand am Crescent in der vorigen Woche gekauft hatte. Sie wußte, daß sie sich salopp benehmen und auch so aussehen mußte. Nicht, daß es für sie schwierig wäre, als Putzfrau eingestellt zu werden, denn ihre Hautfarbe war in solchen Fällen immer von Vorteil – fast eine Qualifikation. Nie kam jemand auf den Gedanken, daß Putzen unter der Würde eines schwarzen Mädchens sein könnte.

Doch der Mann mit dem dreieckigen Gesicht durchschaute sie.
»Was studieren Sie?« fragte er und vergaß, daß er Adah eigentlich etwas über ihre Bezahlung sagen sollte.
»Nun, ich bin keine Studentin im eigentlichen Sinne«, sagte sie gedehnt und ärgerte sich dabei über die Neugierde des Mannes. Warum konnte er sie nicht einfach einstellen und es dabei belassen? Warum mußte sie diesem Mann erklären, daß sie Studentin war, Mutter von fünf Kindern und daß sie davon träumte, eines Tages Schriftstellerin zu werden, daß sie aber im Moment stempeln ging und in der berüchtigten Pussy-Cat-Siedlung lebte?
Der Mann war geduldig und wartete. Adah erklärte, ließ aber vorsichtshalber gewisse Fakten aus. Sie sagte dem Mann nicht, daß sie fünf Kinder hatte; sie wußte nicht, warum, spürte jedoch, daß ihre Mutterrolle nicht gerade gerne gesehen wäre. Sie erzählte dem Mann nichts von ihren Träumen, Schriftstellerin zu sein, sondern sagte ihm, daß sie auf einen Abschluß in Sozialwissenschaften hin studierte, in Teilzeit. Sie vermittelte ihm den Eindruck, daß sie sicher war, zu versagen, denn sie glaubte, das würde ihn zufriedenstellen. Nicht viele Ältere können junge und noch dazu junge und selbstsichere Leute ertragen – selbst wenn sie weiß waren.
Der Blick, mit dem er Adah ansah, war bohrend und forschend. Sie knetete ihre Hände und be-

feuchtete sich die Lippen. Warum mußten die Leute soviel von ihr wissen, wo sie doch nur als Putzfrau beschäftigt werden wollte?
Der Mann beschloß, es mit ihr zu versuchen. Er schätzte sie weiter ab, während er redete, und Adah hatte das unbehagliche Gefühl, daß der Mann glaubte, sie log.
»Die Frau, die den Job vorher gemacht hat, war in den Fünfzigern. Sie mußte gehen, da ihre Füße nicht mehr mitspielen wollten.«
Adah überraschte das nicht. Bei diesen gottverdammten Treppen konnte einer Frau mittleren Alters allerhand passieren. Sie tat ihr leid.
»Wir haben ihr sechs Pfund die Woche gezahlt. Wie ist es damit?« Das wäre mehr als recht gewesen, doch sie wußte, daß das Gesetz ihr nicht erlauben würde, soviel zu verdienen. Der Geschäftsführer sah wie jemand aus, der sie nach einer Versicherungskarte fragen würde. Ihm gehörte die Fabrik schließlich nicht. Das Sozialamt würde ihre Beihilfe kürzen, wenn sie über zwei Pfund verdiente, und sie wäre dann schlechter dran mit dem Job, der offensichtlich verdammt hart war. Der Geschäftsführer fragte sie nicht, wie sie zurechtkam, sonst hätte er sie nicht eingestellt. Aber Adah wollte Weihnachtsgeschenke für ihre Kinder. Also erzählte sie eine Lüge.
»Ich bekomme eine Studienbeihilfe und darf nicht mehr als zwei Pfund verdienen.«
Der Geschäftsführer schob seine Unterlippe vor. »Wir können die Arbeit nicht auf zwei verteilen. Sie

hätten es mir vorher sagen müssen. Ich sehe nicht, wie das klappen soll.«

»O nein«, rief Adah und sprang von ihrem Platz auf. »Es wird klappen. Ich werde es schaffen. Ich werde arbeiten, Sie zahlen mir nur zwei Pfund. Ehrlich, ich *brauche* diese zusätzlichen zwei Pfund.«

Der Geschäftsführer riß erstaunt die Augen auf. »Sie meinen, Sie wollen zwei Pfund für einen Sechs-Pfund-Job haben? Sie müssen nicht ganz bei Trost sein!«

»Nein, bitte, Sir. Ich bin bei Trost. Ich brauche nur das Geld ganz dringend.« Sie wartete die Wirkung ihres Ausbruchs auf ihn ab. Wieder ließ sie ihre Augen spielen. Aber sie hatten es schwer, bei diesem schrecklichen Mann ihr Ziel zu erreichen. Er zweifelte immer noch.

»Mir ist noch nie eine Putzfrau wie Sie vorgekommen. Haben Sie schon vorher mal als Putzfrau gearbeitet? Nein? Also sehen Sie, Sie wissen nicht, worauf Sie sich einlassen. Es ist eine Forschungsarbeit, oder? Sie wollen Forschungen hier in unserer Fabrik durchführen?«

Adah war ärgerlich. So viel Aufhebens nur für einen Putzjob. Es war ihr jetzt egal. Der Mann war so engstirnig! Er ist wahrscheinlich Jude, dachte sie, obwohl sie in Wirklichkeit keine Juden kannte und nichts über sie wußte. »Ich betreibe keine Forschungen. Ich brauche nur dieses Geld, um Weihnachtsgeschenke zu kaufen für Menschen, die ich liebe. Natürlich werde ich nach Weihnachten, wenn hier alles für mich gutgeht, weiterarbeiten. Schließlich tue ich

Ihnen einen Gefallen, ich erspare Ihrer Firma vier ganze Pfund pro Woche. Sie sollten mich anbetteln, damit ich bleibe.«

Jetzt war der Mann beruhigt. Er ahnte, daß Adah ihm die Wahrheit sagte. »Nun, wenn Sie es wollen, können Sie den Job haben, aber für mich sieht es wie Ausbeutung aus. Wir werden Sie anders entschädigen. Sie bekommen Essensmarken, und Sie können eine Stunde früher gehen. Sie werden sich selber zurechtfinden und schon merken, wo täglich geputzt werden muß. Und wenn Sie wollen, führe ich Sie jeden Freitag zum Essen aus.«

Er zwinkerte Adah aus seinen hellen Augen zu bei der letzten Bemerkung. Armer alter Jude, dachte Adah; er hielt Adah für den Typ, der leicht zu erobern war. »Sie stecken ganz schön in Schwierigkeiten, Sie sollten einen reichen Mann heiraten.« Der Geschäftsführer hatte Sinn für Humor, o. k.

Adahs Gesicht hellte sich auf, und sie dankte ihm. Sie begann schon am nächsten Tag zu arbeiten. Nach weniger als einem Monat konnte sie eine Spielzeugnähmaschine für ihre älteste Tochter kaufen, einige schöne Malbücher für die Kleinen und ein Paar Gummihandschuhe für sich selbst.

Die Männer in der Fabrik waren nicht schlecht. Was sie belustigte, waren die Mädchen, die in der Fabrik arbeiteten. Sie sprachen immer von oben herab mit ihr, nur weil sie eine Putzfrau war. Sie sah sich schon als eine neue Monica Dickens oder als jene tolle Margaret Powell, die *Below Stairs* geschrieben hatte. Der Geschäftsführer war für sie kein »Jude« mehr, oder wenn er Jude war, um so besser für die Juden. Er gab ihr Essensmarken, Geschenkgutscheine, großzügige Trinkgelder für nichts, doch Adah wußte, daß er nur versuchte, den Unterschied in der Bezahlung wiedergutzumachen. Immer wieder sagte er, sie solle sich nicht um sein Büro kümmern, da es ohnehin zu sauber war. Adah war dankbar.

Aber die Arbeit machte ihr auf andere Art zu schaffen. Schon vor Weihnachten war sie mit ihren Studien in Verzug; am Ende des Semesters konnte sie keine schriftliche Arbeit abgeben. Wenn sie um halb eins von der Arbeit zurückkam, schlief sie am Nachmittag immer ein. Oft wurde sie dann von ihren Kindern geweckt. Sie war sogar zu müde, um sie richtig zu begrüßen. Putzen war ein anstrengender Job. Sie schaffte es gerade noch, sich abends in den Kurs zu schleppen.

Ganz plötzlich, so schien es ihr zumindest, fing sie an zu husten. Sie begann, das Treppensteigen zu fürchten – zuerst hatte sie gedacht, es würde ihrer Figur guttun, und es auf die leichte Schulter genommen. Dann fiel ihr Carol ein. Sie ging zu ihr und erzählte ihr von ihrem Job.

Carol traute ihren Ohren nicht. »Du arbeitest dich zu Tode. Etwas muß geschehen.«

Carol hielt ihr Versprechen. Sie bat und drohte, und irgendwie bekam Adah zehn ganze Wochen lang eine Unterstützung von zwei Pfund pro Woche. Sie benutzte das Geld, um die Ausgaben der ärgsten Winterperiode zu decken. Inzwischen wurde ihre Erkältung schlimmer.

Sie hatte Angst, zur Ärztin zu gehen, die eine große und unpersönliche »wissenschaftliche« Frau war, die jedem das Gefühl gab, seine Ärztin und zugleich auch weiblicher Gott zu sein. Mit einem Zwinkern ihrer kalten Augen machte sie aus jedem Zuhörer, wieviel Selbstvertrauen er auch haben mochte, einen verständnislosen Narren. Adah hustete die ganze Nacht, ihre Temperatur stieg. Sie wollte nur noch schlafen, es war der Schlaf einer Halbtoten. Das Essen schmeckte komisch, und sie brachte nichts hinunter.

Angst packte sie. *Angenommen, ich sterbe, was wird aus meinen Kindern? Vielleicht würde man sie in ein Heim bringen. Und dann... und dann würden sie am Ende farbige Kriminelle werden, die nicht wußten, wie man liebte, da sie ohne Liebe aufgewachsen waren. Bitte, Gott, ich bete zu dir, du kannst mich jetzt nicht töten. Mein kleines Mädchen will Kinderärztin werden, der Junge Weltraumforscher, meine andere Tochter will einfach nur Mutti sein mit vielen Kindern und der zweite Junge Polizist, Spieler und Arzt auf einmal; das Baby ist noch zu klein, um schon etwas zu wollen. Nun, ich will ihnen nur ein gutes Heim voller Wärme geben, um sie fürs Leben zu schützen.* Nach einem guten, warmen Heim und viel Liebe würde jedes Kind sicher genug Selbstvertrauen haben, um alles mögliche zu werden. Nicht nur irgendwas zu werden, sondern Erfolg zu haben in allem, was er oder sie anpackte.

Irgendwie wurstelte sie sich durch die morgendliche Hausarbeit und schickte Titi mit einer Nachricht zu

Carol. »Ich liege im Sterben«, stand darin. »Bitte komm, ich will mein Testament schreiben.« Sie lachte selber über ihren schrecklichen Sinn für Humor. Ihr Testament, wirklich! Was hatte sie schon zu hinterlassen? Für jedes der Mädchen ein Paar Schuhe, wenn sie einundzwanzig waren. Die Jungen konnten die Nähmaschine verkaufen und sich das Geld teilen, aber sie hatte sie noch nicht abbezahlt. Nun, sie lag ja nicht wirklich im Sterben. Der liebe Gott würde es nicht zulassen. Er konnte noch mehr als achtzig Jahre ganz gut ohne sie auskommen.

»Na, was ist los mit dir?« rief Carol, und ihre Körpermasse verdunkelte den offenen Flur. »Deine Augen sind so rot.«

»Nun, ich... äh...« Ein langer und schmerzhafter Husten kam dazwischen. Ihre Lunge pfiff, Tränen traten ihr in die Augen, und sie versuchte zu lachen, damit Carol sie für tapfer halten sollte.

Carol fand das gar nicht lustig. Diese Frau hatte keinen Sinn für Humor. Sie nahm alles zu ernst.

»Geh ins Bett und bleib auch dort«, befahl sie mit der Stimme eines Feldwebels. »Ich muß eine Haushaltshilfe finden. Wer ist deine Ärztin? Sie muß sofort herkommen. Du hättest sie schon lange vorher rufen sollen. Bleib bloß im Bett und kein Unsinn mehr.«

Adah kroch ins Bett, ruhte sich aber nicht aus, sondern machte sich Sorgen. Den Arzt rufen, wenn die Wohnung in diesem Zustand war! Seit zwei Tagen war nicht mehr gefegt worden. Kindersachen lagen verstreut in allen Ecken. Sie war nicht sicher, ob alle Fenster geöffnet waren. Dann erinnerte sie sich daran, daß es Winter war. Aber sie war sicher, daß oben ein Bett naß war. Sie wünschte, sie wäre eine weiße Frau aus der Mittelschicht, denn dann hätte sie keinen Grund zur Sorge gehabt – die Ärztin hätte »es verstanden«.

Wie üblich fehlte es ihr an Selbstvertrauen. Sie fragte sich, wann man das lernte. In der Kindheit, nahm sie an, sie hatte aber nie eine richtige Kindheit gehabt. Die Ärztin würde ärgerlich sein, daß man sie bei so einem Wetter aus ihrem Sprechzimmer holte.

Adah wußte nicht mehr, was danach geschah. Sie schlief einfach ein.

»Du mußt mit diesem verdammten Job aufhören.« Das war Carols Stimme. Autoritär. Sie hatte keine gute Art, mit Kranken umzugehen. Sie hatte sogar ein paar Pussy-Cat-Ausdrücke angenommen. Lange Beziehungen machen uns zu dem, was wir sind. Hatte Byron das gesagt? Carol rauschte hinaus, um eine Haushaltshilfe zu bekommen.

Whoopey war besser als eine Million Haushaltshilfen.

»Ich habe dich heute morgen draußen nicht gesehen, deshalb wollte ich fragen, was los ist. Versteckst du einen Liebhaber in deiner verdammten Wohnung? Wozu versteckst du dich? Gott! Adah, du siehst aber krank aus. Ehrlich, du siehst sehr krank aus. Du hättest dein kleines Mädchen schicken sollen, um es meiner Mami und mir zu sagen. Deine Augen glühen wie Feuer.« Whoopey plapperte weiter. Sie schubste Adah ins Bett zurück. Sie fegte hinauf zu den Kinderbetten, steckte das nasse Bettzeug in den Wasch-

zuber, spielte Schallplatten, rauchte endlos Zigaretten und sah fern.
Stunden später kamen zwei Damen vom Jugendamt. Sie trugen beide lange Tweedmäntel und Hüte aus dem gleichen Stoff. Ihre Stimmen waren leise und kultiviert. Sie schmeichelten und tadelten und waren sehr mitfühlend. Ihre Stimmen piepsten wie die von Whoopey, aber ihr Piepsen war anders. Nicht so schrill. Ihr Lachen klang wichtiger, ja sogar passend zur Situation. Sie ließen sich Adahs Nummer für Zusatzunterstützung geben und rieten ihr, die Kinder mehr Hausarbeit machen zu lassen. Sie hatten offenbar nicht zugehört, als sie deren Alter angegeben hatte, und sie fühlte sich zu krank und zu müde, um noch einmal zu erklären, daß sie noch viel zu klein waren, um zu helfen. Whoopey erdolchte sie fast von hinten, als sie das sagten. Sie versprachen, eine Hilfe zu finden, aber: »Sie müssen wissen, meine Liebe, diese Dinge brauchen Zeit. Wir müssen verschiedene Formulare ausfüllen und viele Anrufe tätigen, aber wir werden unser Bestes tun. Passen Sie auf sich auf.« Sie gingen fort und kamen sich sehr hilfreich und wohltätig vor.
Inzwischen konnte sich Adah vor Schmerzen in den Seiten kaum halten. Whoopey war damit beschäftigt, die beiden braven Damen nachzuäffen.
»Was für eine verdammte Hausarbeit sollen Fünf- oder Sechsjährige machen? O Scheiße, diese Frauen, die machen mich krank, Adah, echt. Ich will wirklich keine von denen um mich haben, wenn es mir schlechtgeht. Was sollst du denn ihrer Meinung nach

inzwischen tun, während sie ihre verdammten Anrufe erledigen?«
Die große Ärztin kam als nächste. Sie klang sehr bestimmt. »Bringen Sie das für sie zum Apotheker«, befahl sie Whoopey.
Die Tabletten halfen. In der ersten Nacht phantasierte Adah. Sie sprach mit ihrer Mutter, die schon lange tot war. Ihre Mutter redete mit ihr auf ihrer sonnenüberfluteten Veranda in Lagos. Sie stritt mit ihrem Freund am Straßenwasserhahn, und später heiratete sie ihn. Adah erinnerte sich an die Shakespeare-Rollen, die sie in der Theatergruppe am College gespielt hatte. Sie stand neben der australischen Schuldirektorin, die ihr sagte, daß sie für größere Dinge geschaffen sei.
»Wach auf, du redest soviel im Schlaf, daß mein Baby nicht schlafen kann. O Gott, du redest die ganze Zeit in deiner komischen Sprache. Hier, nimm noch was davon, es wird dir guttun.« Natürlich war das wieder Whoopey, die ein so warmes Herz hatte und eine so einfache Art und die aggressiv nur denen gegenüber war, die sie fast wie ein Tier behandelten.
Keine Haushaltshilfe kam, wegen des schlechten Wetters war keine verfügbar, aber das Büro »tat alles, was möglich war«. Adah ging es besser, aber sie war noch mehrere Tage nach ihrer Krankheit schwach. Ein Gerücht ging in der Siedlung um, das Adah mehr erschreckte als ihre Grippe. Man erzählte sich, daß die Stadt allen andere Wohnungen zuweisen würde. Sie hätte glücklich sein sollen, da sie in eine neue und saubere Umgebung ziehen würden.

Aber sie war sich immer noch unsicher. Sie las regelmäßig die *Neue Gesellschaft* und andere soziologische Zeitschriften. Sie kannte einige Gesellschaftstheorien. Aber die Situation, wie sie sich in der Pussy-Cat-Siedlung herausgebildet hatte, paßte in keine dieser Theorien. Ein Gemeinschaftsleben war entstanden, und so wußte jeder, was der andere machte. Dieses Leben gefiel ihr. Es gab immer eine Freundin, zu der sie laufen konnte, wenn sie Ärger hatte. Es war, als lebte sie im Gefängnis. Nach einem langen Gefängnisaufenthalt finden Gefangene normalerweise das Leben draußen schwieriger. Man kannte sie in der örtlichen Bücherei, sie sah nun die Schule als eine Erweiterung ihrer Familie an, und die Tatsache, daß ihre Kinder umsonst Essen bekamen, machte ihr nichts mehr aus. Die Direktorin hatte ihr einmal gesagt: »Ich verliere wirklich die Geduld, wenn Ihre Söhne gelangweilt aussehen, weil ich zufällig den Standard kenne, den Sie von ihnen erwarten.« Sie gehörte zu den Leuten, die sie endlich als einen Menschen ansahen, der in unglückliche Umstände geraten war. In einen anderen Bezirk zu gehen schien ihr nun so ungeheuer, wie in ein anderes Land zu gehen. Die meisten Mieter in der Pussy-Cat-Siedlung freuten sich auf die Veränderung. Sie hatten ihre Angehörigen, die in der Nähe wohnten, so daß sie nicht so wie Adah vom gemeinschaftlichen Leben abhingen. Die »guten« Familien ließen sich nicht gern »Problemfamilien« nennen, ein Ausdruck, der an jeder Familie zu kleben schien, die in der Siedlung lebte. Manche der Söhne hier wurden schon *skinheads* genannt. Viele Mütter regte das auf. Das Haar war leichter sauberzuhalten, wenn es kurzgeschnitten war.

Bei Carol fand eine Weihnachtsfeier statt. Die Kinder wurden mit Geschenken und Süßigkeiten überschüttet. Adah ging nicht zu der Feier, denn sie hatte es satt, Sachen geschenkt zu bekommen. Sie hatte das Gefühl, daß man ihr die menschliche Würde nahm. Schließlich würden sie doch irgendwann im neuen Jahr wegziehen, also konnte sie genausogut jetzt schon anfangen, allein zu leben und ihre eigenen Entscheidungen zu treffen.

Am Weihnachtstag ging sie mit den Kindern zur Kirche. Es war extrem kalt, doch der Pfarrer war außergewöhnlich inspiriert. Seine Predigt zog sich hin. Bubus Version des Weihnachtsliedes machte ihr viel Spaß.

»Oh, kommt, laßt uns IHN verärgern,
oh, kommt, laßt uns IHN verärgern,
Christus, den Herrn.«

Die größeren Kinder zitterten unbehaglich in ihren neuen Kleidern, die Adah über einen Versandhauskatalog gekauft hatte.

Nach der Kirche liefen sie heim. Im Ofen stand ein kleiner Truthahn. Sie hatte die Miete für eine Woche einbehalten, um ihn zu kaufen, und sie hatte auch einen kleinen Sack Koalit gekauft, nur um dem Zimmer eine festliche Atmosphäre zu geben. Die Kinder hatten noch nie so viel Essen gesehen. Sie aßen Mais,

Würstchen, Truthahn und etwas, das Adah Weihnachtspudding nannte. Den mochten sie jedoch nicht. Sie zogen den vor, den sie in der Schule bekamen. Adah tadelte sie nicht, denn sie hatte selbst noch nie eine so häßliche Speise gesehen.

An diesem Weihnachten waren sie glücklich. Viele ihrer alten afrikanischen Freunde kamen vorbei, und sie zahlten indirekt für das Essen, das Adah ihnen vorsetzte, indem sie ihr etwas Geld gaben. Sie behielt das Geld, um zurückzuzahlen, was sie von der Miete »geliehen« hatte. Der Truthahn reichte eine ganze Woche lang – sie wärmte ihn immer wieder auf, bis nichts als nackte Knochen übrig waren.

Sie gab viele der Pralinenschachteln weg, die sie bekommen hatte. Eine schenkte sie den Schwestern der Krippe, in die ihre Kleinsten gingen. Eine Packung mit gemischten Keksen gab sie den Büchereiangestellten in ihrer örtlichen Filiale. Sie war sicher, daß ihr das im folgenden Jahr Strafen wegen überfälliger Bücher ersparen würde. Sie würde immer sicher sein, daß die meisten ihrer Fachbücher für sie zurückgelegt wurden. Daß sie so einen hohen Betrag an Strafe für überfällige Bücher im letzten Jahr hatte zahlen müssen, gefiel ihr gar nicht.

Es war eine weiße Weihnacht. Nach dem Treiben der Woche davor war der große Tag von tödlicher Stille. Er gab ihr den Eindruck, daß man Weihnachten nur in den Läden feierte. Da war solche Emsigkeit, so ein Umhereilen, so viel Geben und Nehmen, daß für Adah Weihnachten am Weihnachtsabend endete.

Wie üblich werden alle Dinge, die die Leute noch am

Tag zuvor in aller Eile eingekauft haben, am Weihnachtsabend unerwünschter Abfall. Auf ihrem Heimweg von der Kirche sah Adah Weihnachtspapier und Knallbonbons wie fröhliche Tupfen in dem sonst makellos weißen Schnee liegen. Ein paar Kinder wurden von ihren begeisterten Eltern in den Schnee hinausgeschoben, um ihre glänzenden Puppenwagen, Fahrräder und riesige Puppen herzuzeigen. Einige Eltern standen an der Tür und bewunderten ihre Kinder. Es war leider zu kalt, um sich zu unterhalten.

Gegen Abend fiel noch mehr Schnee, der die Fußstapfen der wenigen Leute verwischte, die sich am Morgen hinausgewagt hatten. In Adahs Wohnung herrschte Wärme und Lachen. Ihre Kinder langweilten sich bereits mit den neuen Spielsachen. Das Puppenbettchen, das dem Baby gehörte, war kaputtgegangen. Dada kam mit Tränen in den Augen zu Adah und befahl Mami, es wieder »heil zu machen«. Adah versuchte es immer wieder, fand es aber schwierig, herauszufinden, welches Teil zu welchem paßte. Dabei hörte sie Mrs. Cox, die etwas krächzte, von dem sich später herausstellen sollte, daß es ein Weihnachtslied war. Das Baby vergaß für einen Augenblick sein unreparierbares Puppenbettchen und hörte, gedankenverloren an seinen Fingern lutschend, zu. Adah wußte, daß Mrs. Cox versuchte, an ihre Tür zu klopfen. Sie war entweder zu betrunken, um es zu schaffen, oder sie fror zu sehr, um zu wissen, was sie tat, denn sie donnerte statt dessen an Adahs Toilettenfenster. Als die Tür geöffnet wurde,

taumelte sie mit einer Flasche billigem Rotwein unter dem Arm herein. Whoopey gesellte sich bald zu ihnen, und schon war eine Weihnachtsfeier in vollem Gange. Noch mehr Süßigkeiten und Schokolade wurde den Kindern aufgedrängt. Unglücklicherweise wußten weder die Fütternden noch die Gefütterten, wann sie aufhören mußten.
Alle sangen sie Weihnachtslieder, bis sie heiser waren. Einige sangen falsch, aber, wie Mrs. Cox sagte, Gott würde es ihnen verzeihen, da sie nur kleine Sünder wären. Sie versicherte allen, daß sie sich noch erinnerte, wie es immer in der Kirche gewesen war. Sie wußte, wie Christus geboren wurde. Und sie wußte, um was es ging. Aber sie würde es nicht vor den Kindern sagen, versicherte sie Whoopey und Adah. Bald klangen ihre Lieder nicht nur verstimmt, sondern sie brachte fast überhaupt keine Töne mehr heraus oder nur sehr schläfrig. Weihnachten näherte sich seinem Ende. Die Weinflasche war schon seit langem leer, ebenso wie Adahs Cream Sherry. Auch sie wurde schläfrig. Eins von Whoopeys Kindern weckte sie. Der arme Junge krümmte sich vor Schmerzen. »Ooh, Mami«, schrie er. »Mein Bauch tut so weh, Mami, oh, Mami.« Die Mütter waren plötzlich hellwach. Mrs. Cox tadelte ihre Tochter, weil sie ihren Kindern zuviel Schokolade gegeben hatte.
»Du hast doch das Zeug angeschleppt, Mami«, sagte Whoopey schnippisch und griff nach ihrem kleinen Jungen, während Mrs. Cox immer noch dasaß und zu betrunken war, um aufzustehen.
»Gar nicht schlecht für das letzte Weihnachten hier«,

warf Adah ein. »Nächstes Jahr um die gleiche Zeit werden wir wahrscheinlich woanders sein.«

»Ich werde das hier nicht vermissen, weiß Gott«, sagte Mrs. Cox, als sie ihre Massen von der Couch hievte.

»Adah, komm her. Bubu hat auf den Boden gekotzt«, rief Whoopey.

Adah eilte in den Flur und sah Bubu mitten im Erbrochenen sitzen. Whoopey scheuchte ihre beiden grüngesichtigen Kinder hinaus. Draußen war es grimmig kalt. Als Whoopey die Tür öffnete, zitterten alle unwillkürlich. Die spontane Weihnachtsfeier war ein Erfolg gewesen.

Adah wischte alles auf. Das Leben in der Pussy-Siedlung war immer spontan, wie auch diese Weihnachtsfeier. Nichts war geplant, alles wurde gemacht, wie es kam, ganz natürlich. Adah war nicht mehr sicher, ob sie sich an Orten wie dem Britischen Museum oder in den großen Büchereien, in denen sie gearbeitet hatte, heimisch fühlen konnte. Dort war das Lachen geregelt, intellektuell, künstlich. Keine Spontaneität. Man wartete darauf, bis andere zu Ende gesprochen hatten, bevor man seinen eigenen Beitrag lieferte. Man hörte selten zu, was der andere sagte, und wenn man an der Reihe war mit Reden, war der Punkt, über den man reden wollte, nicht mehr wichtig.

Adah schauderte, als sie ihren Flur scheuerte und desinfizierte. Draußen begann ein Schneesturm. Noch mehr Schnee fiel, und es war kaum eine Seele auf der Straße. Wieder war ein Weihnachten zu Ende.

25 Der Aufstand der Sumpfbewohner

Weihnachten ging vorüber, doch die Kälte blieb. Mit dem Wetter sank die Stimmung der Leute, nachdem sie durch den Weihnachtstrubel zeitweiligen Auftrieb bekommen hatte, wieder auf ein normales Niveau. Es schneite stark im Hof, und das kleine Haus des »*Juju*-Mannes« in der Mitte sah aus wie die Wohnung von Engeln, da es ganz in silbriges Weiß gehüllt war. Die Pussy-Cat-Siedlung eignete sich, wenn sie schneebedeckt war, als Motiv für eine Weihnachtskarte – die Art Weihnachtskarte, wie man sie heutzutage selten sah. Diese traditionellen Karten sahen himmlisch aus, wenn man sie in Afrika anschaute; Adah erinnerte sich, daß sie ihr immer ein Gefühl der Läuterung verschafften. Die modernen Karten schienen Jesus zu verhöhnen mit ihren roten und gelben Spritzern. Natürlich ist es moderne Kunst, doch Leute wie sie fanden sie schwierig zu deuten. Sie war zufriedener mit dem, was schon gedeutet worden war für künstlerisch Ungebildete wie sie selbst. Die Pussy-Cat-Siedlung, eingehüllt in einen weißen Mantel, würde das Herz eines jeden Künstlers, ob modern oder traditionell, erfreuen.

In den Wohnungen war es anders. Die Leute fühlten sich abgeschnitten, was viele alte Leute auch tatsächlich waren. Die Kinder konnten nicht in die Schule gehen, um kostenlos dort zu essen. Sie rutschten im

Schnee aus und die meisten Lehrer lagen krank zu Hause. Adah wäre gern im Bett geblieben und hätte gelesen, aber ihre Kinder schienen ständig Hunger zu haben und wollten dauernd etwas essen. Sie wollten frei herumlaufen dürfen, selbst wenn überall Paraffinöfen standen. Das hielt Adah den ganzen Tag auf den Beinen, denn sie mußte aufpassen. Das Wohnzimmer war warm. Nasse Windeln waren übereinander vor dem Kamingitter aufgehängt und tropften. Die Sozialfürsorgerin hatte ihr vor einigen Tagen das Kamingitter gebracht, nachdem sie wochenlang die Hände gerungen hatte, weil Adah immer noch mit Paraffin heizte.

Frustration, gemischt mit Hilflosigkeit und Wut, überkam Adah. Plötzlich fühlte sie sich einsam. Ihr war nicht danach, sich bei jemandem zu beklagen oder zu jammern. Jedenfalls hätte keiner in der Pussy-Cat-Siedlung ihr die Art Hilfe geben können, die sie brauchte. Ihr Essensvorrat war immer gering gewesen, und jetzt, da die Kinder nicht zur Schule gingen, waren die Lebensmittel noch knapper. Wegen des Weihnachtsfestes hatten die meisten Mütter, die von der Unterstützung lebten, das Geld früher ausgezahlt bekommen. Das bedeutete, daß sie sich nun ohne Geld helfen mußten. Sie war eine Woche mit der Miete im Rückstand. Da sie es leid war, mit den Kindern allein zu sein, beschloß sie, die Coxes zu besuchen.

»Wohin gehst du, Mami?« fragten ihre aufmerksamen Kinder. Sie sahen, wie ihre Mutter ihr rotes, gepunktetes Kopftuch herausholte. Wenn Mami dieses

Kopftuch holte, wollte sie ausgehen. Den Kindern entging nie etwas.

»Ich gehe nur zu Whoopey nach nebenan«, antwortete sie und knotete das Kopftuch unter dem Kinn.

»Kann ich auch mitkommen?« bettelte Dada.

»O nein, du wirst dort nur deine Hosen naß machen und dann fängt es an zu riechen.«

»Nein, Mami, meine Hosen sind trocken«, und sie hob ihr Kleid und stellte sich breitbeinig hin, damit Mami nachsehen konnte. Dadas Augen waren beredt und hoffnungsvoll, ihr Kopf zur Seite geneigt.

»Nein, ich werde nicht lange wegbleiben«, sagte Adah, indem sie aus der Wohnung eilte. Dadas Schreie waren ohrenbetäubend. Bei Mrs. Cox fühlten sich alle so mies wie Adah, aber anders als Adah hatten sie einen Sündenbock gefunden. Die Tatsache, daß sie zu oft Enttäuschungen erlitten hatten, gepaart mit der Demütigung, daß ihr Stolz als Menschen ständig in Frage gestellt wurde, fand ein Ventil in ihrer Wut über »die«, besonders über Carol.

»Verdammte Carol«, fauchte Whoopey. »Sie erzählt ihnen alles über uns im Rathaus. Zum Teufel mit ihr. Wir müssen weg aus diesen verfluchten Wohnungen. Wir müssen das beim Treffen heute abend klarmachen. Wir müssen alle gehen, du mußt auch kommen, Adah.«

»Ist Carol nicht auf unserer Seite? Sie sollte mit uns kommen, meint ihr nicht?« fragte Adah, die sich weigerte, zu glauben, daß sich Carol jemals gegen sie stellen könnte.

»Mit uns kommen? Was für einen verdammten Unsinn du redest, Adah. Hast du nicht gewußt, wenn wir hier wegziehen, werden wir keine ›Probleme‹ mehr sein? Das heißt, *sie* wird ihren verdammten Job verlieren. Vielleicht geht sie zurück und ist dann nur noch Sozialfürsorgerin. Sie will einfach nicht, daß wir wegziehen.« Mrs. Cox schnaufte, während sie unablässig Adah in die Rippen stieß. »Wenn wir unabhängig sind, glücklich, dann hat sie keine verdammte Arbeit mehr, verstehst du?«

Adah runzelte die Stirn. Sie haßte die Vorstellung, benutzt worden zu sein. Benutzte Carol sie? Konnte Mrs. Cox recht haben? Aber ganz sicher war Carol nett. Sie würde alles tun für die Armen in der Pussy-Cat-Siedlung. Tat sie wirklich all das nur, um sich versorgt zu fühlen? Vielleicht war sie auch einsam. In der Pussy-Cat-Siedlung war sie das Zentrum aller Dinge. Ihr Auto jeden Morgen in der Mitte des Hofes geparkt zu sehen gab Adah und den Ihren eine große Sicherheit. So gut Carol jedoch war, wo könnte sie ihre zugegebenermaßen wohltätige Macht ausüben, wenn man ihr die Siedlung wegnahm? Vielleicht hatten die Coxes recht. Vielleicht versuchte Carol auch, Erwachsene zu bevormunden, die gut auf sich selber aufpassen konnten.

»Was noch schlimmer ist«, warf Peggy, Whoopeys Schwester, ein, »sie hat ihre Lieblinge. Die O'Briens. Warum soll der verdammte Mann zu Hause bleiben und nicht arbeiten gehen? Warum sollen sie von der Arbeitslosenunterstützung leben und dazu noch durch Carol Unmengen Beihilfe vom Jugendamt kriegen?«

Alle hörten Peggy zu, da sie normalerweise ein ruhiges Mädchen war. Sie war in den Zwanzigern und füllig wie ihre Mutter, aber anders als diese lächelte sie selten. Ihr Gesicht war rund, ernst, gewöhnlich. Sie sah immer unglücklich aus. Sie hatte gerade ein Baby bekommen, ein farbiges Mädchen. Das Ergebnis ihres letzten Sommerurlaubs. Wenn sie sprach, war ihre Stimme verzweifelt, heftig und entschlossen. Eins war deutlich, dachte Adah, diese junge Frau mochte die Lage nicht, in der sie sich befand. Anders als Whoopey würde sie nie ihre Situation in der Gesellschaft akzeptieren. Sie würde kämpfen, um sich aus dem Sumpf zu ziehen. Adah lernte von ihr. Auch sie würde gern allein der Welt entgegentreten.

Aber sie wollte auch gerne noch mit Carol auf freundschaftlichem Fuße bleiben. Sie war so lange bevormundet worden, daß sie sich nicht so einfach von Carol und der Jugendfürsorge lösen konnte. Die Situation, in der sie war, erinnerte sie an junge Staaten, die nach Unabhängigkeit strebten. Wenn sie ihre Unabhängigkeit bekamen, merkten sie, daß sie ein gefährliches Spielzeug war. Sie wollte ihren Kuchen behalten und ihn gleichzeitig aufessen. Sie würde den Umzug unterstützen, mußte aber freundlich zu »ihnen« sein.

»Weißt du, was Schnorrer sind?« fragte Mrs. Cox und unterbrach damit abrupt Adahs Gedanken. Da sie es nicht wußte, fuhr Mrs. Cox fort und erklärte, daß Mrs. O'Brien zu den Schnorrern gehörte. Deshalb hatte sie kein Schamgefühl. »Sie würde heulen und alle möglichen mitleiderregenden Geschichten erzählen, um bei Carol ein paar Pfund herauszuschinden.«

Anscheinend war die O'Brien zu offen zu einigen ihrer »Freunde«. Adah erschrak. Auch sie hatte kürzlich von Carol eine Beihilfe bekommen, die sie über den Winter bringen sollte. Sie fragte sich, ob die Coxes das wußten.

War auch sie als eine von Carols Lieblingen abgestempelt worden? Sie stimmte zu, zum Treffen zu kommen. Sie wäre lieber nicht in die Sache hineingezogen worden, aber sie wußte, die allgemeine Reaktion würde sein: »Was, zum Teufel, denkt sie, wer sie ist?« Das konnte das Leben für sie und ihre Kinder schwierig machen. Sie wollte nicht, daß man über sie redete.

Das Treffen fand ironischerweise in Carols Büro um sieben Uhr statt. Die kleine Frau, die Sekretärin war, wurde sehr deutlich, war voller Kraft und Energie und unbestritten ein Redetalent.

»Carol nennt uns Problemfamilien«, klagte eine der Autoritäten der Siedlung. »Sie redet offen über Leute, und die Geheimnisse, die man hat, werden alle bekannt.«

»Wenn sie weitererzählt, was ich ihr über mich erzählt habe, bringe ich sie um«, donnerte Mrs. Cox los. Die angespannte Atmosphäre erschreckte Adah. Allen schien irgendwie Unrecht getan worden zu sein. Arme Carol – sie war angestellt, um den Leuten in der Siedlung zu helfen, und sie machte ihre Arbeit gut. Aber irgendwie hatte sie das Vertrauen der

Leute mißbraucht, so dachten sie jedenfalls. War es wirklich Carols Schuld oder die der Institution, die sie vertrat? Carol war eine nette Frau. Viele mochten sie als Mensch, aber wenige konnten sicher sein, inwiefern sie eine wirkliche Freundin und inwieweit sie »Das Gesetz« war.

»Ich geh wegen nichts mehr zu ihr«, sagte Mrs. Williams. »Ich mag diese ganzen wichtigtuerischen Sozialfürsorger einfach nicht. Die meisten sind unverheiratete Idioten und wissen nichts von Kindern. Sobald sie einen gottverdammten weißen Regenmantel anziehen, glauben sie, sie könnten uns befehlen, wie wir leben sollen.«

Carols Stammgäste waren alle still; selbst Mrs. Cox schwieg und rauchte eine Zigarette nach der anderen.

Adah bemühte sich sehr, zu erklären. »Wir sind nicht alle Problemfamilien, wissen Sie.«

»Ja«, stimmte die erste Sprecherin im grünen Mantel zu. »Aber warum nennen sie uns immer so? Wenn du in ihre verdammten Kliniken gehst und ihnen deine Adresse sagst, sagen sie, du bist ein Problemfall. Ich will von diesem verdammten Ort weg.«

Mrs. Williams, eine Westinderin, stand auf und fuhr mit ihren großen braunen Händen in der Luft herum: »Ich bin ein wirklich schwer arbeitender Mensch und keine Problemfamilie. *Die* haben Probleme, Leute, die ihre Nase in anderer Leute Angelegenheiten stecken. Wenn sie alt werden, wer kümmert sich denn um sie, wenn sie selber keine Kinder haben?« (Eine typisch westindisch-afrikanische Einstellung, dachte Adah: Man hat Kinder, damit sich jemand um einen kümmert, wenn man alt ist.)

»Wenn sie alt sind«, fuhr sie leidenschaftlich fort, »gehen sie in diese verdammten Altersheime. So einen Lebensabend will ich nicht. Das sollte ihr Problem sein. Sie sind auch Problemfälle, denn keine Frau ist glücklich ohne eigene Kinder. Sie sollten zuerst ihre eigenen Probleme lösen.«

»Eine von denen«, stimmte die Frau in Grün ein, »eine von denen kam mal zu mir, als ich zwei kleine Kinder im Bad hatte, die beiden anderen hatten nur Unterhemden an, und sie liefen, um die Tür zu öffnen. Die Frau redete eine Weile mit mir und ging dann. Später schrieb sie an die Schule und teilte denen mit, ich bräuchte Hilfe, da meine Kinder so aussahen, als ob sie etwas entbehrten. Ich könnte sie umbringen. Die Schule gab uns ein paar Kleider, die ich dem Lehrer sofort zurückbrachte.«

Ja, dachte Adah, so etwas kommt vor. Warum finden gewisse Leute es richtig, andere abzustempeln? Ein brauner Mensch wird als schwarz abgestempelt. Eine arme Familie wird zum »Problem«. Ein Typ, der beschließt, lange Haare zu tragen, wird »Gammler« genannt. Ein anderer Junge, der beschließt, sein Haar kurz zu tragen, wird als »skinhead« abgestempelt; wer sich traditionell gibt, ist »steif«, und wer modern denkt, »ein Bohemien«. Die Welt ist schön, aber ihre Bewohner schaffen sich die Probleme.

Als Adah Monate vorher ihre Arbeit verlassen hatte, hatte sie um einen Krippenplatz für ihre Kinder gebettelt, damit sie den ganzen Tag frei hatte, um im

Senatshaus studieren zu können. Ihr Antrag wurde von einem Dr. Soundso von der Jugendfürsorge abgelehnt mit der Begründung, daß sie keiner bezahlten Arbeit nachging. Dieser Doktor schuf für sie ein unnötiges Problem. Glücklicherweise war die Krippenleiterin nett und mütterlich und wußte, warum Adah ihre Kinder in der Krippe haben wollte. An dem Tag hatte die Sozialfürsorgerin der Gegend die Krippe besucht und sich beklagt: »Mir gehen die Problemfamilien aus. Die Angehörigen der Arbeiterklasse in diesem Bezirk scheinen keine Probleme zu haben.«

»O nein«, rief die Leiterin. »Gehen Sie zu Nummer X in der Pussy-Cat-Siedlung, da gibt es eine Menge Probleme.« Die Sozialfürsorgerin kam und hörte sich Adahs Geschichte an; also durften ihre Kinder in die Krippe. Dazu mußten verschiedene Sozialfürsorger sie drei Wochen lang mehrmals besuchen und Schreibarbeit erledigen.

Deshalb wußte Adah, daß sie manchmal Probleme schufen. Sie erkannte, daß man ermutigt wurde, sich zu beklagen und zu jammern, sonst wurde man überhaupt nicht bemerkt. In der Pussy-Siedlung bekam der größte Jammerer die größte Aufmerksamkeit. Viele Frauen in ihrer Lage wußten nicht, was für Ansprüche sie stellen konnten, und hatten deshalb das Gefühl, betteln zu müssen. Ein Angestellter des Sozialamtes mochte fünf Pfund für neue Vorhänge empfehlen, ein anderer neunzehn. Frauen aus dem Sumpf mußten von der Gnade solcher Männer leben.

Eine komplizierte Sache war vor nicht langer Zeit in Nummer Y passiert. Das betroffene Mädchen hatte zwei Kinder von ihrem Mann, doch unglücklicherweise kam er in den Knast. Das Mädchen war jung und schön. Sie wurde wieder schwanger. Es gab Gerüchte, daß sie nie in die Klinik ging. Wenige Leute bedauerten sie wirklich, denn sie lebte sehr für sich. Die Leute fragten sich, wie sie nach der Geburt des Babys leben sollte, denn es war sicher, daß ihr die Beihilfe gestrichen würde. Das Mädchen sah auch ängstlich aus. Gott sei Dank kam das Kind tot zur Welt. Man konnte die Erleichterung spüren, die umging. Das Sozialamt wußte nichts von der Geburt des Babys, deshalb passierte ihr nichts.
Adah war sehr überrascht, als sie einer jungen Soziologin begegnete, die ihr zweites Kind erwartete. Die beiden Babys hatten verschiedene Väter. Das Sozialamt unterstützte sie, während sie im Wochenbett lag, bis sie kräftig genug war, um wieder zur Arbeit zu gehen. Die Soziologin hatte ihre Rechte gekannt und gefordert. Die Frauen im Sumpf waren im allgemeinen zu unwissend oder zu ängstlich, um das zu fordern, worauf sie ein Recht hatten. Leute wie Carol wurden angestellt, damit sie diese Rechte kennenlernten, aber das Ärgerliche war, daß Carol ihnen ihre Rechte so zugestand, als würde sie ein wohltätiges Werk tun.
Der Streit um Definitionen bei diesem Treffen schien eine Ewigkeit zu dauern. Adah machte noch einen Versuch, zu definieren, was eine Problemfamilie war.

»Eine Familie ist ein Problem, wenn sie erstens eine farbige Familie zwischen lauter weißen ist; zweitens, wenn sie mehr als vier Kinder hat, egal wie groß das Einkommen ist; drittens, wenn die Mutter ledig, geschieden oder verwitwet ist oder von ihrem Mann getrennt lebt, selbst mit einer Million Pfund auf der Bank; und schließlich...«

»Unsinn!« rief Mrs. Williams und schnitt Adah das Wort ab. »Ich lebe zwischen zwei weißen Nachbarn, und wir kommen sehr gut miteinander aus. Warum sollte ich deshalb ein Problemfall sein? Ich arbeite, mein Mann arbeitet, meine Kinder gehen zur Schule, wo ist also das Problem?«

»Ich habe sechs Kinder, und glaubt mir, wir sind einfache Mitglieder der Arbeiterklasse, und ich bin für niemanden ein Problem.«

»Zum Teufel mit diesen Frauen«, tönte eine andere Stimme aus der Ecke.

Die Stimmung wurde gereizter, die Argumente schärfer. Carol wurde in Stücke gerissen und mit allen möglichen Namen belegt.

Offener Groll gegen »die« zeigte sich. Der Ärger war fast spürbar, ein Zorn, der die Unterdrückten zum Aufruhr treibt. Das nächste Thema war, wie man »die« dazu zwingen konnte, »jetzt was zu tun«.

Alle Mütter sollten »ihnen« ihre Kinder überlassen und »die« so veranlassen, sich um die Kinder zu kümmern. Dann wären sie gezwungen, »was zu tun«. Der Vorschlag kam von der energischen Dame in Grün.

Es war eine gute Idee, und alle waren einverstanden.

Es sollte einen Protestmarsch geben, gefolgt von einem langen Sit-in vor dem Rathaus, bei dem man wie verrückt Fahnen schwingen und soviel wie möglich brüllen wollte. Am Ende des Tages sollten die Kinder mit einem Brief und den Fahnen an der Tür zurückgelassen werden.

Adahs Zuversicht geriet ins Wanken bei dem Gedanken, ihre Kinder draußen in dieser Kälte zu lassen. Sie beschloß, an diesem Tag in den Zoo zu gehen. Sie ging nicht mehr zu den Treffen. Inzwischen war sie aber immer noch einer der Mieter.

Es ist eigenartig, wie leicht man von einer Gruppe beeinflußt werden kann. Adah begann, mehr und mehr über die kleinen Fehler nachzudenken, die Carol und ihre Gruppe von bürokratischen Sozialfürsorgern ihr gegenüber begangen hatten. Manche dieser Fehler waren echt, manche auch nur überbewertet.

Sie erkannte plötzlich, daß sie die kostenlosen Mahlzeiten gehaßt hatte, die sie an Weihnachten bekommen hatten. Je mehr sie darüber nachdachte, desto mehr schämte sie sich. Mit dem neuen Gerede, das in der Pussy-Cat-Siedlung umging, wurde die Scham noch größer. Sie war überrascht über ihr Verhalten. Damals war sie dankbar gewesen, doch jetzt gefiel es ihr absolut nicht mehr. Es war gemein, Leute zu verpflegen, die keine Flüchtlinge waren, Leute, die arbeiten und etwas für ihr Essen tun konnten. Es war gemein, sie wie in einer wohltätigen Einrichtung zu verpflegen. Sie war mit den Pussy-Cat-Einwohnern einverstanden in dem Punkt, daß Carol nicht eine

von ihnen war. Sie tat nur so. Carol benutzte sie zu ihrer eigenen Selbstbefriedigung.
Das nächste bedeutende Ereignis sollte ein gesellschaftliches sein. Es sollte einen Tanzabend im Pfarrheim geben. Mrs. Ashleys Tochter, die in »einem Büro« arbeitete, wollte eine Popgruppe organisieren. Adah sollte »farbige Männer« bringen. Keiner hörte ihr zu, als sie oft und wahrheitsgemäß sagte, daß sie keinen kannte.
»Lüg mich nicht an«, lachte Mrs. Cox. »Du kennst doch eine Menge. Bring schöne, große mit.«
Adah wußte, sie würde nicht hingehen, nicht weil sie ein Snob war, sondern weil sie keinen schönen, großen, farbigen Mann kannte, den sie überreden konnte, mitzukommen. Sie sagte nichts.
Die Aufregung über das kommende Ereignis ließ sogar die große Wut auf »die« schmelzen. Alle fanden ihr glückliches natürliches Wesen wieder. Das Glück wurde noch verstärkt durch die Tatsache, daß nach dem Tanz der Marsch folgen sollte. Selbst Adah fing an, sich auf den Umzug zu freuen. Sie fing an, sich nach ein bißchen Privatleben zu sehnen. Die Vorstellung, ihr Leben lang vom Stempeln zu leben, wurde um so niederdrückender, je mehr der Winter dem Frühling Platz machte. Wenn sie in ihre neue Wohnung zog, würde sie ganz alleine bleiben.
Keiner wird mich kennen, ich werde nicht einmal zur Kirche gehen. Meine Kinder werden sich nicht um kostenloses Essen bewerben müssen.
Sobald man seinen Kindern erlaubte, sich darum zu bewerben, kam der Schulfürsorger vorbei, es gab

endlose Formulare und die Geschichte, warum es einem nicht gelungen war, seinen Ehemann zu halten, wurde wieder aufgerollt. Nein, in ihrer neuen Schule würden ihre Kinder als normale Kinder gelten.

»Adah, gehen Sie gleich in Ihre Wohnung zurück?«
»Ja, warum, Mrs. Ashley?«
»Nun...« Sie senkte ihre Stimme und ihren Blick und sagte hinter vorgehaltener Hand: »Nun, sehen Sie, Mrs. Jaja hat es schon wieder gemacht.« Mrs. Ashley sah sehr verlegen aus. Sie kratzte sich den Kopf mit den vielen Locken und zog ihr riesiges graues Tuch höher um ihren Hals.
Es war eine kalte Nacht. Sie hatten alle in Carols Büro gesessen, um die letzten Vorkehrungen für die Tanzerei zu besprechen. Carols Büro hatte riesige elektrische Öfen. Die und die hitzige Diskussion heizten den Versammlungsort auf. Der kalte Wind draußen traf sie wie unsichtbare Geister als sie herauskamen.
Mrs. Ashley trat zu Adah, sie atmete stoßweise und schwer. »Mrs. Jaja hat den alten Mann schon wieder alleingelassen. Sie hat ihre Kinder nicht mitgenommen, deshalb gehe ich hin, um sie ins Bett zu bringen. Wollen Sie mitkommen? Es ist noch sehr früh.«
»Ja, natürlich«, antwortete Adah, ohne zu zögern.
Mr. Jaja war ein alter nigerianischer Student, der in den vierziger Jahren nach England gekommen war, um seine Ausbildung zu vertiefen. Er war aus dem damaligen nigerianischen öffentlichen Dienst ausgeschieden. Er hatte zwei Frauen und viele Kinder in

Nigeria. Nachdem er nach England gekommen war, lief es mit den Diplomen und Abschlüssen nicht so wie geplant. Er heiratete wieder – eine weiße Frau, die trank oder im Gefängnis gewesen war; so munkelte man zumindest. Die Frau war jung, um die dreißig, während Papa Jaja wahrscheinlich um die siebzig war. Er sah auch aus wie über siebzig. Er hatte kaputte schwarze Zähne, weißes Haar, eine trockene, verschrumpelte Haut und einen ständig feuchten und sabbernden Mund. Jedesmal wenn ihnen das Geld ausging, verschwand die Dame des Hauses für Wochen. Sie war zum Jammern geboren und hatte an allem und jedem etwas auszusetzen, selbst an Gott. Sie hatte Papa Jaja mit sechs aufsässigen Kindern gesegnet.

Mrs. Jaja hatte einmal zu Adah gesagt: »Sie nennen meine Kinder Farbige.« Ihre Kinder waren alle Mischlinge und sehr schön.

»Nennen Sie die anderen doch Schweinchen Rosa und beruhigen Sie sich«, hatte Adah geantwortet.

Sie erinnerte sich, daß ihr Sohn Vicky vor Wochen gesagt hatte, eines der Jaja-Kinder würde sie Schwarze nennen. Sie wußte, daß Mrs. Jaja mit ihrem Leben unzufrieden war, aber schließlich, wer war schon wirklich zufrieden mit dem, was das Leben in der Pussy-Cat-Siedlung zu bieten hatte?

Sie und Mrs. Ashley gingen zu den Jajas. Das Ausmaß an Schmutz und Verfall in der Wohnung hätte sogar Bakterien vertreiben können. Die Treppen bedeckte weder Linoleum noch ein anderer Belag. Fast überall war der Boden nackt. Die Kinder hielten et-

was umklammert, was wie Decken aussah, und starrten Adah und Mrs. Ashley an wie afrikanische Eingeborene aus Tarzanfilmen.
Sie kicherten und zitterten, während sie um einen nur lauwarmen Ofen saßen und in den vor sich hin flimmernden Fernseher starrten.
»Ins Bett jetzt«, befahl Mrs. Ashley und warf ihr Halstuch auf einen Tisch, auf dem verrenkte Puppen und andere kaputte, schmutzige Spielsachen lagen.
Papa Jaja kam aus der Küche. Der starke Geruch nach etwas Scharfem erfüllte das Zimmer. Er kam ins Zimmer mit einer großen Schale weißer Pommes frites.
»Sind Sie sicher, daß diese Frites richtig gebraten sind?« fragte Mrs. Ashley und spähte in die Schale.
»Ja, sie sind gekocht und nicht gebraten«, krächzte der müde alte Papa.
»Nun, es ist nach neun, beeilt euch«, fuhr Mrs. Ashley fort. »Hetzen Sie sie nicht, es ist erst zehn vor neun.«
Die Kinder drängten sich um die Schale und verschlangen die Kartoffeln mit erstaunlicher Geschwindigkeit.
»Wartet, ich hole noch etwas Salz. Ich habe vergessen, beim Kochen welches hineinzutun.« Er eilte zurück in die Küche, um die Dose Salz zu holen, aber er war zu langsam und die Kinder zu schnell. Die Frites waren verschwunden, bevor Papa mit dem Salz kam. Er seufzte.
»Ich wußte nicht, daß man Frites kochen kann«, sagte Mrs. Ashley taktlos.

»Es schmeckt gut«, erwiderte der größte Junge schnippisch. Er starrte Mrs. Ashley mit herausfordernden und haßerfüllten Augen an. Mrs. Ashley verstummte. Nach dem Essen halfen die beiden Frauen, die Kinder zu waschen, und bürsteten ihr dickes, buschiges Haar, das unmöglich zu kämmen war.
»Danke, daß Sie gekommen sind«, sagte der Vater. »Warum bleiben Sie nicht noch, um einen Tee zu trinken?« Sie lehnten beide ab, aber Mrs. Ashley nahm eine Zigarette. Adah steuerte sehr wenig zu dem Gespräch, das folgte, bei. Ihr taten die Kinder zu leid, als daß sie etwas sagen konnte. Mrs. Ashley kannte die Familie schon lange, und sie und Papa Jaja nahmen die Situation als normal hin. Die Frau von Jaja war immer so gewesen.
Es sah aus, als wenn es schneien wollte. Deshalb verabschiedeten sie sich, »bis morgen«, und gingen nach Hause. Mr. Ashley hatte ihre beiden kleinen Mädchen schon ins Bett gebracht, und die große Tochter, die in einem Büro arbeitete, las in einer Zeitschrift. Adah hatte kalte Füße. Sie weckte ihre Kinder und setzte sie auf den Topf. Während sie sie wieder ins Bett brachte, dachte sie an die Ereignisse des Tages, die alle ganz gegensätzlich gewesen waren.
Sie machte sich Kaffee, füllte eine Wärmflasche mit heißem Wasser für ihre kalten Füße, rückte ihr Bett von der tropfenden Wand weg und schlief tief bis zum Morgen.

26 Dahintreiben

Das Wetter wurde viel milder. Die Bewohner der Siedlung hatten wieder einmal einen Winter überstanden. Einige der Aristokraten der Siedlung hatten schon ihre Topfpflanzen auf die Balkone gestellt. Wieder kam Erregung in der Pussy-Cat-Siedlung auf. Alle waren entschlossen, nicht noch einen Winter dort zu verbringen.

Der vorgeschlagene Marsch hatte nicht stattgefunden. Wie durch ein Wunder hatte Carol alles erfahren, was beim Treffen der Sumpfbewohner diskutiert worden war. Sie kam eines Morgens nervös und mit sorgenvollem Gesicht zu Adah.

»Ich stecke in der Klemme«, begann sie. »Ich soll dir gegenüber definiert haben, was eine Problemfamilie ist. Du hast ihnen die ganze Definition bei eurem Treffen ausgebreitet.«

Adahs Mund wurde trocken. Erstens sollten ihre Diskussionen bei den Treffen vertraulich bleiben. Zweitens hatte sie nichts gegen Carol gesagt. Warum sollte sie der Sündenbock sein? Sie wußte, ihre Hautfarbe bestimmte sie zum Sündenbock, aber sie war nicht bereit, das hinzunehmen.

»Ja, wir haben viele Dinge bei unserem Treffen diskutiert. Sie waren aber nicht für deine Ohren bestimmt. Während der Diskussion habe ich versucht, zu definieren, was die klassische Bedeutung von

›Problemfamilie‹ ist. Ich habe versucht, einige Punkte zu klären und nicht, dich herabzusetzen. Weshalb sollte ich das tun?« Ihre Stimme wurde lauter.

»Ich habe ihnen gesagt, daß ich es mit dir nur theoretisch diskutiert habe, und daraufhin nannten sie mich Niggerfreund!«

Warum sagte Carol das? Selbst wenn man sie so nannte, war es richtig, daß sie es Adah in dieser Stimmung erzählte? Adah fühlte sich klein bei dieser Eröffnung, wußte aber, daß es sehr wohl möglich war, daß jemand so etwas sagte. Beide Frauen wußten, daß sie nichts gewinnen würden, wenn sie die Sache ausdehnten.

Adahs Gesicht mußte ihre Enttäuschung verraten haben, denn Carol sagte: »Denk dir nichts dabei, ich hätte es nicht sagen sollen.«

Für Adah war es, als wenn sie in den Schmelztiegel zurückkehrte. Also hatten die Leute hinter ihrem Rücken getuschelt – eine Mrs. Alleswisser. Was sollte denn jemand wie sie tun? Die Leute meiden, weil sie ihr bestimmte Namen gaben, oder zurückschlagen? *Ich werde einfach lernen müssen, damit zu leben und nichts zu tun.*

Da Carol jetzt ihre Geheimnisse kannte, würde man sie im Rathaus auch kennen.

Adah nähte gerade, als sie das Klappern ihres rostigen Briefkastens hörte. Sei erwartete nichts Wichtiges, also hatte sie es nicht eilig nachzusehen. Müde vom Nähen, begann sie einzupacken, als sie ein lautes Hämmern an der Tür hörte. Ignorieren konnte sie es nicht; es war zu laut, zu entschieden. Sie lugte durch den Briefkastenschlitz und sah die Prinzessin draußen stehen.

»Hast du den verdammten Brief gesehen?« rief diese ihr zu, als sie die Tür öffnete. Der Tag war so außergewöhnlich feucht, daß Adah einen zylindrischen Ölofen in den Gang gestellt hatte, um ein bißchen von der Nässe wegzutrocknen, bevor die Kinder heimkamen. Das Paraffin roch stark, doch sie war daran gewöhnt. Die Prinzessin war eine empfindliche Frau und schwach auf der Brust. Sie hustete beim Reden. Adah konnte sie wegen des Geruchs nicht hereinbitten.

»Das muß der Brief sein«, sagte sie und hob ein weißes gefaltetes Papier vom Boden auf. »Was ist damit?«

Die Prinzessin bedeckte ihre schlaffen, fleischlosen Brüste mit den Händen und hustete, ein langes, ächzendes und schmerzhaftes Husten. Sie wollte Adah erzählen, was los war, bevor sie es selber lesen konnte. Unglücklicherweise hielt der Husten sie davon ab. Bevor sie sich sammeln konnte, hatte Adah das Wesentliche des Briefes schon gelesen. In der Haverstock-Schule sollte eine »Beratung« der Mieter und der Ratsmitglieder stattfinden.

»Das ist ja prima!« sagte Adah fröhlich.

»Prima! Sie wollen uns zum Schweigen bringen, das ist es. Die Tories haben diesen Bezirk übernommen, sie werden uns also nie anhören. Wir müssen doch unseren Protestmarsch machen.«

Alle waren aufgeregt wegen der Beratung. Im

Waschhaus unten an der Straße gingen Mrs. Williams und Mrs. King wieder und wieder durch, wie sie mit den Ratsmitgliedern reden wollten.
»Mein Bad ist seit Monaten verstopft. Ich muß ihnen das sagen«, nahm sich Mrs. Williams vor.
»Ich will eigentlich keine Reparaturen. Ich habe neulich dem Premierminister wegen meiner kaputten Fenster geschrieben«, stieß Mrs. King hervor.
»Ja, wirklich? Was hat er geantwortet?«
»Ich glaube nicht, daß er den Brief selbst beantwortet hat. Er war getippt. Mit sehr großen Buchstaben. Er sagte, er habe jemanden am Ort beauftragt, die Sache zu erledigen. Er sagte, es täte ihm sehr leid wegen der kaputten Fenster.«
»Charlie, Charlie, komm her, da ist kein Waschpulver in dieser verdammten Maschine«, schrie Mrs. King.
Charlie war ein mürrischer, fetter und träger Mann. Charlie war nie in Eile. Er hatte jahrelang im Waschhaus gearbeitet. Er kannte diese Frauen, die ihn ebenfalls sehr gut kannten. Seine Arbeit bestand darin, auf die Maschinen aufzupassen und ein Auge auf die Frauen zu haben, die betrogen oder die es nicht ertrugen, mit anderen zu teilen.
»Was ist los mit der Maschine?« fragte er, während er sich seinen Weg durch Mütter, Kinder, Tische und Wäschekörbe bahnte.
»Kein Waschpulver in Nummer acht«, erklärte Mrs. King.
»Nun, Sie wissen ja, daß Sie zuviel reingetan haben.«

»Das habe ich nicht«, rief Mrs. King und sah ihn angriffslustig an.
Charlie wußte es besser. Er schlurfte langsam und gemächlich hinter die riesige Waschmaschine und drückte auf einen Knopf. Seife blubberte in die Maschine, und Mrs. King war dankbar. »Da, Junge, nimm 'ne Zigarette.«
Charlie ließ sich die Zigarette anzünden und ging majestätisch zu einer anderen rufenden Frau, die neben einer laufenden Maschine stand. Ihr bestes Badetuch steckte darin fest. Sie schrie den ganzen Ort nieder, aber Charlie ließ sich Zeit.
»Das werde ich vermissen, wenn wir wegziehen«, meinte Adah, als das Schreien schwächer wurde und dem allgemeinen Gesumme der Waschmaschinen und den gelegentlich schrillen Stimmen müder Frauen Platz machte. »Es ist so billig«, fuhr Adah fort. »Die ganzen 28 Pfund für nur fünf Shilling, und wir brauchen kein Waschpulver zu kaufen.«
»Nun«, sagte Mrs. Williams, »meine Schwester ist in eine der Wohnungen weiter oben gezogen, in der Nähe vom Mornington Crescent. Sie kommt immer noch einmal in der Woche zum Waschhaus.«
»Das ist interessant, wie macht sie das?«
»Sie tut ihre Wäsche in einen alten Koffer und kommt mit dem Bus.«
»Geh weg und spiele im Vorraum und laß meine Schürze los«, schweifte Mrs. King ab, denn ihr kleiner Junge steckte seine Hände in ihre Schürzentaschen, wahrscheinlich, um ein paar Pennys zu finden. »Es ist aber sehr umständlich«, erwiderte sie,

nachdem sie ihren kleinen Jungen weggescheucht hatte. »Ich glaube nicht, daß ich das auch tun würde, es wäre zuviel Aufwand. Trotzdem, man kann nicht alles haben, oder?«

»Nein, das können wir nicht«, stimmte Adah zu, während sie im Geiste ausrechnete, was es kosten würde, vom Mornington Crescent zur Prince of Wales-Road zu fahren, um Wäsche zu waschen. Es würde mindestens zwei Shilling mehr kosten, gar nicht zu reden von der Anstrengung, mit dem schweren Koffer herumzufahren.

»Charlie, diese Wäsche ist nicht sauber«, sagte sie und zeigte den anderen Frauen und Charlie, der zufällig vorbeikam, ein altes, graues Bettlaken. Sie wußte jedoch, daß kein Waschen, weder mit normaler Seife noch mit dem neuen biologischen Wunderpulver, es wieder weiß machen würde. Doch da ihre Nachbarinnen zusahen, wollte sie die Maschine für ihren grauen Ausstoß verantwortlich machen.

»Nächstes Mal erzählen Sie es mir, wenn die Maschine noch läuft.«

»Ja, Charlie«, stimmte Adah schnell zu. Sie warf die triefende Wäsche wieder in das gähnende Loch der Maschine. Charlie setzte die Maschine erneut in Gang, und die anderen Frauen, die wußten, daß Adah mit ganz sauberer Wäsche heimgehen würde, tuschelten.

Mrs. King konnte ihre Gefühle nicht für sich behalten. »Nett, das ist ja nett.« Der Neid in ihrer Stimme war unüberhörbar.

Die Maschine sprang an, und Charlie ging fort.

»Er ist immer so nett.«
»Ja, das sage ich auch immer zu meinem Mann. Ich sage immer zu ihm: ›Charlie hat eine Engelsgeduld.‹«
Aber die Frage war, ob Charlie überhaupt eine Wahl hatte. Mit einer überarbeiteten Mutter zu streiten, die es eilig hatte, »Bob« von der Schule abzuholen, war genauso, als wollte man dem Mond Vorhaltungen machen. Dabei sah der Mond wenigstens noch freundlich aus. Aber nicht diese Frauen. Charlies lange Erfahrung hatte ihn zu einem »Engel« gemacht.
Die anderen zwei Frauen an der laufenden Maschine, Mrs. Williams und Mrs. King, waren vor Adah fertig, weil ihr Charlie eine zweite »Runde« an der Waschmaschine zugebilligt hatte. Sie packte ihre trockene Wäsche in eine alte Tragetasche und entschuldigte sich, als sie sich zwischen Frauen, die sich in unterschiedlichen Stadien der Entspannung befanden, durchging. Einige tranken Kaffee, andere stopften Kuchen in ihre unersättlichen Münder und bemühten sich, gleichzeitig auch noch zu reden. Adah stieß eine ziemlich große Frau sanft an, die ihren Hintern herausstreckte und dadurch den Weg versperrte. Diese fuhr herum, fast zu schnell für ihre Masse.
»Es tut mir leid, daß ich Sie in den Po gestoßen habe«, entschuldigte Adah sich hastig.
»Was haben Sie getan?« sagte die Frau mit dem störenden Hintern. »O Gott, habt ihr das gehört? Sie sind ein Schwein, oder?... Machen Sie, daß Sie wei-

terkommen«, und sie trat Adah leicht in den Hintern, wobei sie fast das Gleichgewicht verlor.
»Richtig so«, steuerte eine andere Zuschauerin bei. Die alte Dame an der Mangel rümpfte die Nase, als Adah näher kam. Sie breitete ihr Bettlaken so weit aus, daß Adah keinen Platz zum Bügeln hatte.
»Könnten Sie etwas rücken, meine Liebe?« bat Adah unsicher. »Sie könnten mir etwas Platz machen, wenn Sie Ihr Laken doppelt falten.«
»Warten Sie, ich bin fast fertig«, sagte die alte Dame. Adah, die Stammgast im Waschhaus war, kannte alle Tricks. Sie sagte nichts mehr, sondern handelte. Sie nahm ihre Unterwäsche, vor allem die Babyhöschen, und schob sich wortlos, aber entschlossen an die Maschine heran, wo sie mit den schäbigsten Schlüpfern anfing. Sie legte sie bewußt oben auf die schneeweißen Laken der alten Dame.
»Was«, protestierte sie, »Sie können mir doch nicht vorschreiben, meine Laken nicht fertigzumachen, oder?«
»Nein, Liebste, das kann ich nicht, aber ich kann Ihnen eines sagen – diese Maschine hat Platz für drei Leute und nicht nur für einen.«
»Nehmen Sie diese alten Dinger von meinen Laken, hören Sie?« krächzte die alte Dame, und ihre Stimme zitterte.
»Ich kann sie nicht herunternehmen, Liebste, sie sind schon unter der Rolle.«
»Ich verstehe Leute wie Sie wirklich nicht.«
»Das ist schlimm, meine Liebe, aber haben Sie jemals verstehen wollen?«

»Worüber reden Sie?«

»Machen Sie sich nichts draus, meine Liebe. Hier ist Ihr Laken mit meinen alten Sachen oben drauf. Sie werden es wohl noch mal waschen müssen.« Adah war entschlossen, die Gefühle der Frau nicht zu schonen. Manchmal hatte sie es einfach satt, nur als halber Mensch behandelt zu werden.

Die Frau knurrte, stampfte, warf Sachen durcheinander, und Adah summte einen Schlager. Die alte Dame senkte die Stimme und stieß haßerfüllt hervor:

»Warum gehen Sie nicht in Ihr verdammtes Land zurück?«

Adah hatte gespürt, daß die Frau so etwas sagen würde. Sie wußte auch, daß andere Mütter interessiert zuhörten. Also hob sie die Stimme und sagte:

»Für mich sehen Sie auch nicht englisch aus.« Es war nur eine Vermutung. Aber ihr langer Aufenthalt in England hatte sie gelehrt, daß die wirklich glücklichen, ausgeglichenen englischen Einheimischen die waren, die Einwanderer am wenigsten belästigten. Das Haar der alten Frau war, obwohl schon weiß durchsetzt, zu schwarz, als daß sie eine echte Angelsächsin sein konnte, oder welches auch immer das Ursprungsvolk war.

»Sie ist Griechin«, rief Mrs. Williams von der anderen Mangel. Alle lachten.

»Halt's Maul, du schwarze Wilde, in deinem Land trägt man ja nicht einmal Unterhosen.« Von irgendwoher war die Tochter der alten Dame aufgetaucht.

»Haben Sie denn Unterhosen an?« wollte Mrs. Williams wissen, die Arme in die Seiten gestemmt.

»Ja, ich habe verdammt noch mal welche an«, schrie die junge Frau, die sich hinreißen ließ. Sie hob ihren Rocksaum hoch. Dies verursachte einen unerwarteten Heiterkeitsausbruch bei den zusehenden Frauen.

»Sie denkt, wir sind in Soho«, sagte Mrs. Williams.

Charlie kam herein, sah, was los war, und riet der alten Dame, sie solle lernen, kompromißbereit zu sein. Sie war zu erregt, um zu Ende zu bügeln. Sie packte ihre Sachen ein, auch die ungebügelten, und ging. Ihre Tochter folgte ihr.

Zwei andere Frauen kamen zu Adah, und sie teilten sich das Gerät ohne Streit, und wie immer tadelte Adah sich selbst.

Sie hätte die alte Frau zu Ende bügeln lassen sollen. Sie hätte nicht zulassen sollen, daß Mrs. Williams das junge Mädchen lächerlich machte; sie hätte nicht selber die Waffen der Frau benutzen und sie nicht beschuldigen sollen, Ausländerin zu sein. Aber hatte die Frau ihr nicht deshalb den Weg versperrt, weil sie gemein zu ihr sein wollte? Adah hatte nicht gewollt, daß sie wegging, ohne ihre Wäsche zu Ende zu bügeln. Sie konnte nichts mehr daran ändern. Mrs. Williams redete schon von etwas anderem.

Der Nachhauseweg war kurz. Alle gingen zur Schule, um die Kinder abzuholen, und der ganze lärmende Haufen blieb vor dem Süßwarenladen stehen, um Lutscher und Bonbons zu kaufen. Bubus Nase tropfte so stark wie schmelzendes Kerzenwachs.

Adah kaufte eine Rolle Toilettenpapier und putzte ihm damit die Nase. Es war besser, Toilettenpapier für so etwas zu kaufen; Papiertaschentücher waren zwar weicher, aber auch teurer.

»Sie müssen heute abend sehr früh zum Treffen kommen«, sagte Mrs. King, während sie ihre Kinder in ihre Wohnung schob. Sie wohnte im Erdgeschoß.

Adah arbeitete sich zusammen mit den Kindern die nassen Steintreppen hoch.

»Ich bin heut in eine Bande gegangen«, verkündete Vicky, Adahs ältester Sohn. Er war fünf.

»Ja?« fragte Adah, während sie sich die nicht enden wollenden Treppen hochquälte. »Was macht deine Bande?«

»Kußjagd«, antwortete er prompt.

»Kuß-was? Was heißt das? Mach bloß nicht irgendwas Komisches in deinem Alter. Was heißt Kußjagd, hm?«

»Nun«, breitete sich Vicky aus, der glücklich war, nun endlich die Aufmerksamkeit zu haben, nach der er sich gesehnt hatte, »es bedeutet nur, Mami, es ist überhaupt nicht schlimm, wir jagen die Mädchen und küssen sie, und sie lachen laut, daß man's auf dem ganzen Spielplatz hört. Und siehst du, Mami, ich habe jetzt auch eine Freundin.« Vickys Gesicht war ein Bild für sich. Seine Augen waren aufgerissen, und seine Wangen glühten. Für ihn war es so, als wäre er auf dem Mond spazierengegangen. »Ich werde sie heiraten.«

Die letzte Feststellung war eine Warnung. Adah konnte ihn nicht verurteilen. Er war ein äußerst phantasievolles Kind und wußte nicht immer, wo die

Träume aufhörten und die Wirklichkeit begann. Adah lächelte, sagte aber nichts.

In der Wohnung packten sie die Wäsche aus. Da fragte Titi: »Wie heißt deine Freundin?«

»Alison.«

»Das ist ein schöner Name. Ist sie weiß oder schwarz?«

»Oh, ich bin nicht sicher. Sie ist beides, glaube ich.«

Der Junge sah verwirrt aus. »Siehst du, sie hat lockiges Haar, und sie ist ein Mädchen.«

»Du bist ein Esel. Du weißt nicht einmal, ob deine Freundin weiß oder schwarz ist. Du bist wirklich doof.« Titi war echt böse auf ihren jüngeren Bruder.

»Du weißt auch nicht alles«, verteidigte sich Vicky. »Auf jeden Fall frage ich sie morgen.«

Adah sah ihren Sohn an. Es war komisch, wie farbenblind Kinder sein konnten. Geistesabwesend strich sie durch das von Süßigkeiten klebrige, lockige Haar ihres kleinen Jungen. *Bald wird die Welt dich lehren, welche Farbe deine Freundin hat. Bevor du auf Kußjagd nach ihr gehst, wirst du zuerst an ihre Farbe denken.* Vicky sah verlegen aus und machte sich los. Man machte »Kußjagd« mit seiner Freundin, nicht mit seiner Mami, schien sein vorwurfsvoller Blick zu sagen. So einen Beweis der Zuneigung von seiner überarbeiteten Mutter war er nicht gewohnt. »Ich bin jetzt groß, Mami«, warnte er.

»Ja, Liebling, ich sehe, daß du sehr groß bist.«

Adah kam zu spät zum Treffen. Der große Saal war brechend voll, und ein Ratsmitglied redete gerade.

Er würde dies und das tun und so weiter. Alle Mieter würden im Juni ausziehen. Es war ein Schlag für Adah. Und der neue Ratsherr sprach so, als meinte er, was er sagte. Adah mußte gezwungenermaßen aufpassen. Alles ging ziemlich schnell. O Gott, hilf mir, betete sie. Aus der Pussy-Cat-Siedlung in die neuen städtischen Streichholzschachteln umzuziehen bedeutete, vom Regen in die Traufe zu kommen. Zumindest gab es da menschliche Wärme in der Siedlung. Nach dem Treffen lud Carol Mrs. Cox, Adah und Whoopey zum Kaffee ein.

»Du wirst fett, Adah«, bemerkte Whoopey. »Du solltest das nicht trinken.«

»Du glaubst wohl, daß ich das nicht weiß, aber es ist die Chance meines Lebens. Man wird nicht jeden Tag zu Kaffee mit Sahne eingeladen.«

»Ach, laß sie doch«, sagte Carol und sah zu, wie Adah gierig schmatzend die Sahne in ihren großen Mund löffelte.

»Ich sehe, daß es dir schmeckt«, sagte Carol lachend.

»Köstlich«, meinte Adah. Sie amüsierte die anderen und wußte es. Denn wie anders konnte sie Essen von einer anderen Frau annehmen, wenn sie genau wußte, daß sie nie in der Lage sein würde, es ihr zurückzuzahlen. Sie mußte Carol amüsieren, aber das Komischste daran war, daß, während sie ihre Dankbarkeit auf diese Weise zeigte, es ihr selber auch gefiel. Es zahlt sich manchmal aus, die Welt nicht zu ernst zu nehmen. Sie war sehr satt.

»Gehen wir doch in ein Pub«, schlug Whoopey vor. Trinken war Whoopeys Spezialität.
Sie brachen auf. Der Lärm und die Hitze in dem Pub waren fast unerträglich. Einige Leute saßen, aber die meisten standen und wiegten sich verträumt zum Klang der Musik. Die meisten Frauen waren nach der neuen Zigeunermode gekleidet und trugen Perlen und Glöckchen. Die Kleider hatten kein bestimmtes Muster – es gab einfach alles. Selbst afrikanische Muster waren modern. Adah hatte noch nie eine so große Gruppe an einem so kleinen Ort gesehen, die so modern angezogen war. Jemand kam zu Adah, Arme legten sich um ihre Taille. Sie wußte nicht, was sie tun sollte, also sagte sie hallo zu der Person. »Süße Träume«, erwiderte diese. Adah war es unbehaglich zumute, da sie nicht erkennen konnte, ob es ein Er oder eine Sie war. Das Gesicht war schön geschnitten, aber das Tuch auf dem Kopf sah aus wie bei einem männlichen Moslem. Sie sah sich nach Carol und Whoopey um und war nicht überrascht zu sehen, daß sie abwechselnd von einem Mann geküßt wurden, dessen Bart lang genug war, um Jesus von Jericho zu sein.
»Süße Träume«, wiederholte Adahs Begleiter. Es mußte eine Art Gruß sein, also sagte sie auch »Süße Träume« zu ihm. Diese Person hatte keinen Bart, und Adah hatte das unbehagliche Gefühl, von einer Frau gestreichelt zu werden.
Sie begannen zu tanzen. Der Tanz war eine Art Dahintreiben. Man ließ sich zum Klang der Musik, die beinahe vom Gesprächslärm übertönt wurde, hier-

hin und dorthin treiben. Glücklicherweise fing sie Carols Blick auf und gab ihr zu verstehen, daß sie heimgehen wollte. Carol stimmte zu, denn ihr männlicher Begleiter fand es viel leichter, Whoopey um die Taille zu fassen als Carol.

Mrs. Cox kam gerade zur rechten Zeit, zog ihre beschwipste Tochter mit sich und sammelte die Zigarettenpäckchen ein, die ihr der neue Verehrer gegeben hatte, während dieser sich wiegend zu Adahs vorherigem Partner bewegte. Plötzlich war ihr kalt.

Eine Woche später wurde das Umzugsprojekt Wirklichkeit. Ihre Nachbarn gehörten zu den ersten Familien, die umgesiedelt wurden. Sie waren sehr glücklich, aus dem Sumpf wegzukommen, denn der Sohn der Familie arbeitete ja. Die Mutter war eine Witwe gewesen, hatte im Sumpf mit den anderen Frauen zusammengesessen, aber ihr Sohn hatte sie herausgezogen. Ihre Familie war vollständig. Die Kleins brauchten keine Gemeinschaft, um glücklich zu sein. Sie hatten selber eine gebildet.

27 Der Siedlungsgeist

Innerhalb von weniger als zwei Monaten nach dem Treffen in Haverstock Hill war die Siedlung fast leer. Die meisten Leute waren fort und ließen den Abschaum zurück – die, die hohe Mietschulden hatten, oder die, die niemals den Mut gehabt hatten, um eine Umsiedlung zu bitten. Adah gehörte zu letzteren.

»Hier stinkt es grauenhaft«, schnaufte Whoopey eines Tages, als sie ihre zwei Kinder die Treppe hinaufbalancierte.

»Ja, und außerdem ist's dunkel; weißt du, der Hausmeister macht das Licht um neun aus, deshalb habe ich immer Angst, nachts Treppen zu steigen«, sagte Adah und seufzte.

»Ja, ich auch. Weißt du was? Sie kümmern sich nicht mehr um uns, du siehst ja, sie geben kein Geld mehr für uns aus. Hast du schon ein Angebot?«

»Nein, ich bin noch nicht mal auf dem Amt gewesen seit dem Treffen«, erklärte Adah.

»Das dachte ich mir, du hast doch keine Rückstände, oder?«

»Nein, nein, ich weiß nur nicht, zu wem ich gehen soll.«

»Nun, hör zu«, riet ihr Whoopey, »alle müssen hier weg. Keiner wird zurückbleiben. Also überlegst du dir besser mal, wohin du willst. Ich hab auch noch nichts, deshalb sollten wir heute abend zu Mr. Persial gehen. Zu ihm solltest du gehen. Er kümmert sich um alle. Er wird auch für uns alles in Ordnung bringen.«

»Ich erinnere mich an ihn, der Nette, der neulich bei uns war. Aber er hat mir versprochen, bald zu schreiben«, sagte Adah und runzelte konzentriert die Stirn.

»Nun, das wird er nie tun, außer du gehst hin und erinnerst ihn daran. Wir gehen zusammen, ich lasse meine Kinder bei meiner Mutter, dann können wir gehen. Ich hab ein Angebot gekriegt, aber es gefällt mir nicht, nur zwei Schlafzimmer. Ich will drei Schlafzimmer – zwei für die Kinder und eins für mich.«

»Vielleicht wollen sie, daß du ein Zimmer mit dem Kleinen teilst.«

»Das glaube ich auch, aber was, wenn er groß wird? Er ist jetzt zwei Jahre und vier Monate alt, und wo schläft mein Liebhaber, wenn er mich besucht? Deshalb will ich weg von meiner Mutter, weißt du. Sie ist so furchtbar neugierig.«

Adah und Whoopey blickten unwillkürlich über den Balkon in den Hof. Eine Gruppe von sechs oder sieben Leuten hatte sich vor Nummer X versammelt. Es war eine der Einzimmerwohnungen, wo die ganz Alten lebten. Ein Wagen der Stadt wartete davor und zwei Männer, die wie Sanitäter aussahen. Sie redeten aufgeregt und klopften an die Tür der alten Dame. Aus der Wohnung schien keine Antwort zu kommen. Whoopey und Adah sahen geistesabwesend zu.

»Treib dich doch nicht mit Liebhabern herum, jetzt, wo du ganz alleine sein wirst, Whoopey. Warum fängst du nicht irgendwas an, nähen, malen, irgendwas, um dich zu beschäftigen?«
»Ja, ich denke auch daran. Meine Schwester wird Krankenschwester. Sie will bei Mutter bleiben, die dann auf die Kinder aufpassen kann, während sie in der Ausbildung ist. Sie will auch anfangen, ihre Kleider selber zu machen, genauso wie du.«
»Das ist aber schön«, meinte Adah; ihre Augen blieben immer noch auf das Treiben vor der Tür der alten Dame im Erdgeschoß gerichtet.
»Schau, Adah«, keuchte Whoopey, »sie brechen die Tür der alten Frau auf. Schau, ich glaube, sie hat einen Schlaganfall gehabt. Sehen wir nach.«
Sie liefen hinunter. Adah hob eins von Whoopeys Kindern hoch. Das kleine Mädchen protestierte laut, aber Adah hielt es fest. Unten angekommen, rannten sie zur Tür der alten Frau. Die beiden Männer in Uniform hatten offenbar der alten Frau ihr »Essen auf Rädern« gebracht. Die Geschichte war klar. Sie war tot – war wahrscheinlich in der Nacht oder am Morgen gestorben. Überraschenderweise stand ihre Milch immer noch vor ihrer Tür.
Whoopey und Adah gingen nicht hinein, als die Tür endlich offen war. »Arme Mrs. Jackson, sie war so eine nette alte Frau«, sagte Whoopey traurig. »Weißt du, Adah, daß sie noch vor kurzem hier hätte beerdigt werden können?« Whoopey zeigte auf den zementierten Boden vor Mrs. Jacksons Wohnung.
Adahs Blick folgte ihrem Finger. Mit Schrecken las

sie ein »In memoriam«. Die Pussy-Cat-Siedlung war auf einem Friedhof gebaut. Sie schauderte. O Gott!

»Whoopey, wir müssen heute zu Mr. Persial gehen, ich muß hier weg.«

»Ich auch«, meinte Mrs. Ashley, die daneben stand. »Ich habe zwar ein Angebot gekriegt, aber sie renovieren die Wohnung noch. Es ist schrecklich, so zu sterben, ohne daß jemand da ist, der es leichter macht. Die feuchten Wände haben sie umgebracht. Es ist gemein, alte Leute an so einem Ort zu lassen.«

»Ich bin sicher, sie ist im Schlaf gestorben«, sagte Adah tröstend.

Sie und Whoopey waren so beschäftigt mit dem, was vorging, daß sie auf Mrs. Ashleys nervöse Bemerkungen nur einsilbig antworteten. Doch sie wurden plötzlich durch Whoopeys Sohn aus ihren Gedanken gerissen, der entdeckt hatte, daß er unbeaufsichtigt war; er flitzte in die Wohnung der alten Dame. Whoopey konnte ihn gerade noch erwischen und zog ihn an den Haaren wieder heraus. Der Junge bekam einen Klaps, und die beiden Mütter gingen wieder nach oben. Was für ein schreckliches Leben für eine einsame Frau, dachte Adah. *O Gott, laß mich in meinem Land sterben, wenn meine Stunde kommt. Zumindest wird es dann Leute geben, die meine Hand halten.* Doch dann dachte sie an ihre Landsleute, die vor kurzem während des Biafrakrieges im Busch gestorben waren. Viele waren durch Schlangenbisse ums Leben gekommen, als sie wegliefen, um ihr Leben zu retten. Es gab wirklich nirgends Sicherheit. Man konnte nie wissen. Angenommen, sie starb auf dem Meer, in der Luft oder sonstwo, wo es kein Bett gab. Sie redete sich selber zu, nicht dumm zu sein; sie war noch jung, und der Tod war nur für die Müden und Alten da. Mrs. Jacksons Tod hatte sie erschüttert.

Mr. Persials Büro befand sich neben einer Hippie-Unterkunft, die wie ein Simonistentempel aussah. Das Haus war bekleckert mit häßlichem Blau und Blutrot. Der Raum sah schrecklich aus. Es sollte nur vorübergehend ein Büro sein, das man eingerichtet hatte, um die dringenden Wohnungszuteilungen erledigen zu können. Die Stühle waren in Reihen aufgestellt wie in einem Klassenzimmer. Alle waren abgenutzt und schäbig, wahrscheinlich von irgendwelchen Mietern gestiftet, die dankbar waren, ihre alten und feuchten Häuser verlassen zu können und in neue und moderne zu ziehen. Der Boden war nicht gefegt.

Als Whoopey und Adah hereinkamen, redete Mr. Persial gerade mit einer fülligen Blondine über einen Preisnachlaß. Er redete mit ruhiger und kühler Stimme und strömte Zuversicht aus.

»Natürlich, alles, was möglich ist, wird in Kürze erledigt werden. Sie werden endgültig Ihren Preisnachlaß bekommen. Solche Dinge brauchen Zeit, wissen Sie, aber machen Sie sich keine Sorgen. Ich werde sehen, was ich tun kann.« Die Frau war beruhigt, sah jedoch zynisch drein, als sie Mr. Persial dankte und hinausging.

»Das ist Adah«, verkündete Whoopey. »Sie hat kein

Angebot bekommen, und sie will vier Schlafzimmer, und Sie geben ihr besser etwas Neues, denn sie ist sauberer als ich.«

Mr. Persial lächelte matt. Er sah Adah vergnügt an. Er nahm seinen Stift von dem schäbigen Schreibtisch und balancierte ihn in der Luft. Sein Lächeln wurde breiter und schloß Whoopey in nachsichtiger Weise ein. Er angelte nach einem Formular, und Adah lieferte ihm die Einzelheiten.

»Aber sehen Sie, Mr. Persial, ich möchte ein Haus. Ein umgebautes Haus mit Zentralheizung. Das Alter des Hauses ist mir egal, solange es alleine steht und vier Schlafzimmer hat«, fügte Adah hoffnungsvoll hinzu.

»Es tut mir leid, aber wir haben selten Häuser mit Zentralheizung, und Vierzimmerwohnungen sind zur Zeit schwer zu bekommen«, erwiderte Mr. Persial.

»Gut. Was ist dann mit einer Vier-Zimmer-Maisonette?« fragte Whoopey.

»Ich kann es nicht versprechen, aber ich werde sehen, was wir tun können.« Mr. Persial fand die Redewendung »Was wir tun können« wohl ziemlich praktisch. Erinnerte ans Arbeitsamt.

»Geben Sie ihr aber auf jeden Fall eine neue Wohnung«, sagte Whoopey, immer noch hartnäckig.

»Wie gesagt, wir werden sehen, was wir tun können, wie die Dinge sich entwickeln. Es gibt Drei-Zimmer-Maisonettes überall, aber vier... nun, ich kann nichts versprechen. Warum wollen Sie Ihr Baby denn nicht bei sich schlafen lassen, Mrs. Obi?«

Whoopeys angeklebte Augenwimpern zitterten vor Ärger. Adah zitterte vor Anstrengung, ihre aufsteigende Angst zu beherrschen. Wofür hielt sich dieser Mann? Wollte er sie aus einer Vier-Zimmer-Maisonette in eine mit drei Zimmern schieben? Sie wollte überhaupt keine haben. Sie würde in der Siedlung bleiben, bis sie bekam, was sie wollte.

»Vielen Dank, aber die Schule meint, es ist besser für die Kinder, wenn sie nicht bei ihren Eltern schlafen.« Whoopeys Stimme klang schrill vor Erregung. »Und, wissen Sie, Mr. Persial, deshalb müssen Sie auch für mich eine andere Wohnung finden. Ich kann nicht im selben Zimmer wie mein Sohn schlafen. Es ist ungesund«, schloß Whoopey und klang sehr akademisch, als sie die Sozialfürsorger zitierte.

Mr. Persial wollte sich zu nichts verpflichten, aber er war amüsiert. Whoopey und Adah sahen entschlossen aus. Sie würden die Siedlung nicht verlassen, bis sie hatten, was sie wollten. Mr. Persial wurde vor dem verbalen Angriff, der sonst gefolgt wäre, durch das Eintreten von zwei Frauen bewahrt.

Die beiden Frauen schienen ihm einen gewissen Mut zu geben. Sie warteten ungeduldig, daß Whoopey und Adah gingen, und Mr. Persial hatte den Eindruck, daß Whoopey während der Anwesenheit der beiden Neuankömmlinge nicht zu beleidigend sein würde. Mr. Persial ergriff deshalb die Gelegenheit, den zwei Pussy-Cat-Mieterinnen eine Lektion über kinderreiche Familien zu halten.

»Das Ärgerliche ist, kinderreiche Familien sind nicht

mehr modern. Heutzutage sind die Familien kleiner. Wir in England haben keine großen Familien. Wir reduzieren jetzt die Zahl unserer Kinder, weil es wirtschaftlicher ist. Tatsächlich ist das in den meisten zivilisierten Gesellschaften ein ungeschriebenes Gesetz.«

Whoopey ließ sich durch das Argument verwirren. Ihr waren zivilisierte Gesellschaften und ungeschriebene Gesetze eigentlich ziemlich egal. Aber Adah spürte, daß Mr. Persial sie persönlich angriff. Er trieb den letzten Nagel in den Sarg, als er sagte: »Sie müssen Kinder sehr lieben oder unvorsichtig gewesen sein, oder beides.«

Adah verlor ihre Selbstbeherrschung. Wer war dieser verfluchte Beamte, der glaubte, ihr sagen zu können, was richtig und was falsch war? »Würden Sie, Sir, die Kennedys als unzivilisiert oder unmodern ansehen? Was denken Sie von der königlichen Familie? Wer soll all die Tausende von Kindern ersetzen, die von ein paar verrückten politischen Idealisten in Afrika getötet werden? Sagen Sie mir das! Sie wagen es, hier zu sitzen und mir eine Predigt über die Bevölkerungsexplosion in einem Land wie England zu halten. Warum halten Sie Ihre Predigt nicht in China und Japan?« Adah ließ sich hinreißen, doch Mr. Persial begriff.

»Es tut mir leid, daß ich Sie verärgert habe, Madam. Ich habe Sie nicht persönlich angegriffen. Ich habe nur versucht, Ihnen zu erklären, warum es im Moment unmöglich ist, für Sie eine Vierzimmerwohnung zu bekommen. Die meisten Wohnungen sind für kleinere Familien gedacht. Aber ich versichere Ihnen, Sie werden bald von uns hören.«

Das gehörte zu den Dingen, die Adah immer noch verblüfften. Die englischen Männer. Die gebildeten unter ihnen konnten allen Dingen ein Gefühl von Wichtigkeit geben, solange das Ding eine Frau war. Ein afrikanischer Mann hätte sie rausgeschmissen. Immerhin bettelte sie.

Zwei Tage später hatte sie ein Angebot und sah es sich an. Es war eine neue Wohnung, in gewisser Weise eine Maisonette, im vierzehnten und fünfzehnten Stock eines ultramodernen Wolkenkratzers. Eines der neuen Wunder des modernen London. Innen war alles neu, sauber und sehr hell, aber als sie aus einem der Wohnzimmerfenster schaute, sah sie den Boden vor ihren Augen tanzen. Schnell schloß sie das Fenster.

Sie brauchte einige Zeit, um sich von ihrem Schwindelgefühl wieder zu erholen. Sie wollte die Wohnung nicht, hatte aber Zweifel, wie die Ratsbeamten reagieren würden. Sie verschloß die Tür und ging hinaus. Lieber wollte sie ihnen gegenübertreten als Tag für Tag in so einer Höhe leben.

»Hallo, hallo, Bubus Mami.« Adah fuhr herum und sah die Mutter von einem Klassenkameraden Bubus, die ihr zur Begrüßung zulächelte.

»Oh, hallo, hier wohnen Sie also?« fragte Adah überrascht. »Das ist mir neu. Ich habe nicht gewußt, daß Sie hier wohnen.«

»O Gott«, stöhnte die junge Frau. »Ja, hier wohnen wir.« Sie fuhr mit den Händen durch ihr unge-

bürstetes Haar, kratzte sich ein bißchen am Kopf und legte dann ihr glattes Gesicht in Falten. Sie sah müde aus. Unglücklich. »Wir sind vor drei Monaten hergekommen, aber mein Gott, es ist schrecklich. Die Höhe kann einen wahnsinnig machen. Ich habe solche Angst. Werden Sie auch hier wohnen? Nehmen Sie es nicht. Was wollen Sie denn mit all Ihren Kindern machen, wenn der Lift kaputt ist? Er ist schon sechsmal kaputtgegangen, seit wir hier sind. Ich lasse John alles für mich herauftragen. Es bringt einen um. Ich muß die ganze Zeit bei den Kindern bleiben, verstehen Sie? Wenn eines aus dem Fenster fallen würde, wäre es zu Staub zermahlen. Es ist nicht gut für Leute mit kleinen Kindern. Hier will ich nicht noch ein Kind bekommen.« Die Frau hatte wahrscheinlich mit keiner Seele sprechen können, seit John zur Arbeit gegangen war.
Sie fuhr fort: »An so einem Ort sind wir auf halbem Wege zu Gott.«
»Dann hätten wir schon die halbe Reise gemacht, wenn unsere Stunde kommt, um Gott das Fahrgeld zu ersparen«, scherzte Adah und versuchte sie aufzuheitern.
»Ja, das habe ich auch immer gesagt, aber wir müssen warten, bis wir sterben. Was nützt es, schon auf halbem Weg dorthin zu sein, wenn wir noch am Leben bleiben sollen? Nun, ich bin schon auf dem halben Weg dorthin, und glauben Sie mir, ich werde bald ganz dort sein, wenn wir noch lange hier bleiben müssen. Der Arzt hat mir Beruhigungsmittel verschrieben. Es ist so unwirklich. Nehmen Sie die

Wohnung nicht, aber erzählen Sie ihnen nicht, daß ich es Ihnen gesagt habe.«

»Danke«, sagte Adah gedankenverloren. »Mir macht die Höhe nichts aus, solange ich nicht aus dem Fenster schaue, aber wenn ich an den Lift denke, der kaputtgeht, und daß ich dann mein Baby, die Karre und meine Einkäufe vierzehn Stockwerke hoch tragen muß! Huh! Was passiert, wenn ich meine Kinder alleine in der Wohnung lasse, um einkaufen zu gehen? Ich würde verrückt werden vor Angst. Ich würde gar nicht richtig einkaufen können.«

»Nun, ich sage Ihnen eines«, sagte die Frau vertraulich, »als wir hier einzogen, dachten wir, daß ich einen Teilzeitjob finden würde. Putzen, wissen Sie, so für ein Jahr, um die Möbel für diese Wohnung bezahlen zu können. Aber ich sage Ihnen, John hat solche Angst wegen der Kinder. Deshalb können wir diese Wohnung nicht einmal schöner machen. John verdient so wenig, wissen Sie. Es macht mich alles ganz fertig.«

»Ich werde sie nicht nehmen«, sagte Adah entschlossen.

»Das ist die beste Entscheidung, die Sie je getroffen haben, das sage ich Ihnen. Und wissen Sie was? Wenn Sie sie nehmen und dann Ihre Meinung wieder ändern, werden die sich mit einer neuen Wohnung monatelang Zeit lassen. Das wollen Sie doch nicht, oder?«

»Einen zweiten Umzug würde ich gar nicht durchstehen, wenn ich denke, was mich dieser kosten wird. Ich bin allein, wissen Sie, deshalb kann ich sowieso kaum alles schaffen.«

»Hören Sie, meine Liebe, Sie sind besser dran. Meine Schwester ist allein, und sie bekommt alle Hilfe, die sie braucht mit den Kindern, kostenloses Essen, Spielzeug und alles. Die Leute von der Wohlfahrt besuchen sie und geben ihr Säcke voll Geld und Geschenke. Ihre Wohnung wurde vom Sozialamt eingerichtet. Sehen Sie, wenn man verheiratet ist, bekommt man überhaupt keine Unterstützung. Wohlgemerkt, John ist ein guter Mann, und ich würde ihn für nichts auf der Welt eintauschen, aber wenn ich daran denke, so ist doch alles irgendwie falsch. Warum soll ich denn arm sein, nur weil ich verheiratet bin?«

Ja, alles war falsch. Mrs. King in der Pussy-Cat-Siedlung trieb ihren Mann aus dem Haus, weil sie ohne ihn besser dran war. Sie war beim Stempeln und als alleinlebende Mutter glücklicher. Sie brüstete sich sogar damit. »Ich bin allein, wissen Sie.« Nur so konnte sie sich und ihre Kinder anständig kleiden. Die Kinder sind besser dran mit einem glücklichen, entspannten Elternteil als mit zweien, die sich aufreiben und unglücklich sind.

In einer Atmosphäre aus Haß wird kein Kind zu einem normalen Menschen. Sehr wenige Tiere können ohne ein Maß an Zuwendung und Sicherheit überleben. Aber für diese Frau hier war die Liebe, die sie für ihren John empfand, eine Falle. Mrs. O'Brien aus der Pussy-Siedlung löste ihr Problem dadurch, daß sie ihren Mann bei sich zu Hause ließ. Sie hatte ihren

Teil vom Kuchen und aß ihn auch. Sie hatte einen liebenden Mann, einen Helfer und genug Geld, um die Familie diesseits der Armutsgrenze zu halten. Es ging das Gerücht, daß er sich manchmal zur Arbeit schlich, ohne eine Steuerkarte zu haben. Aber es zahlte sich für sie aus, so zu leben.
Alles ist ungerecht, dachte Adah, während sie beim Wohnungsamt ihre Formulare wieder zurückgab. Die junge Angestellte in ihrem schwingenden Rock wollte wissen, warum Adah das Angebot nicht annahm. Sie hätte zuviel erklären müssen, deshalb setzte Adah ihre einstudierte afrikanische Miene auf, verschloß die Lippen und sagte nichts. Das war sehr leicht, denn sie hatte ihr Kopftuch fest und entschlossen um den Kopf gebunden und unter dem Kinn geknotet. Ihr Gesicht war fettig und ohne Make-up. Sie behielt sich dieses Aussehen für Orte vor, von denen sie wußte, daß von ihr erwartet wurde, arm auszusehen.
»Verstehen Sie kein Englisch?« fragte die junge Angestellte erbost.
»Nein, nein, will das Haus nicht. Nicht wollen«, erwiderte Adah und schüttelte den Kopf. Sie ging schnell hinaus und schüttelte dabei immer noch den Kopf. Sie wollte nicht von Carol und ihren Freundinnen erkannt werden.
Nach dem Wolkenkratzerangebot kamen noch zwei Angebote. Bei einem sollte sie ein Haus mit einer alten Frau und einem Hund teilen, der groß wie ein Elefant war. Er bellte so wild, als hätte man ihn darauf abgerichtet, alle Schwarzen, die er sah, zu zerflei-

schen. Sie hatte nicht einmal den Mut, die Tür zu öffnen. Sie fragte sich, wie so eine alte Frau mit so einer riesigen Kreatur fertig werden konnte. Nach dem letzten Angebot, das ihr auch nicht gepaßt hatte, beschloß sie, einfach zu bleiben. Sie mußten dann eben die Neubauten errichten, während sie da war. Sie hatte Angst, sich einer neuen und fordernden Situation zu stellen.

Sie war es müde, in einem so unsicheren Zustand allein zu sein, und ging in Carols Büro. Alle Stammkunden waren da. Viele, die weggezogen waren, waren aus ihrem neuen Heim gekommen, um in dem herumzustöbern, was an Möbeln und alten Dingen übrig war, die Carol in Massen von der Heilsarmee bekam. Die Prinzessin sah sehr nervös, unsicher und unglücklich aus.

»Ich bin jetzt ausgezogen«, berichtete sie Adah. »Ich bin gestern ausgezogen. Es ist zentralgeheizt und leicht zu säubern, und es ist trocken. Es gefällt mir.«

»Schön für dich«, sagte Adah fröhlich. »In welchem Stockwerk?«

»Im ersten und zweiten. Sie haben mich wegen meiner Füße dorthin geschickt. Ich kann keine Treppen steigen. Das ist sehr nett von ihnen.«

»Nun«, warf Carol ein, die trotz des Lärms versuchte, jemanden anzurufen. »Worum soll ich die denn bitten, Prinzessin?«

»Ich brauche Matten für das Badezimmer. Der Boden ist kalt ohne Badematten...«

»Hallo, hallo«, schrie Carol. Alle konnten sehen, daß sie unglücklich war. Es war offensichtlich.

Die laute, fröhliche Carol trieb mit den Pussy-Cat-Bewohnern davon. Sie würde ihre Pussy-Schafe verlieren, denn viele, die aus der Siedlung wegzogen, waren entschlossen, keine Problemfamilien zu bleiben. Sie könnte zwar vielleicht eine neue Gemeinde bekommen, wenn sie Glück hatte. Aber inzwischen zogen alle ihre Schützlinge aus der Pussy-Siedlung weg, und für Carol war das ein beunruhigender Gedanke. »Diese Leute haben nichts«, donnerte sie ins Telefon. »Badematten mögen für Sie als bezahlten Beamten billig sein. ... o. k., o. k., ich werde das Formular für Badematten ausfüllen, aber sehen Sie zu, daß Sie sich schnell darum kümmern. Die Prinzessin leidet schrecklich an wunden Füßen.« Sie knallte den Hörer auf. Der Klang erstarb langsam, und alle waren still, schämten sich irgendwie. Sie spürten, daß sie Carol für ihre eigenen Zwecke ausnützten. Carol war müde.
»Danke«, sagte die Prinzessin und versuchte, das Eis zu brechen.
»Ich will, daß ihr aufhört, mir zu danken, und ich will, daß ihr wißt, daß ich nicht mehr eure Sozialfürsorgerin bin. Ich übergebe euch eurem neuen Sozialarbeiter. Ich bin nicht länger eure Fürsorgerin von dem Moment an, wo ihr hier wegzieht.«
Das war eine wahrheitsgemäße Feststellung, und alle Frauen im Sumpf wußten es. Aber es war schmerzlich, es so auf den Kopf zu gesagt zu bekommen. Es war, als ob Carol sagte: »Wenn ihr euch weigert, Problemfamilien zu sein, dann seid ihr nicht länger in meinem Verantwortungsbereich – und nicht län-

ger meine Freunde.« Wollte Carol, daß sie hier im Sumpf blieben, damit sie immer »ihre Fälle« hatte? Adah war von Carol auf diese Weise schon oft gedemütigt worden. Sie hatte Carol als ihrer Familienberaterin viel erzählt, aber Carol hatte eine Art, ihre Geschichten ihren Freunden gegenüber auszuplaudern, und am schlimmsten war es, wenn Adah auch noch dabei war. In den meisten Fällen bat sie Adah, die Geschichte zu bestätigen, und Adah, die nicht ohne die Unterstützung auskommen wollte, die Carol ihr vielleicht verschaffen konnte, erzählte die Geschichte noch einmal. Die Lieblingsgeschichte, die ihren Freundinnen am besten gefiel, war eine, die Adah damals scherzhaft erzählt hatte, über ihre Unfähigkeit, das Koalitfeuer anzuzünden. Carol hatte sie in Adahs Gegenwart oft wiederholt, und Adah wußte, daß Carol sie immer zu Feiern und Treffen parat hatte, so wie einen Scherzartikel. Aber Adah wußte, daß sie zuletzt lachen würde. Sie erzählte solche Geschichten nur, wenn sie sicher war, daß sie eine Unterstützung bekommen würde. Mrs. O'Brien hatte ihre eigene Methode: Sie brach in Tränen aus und gab Carol das Gefühl, eine Göttin zu sein, die wohltätige Gaben verteilte. Carol hatte alle diese Rollen gemocht; jetzt fragte sie sich, wie sie wieder eine Gruppe finden würde, die bereit war, sich demütigen zu lassen, aus deren Geheimnissen man öffentliche Belustigungen machen konnte, während Carols kleine Schwächen verborgen blieben.
Als sie Carol nach ihrem Ausbruch ansah, war es Adah plötzlich kalt. Sie merkte, daß sie zitterte. Sie

hatte Carol und den anderen »Sozialpolizisten« erlaubt, sie mehr zu benutzen, als sie beabsichtigt hatte. Es war nie zu spät, um weiß zu sein. Sie waren alle in diesen Zustand der Apathie versetzt worden, des Gefühls, nichts zu sein und nichts zu können. Es war schmerzhaft, aber sie konnten nichts daran ändern.

»Sobald sie einen in eine andere Wohnung stecken, kümmert sie sich nicht mehr um einen«, jammerte die Prinzessin mitleiderregend. Sie weinte tatsächlich.

Alle begannen, sich in Richtung Tür zu bewegen. Das Gefühl, daß die übriggebliebenen Bewohner der Siedlung nicht mehr erwünscht waren, war für alle offensichtlich.

Carol hatte sich beruhigt und war verlegen, als sie erkannte, daß es nicht recht war, ihre Gefühle so deutlich zu zeigen. Was sie nicht wußte, war, daß alle diese schon kannten und nur aus Angst, die »Carol-Beute« zu verlieren, nichts zu sagen wagten.

»Bitte, Adah, warte eine Minute«, rief sie mit müder Stimme.

Sie tat Adah leid. Sie hatte gedacht, daß Carol auf ihre Kosten und vor ihren Augen Scherze machte, weil sie eine schwarze Bettlerin war; sie wußte nicht, daß das Carols Art war, mit all ihren »Fällen« umzugehen, ob schwarz oder weiß.

Als der Raum leer war, sagte sie zu Adah: »Sie haben der Stadtverwaltung damit in den Ohren gelegen, sie umzusiedeln. Ich weiß nicht, warum sie sich

noch an mich klammern. Die höheren Beamten im Büro glauben, daß ich gern mit euch allen arbeite.«
Das war ein Dilemma, dachte Adah. Wahrscheinlich war es schwierig für Carol, sich von ihnen zu trennen. Warum brach sie nicht zusammen und weinte und ließ die Leute wissen, daß es ihr nicht egal war? Ob sie Scherze über Adah machte oder nicht, Adah würde schließlich an sie immer als eine Freundin denken, die das Leben im Sumpf erträglich machte, auch wenn sie über Carols Freundlichkeit ihre eigene Meinung hatte. »Wenn ich wegziehe, werde ich dich meiden, so gut ich kann«, beschloß sie. »Du bist ein freundlicher Mensch, aber solange du nicht aufhörst, deine Mitmenschen herunterzusetzen, wird es für dich schwierig sein, echte Freunde zu finden, und deine Freundlichkeit wird zu nichts führen.«
»Hast du schon ein Angebot bekommen?« erkundigte sich Carol.
»Noch kein passendes, aber ich bin sicher, daß ich bald bekomme, was ich will.«
Carol lächelte, ein leeres, unverbindliches Lächeln. »Ich werde immer mit unserer Adah in Kontakt bleiben.«
Adah verfluchte sich, daß sie die Güte dieser Frau nicht erkannte. Vielleicht war sie einsam und verletzlich und außerdem sehr empfindlich. Sie war schließlich ein Mensch, und die »kleinen Marotten« der Frauen im Sumpf zu ertragen konnte nicht immer leicht gewesen sein.
Adah, die nicht wußte, was sie sonst noch sagen sollte, dankte ihr und verließ das Büro. Sie ging lang-

sam und nachdenklich zurück. Die Siedlung sah geisterhaft aus. Liegengebliebener Abfall häufte sich im Hof vor den Schächten. *Ich nehme an, ich muß gehen. Ich muß irgendwann aus dem Sumpf heraus. Ich muß lernen, selber Entscheidungen zu treffen, ohne immer zu Carol zu rennen. Vielleicht bekomme ich einen neuen Sozialarbeiter, vielleicht auch nicht. Wenn ich in Not bin, kann ich ihnen immer noch schreiben. Es zahlt sich nicht aus, jemand anderen als Mittel zum Zweck zu benutzen.* Sie dachte, daß sie Carol benutzt hatte, um leichter an Geld zu kommen, aber im Laufe der Zeit hatte sie erkannt, daß Carol sie auch benutzt hatte. Kein Groll. Kein Ärger. Aber eins war sicher: Sie war entschlossen, sich nicht mehr um irgendwelcher Dinge willen kleiner zu machen, als sie war. Die Welt hatte die Angewohnheit, einen so zu akzeptieren, wie man sich selber einschätzte. Der letzte Ort, an dem sie sich einmauern lassen würde, war der Sumpf.

Sie ging schnell in ihre Wohnung, blieb aber stehen, um ein letztes Mal die Namen derer zu lesen, die auf dem Siedlungsfriedhof begraben lagen. »Auf Wiedersehen, Geister, wer immer ihr auch sein möget, und schlaft gut.«

Eine Gruppe Frauen stand an der Tür, die früher der Prinzessin gehört hatte; sie waren still und sahen verloren aus. Adah war nicht nach Reden zumute, und so ging sie in ihre Wohnung.

Auf der braunen, feuchten Matte hinter der Tür lag wieder ein Umschlag. Noch ein Angebot. Sie würde annehmen.

Eine Woche später zog sie aus der Siedlung aus, aus dem Sumpf, um der Welt alleine gegenüberzutreten, ohne die schützende Obhut von Mrs. Cox, ohne die Lenkung von Carol. Es war Zeit, daß sie ein Individuum wurde.

28 In die Streichholzschachteln

Adah mochte ihre neue Maisonette-Wohnung sehr. Sie hatte zwei ganze Stockwerke für sich, und es gab Zentralheizung. Sie war wie trunken vor Glück über die Lage der Wohnung – genau gegenüber dem berühmten Regent's Park. Es roch nach Geld und echtem Wohlstand. Ihre Arbeiterklassen- und Sozialwohnung lag dicht neben teuren Häusern und Wohnungen, die erfolgreichen Schriftstellern und Schauspielern gehörten. Zunächst war das sehr erschrekkend, vor allem, da es keinen Straßenmarkt wie den Crescent zu geben schien, an den sie seit Jahren gewöhnt war. Inverness Street kannte sie noch nicht, und selbst das war ein langer Weg zum Einkaufen für eine sechsköpfige Familie mit einem Baby, das man schieben oder tragen mußte. Gegenüber ihrem Fenster war ein Geschäft, in dem Antiquitäten verkauft wurden. Dort lernte sie, daß es verschiedene Arten von alten Möbeln gab; manche in dem Laden waren offenbar mehrere hundert Pfund wert. Neben dem Antiquitätengeschäft gab es noch eins mit teuren Klavieren. Sie hatte ja davon geträumt, in einer Nachbarschaft aus der Mittelschicht zu leben, und nun hatte sie es erreicht. Sie war entschlossen, ihre neue Umgebung zu genießen.

Die erste Schwierigkeit war das Einkaufen. Es gab in der Nähe keinen billigen Laden, deshalb wußte sie,

daß sie regelmäßig zum Crescent gehen würde. Das bedeutete, daß sie Fahrgeld brauchte. Irgendwie mußte sie es schaffen.
Die Wohnungen waren eher so gebaut, wie Kinder Streichholzschachteln aneinanderreihen würden. In solchen Wohnungen konnte man nicht morgens zu seinen Nachbarn hinüberbrüllen, wenn man die Babywindeln zum Trocknen aufhängte. Tatsächlich hatte man manchmal das Gefühl, ein Robinson Crusoe zu sein, so allein war man. Die Wände waren tot, vollkommen schalldicht und die Wohnungen ruhig und abgeschlossen, aber damit kam auch die Isolierung. Es gab keinen Hof wie in der Siedlung; statt dessen einen schmalen Korridor, weiß wie in einem Krankenhaus, und da war eine weiße, strahlende und geputzte Tür neben der anderen. Jede Tür hatte ihr eigenes Nummernschild.
Die Streichholzschachtel-Wohnung war schön. Von außen sah der ganze Block wie eine Modellfabrik aus, massiv, mit vielen großen Glasfenstern und sehr hellen Türen.
Schon in der ersten Woche nach ihrem Einzug empfand Adah Einsamkeit. Sie kannte keinen einzigen ihrer Nachbarn, und sich einander vorzustellen kam nicht in Frage. Alle waren »neu«, und neu zu sein hat eine ganz besondere Wirkung auf die Leute. Die meisten Mieter waren aus schlimmeren Umgebungen gekommen und spielten den Mittelstand. Auch Adah beschloß, bei diesem Spiel mitzumachen. Es war höchste Zeit, sagte sie sich.
Bei einem ihrer wöchentlichen Besuche auf dem

Crescent lief sie Whoopey in die Arme. Whoopey sah sehr schäbig aus. Ließ sie sich schon gehen? Oder war Adah schon an die gut angezogenen Männer und Frauen in ihrer neuen Umgebung gewöhnt und sah Whoopey nun mit anderen Augen?
Sie wußte es nicht, doch was sie wußte, war, daß sie und ihre Kinder keine Kleider vom Kleidertausch mehr trugen; im Regent's Park gab es keinen Kleidertausch. Sie war jetzt ganz gut im Nähen und begann, für sich und die Kinder Sachen selber zu machen. Zumindest waren diese dann neu und sauber, wenn auch nicht immer sehr schick.
»Hallo, Mrs. Königin«, rief Whoopey Adah zu. »Du bist angezogen wie die Königin vom Crescent. Hast du ein Vermögen geerbt oder im Lotto gewonnen? Mensch, du siehst ganz anders aus. Du hast dich sehr verändert.« Whoopey hob vor Aufregung die Stimme.
Auch Adah war aufgeregt, sie umarmte Whoopey wie eine Schwester.
»Du siehst auch anders aus, Whoopey, aber, Gott, ich bin so froh, dich zu sehen. Geht's deinen Kindern gut?«
»Ja, es geht allen gut. Weißt du was, Terry ist in der Vorschule, Susan fängt nächstes Schuljahr an.«
»Das ist gut, dann hast du mehr Zeit für dich, obwohl *ich* sagen muß, daß jetzt, wo ich von der Siedlung weg bin und keine Carol mehr da ist, die Zeit sich hinzieht. Ich kann mit niemandem reden

außer mit den Kindern. Es ist schön, aber einsam in den Streichholzschachteln.«
»Ja, ich weiß«, stimmte Whoopey zu. »Es ist für mich sogar noch schlimmer, weil ich das erste Mal ohne meine Mutter wohne. Ich vermisse sie, obwohl sie uns mehrmals in der Woche besucht, ich vermisse sie trotzdem.«
Einkaufende schoben und pufften sie, während sie da standen und redeten. Ganz plötzlich fragte Whoopey Adah, ob sie an ihr eine Veränderung bemerkt habe. Adah mied taktvoll das Kleiderthema und antwortete mit Nein.
»Schau genau hin, Trottel«, befahl Whoopey. Adah ahnte immer noch nicht, was Whoopey ihr sagen wollte.
»Ich sehe, daß du versuchst, mir etwas zu sagen. Bitte, ich bin sehr schlecht im Rätselraten.«
»Es ist kein Rätsel.« Whoopey lachte. »Es ist nur, daß ich *ihn* getroffen habe, und letzte Woche habe ich bemerkt, daß ich schwanger bin. Ich bin so froh darüber, und ich bin sicher, der Typ wird mir bald einen Antrag machen.«
»Oh, Whoopey, ich freue mich für dich. Aber dieser Typ, wie hast du ihn so schnell kennengelernt, und wann wird er dich heiraten?« Adah wußte, daß sie gefährliche Fragen stellte, zu denen sie kein Recht hatte. Aber sie war schockiert über die Nachricht, daß Whoopey ihre Lektion nicht gelernt hatte und daß sie noch ein Baby bekommen würde, um das sich ihre Mutter kümmern müßte. Kaum war sie ihre Familie los, wurde sie schwanger. Trotzdem, sie

konnte Whoopey nicht vorschreiben, wie sie leben sollte.

»Der Typ ist einer von deinen Leuten. Er kam zum Studieren her, und er wohnt in einer Wohnung neben mir. Also mußte ich ihn kennenlernen. Eines Nachts hatte ich keine Streichhölzer mehr und klopfte an seine Tür. Er gab mir eine große Schachtel, und seitdem sind wir befreundet.«

Adah staunte nur und wußte nicht, was sie von der Geschichte halten sollte. Der Mann war wahrscheinlich nur einsam, genau wie Whoopey, aber es kam nicht in Frage, ernsthaft eine Ehe mit einem Mädchen wie Whoopey, die zwei Kinder hatte, in Betracht zu ziehen. Wie sollte sie Whoopey sagen, daß man ihr weh tun würde? Sie konnte nichts tun, als immer nur zu nicken und ihr Glück zu wünschen. Whoopey war sich dieses Mannes so sicher, daß Adah es nicht ertragen konnte, ihre Freude zu zerstören oder zu dämpfen. Statt dessen wechselte sie das Thema: »Was hat deine Mutter gesagt?«

»Ich habe es ihr noch nicht gesagt, aber gestern habe ich Carol gesehen, und ihr habe ich es erzählt. Sie hat sich für mich gefreut. Sie war richtig erfreut. Der Typ, er heißt Jake, hat viele Bücher, ein großes Radio und einen Fernseher mit BBC 2. Den Kindern gefällt es. Wenn er mit seinem Studium fertig ist, wird er Buchhalter für dein ganzes Land sein.«

Adah zweifelte nicht an Whoopeys Glauben, obwohl sie genau wußte, daß sie schließlich enttäuscht werden würde. Aber warum sie des bißchen Glücks berauben, wie kurz es auch sein mochte?

Es war Samstag. Samstags war es immer voll am Crescent. Es gab viele Läden, die afrikanisches Essen verkauften, und das zog viele Afrikaner zum Crescent-Markt. Der Markt war einst ein Zentrum des armen Arbeiterbezirks gewesen. Aber moderne Wohnhäuser waren wie Pilze hochgeschossen; die Leute vermischten sich, reiche und arme, und man wußte nicht, wer wozu gehörte.

Der Lärm, der Krach und der Betrieb erinnerte an Vögel in einem Käfig. Menschen riefen und rempelten sich an, stritten und protestierten wegen steigender Preise und erfüllten die Luft mit ihren lauten Gesprächen. Kinder mit Schokoladenmündern und -fingern folgten dem Schwarm Mütter mit Einkaufswägen, die bis zum Überlaufen voll waren mit »herabgesetzten« Waren. Afrikaner, Pakistaner und Westinder gingen Seite an Seite mit den erfolgreichen Juden, Amerikanern und Engländern von Highgate, Hampstead, Swiss Cottage und anderen vornehmen Vierteln einkaufen.

Noch eine ihrer alten Nachbarinnen, Mrs. Cook, tauchte hinter ihnen auf; sie war aus Jamaika. Mrs. Cook blieb abrupt stehen, als sie Whoopey sah. »Haben Sie sich eingelebt?« fragte sie statt einer Begrüßung, während sie näher kam und sich aus dem Meer gesichtsloser Menschen löste.

»Ja, danke, und Sie?« fragte Whoopey geistesabwesend. Adah drehte sich um, um zu sehen, wer es war.

»Oh, Sie sind es«, sagte Mrs. Cook. »Und wie ist Ihre neue Wohnung?« Sie wollte es zwar wissen, war aber offenbar viel zu sehr in Eile, um eine Antwort abwarten zu können. Sie spürte, daß Adah sagen würde, ihr gefiele die neue Wohnung, deshalb fuhr sie fort: »Mir hat meine nicht gefallen. Wir ziehen bald um, nächste Woche. Wir ziehen nach Holloway.«

»Aber warum nach Holloway?« fragte Adah; ihre Neugier war geweckt, und unwillkürlich runzelte sie mißbilligend die Stirn. »Von einer Wohnung in die andere zu ziehen kann so teuer sein. Ich werde mehr als ein Jahr brauchen, um mich von meinen Umzugsausgaben zu erholen. Warum sollte man Sie zweimal in so kurzer Zeit umziehen lassen?«

Mrs. Cook spürte, daß das Gespräch mehr als nur ein Austausch von Floskeln werden würde, und stellte deshalb ihre Einkäufe ab, seufzte tief und sagte: »Nun, sehen Sie, als wir umzogen, hat man uns gesagt, wir bekämen ein Haus, das nur sechs Pfund die Woche kostet, also beschlossen wir, es zu nehmen, obwohl es fast doppelt soviel war, wie wir in der Siedlung gezahlt haben. Ich habe wieder gearbeitet, um die zusätzliche Miete aufzubringen. Später, meine Liebe, haben sie uns noch ein Formular geschickt, und wir haben es ausgefüllt. Wissen Sie, wieviel sie von uns pro Woche verlangt haben? Nun, sie wollten neun Pfund! Neun Pfund für eine Woche! Das hieß, daß wir mehr Geld für die Miete ausgeben müßten als für das Essen. Das war es nicht wert. Wenn man an den ganzen Ärger denkt, den wir in der Siedlung hatten, sind wir trotzdem immer noch dort, wo wir angefangen haben, oder? Wir haben in

Holloway eine Zweizimmerwohnung für vier Pfund gefunden. Die Kinder werden in einem Zimmer schlafen und mein Mann und ich im anderen. Wir kochen auf dem Gang. Es ist nicht schlecht. Schließlich ist es nicht unser Land, und ich will nicht meinen ganzen Verdienst hier ausgeben. Was kann ich sonst meinen Leuten in Jamaika mitbringen?«

»Hat die Stadt die neue Wohnung für Sie gefunden?« fragte Adah nach einer Pause.

»Nein, wir haben beschlossen, ohne sie auszukommen. Wir haben sie selber gefunden. Sie können nur Leuten mit Geld helfen, nicht Leuten wie uns.«

Adah verstand und nickte, und Whoopey staunte nur, da sie Mrs. Cooks Motive nicht begriff.

»Ich wünschte, wir könnten zurück in die Siedlung«, seufzte Mrs. Cook, während sie ihren Korb mit Zwiebeln und Bananen aufhob. »Wir werden lange in Holloway leben. Bitte, passen Sie gut auf sich und Ihre Kinder auf.« Sie hastete fort, ihr offener Mantel flatterte in der Menge davon.

»Sie ist dumm«, urteilte Whoopey. »Warum ein ganzes Haus für zwei Zimmer aufgeben, nur um ein paar Kröten zu sparen? Ich werde nie so etwas machen, fünf Kinder, Mädchen und Jungen in einem Zimmer schlafen lassen. Ich weiß, sie sind noch ganz klein, alle unter zehn, aber sie werden trotzdem nicht gut aufwachsen.« Whoopey wußte Bescheid. Sie liebte Geld wie alle anderen auch, aber sie liebte es für das, was man damit kaufen konnte, nicht um seiner selbst willen.

Adah stimmte beiden Frauen zu, denn sie wußte,

Whoopey erkannte nicht, daß Mrs. Cook mit der Wohnung in Holloway fünf Pfund in der Woche sparte. Fünf Pfund in der Woche – mit der Zeit würde das eine Menge Ersparnisse geben.
»Ich verstehe es nicht«, fuhr Whoopey hitzig fort. »Warum sich jetzt alles vom Mund absparen, nur damit man etwas für die Zukunft hat? Wenn man jetzt gut lebt, wird es vielleicht auch eine gute Zukunft für einen geben!« Whoopeys Stimme zitterte, sie wirkte plötzlich sehr betroffen, die Schwangerschaft hatte ihre Wirkung auf die Psyche, und sie war fast so weit, in Tränen auszubrechen. Adah versuchte aufgeregt, sie zu trösten, und erinnerte sie daran, daß es Mrs. Cooks Entscheidung war, und da es deren Leben war, sollte sich Whoopey nicht zu sehr sorgen. Mrs. Cook war wahrscheinlich glücklicher mit dem Wissen, daß sie eine Menge Geld sparte.
Das Wetter war schön, kühl und nicht zu windig, das richtige Wetter für ein langes Gespräch.
»Deshalb mag ich Jake«, sagte Whoopey. »Er lebt alleine in einer Einzimmerwohnung; du weißt schon, eine von den neuen Wohnungen mit separater Küche. Und weißt du was, wenn er mich bitten würde, mit in sein Land zu kommen, würde ich sicher mit ihm gehen.« Whoopey plapperte weiter in ihrer unsinnigen Zuversicht, und Adah, die sie nicht entmutigen wollte, merkte, wie sie zustimmte, während sie im stillen alle afrikanischen Männer verfluchte, weil sie Frauen so behandelten.
Die Türen des Pubs gegenüber wurden aufgestoßen.

Eine Gruppe weißer und schwarzer Stammkunden wankte heraus. Einer spuckte, ein anderer starrte die beiden plaudernden Frauen an. Sie wirkten sehr männlich, vielleicht war es ihre Grobschlächtigkeit. Aus dem Pub roch es nach Urin und Alkohol, und die öffentliche Toilette auf der anderen Straßenseite tat ein übriges.

»Hallo, Schwester«, sagte einer der Schwarzen zu Adah. Sie lachte und grüßte zurück. Erfahrung hatte sie gelehrt, daß man Männer der eigenen Rasse nie abweisen durfte; sie waren empfindlicher als andere. Selbst die Straßenkehrer grüßten sie, und sie grüßte mit einem freundlichen »Hallo, Bruder« zurück. Sie wußte nicht genau, warum sie sich in England so verhielt; zu Hause hätte sie diese Männer nicht beachtet, aber hier hatte sie das Gefühl, daß ein schwarzer Mann, der auf der Straße oder unter Weißen arbeitete, eine Ermunterung nötig hatte. Whoopey fragte, ob sie die Männer schon vorher gekannt habe, und Adah sagte nein. Whoopey runzelte die Stirn und biß sich verwirrt auf die Lippen.

»Du mußt mich irgendwann mal besuchen«, lud Adah sie ein.

»Ja, das würde ich gern, aber du bist doch immer unterwegs, oder?«